守望教育的灯火

闫锁田 著

读者出版社

图书在版编目（CIP）数据

守望教育的灯火 / 闫锁田著. -- 兰州 ：读者出版社，
2025. 6. -- ISBN 978-7-5527-0895-0

Ⅰ．I253

中国国家版本馆CIP数据核字第 2025F9J343 号

守望教育的灯火

闫锁田　著

责任编辑　漆晓勤
助理编辑　叶锦民
装帧设计　雷们起

出版发行　读者出版社
地　　址　兰州市城关区读者大道568号（730030）
邮　　箱　readerpress@163.com
电　　话　0931-2131529（编辑部）　0931-2131507（发行部）

印　　刷　兰州银声印务有限公司
规　　格　开本710毫米×1020毫米　1/16
　　　　　印张29.5　插页2　字数436千
版　　次　2025年6月第1版
　　　　　2025年6月第1次印刷
书　　号　ISBN 978-7-5527-0895-0
定　　价　76.00元

序一

老闫是我多年的朋友。每年他会从甘肃天水出发，我从北京出发，在某个地点会面。匆忙的相聚总会相互传递大量的信息。他一年年地勤于笔耕，我一岁岁不断看到他在《中国教育报》发表的文章。

真难以想象，这些文章是从遥远的天水纷纷赶来的，带着那里独有的山野味道。

每次，我看这些文章，我情不自禁会想，假如我是闫锁田，把我放到天水去，我能写出这么坚挺的文字吗？我能持之以恒地一年年这样写下去吗？不敢深想，恐怕自己没有老闫这份毅力。

作为《中国教育报》的注册通讯员，老闫可谓是鹤立鸡群。

《中国教育报》通讯员制度自 2009 年建起，恍惚 15 年有余了，其间，有的通讯员升职了，或调岗了，换了一批又一批。我作为该制度的发起者，看着不断更新的面孔，而每次见到老闫，不免有恍然之感。亲近感自不必说了，今天却被他厚重的书稿震撼了。君子须弘毅啊！

从书稿看，老闫有一种发现新闻就"扑"上前的激情，且能从纷繁的现实中抽丝剥茧，炼土成金，足见他已开了发现新闻的"天眼"，没有这只"天眼"，谁能知道天水的甘谷县、张家川县、清水县的教育发生了什么；谁能知道天水的武山县还有个教育博物馆，谁能想到秦安县还有个教育园区……这样一写就是 400 多页的一本大书，就是 15 年的大好年华。

老闫的内心是丰富的，是在对新闻的发现中逐渐丰富起来的，也是他在与采写人物的交流过程里丰富起来的。写每一位人物，都必须有深入交心的灵魂接触，每一次都是心灵的洗礼，人格上的一次加油。

作为新闻写作，最考验功力的、最难拿捏的体裁是评论，教育的评论尤其这样，《中国教育报》的评论更是这样。

在网络时代，特别是移动互联网时代，评论文章像长了翅膀的兔子，跑得快飞得高，是《中国教育报》十分重视的。但难写！能写教育评论文章的通讯员，全国也就三五人而已，老闫是其中之一。

教育评论，看着貌不惊人，但对教育舆论是个有效的引领，文章角度必须正，对政策的理解，要熟悉相关政策的流变，表达要把控好分寸，不能一味放纵情绪，要懂专业，有深度，要放眼业界前沿，理性推断，还要在千把字的篇幅里转承启合、山水流转，简直就是螺蛳壳里做道场，给个厨房的空间，还要求苏州园林的效果。所以，即使教育新闻的老手，评论能不写就不写。我在培训通讯员时，也反复倡导一线的通讯员们以"火线视角"写评论。

老闫毅然写起了教育评论。

当我看到他写的《家长"护学岗"执勤不宜硬性要求》《办好人人受益的教育民生实事》《发展"草根足球"基层中小学大有可为》《办好"关键小事"提升师生幸福指数》等刊发在《中国教育报》上，我发觉他找到了自己写评论的立足点及推衍方法，即从基层和百姓的需求出发，又放眼教育全局，正是《中国教育报》欠缺的，非常难能可贵。他心中总是装着民生，字里行间难以掩饰的民生情结，这是中国读书人的基因，为天下忧，先天下忧。在黄河上游、麦积山下，至少还有一颗以苍生为念的仁心，不由得对天下归仁生出一股信心。

通讯员是《中国教育报》的根系，没有这个系统的支撑，教育报不可能枝繁叶茂。有了这个系统，《中国教育报》才会及时汇聚全国各地的教育新闻，它是教育报记者站体系的有力补充。通讯员有个特殊的角色：当地教育的守望者，全过程观察当地教育，多头关照教育的改革变化；又是教育前沿关键信息、关键问题的捕捉者。觉天下方知区域，察历史方懂当下。不这样，就会失语，就写不出文字，即使写出来，也都是"漏风"的，经不住推敲。所以，老闫一定是《中国教育报》的忠实读者，也是中国教育的研究者。他与《中国教育报》的采编人员一样，孜孜于教育疑难问题的谜底求索，打捞改革的典型经验。

对天水各地的教育，老闫有一笔"活账"，但等火候到了，也就是老闫持笔驾临的时候，天水的教育故事也因此带着老闫的叙事风格，插翅远播。

老闫是天水教育喊号子的人，无此人便缺少一种气象、一股力量。

在日新月异的教育变革中，如老闫这样忠诚于教育、执着于教育新闻的呐喊者，是真正写历史的人，是为教育号脉的人，是不可多得的教育改革见证人。

文字是神奇的。精妙的文字可以拓展心灵空间，也可挖潜生命。一篇篇的文字，都是生命的里程碑、参照系。而写这些文字的人一定是有灵性的、觉知丰富的人。这样的人的生命轨迹，一定自带灿烂光环，与日月相辉映。

老闫就是这样的人。

以此为序。

《中国教育报》常务副总编辑

张圣华

2025 年 3 月于北京

序二

　　教育是点亮心灵的灯火，是托举未来的希望。在陇原大地这片沃土上，无数教育工作者以赤诚之心守护着这盏灯火，闫锁田先生正就是其中一位执着的"守灯人"。受先生嘱托，为其新著《守望教育的灯火》作序，深感荣幸之余，亦觉责任重大。细览书稿，目录经纬分明，内容丰盈厚重，字里行间流淌着一位扎根基层四十载的教育记录者对教育的深情凝望与深刻思考。

　　锁田先生与甘肃教育社缘分颇深。他和甘肃教育社结缘三十年来，始终坚守新闻报道者的职业操守，长期笔耕不辍，满含教育情怀地为教育社所办的"一报三刊"采写了大量有角度、有温度、有情怀、有深度的报道，在教育宣传的舞台上书写出了属于自己的精彩华章，成为甘肃教育社"标杆式"通讯员。与此同时，通联工作也做得有声有色，架起编者、作者、读者沟通交流的桥梁，和甘肃教育社编辑记者及全省基层通讯员建立了深厚的感情。通过三十年的交往，甘肃教育社见证了他由一名乡村教师成长为教育专家和优秀教育新闻工作者的"传奇"人生，他也参与、亲历了甘肃教育社报刊事业辉煌的发展历程，积极为报刊发展、通讯员队伍建设等建言献策。本书的出版发行，不仅是一位基层新闻工作者成长轨迹的缩影，也从一个侧面印证了甘肃教育社加强通讯员队伍建设取得的成果。

　　借助甘肃教育社提供的"舞台"历练，锁田先生以睿智、勤奋不断书写着"奇迹"，许多新闻作品屡见《人民教育》《中国教育报》等报刊，在国家级新闻媒体上发出了甘肃基层教育的声音。他以新闻人的敏锐、教育者的情怀与文学家的笔触，构建起了一幅立体生动的陇原教育图景。

"消息快递"一辑，以"在场者"的姿态，让读者触摸到教育发展的脉搏，感受到政策温度如何化为惠泽学子的春雨。《洪水中，他们挺身而出》《雪中运卷》等篇章，将镜头对准教育一线的鲜活瞬间，是基层教育工作者困境中坚守与大爱的真实写照；《三代教师同上一节课》《改革引来源头"一池活水"》等报道，以时代笔触刻录教育改革的铿锵步伐。这些文字，不仅是新闻事件的忠实记载，更饱含对教育民生的深切观照。

"经验集萃"与"人物风采"两辑，让读者深切感受到教育现场的温度，是本书精髓所在。《从"会教"到"会学"的华丽转身》《"园区＋走教"探出山村教育新路》等文章，将天水教育改革的智慧凝练成可复制的实践样本；而《穿行山道三十载》《一开口就令人惊叹！视障女孩深情朗诵〈黄河颂〉》等人物特写，则以细腻笔触勾勒出乡村教师、寒门学子的精神群像。无论是轮椅姑娘考证的坚韧、驻村干部的扶贫足迹，还是三代教师同上一节课的传承之美，皆通过白描手法跃然纸上。这些故事在平实中见真章，于细微处显大义，彰显出教育最本真的力量——用生命影响生命，用坚守传递希望。

尤为可贵的是，"教育时评""教育叙事"中呈现的理性思辨与人文观照。从《教育需要扎实的"做功"》到《办好人人受益的教育民生实事》，直言教育生态中的沉疴积弊，亦为西部教育振兴开出良方；《香山之约》《弹指十年 化茧成蝶》等篇章，则将个人成长嵌入教育变迁的宏大叙事，见证着个体与时代同频共振的动人轨迹。这种理性与感性的交织，宏观与微观的贯通，使本书既有实践者的泥土气息，又不失思想者的智慧光芒。

闫锁田先生具有独特的跨界视野。他既能以记者之眼捕捉教育现场的"决定性瞬间"，又能以教师之心体察育人实践的酸甜苦辣，更能以作家之笔让专业议题焕发文学感染力。这种多维度的观察与表达，使得《守望教育的灯火》既是一部扎根大地的教育志书，也是一曲献给教育工作者的精神赞歌。

教育需要守望者，更需要燃灯人。本书取名"守望教育的灯火"，恰是对作者四十年笔耕生涯的最佳注脚——那些奔走于山乡学校的足迹，那些书写在深夜灯下的文稿，那些定格在报纸版面的铅字，无不诠释着何为"守望"：于浮躁中坚守初心，在变革中传递信念，用文字为教育留存记忆、为理想点燃星火。在这些文字中，我们看见了一代教育人如何在时代浪潮中守护教育本真，更触摸到西部教育从"追赶"到"跨越"的奋进脉络。期待更多读者通过本书，看见教育的灯火如何照亮山河、温暖人间。

是为序。

甘肃教育社社长

李晓冬

2025 年 5 月于兰州

目　录

消息快递

经验集萃

人物风采

精彩聚焦

教育时评

教育叙事

消息快递

甘肃天水：
旅游和装备制造业两家职教集团组建

　　9月6日，甘肃天水旅游职业教育集团和天水装备制造业职业教育集团同时成立，当地希望两个职教集团今后能在推动区域校企合作和拉动当优势产业发展中发挥重要作用。

　　两个职教集团分别由国家级重点高职学院——甘肃工业职业技术学院和甘肃机电职业技术学院牵头成立，目前已有 47 个市内外知名企业、市直部门和省级以上重点中职学校成为首批理事单位。集团运转后，将打破部门、行业和地域限制整合资源，搭建校企合作的平台。

　　　　　　　　　　　　（《中国教育报》2010 年 9 月 25 日第 3 版）

　　　　　　　　　　　　　　　　　守望教育的灯火

甘肃义务教育阶段
学生投保率达 95%

　　笔者从近日召开的甘肃省校方责任保险工作会议上获悉,近年甘肃省校方责任保险覆盖范围不断扩大,截至目前,全省义务教育阶段学校投保率已达 95%,高中阶段学校、幼儿园也分别达到了 90% 和 42%。

　　为构建平安校园,甘肃省教育系统不断建立健全教育风险管理机构和工作体系。截至目前,全省 100% 的市县,50% 的高校和中等专业学校成立了学校风险管理机构或配备了专干,学校风险管理服务工作网络覆盖全省各级各类学校。

　　据介绍,截至 2010 年 6 月底,全省 14999 所各级各类学校为 4679666 名学生进行了校方责任保险投保,保费总额 2389.03 万余元,出险立案 2009 起,已决 1859 起,结案率 92.53%,赔付总金额 572.54 万元,平均结案周期缩短为 75 天。

　　　　　　　　　　　　　　　(《中国教育报》2010 年 10 月 23 日第 3 版)

洪水中，他们挺身而出

——天水市秦州区教师抢险救灾的感人故事

7月25日的特大暴雨袭击了天水市秦州区娘娘坝镇等地，这是自6月22日以来，天水市发生的第四次特大暴雨。暴洪裹着泥石流从山头铺天盖地狂吼而下，淹没了村舍、农田，切断了道路、桥梁、通信、电力，连同通往乡镇的316国道全部中断……一场灾难把秦州区的秀美山川毁于一旦，也将这里变成一座困在洪水中的孤岛。

灾难中，学校也未能幸免。暴雨导致秦州区84所中小学遭到损坏，倒塌校舍面积达916平方米，新增危房面积30248平方米。洪水来临时，受灾学校的师生挺身而出，勇敢投入到抗洪救灾中，涌现出了一个个感人的故事。

"下水那一刻心里有点发虚，但还是想着能救一点是一点"

时间定格在7月25日早上7时40分。

汪川镇苏城学区池塘小学老师苏斌接到一位村民的电话，电话中说，洪水要冲到学校了，让老师们赶紧去转移学校设备。苏斌二话没说，便急忙向学校跑去。村口，洪水来势很急，已漫过田地，原来的路也没有了，苏斌只能深一脚浅一脚地蹚着农田里的水，向学校走去，他吃力地挪着步子，脚上穿的鞋好几次被泥拖住。

回忆起当时的情景，苏斌仍惊魂未定："看到学校周围的一切，我惊呆了，洪水没过了河堤，校园围墙被冲倒，洪水自东向西从校园咆哮而过，原先安放在操场里的几个乒乓球台已不见踪影，洪水漫过宿舍窗台，整个校园浸在洪水的激流里，池塘小学真成了'池塘'小学。"那一刻，苏斌脑海里一片空白，不知所措地看着周围的洪水不断涌来。学校可能要被卷走，但水太大太急，进入校园随时可能被洪水吞噬，无可奈何的他只能眼巴巴地看着洪水肆虐，心里泛起一阵酸楚。

苏斌从悲恸中缓过神来，赶快给同村的吴小平老师打电话，并给学区校长王小龙电话汇报洪灾情况，又拍下灾情照片。不一会儿，池塘小学校长张小煜和妻子刘玉平两人也赶到学校。

直到上午1时许，洪水才退下去一些。救灾的老师们在几位村民的帮助下，在学校东北角的矮墙处试探着下水进入校园。校园里，洪水没过腰际，四尺多深，水底全是淤泥，脚踩进去好半天拔不出来。苏斌回忆着："刚走到墙角，一个趔趄，差点倒进洪水里，冰凉的洪水淹过大腿，我心里有点发虚，有点害怕，但看到又下起了雨，洪水还有上涨的可能，大家只能互相鼓励，互相搀扶，想着能把学校的财产救一点算一点。"后来又来了十几位村民，大家排成一道人墙，只能在积满淤泥与砖头、杂物的洪水中艰难地抱着物品移动。搬运过程中，时不时有人滑倒在水里，湿透的衣衫上沾满泥浆。"那情景让人不敢想象，使劲推开办公室门，里面的东西便像浮萍一样飘了出来，直到下午七点多，大家才将学校的电教设备等贵重物品转移到村民家中。"苏斌说。

忙碌在救灾第一线，一切为了孩子！

在秦州区娘娘坝镇马家坝小学，记者看到，从山顶倾泻而下的泥石流已涌到了与教学楼二楼持平的位置，学校操场被淹了20厘米，围墙被冲倒，部分校舍已经成为危房。李锦春老师是7月28日路通以后赶到学校的，每天他都跟其他老师泡在积满泥水的教室清除淤泥。而建在村子低洼处的钱家坝小学还存留着大量积水无法排出。

秦州区娘娘坝镇李子中心学校因地势较低受灾严重。校长常柏碧决定立即启动应急预案。他一边连夜联系各村小学校长，摸排学校灾情，一边召集李子中心学校全体老师连夜紧急转移校外寄宿生，大家冒着大雨，挨家挨户唤醒熟睡的孩子，蹚着淹过膝盖的洪水，用半小时左右的时间，将128名孩子全部转移到未受灾的学校。之后又赶到校园清理淤泥，疏通水道，清理被淹没的仪器、办公用品，填装沙袋。

此后，暴雨引发的泥石流又侵袭了李子园，从娘娘坝到李子园的道路完全被泥石流冲毁，常柏碧带领校领导班子成员，冒着滑坡的危险，蹚过齐腰深的洪水，徒步4个小时进入李子园灾区。常柏碧不顾受伤的脚，组织教师对所属的6所村学进行了详细的摸排工作，清除危墙，登记受灾情况，并第一时间上报秦州区教体局。

"在灾难面前，我们不要忘记自己的教师身份"

在危急时刻，秦州区启动了抢险救灾预案，紧急避险转移、疏散、安置受灾群众，全力维护群众生命安全，一场人民教师与自然灾害抗争的安全护卫战全面展开。

秦州区皂郊中学是秦州区11个避险安置点之一。接到安置任务后，校长丁欣辉连夜主持召开学校行政会，成立了皂郊中学安置受灾群众领导小组；并打电话通知教职工积极参与安置受灾群众的工作。学校总务处为受灾群众购买了矿泉水、方便面等生活必需品，腾出了18个教室，用412套课桌凳支起了临时床铺，安置受灾群众643人，搭建了能满足600多人就餐的临时灶房，全力以赴为受灾群众做好服务工作，保证受灾群众有地方住，有水喝，有饭吃。

"在灾难面前，我们不要忘记自己的教师身份。"这是丁欣辉在救灾动员会上说的一句话。丁欣辉与受灾群众一起吃住在学校，保证受灾群众能吃上热腾腾的一日三餐。而丁欣辉的妻子将孩子托付给母亲，以志愿者的身份到安置点打扫会议室，为受灾群众打饭送水。丁欣辉把教师的宿舍腾出来，设立了医疗和防疫服务点，为受灾群众提供24小时免费医疗服务，对学校的饮用水水源进行水质检验。

皂郊学区兴隆学校接收了娘娘坝镇8个村的579名灾民；同时腾出教室，为灾民提供住宿，并积极联系人员通电、烧水，解决灾民的食宿问题。

"为了学校，他们没有怨言，还是一如既往地干着，我为有这样的同事感到自豪"

经历多天的"苦战"，柳林小学、杜庄村小学、池塘小学陆续开学。

池塘小学校长张小煜告诉记者："洪水渐渐退去的一周里，我们全校教师转移校园财物，清理教室及校园的淤泥，整理桌凳。由于泥浆很多很深，我们只能光着脚干活，脚都被划破了，饿了就吃一桶方便面，几位老师身上出现了红斑，有些老师头痛发烧，虽然身体已疲惫不堪，但他们没有怨言，还是一如既往地干着，我为有这样的同事感到自豪。"

娘娘坝学区秋季开学有11所学校的千名学生无法在本校上学。为此，学区建立包片责任制，每名领导班子包一个片，负责摸清片区内学生的情况，确定开学在校人数；负责排查片区内学校安全隐患，建立校舍安全档案，各学校开展自救，清理完学校堆积的淤泥，疏通出入道路，主要交通要道316国道已恢复通车，辖区内所有学校开学后教育教学步入正轨。

（《未来导报》2013年8月23日第1版）

课堂上该用好这些技术

——中小学信息技术教学应用成果巡展甘肃站见闻

"我们幼儿园老师需要的故事、艺术、音乐、科学课资源有没有？我们自己制作的课件资源能不能储存到一体机里面？在一体机音乐课怎么上？"来自天水铁路电缆工厂的幼儿园教师漆丽洁，向深圳中电数码显示有限公司德尔技术员提出了一连串问题。技术员熟练地点击屏幕打开了钢琴键盘，按动键盘奏出了悦耳动听的音乐。这是记者日前在全国中小学信息技术教学应用成果巡展甘肃省天水站体验室看到的精彩一幕。

由教育部主办，中央电教馆承办，中国教育报刊社、中国教育电视台和教育部教育管理信息中心协办的大型教育公益活动"教育梦·中国行"——"全国中小学信息技术教学应用成果巡展"在甘肃站的巡展中备受青睐。

据了解，天水站采取巡回展示和网上展示相结合的方式进行，巡回展示主要为展板方式，辅以专家讲座、技术讲座和现场体验等。每个环节教师们都舍不得放过，两天的巡展共接待观众1500多人次。秦安县王窑中学教师王跟信高兴地说："真是开了眼界，见到了许多没见过的东西，交互式一体机比我们乡下的学校电子白板更先进，更方便，师生互动好、资源多，便于移动，还可以直接在电脑上下载课件。"

在展厅和体验室，观展教师的目光并不仅仅停留在技术产品本身，而是更多关注信息技术手段如何在教学中使用，从而把技术成果转化为教学成果。

（《中国教育报》2013 年 10 月 15 日第 8 版）

　　　　　　　　　　　　　　　　守望教育的灯火

同台比武竞风流

——甘肃省天水市开展"一师一优课、一课一名师"活动侧记

近日，国家教育资源公共服务平台数据显示："近半年来，甘肃省天水市共有 31215 名教师参加教育部'一师一优课、一课一名师'活动，晒课 20002 节，选送上传到省上的优质课 1070 节。"

"我市传到省上的优质课占了全省各市州上传总数的四分之一，最初提出的'晒课万节，优课千堂'的目标终于实现了。"这个结果让天水市电教馆馆长王虎明感到激动。

"我们的初衷是，把晒课活动作为提高教师信息技术应用能力和水平、深化信息技术与学科教学的融合、促进教师专业成长、提升课堂教学质量的有效载体，真是没想到，老师对晒课这么感兴趣。"天水市教育局局长说。

点燃教师的赛课激情

今年，在天水市中小学教师中流行一个热词"今天你晒了吗？"这种互动式问候的背后，燃烧着广大教师的晒课热情。

为了提高活动效果、筹措好"一师一优课，一课一名师"活动，天水市教育系统安排电教、教研部门紧密配合，成立活动领导小组，制定具体工作方案，组建专家团队，把活动开展与教师的网络"学习空间人人通"建设紧密结合起来。

1 月 29 日，甘谷县新兴镇马家磨小学的教师马胜全，将一节四年级"平行与垂直相关概念"的数学课"晒"到了甘肃省基础教育资源公共

服务平台上，由此拉开了全市晒课活动的序幕。

一时间，学校领导带头晒，特级教师、骨干教师、教学能手、高中级职称教师示范晒，青年教师人人晒，形成全员参与的局面。

马胜全告诉笔者："我校地处偏僻农村，只有一台办公电脑，我是学校的电脑操作员，便带头编写了教学设计，学着制作了PPT课件，然后就晒到了网上，说实话能成为全市第一个晒课的人，当时还是比较兴奋。"

晒课活动正好为天水市农村学校课堂教学改革找到了对接点。据了解，该市参加晒课的中小学教师占到了全市教师总数的九成多，其中农村学校晒课教师占了晒课总人数的很大份额，呈现出"乡村包围城市"的特点。

给教师一双灵巧的手

在活动中，面对新技术，不管是年轻的教师，还是年长的教师都做起了"学生"，学起了新技术，这让他们兴奋不已。

"要把每一节课都打造成精品课程难度很大，晒课前教师都要用心去钻研教材，分析学生，思考设计，准备素材，教师还必须学会运用信息技术手段整合课程的技巧，不失为深度开发与共享教学资源、加快中青年教师成长步伐的好办法。"天水市六中副校长、陇原名师汪涛如是说。

王洼小学教师王长生已经56岁了。但是他不甘示弱，在校内带头报名晒课，那股虚心好学、反复打磨的狠劲深受全乡师生夸赞。"晒课，一下子让我更年轻了。"王长生说。

秦安县教体局为了帮助教师解决晒课技术难题，专门邀请陕西师范大学的技术专家到县上为教师做"教学微视频设计与制作"等专题讲座，助教师一臂之力。

麦积区电教馆针对基层学校普遍缺乏拍摄课堂实录的设备条件和

技术力量的情况，将全区农村学校分为 10 个片区，由区电教馆技术人员巡回乡镇片区，集中时间、集中设备、集中人员，对片区教师的"课堂实录"统一拍摄，大大节约了时间，提高了工作效率。

让课堂换一副崭新的面孔

"通过晒课，我们既发现了学区教学教研活动存在的问题，也给我们提出了一些新的思考。比如，教师要上好一节课，学区内教研活动如何突出主题等。"麦积区麦积镇中心学校校长王开明表达了自己的独到看法，"这些命题更长远、更有意义，是我们今后工作的立足点。"

在晒课中，很多教师在学习新技术后兴奋之余，也有了更加理性和深入的思考，为教研、课堂注入了新的动力。

冯娟是武山县城关镇石岭小学的支教教师，从教 15 年来已取得了不菲的成果，先后被评为县级优秀教师、骨干教师，被聘请为县级片区兼职教研员，她执教的课程先后 12 次在市、县优质课大赛中获奖。在这次晒课活动中，冯娟并没有满足原有成绩，而是利用新技术、新思维思考教研的传统课题。在这次活动中，冯娟一共晒了 66 节课，其中四节课评为县优，两节课推为市优。个人晒课总节数名列全市第一，被誉为"晒课达人"。天水市一中地理学科的教师，结合晒课活动开展"翻转课堂"教学实验，激活了教师在课堂教学中应用信息技术手段的创造力，也为教师的自我反思、相互评课、同伴互助提供了新的平台，有效激发了备课组的活力。

（《中国教育报》2015 年 9 月 2 日第 12 版）

"评上副高，是对我工作的肯定"

——甘肃天水市乡村教师职称晋升的故事

寒假前的一节"说课"，对甘肃省天水市秦安县二中的体育教师高秦生来说意义重大。从教 27 年，一直从事学校体育教学的他终于要评中学高级教师了，而这节说课，便是天水市 2015 年中学高级教师说课评审的内容之一。

高秦生像平常上课一样走上讲台，脱下帽子时露出满头白发。高秦生说得流畅自如，在说教学过程时，高秦生边口述，边板书，边穿插示范俯卧撑、高抬腿、小步跑等动作，之后回答评委提的两个问题时，不仅对答如流，还做了规范动作。他的说课结束后，四位评委报以热烈掌声，还打出了 94.67 分的高分。

高秦生和妻子刘晓琼都是体育教师，夫妻俩长期在农村教学。为了辅导参加高考的学生，夫妻二人自制简易双杠、标枪、起跳板、杠铃等活动器材，为了练弹跳，就干脆借用学校后山坡上的几十个台阶，他们先后为大中专院校输送了 300 多名合格人才，得到了家长和社会的认可。

高秦生说，评上副高级职称后压力更大、动力更足、信心也更强了，只要学生成功了，自己付出再多也值得。

在天水市，2016 年将有 1521 名中小学教师，像高秦生一样晋升高一级职称，其中农村教师 1216 名，占 80%。这也是《甘肃省乡村教师支持计划（2015—2020 年）实施办法》下发后，天水市乡村教师分享的一份红利。

天水市对乡村学校一线教师的职称晋升一直十分关注，每年分解中、高级职称指标都向乡村学校一线教师倾斜。从 2008 年开始，天水市每年拿出 100 个小学高级教师的专项指标，用于解决女性年龄在 50 岁以上、教龄 25 年以上，男性在 55 岁以上、教龄 30 年以上的边远山区一线老教师的职称，并且免去说课环节直接晋升。

此外，天水市还规定了乡村教师晋升副高级职称免考计算机；晋升中级职称免考计算机，论文不做刚性要求，对副高级职称的乡村教师每年免费体检一次。这些优惠政策充分调动了乡村教师的工作积极性。

和高秦生一样，秦安县莲花镇湫果小学老教师王科学也是今年小学高级专项指标的受益者。王科学是湫果村人，57 岁，1977 年 3 月当民办教师，1995 年转为公办教师，他先后在 3 所学校任教，在湫果小学干了 23 年。如今，他每周除了带 25 节课，还要发营养餐，周末照看学校，冬天早上 7 点多就到校给孩子们生火烧炉子。

"我赶上乡村教师支持计划实施的好政策了，现在每月 4200 多元的工资，小高职称评上还能增加 300 元左右，再加上乡村生活津贴等，每月将近 5000 元，应该感恩党和政府，扎扎实实地教好学生，站好最后一班岗。"

青年教师吴小平 2000 年分配到莲花中学任教至今，还没有评上中级职称，爱人在莲花中心小学任教，现在两人的工资和补贴加起来每月 8000 元，住在学校，在县城买了房子，买了车，双休日进城休闲两天，逛逛超市，走亲会友，和老人孩子享受天伦之乐，生活得很幸福，没有往城里调的打算。

说起晋升职称，他信心十足："以后乡村教师评中级职称达到晋升年限的可直接认定，晋升高级取消了论文等刚性要求，且对乡村教师有很多利好政策，所以再不用为晋升职称担心了。"

（《中国教育报》2016 年 2 月 23 日第 12 版）

天水投 8.4 亿元推进"全面改薄"

甘肃天水市紧紧抓住"全面改薄"项目实施机遇，调整支出结构，拓展"全面改薄"资金筹措渠道，投入 8.4 亿元配套资金推进"全面改薄"项目建设，使农村薄弱学校办学条件得到较大改善。

天水市学校布点多，教育基础设施条件差，两区五县全部为贫困县，地方财力吃紧，"全面改薄"实施在全省所占的份额较大。2014 至 2016 年，全市"全面改薄"项目投资超过 23.5 亿元，涉及项目学校 1594 所。

同时，天水市克服地方财政困难，保证落实"全面改薄"项目地方配套资金，市县两级实行"全面改薄"项目领导包抓机制。截至目前，市、县两级财政共落实配套资金 8.4 亿元，占项目总投资的 26.96%，还无偿划拨建设用地 720 亩。"全面改薄"项目的实施，极大改善了全市农村薄弱学校办学条件，促进了全市义务教育均衡发展。

（《中国教育报》2016 年 8 月 10 日第 1 版）

守望教育的灯火

甘肃天水今秋净增学位 1.2 万个

"新学校建得非常漂亮，学习和生活条件特别好。"在刚刚建成的甘肃省天水市一中麦积新校区，高一新生牛碧华说。

除了麦积校区外，2016 年天水又建成了 6 所新学校，净增学位 1.2 万个，已有 2055 名学生进入新校，这份成绩单得益于该市实施的城区优质教育资源拓展工程。

天水是甘肃省人口大市之一，现辖两区五县，随着城镇化步伐的加快，城市人口逐年增加，仅秦州、麦积两区城市人口就接近 60 万人，而且每年有 2 万名进城务工人员的子女要在城区就近入学，家长日益增长的优质教育需求和城区优质学校学位之间的矛盾相当突出。

"2015 年，市政府提出在两城区实施教育拓展'2521'计划，规划投资 11.7 亿元，在秦州、麦积城区内新建、改扩建、迁建普通高中 2 所、初中 5 所、小学 2 所、幼儿园 10 所。其他五县也根据本地实际建设城区优质学校。"天水市教育局局长说。

据了解，该市为确保城区新建学校适应现代化教学的需求，按照标准化要求配备功能室，教室都安装了一体机，采光条件、隔音、楼梯等设计建设都充分考虑到了每一个细节。

麦积区天润学校负责人毛庆福说："学校按照 4000 个学位的规模建设，已经报了 900 多人了，还有好多家长找，没想到刚成立的学校这么热，老百姓的信任更增加了我们办好学校的信心。"

（《中国教育报》2017 年 9 月 14 日第 8 版）

雪中运卷

1月7日是甘肃省天水市麦积区期末统考的日子。麦积区西北部渭北山区西坪初中的学生们原本忧心忡忡，因为学校地处偏远，连续5天的大雪，使仅有的一条上山公路无法通行，而试卷还在百里之外的印刷厂，车辆无法送进来。但今天，西坪初中的学生们却顺利完成了考试。这是怎么回事呢？

原来，为了不耽误学生们考试，1月6日下午，西坪初中校长张三虎带着杨会平、于金彪和王立贵3位教师步行下山，走到距离学校10公里的中滩镇上坐车去麦积领取试卷，回来后再步行上山。

没有豪言壮语，没有激情冲天，他们只是在没过脚踝的雪地里艰难地行走。将近3000份试卷，整整三大包，虽然大家穿得都很厚实，但细细的绳子依然勒得肩膀生疼；为了少走弯路，他们沿小路上山，积雪覆盖的山路崎岖、陡峭，几乎是一步一滑，一不小心还会陷入隐藏在雪下的鼠洞。

张三虎的重感冒还没有好，几乎是一路咳嗽；于金彪老师有风湿性关节炎，平时走平路膝盖都不敢打弯儿。零下10℃的气温，他们个个走得大汗淋漓、头冒热气。领完试卷在中滩镇下车后，他们足足走了两个半小时，才把试卷背到学校。

"我们也没多想，只是想把试卷平安地带回学校，让学生可以正常考试，让全区的期末统考工作不受任何影响。"张三虎说。

（《中国教育报》2018年1月8日第1版）

甘肃张家川：农村园供暖进入 "清洁时代"

　　这几天，当地气温已经降到零下 7 度，甘肃省张家川县胡川镇中心幼儿园教室里却暖意融融，温度有 25 度，孩子们都脱了外套在教室上课、做游戏。2017 年，该县启动实施分布式光伏发电项目供暖模式，3 个乡镇 11 所农村幼儿园的 612 名孩子享受"太阳公公"送来的温暖。

　　分布式光伏发电是一种新型发电和能源综合利用方式。张家川县 11 所幼儿园的分布式光伏发电系统，由太阳能电池板吸收光能并转化为电能，通过逆变器转为交流电，并入国家电网正常使用，园里使用的电从并入国家电网的发电量中扣除，剩余的电国家财政还按每度 0.42 元返还给幼儿园。

　　胡川镇中心幼儿园教师马海燕说："分布式光伏发电项目供暖安全、干净卫生、无噪声、无污染，教室里一直保持恒温，再不会担心孩子们冬天感冒，家长也放心了。"据张家川县教体局局长介绍，针对农村小规模幼儿园取暖条件较差的实际，该县先行试点，待条件成熟后再全面推广。

（《中国教育报》2018 年 1 月 2 日第 3 版）

爱心送到家

——甘肃省天水市特殊教育学校教师上门送教侧记

10月中旬，甘肃省天水市天气已经变凉。早上8点，笔者乘天水市特殊教育学校的送教车从天水市区出发，绕过山路十八弯，9点半才到了送教的第一站——麦积区五龙镇上石村的瑞瑞（化名）家。

瑞瑞爸妈去地里干活不在家，老师一进屋，坐在沙发上的瑞瑞就站起来笑脸相迎，简单交流之后，三位老师把小方桌摆在院子中间，然后扶瑞瑞坐下，赵宝魁老师就开始上语文课，暖暖的阳光下小课堂显得十分温馨。

瑞瑞是一名智力障碍患者，今年已经18岁，因患病一直在家，去年10月，市特教学校把瑞瑞列为"一对一"上门送教的对象。

和瑞瑞一样，已有60名适龄重度残疾儿童少年，在家接受一对一的教育，市特教学校4名骨干教师和1名专职司机常年奔跑在上门送教的路上。

"给重度残疾孩子送教上门是一项新工作，刚起步不是很顺利，由于家长思想上放弃了，常吃闭门羹，有的家长还嫌我们多管闲事。"市特教中心办公室主任任旺成说。

"记得去年老师第一次来我家动员时，家里只有我和亮亮（化名），听说要给孩子上门送教，我想哪有天上掉馅饼的好事，就给家里人打电话想把他们赶走。"秦州区大门镇郭陈村的亮亮妈妈回忆起去年的情景觉得很对不起几位老师。

"秦州区关子镇一个送教点在山上，去年不通车，车开到山下，教师还要步行一个半小时才能到学生家里，去年底通了公路，今年 6 月份由于连续降雨引发了滑坡泥石流，车开到半路，连根拔起的一棵大树和落下的石块把马路封死了，4 个人只好下车清障。"51 岁的送教女教师潘玲回忆起那天的场面至今惊魂未定。

据赵宝魁介绍，送教点分布在秦州区和麦积区东西 110 公里、南北 100 公里范围内的 53 个村子，其中建档立卡贫困户 19 户，低保户 18 户，由于每个人的情况不同，送教老师制订"一人一案"教育计划，特别严重的学生得先从康复训练开始，对于有孤独症的孩子，得先慢慢地接近消除孩子的恐惧感。

"送教的村子大多很偏僻，没有饭馆，送教老师早上出发的时候就都带上午餐，从不给学生家庭添麻烦。去年 9 月到现在已跑了 5 万多公里了。"司机张江说。

送教老师还有计划地对学生进行康复训练，劝家长多带孩子到广场、院子，用体育器械或日常用具锻炼孩子的四肢和身体的协调性。

"看到孩子有进步，心里就愉悦，觉得自己的工作没有白干。"青年女教师杨巧菊觉得以后送教的路还很长。

（《中国教育报》2018 年 10 月 30 日第 6 版）

拓资源　划片区　挖潜力　配教师

甘肃天水：打"组合拳"给"大班额"消肿

近年来，针对城区中小学"大班额"问题虚火不降的情况，天水市从秦州、麦积两个主城区入手，打出了一套给城区"大班额"消肿的"组合拳"。

项目推动，扩大优质资源供给

桥南小学是麦积区的优质学校，在校学生 2410 人，附近进城务工人员多，每年光报名转学的随迁子女就有 500 余人，学校面临巨大的入学压力。

"虽然学生较几年前增加了近 400 人，但新教学楼净增了 16 个教室 800 个学位，每个班学生名额一下子降到 50 人以下，还得感谢国家实施的'全面改薄'项目。"桥南小学校长刘朝华说。

天水市自 2014 年以来，累计投入"全面改薄"资金 40.33 亿元，实施"全面改薄"项目 5062 个，涉及学校 1943 所，新建改建校舍 126.61 万平方米。2016 年启动实施了城区教育资源提升"2521"计划，经过 3 年努力，城区增加学位 2.5 万个，优质学校学位供给大幅增加。

除了"全面改薄"项目的实施，天水全市两区五县进一步挖掘城区优质学校的办学潜力，想方设法扩大义务教育阶段学位的增量，给消除"大班额"腾出足够的空间。

教室有了，空间大了，教师配备就得跟上。

"随着城镇化步伐加快，乡村学校生源萎缩、教师出现富余，而城区学校又出现'大班额'现象，即使有教室但往往教师被编制卡住，导致教师调不进来，这种情况下'消除大班额'就容易流于纸上谈兵。"天水市教育局局长说。

上述问题在天水发生了变化，2018年该市市区和县城城区义务教育阶段增加班级352个，教育部门根据实际需求，向城区学校调入教师735人，保证了城区学校正常运转。

疏堵结合，让学生合情合理入学

天水是甘肃第二大城市，现有人口380万，城镇化对教育的刚性需求逐年增加，化解"大班额"的任务相当艰巨。

"太多家长托人找关系，暑假期间教育局领导和城区学校校长都被迫把电话设置成空号或关机。"秦州区教体局有关负责人说起招生有满肚子苦水，"今年区政府制定发布了城区中小学招生方案，区长在区政府的大会上要求不能给学校添麻烦，这个口子一堵，我们的压力就小多了。"

"为了遏制择校热和学生无序流动，区里2015年就制定出台了专门的管理办法，合理划分各校招生片区。以前，城区学校每到招生报名时间校门口就排起了长龙，而现在家长完全不用担心了，孩子只要符合入学条件，在规定时间内随到随报。"麦积区政府督导室副主任说。

化解"大班额"光靠堵不行，还要加大疏导力度。

流动人口多，随迁子女多，是麦积城区道北片区的一大特征。该片区的区府路小学在满足片内学生入学需求后，学位就所剩无几了，区教体局还是给随迁子女统筹安排学位，将其中一部分分流到实验小学，既保障了他们的受教育权，又均衡配置了生源，避免产生新的"大班额"。

做强城郊，建立城区学校减压缓冲带

城郊地区往往是择校热最明显的区域，但地处城乡接合部的麦积区潘集寨学校近两年学生数量却稳中有升，其招生片内学生外流现象明显减少。该校离主城区 6 公里，是一所郊区农村九年制学校，现有 34 个教学班，1615 名学生。

在该校四年级（1）班的课堂上可以看到这样的场景：51 名学生人手一台平板电脑，数学教师正在用平板电脑评价学生上一节课的作业。"我们学校除了一、二年级，其他年级各班都开启了 AI（人工智能）实验班，学生兴趣非常高。"潘集寨学校校长鲜耀顺说。

做强城郊学校是天水市教育局消除城区学校"大班额"的一项重要举措。天水明确提出，通过联盟办学、学区一体化管理、教师走教、联片教研等措施，做强城郊和边远山区农村小规模学校，通过提升教学质量稳定生源地学生，同时吸引城区学生前来入学。此举相当于建起了一条"缓冲带"，纾解城区优质校入学压力。

经过近两年努力，目前，天水市两区五县城区义务教育学校"大班额"和"超大班额"分别占全市城区义务教育阶段学校班额总数的 3.61%、0.56%，远低于甘肃省教育厅 2018 年下的 6.37% 和 2.15% 的红线。

"我们消除城区'大班额'并不是一味严防死守，而是通过学校布局的调整、教育资源的优化更好地引导家长转变跟风择校观念，尽可能满足学生就近上好学的需求，通过招生体现教育公平，促进区域内教育均衡发展。"天水市教育局局长说。

（《中国教育报》2018 年 12 月 13 日第 2 版）

守望教育的灯火

甘肃天水万名教师寒假入户大走访

1月20日是二十四节气中的大寒，门外寒风刺骨、冰天雪地。一大早，甘肃省天水市武山县四门镇南坪村教学点代课教师王春花和丈夫马应喜就起床了，夫妻俩简单收拾后就匆匆出了门，他们要到周边村子走访4个学生家庭。

王春花和马应喜先是来到距学校1.5公里处的学生汪秀英家中，夫妻俩给汪秀英换上了准备好的冬衣，马应喜坐下来帮汪秀英辅导寒假作业，王春花则和汪秀英妈妈拉起了家常……

这样的家访是天水市教育系统寒假大走访活动的缩影。这个寒假，该市有1.3万名教师走村入户开展走访活动。

天水所辖两区五县中有6个国家级深度贫困县区，脱贫攻坚任务艰巨。本次全市开展寒假大走访活动，主要目的是做好学困生、建档立卡户、留守儿童等特殊群体的走访、动员和春节慰问工作，实现下学期开学"一个都不能少"的目标。

"为了防止学困生和家庭经济困难学生产生辍学外出打工的念头，我们利用寒假一方面做好有辍学动向学生的思想动员工作；另一方面加强与返乡家长的沟通交流，征求他们对学校工作的意见和建议。确保学龄人口接受九年义务教育。"天水市教育局副局长说。

秦安县莲花镇莲花中心小学学生田宝明（化名）的父母离异，由年迈的爷爷照看，这次大走访适逢父亲过年回家，校长、班主任和他父亲进行了深入沟通交流。田宝明的父亲感动地说："老师主动来到家里，告诉我娃娃的学习情况，教家长怎样教育孩子，对我启发很大，真希望这样的活动能坚持下去。"

"我们之所以策划寒假大走访活动，除了巩固'控辍保学'的成果，还可以通过进农家门、问农家事、结农家情等接地气的活动，培养中青年教师的乡村教育情结，通过倾听老百姓对教育工作的呼声，深入反思自身的不足和问题，进一步改进教育教学方法，全面提升教学质量。"天水市教育局局长说。

（《中国教育报》2019 年 2 月 2 日第 2 版）

村小大变样脱贫劲更足

——甘肃省清水县梁山村将小学维修改造列为脱贫攻坚"头号工程"

前不久，甘肃省清水县土门镇梁山小学迎来了一件喜事——学校通往镇上的道路修成了水泥路，学生上学放学再不用踩着坑坑洼洼的土路了。

梁山村地处距清水县城约 35 公里的山区，是黄土高原干旱地区典型的深度贫困村。梁山小学的旧校舍 2008 年汶川大地震后被鉴定为 B 级房屋（存在一定安全隐患），每逢下雨屋顶就会漏水，学校操场和院子都是土的，操场一面还是悬崖没有围墙。学校硬件有差距，"软件"也跟不上——由于没有专业音体美教师，这些课程都开不齐。

改变发生在 2018 年，梁山小学的维修改造被县上列为梁山村脱贫攻坚的"头号工程"。春节刚过，县教育局和土门镇的相关负责人就赶到梁山小学，现场研究规划学校修建问题，落实项目资金 310 多万元，当年秋季开学时，改建后的校园就已投入使用了。

站在梁山村的路口远眺梁山小学可以看到，校园里鲜艳的国旗迎风飘扬，红瓦白墙、绿树鲜花在阳光下熠熠生辉，成为村里一道亮丽的风景线。"变化真是太大了，现在学校每间教室都配上了交互式一体机，增加了 3 名教师，食堂也办起来了。"谈起学校的变化，梁山小学校长张拥兵兴奋地说，"学校教学质量原来在学区处于中游，现在排到前面了，学生也没有往外转的了。"

梁山小学所在学区的学区校长安国平介绍，这两年梁山小学在教学上进步很快，"最明显的是学生英语成绩，在全学区已经排第一了。"

冯丽娟是一名入职不久的特岗教师，去年调到梁山小学教四、五年级英语课。谈起教学工作，冯丽娟热情高涨："现在条件这么好，就应该集中精力把教学搞好，我们老师都住校，晚上大家一起上网查资料备课，讨论问题、批改作业，有时结伴到学生家走访，辅导学生写作业，家长和我们也更亲近了。"

"以前村里读书的人少，脱贫攻坚内生动力不足，我们首先想着办好学校，现在学校教学质量提高不仅让学生受益，他们的行为习惯也影响了家长，教育的发展激发了村民脱贫攻坚的斗志。"梁山村村党支部书记冯小明说，截至目前，全村建档立卡贫困人口由 2013 年的 213 户 921 人减少到了 51 户 203 人，贫困发生率下降到 12.35%。

（《中国教育报》2019 年 5 月 9 日第 3 版）

陪出安全陪出幸福感

——甘肃秦安为学生舌尖上的安全上一道"安全锁"

"校长，我们还想要一盘菜。""好的，稍等，我来给你们加。"早餐时间，甘肃省秦安县西川镇中心小学校长张美钧在食堂一边陪学生进餐，一边忙着分餐加菜，这个时间段他格外忙碌，但和孩子们在一起用餐打心眼里高兴。

这是秦安县实行校长陪餐制的一个缩影。自 2012 年开始，该县大部分食堂供餐学校就开始了校长陪餐制，校长们亲自把好食品采购、后厨操作、学生用餐等各个关口，及时收集意见，反馈改进。该县教育局副局长说，"陪餐制为学生舌尖上的安全又上了一道'安全锁'。"

据了解，秦安县实施营养改善计划项目的学校 258 所，惠及学生 3.05 万人，其中食堂供餐学校 44 所，食堂供餐学生接近享受营养改善计划学生总数的 60%。

"陪餐时间长了拉近了和学生的距离，有助于督促食堂在饭菜的'质'和'量'上不断改进。"张美钧说，"我还发现有的学生吃饭挑食，有的餐前不洗手，我们在餐厅和每一层教学楼的水房购买了毛巾和洗手液，督促孩子餐前洗手，进餐保持安静，开展'光盘'行动，举行'文明就餐'主题班会，通过抓一些细节，培养学生的现代文明生活习惯，真正起到了强身健体、文明育人的作用。"

王湾学校是一所九年制农村学校，该校 2014 年办起了学生食堂。"我一直分管食堂，在陪餐过程中和学生交流，哪个孩子叫啥名字在哪个班喜欢吃哪个菜都熟悉了，通过分析学生的饮食爱好及时调整菜品，变换口味，比如孩子们普遍喜欢吃土豆，我们就能用土豆做出五道菜。"副校长雒君林说。

在西川镇学区校长岳海斌看来，农村学校校长陪餐不仅能培养校长和学生之间的感情，而且可以发现和解决就餐以外的好多问题，"去年在中心小学门口发现一位老太太送孙子到校后一直在校门口不回去，通过陪孩子进餐，了解到该生家里有变故，和奶奶一起生活，由于家离学校两公里，奶奶腿疼走不动，等孩子放学后一起回，于是协调中心小学中午给孩子免费提供午餐，在学习上也给予帮助"。

据了解，该县办起食堂的学校还建立起由学生、家长、教师等代表组成的食品委员会，委员会成员随时检查学校食品的采购和操作烹饪，查看校领导和教师的陪餐记录，监督就餐卫生，还负责评议饭菜质量。

"下一步，县上要继续实施'明厨亮灶'提升工程，把寄宿制学校建设和食堂供餐有机结合起来，丰富食堂供餐模式的内涵，打造具有秦安特色的学校饮食文化，确保学生在校吃得安全、吃得健康、吃得开心、吃得放心。"秦安县教育局局长表示。

(《中国教育报》2019年6月18日第6版)

首届中国西部教育发展论坛
在天水举办

8月11日首届"中国西部教育发展论坛"在天水举行，论坛聚焦"用教育阻断贫困代际传递"主题，助力西部地区教育发展，进一步巩固脱贫攻坚成果。

本届"中国西部教育发展论坛"突出开放、创新、跨界的特点，国内专家学者和一线教师800多人参加，与会专家学者和基层教师代表坚持问题导向，就西部基础教育发展经验与反思、西部职业教育改革与发展前景、西部学前教育发展问题及解决方案、西部乡村教师培训的挑战及应对等问题展开讨论；分别就加大对西部教育投入做好西部教育发展规划，大力发展学前教育、义务教育和职业教育，提升农村孩子的教育质量，办好小规模学校关注西部特殊儿童的教育保障等提出了积极建议。此外，发布了《中国西部学前教育研究报告》和《中国西部基础教育研究报告》。

（《未来导报》2019年8月16日第1版）

最美的微笑给学生

——天水麦积区道南小学开展做幸福快乐教师活动

教师节当天一大早，甘肃省天水市麦积区道南小学五年级（5）班的家长代表给学校送来一面锦旗，向学校老师祝贺节日，感谢全体教师对孩子的付出和培养，校长刘惠云从家长手中接过锦旗的时候，幸福感顿时涌上心头，觉得这份礼物是家长给学校和教师打了高分。

近年来，该校开展"做幸福快乐教师"活动，秉承"以爱育人、以美启智"的办学理念，在教师中倡导"微笑工作、快乐运动、美丽生活"，努力追求"让'爱'成为教育的基石，让'美'成为教师的灵魂"的境界，成就学生的美好未来。

道南小学教师办公室里都有一面镜子，这是学校专门为教师微笑工作量身打造的一个小细节，每位老师上课前在镜子前正正衣冠，看看"今天你微笑了吗？"以端庄的仪容仪表走上讲台，以良好的精神面貌和灿烂的微笑上好每一节课。

该校教师平均年龄 45.6 岁，教师平均周课时达到 15 节，大部分教师还承担社团活动、红领巾广播站、四季主题活动的任务，但由于学校创设了宽松的工作环境，教师的工作激情被充分调动起来。"'三八节'时，学校给每位教师送了一朵玫瑰，这种很有仪式感的活动感觉很温馨、很幸福。"安静波老师直言，必须把内心最美的微笑展示给学生，释放亲和力。

快乐运动也是幸福快乐老师的一项内容。学校经常举行教职工拔河、羽毛球比赛、庆"三八"趣味比赛等体育活动，教师和孩子们一起跳绳、跳舞、踢毽子，到自己喜爱的社团跟着学葫芦丝、舞蹈、画画、书法、手工制作等才艺，老师在运动中释放心理压力，提升专业、生活、休闲能力，分享快乐。

道南小学有女教师95人，占教师总数的85%，创造美丽生活成为学校倡导做幸福快乐教师的又一个主题，把美融入生活当中。

2019年教师节期间，学校组织教师以年级组为单位，开展了主题为"天天向上"的抖音拍摄活动，女老师们打扮得青春靓丽，拍出了一组组精气神十足的画面，抖音分享到网上刷爆了朋友圈，网民盛赞学校教师的节日风采，纷纷表示把孩子交给这样阳光自信的老师团队家长一百个放心。

"今年教育部提出重振师道尊严的口号，让学校倡导做幸福快乐教师更有了底气，今后还要结合实际，不断丰富微笑工作、快乐运动、美丽生活内涵，用爱心和激情浇灌花朵。"刘惠云说。

（《中国教育报》2019年9月17日第6版）

学校就是我们温馨的"家"

"我加入少先队戴上红领巾了，老师说我长大了。"近日，甘肃省秦安县西川镇中心小学一年级（2）班学生王妍在视频上指着鲜艳的红领巾告诉在外地打工的爸爸。

王妍是一名留守儿童，和王妍一起加入少先队的留守儿童有66人，今年六一节期间，学校为他们举行了一年级新生入队仪式。

西川镇中心小学是一所城郊农村小学，现有学生870人，农村学生占学生总数的90.2%左右，其中留守儿童就占30%，近年来，学校针对留守儿童多、片区外学生多、进城务工人员子女多的实际，把关爱留守儿童和教育精准扶贫紧密结合起来，在学业关注、生活关怀、情感关爱等方面为留守儿童打造温馨的家，让孩子们收获幸福感和归属感。

"探索农村学校特色化办学的路子，对留守儿童实行三个优先：学习上优先辅导，生活上优先照顾，活动上优先安排。通过社团活动激发学生的学习兴趣，增强自信心。"校长成旺林说。

该校于2016年建立了书法、美术、舞蹈、电子琴、钢琴、足球、架子鼓、乒乓球、创客机器人等兴趣小组，之后又根据需要把秦安小曲、秦腔、秦安壳子棍等非物质文化遗产项目引进校园，目前社团已经达到了20个，每周四下午两节课是社团活动，每一个社团里都有留守儿童参加，经过四年多的活动，每一名留守儿童都掌握了一技之长，团队协作精神和自信心也增强了。

学校政教主任马喜东介绍，留守儿童最需要的是感情陪护，有些孩子因为父母长期在外务工，容易出现性格孤僻、自卑、柔弱、叛逆等情绪，学校就给孩子补上亲情陪护这一课。各班主任都开通了亲情电话，及时安排学生在适当时间与家长视频聊天，同时有44位女老师与留守儿童结成对子，做了代理家长和"爱心妈妈"。

由于住校的孩子大多数都是留守儿童，学校在寝室楼道安装了直饮式饮水机。值周教师每天在宿舍里留守值班，每晚为住宿生安排两小时的晚自习，教师在晚自习对他们进行辅导。

社会各界也伸出援助之手，帮助贫困家庭孩子。2019年6月1日，北京科技大学发起"手拉手，过六一"活动，学校6名留守儿童赴北京与北科大附小孩子一起过六一节，同时参观了天安门、水立方、清华园等知名景点。

（《中国教育报》2020年6月23日第6版）

小小义务工　助力大产业

——秦安县大中小学生暑假劳动实践活动见闻

"家里种植了10亩桃园，目前进入盛果期，预计产桃子5万多斤。这个假期，我们姐弟四人一直在果园忙着，每天早上5点多就进果园采摘、分拣、套袋、装箱、送货，还在网上销售桃子过万斤。"说起自己的暑假生活，秦安县刘坪镇秦洼村的返乡大学生牛晓煜一脸兴奋。"正逢桃子成熟的季节，我们在桃园里干点农活，既给爸妈帮了大忙，也体验了整个劳动过程。"牛晓煜说。

和牛晓煜一样，暑假期间，秦安县的21000余名大中小学生活跃在田间地头，采摘花椒、蜜桃和蔬菜等，全方位参与劳动实践体验，假期生活过得充实又快乐。

秦安县是我国北方桃子、花椒、苹果的主要生产基地之一，目前全县林果产地面积为69.82万亩，其中蜜桃2.46万亩，苹果48.77万亩，花椒17.5万亩。秦安县2022年蜜桃、苹果、花椒预计总产值80.68亿元。目前桃子、花椒正处于采摘期。

暑假期间，秦安县教育局结合"双减"和县域内支柱产业的生产需求，要求各中小学将暑期劳动实践教育作为假期作业的内容之一，鼓励所有大中小学生采取各种形式开展暑期劳动实践体验活动，为全县支柱产业加油助力。

王尹学区以"双减"和课后服务"5+2"为契机，创新劳动实践活动载体，为各校配备劳动教育兼职教研员，开辟了"自建"和"共建"两种类型的校外劳动实践基地。"自建"基地由镇政府流转"撂荒地整治"土地3.5亩，由学区自主经营管理；"共建"基地由学区与马河村、王新村两个村集体大棚种植合作社签约，合作社负责经营管理，学校协助农户开展播种、日常管理和采摘活动。通过一系列劳动实践活动让学生掌握整地作畦、施基肥、播种育苗、定植、田间管理等技术，并带领学生在本班的学农基地范围内进行劳动实践，使科学课教学与实践基地建设得到有机融合。

近日，王尹镇中心小学的15名师生来到马河村的蔬菜大棚基地采摘。学生兴致勃勃地采摘黄瓜、西红柿和辣椒一个多小时，之后称重，根据市场价格测算收入，并对蔬菜的长势和产量进行了评价。

"现在的学生虽长在农村，却不识五谷杂粮，不关心粮食和蔬菜瓜果的情况。自从有了劳动教育实践基地，孩子们对农作物生长开始感兴趣，在劳动实践中，学生会发现好多问题，再通过自主、合作、探究解决一个个问题。在这个过程中，学生的劳动感情和劳动实践能力都得到了培养。"王尹学区党总支书记、校长张美钧说。

和王尹学区相比，西川镇中心小学在侯辛村打造的5亩"智慧农场"更具规模，这里开辟了"园林管理""果树管理""蔬菜种植"等种植区域，创造性地采用多种方法种植农作物。

暑假期间，西川镇中心小学组织学生到"智慧农场"开展暑期采摘活动。虽然天气炎热，但是孩子们你一袋辣椒，我一把豇豆，你一兜茄子，我一筐西红柿，品味着采摘的乐趣，一张张稚嫩的脸上露出灿烂的笑容。

西川镇中心小学校长成旺林说："校外劳动教育实践基地的创建，是学校结合实际，因地制宜，全面实施学校、家庭、社会相融合的教育模式的尝试，标志着学校劳动教育进一步走向规范，走向成熟，学生在体验劳动的过程中收获满满，暑假生活更加丰富充实。"

中山学区紧密结合中山镇现有劳动教育资源，先后两次组织师生

400人次到千亩高山架豆基地采摘架豆。缀满枝头的架豆在阳光的照射下格外耀眼，师生挎着篮子，提着塑料袋，穿行在架豆垅行间，轻拨叶子，眼疾手快地采摘，不一会儿就袋满筐满，整个架豆基地充满欢声笑语。

中山镇人大副主席告诉记者："目前基地的架豆进入生产期，也是销售旺季，三到四天为一个采摘周期，每次出售架豆3万斤左右，但由于桃子和花椒也进入采摘旺季，采摘的劳务正吃紧，学校组织师生到基地开展采摘活动，让孩子们得到劳动体验的同时，也给基地帮了大忙。"

"通过采摘高山架豆，我真正体会到了农民伯伯在烈日下劳动的辛苦，也学习了架豆管理、加工、冷藏等方面的新知识，还在劳动基地里感受到了收获的喜悦。"中山学区五年级学生张晨曦说。

"暑假期间，倡导大中小学生在家体验劳动快乐，积极参与秦安特色农业生产的劳动活动，不仅丰富了学生的暑假生活，助力了全县支柱产业的发展，而且弘扬了'智慧勤劳、崇文重教、诚信包容、敢为人先'的秦安精神，也培养了学生热爱家乡的情感。"秦安县教育局党组书记、局长说。

（《未来导报》2022年8月19日第4版）

张家川县新建小学：课间操惊现流行色

每天课间操期间，张家川县城东街的新建小学操场上精彩的舞蹈操精彩上演，成为一道亮丽的校园风景线。青年教师麻继忠登上操场中央的小舞台，随着动感流行的音乐响起，全校 2500 多名师生便跟着音乐节奏拍手、踢腿、跳跃起来。就是这套流行色十足的舞蹈操，使这所学校成为"网红"，引发百万网友围观。

一套舞蹈操为何能让新建小学在网上火一把？还得从校长杨春茂的西安之行说起——

春节期间，杨春茂在西安大唐芙蓉园景点广场上看到一群人跟着流行音乐跳广场舞，拉风的音乐吸引了周围众多游客的眼球，许多游客自觉参与进去，场面一下子火爆起来，这一"火"也点燃了杨春茂长的激情。

开学后，杨春茂就和音乐老师麻继忠商量，能不能编一套类似广场舞的课间操，既锻炼学生身体，又激发孩子们的学习热情。于是麻老师和魏芳、马雪儿几位老师编排打磨，前后一周时间创编出了一套大课间操《好嗨哦，动起来》。

这种舞蹈操一出"炉"，学生们就兴奋得不得了，几位老师利用早操、课间操、体育课、音乐课时间给全校师生教授，大家很快就掌握了动作要领。

没想到这套舞蹈操在学校一推广开，不仅学生喜欢，还引"燃"了家长的热情。每到课间操时间，许多家长和社会人士都会跑到校门口观赏、拍视频。有些广场舞大妈还在校门外跟着音乐节奏跳了起来，一名县城的专业摄影师将这套舞蹈操拍成抖音视频传到网上，从此便"火"了起来。

设计这套网红舞蹈操的麻继忠老师介绍说，由于现行的广播体操已经做了很多年，节奏舒缓，和当下孩子喜欢的流行音乐节奏不合拍，因此在创编这套舞蹈操时充分考虑了节奏的快慢、舞蹈动作、年龄、性别等差异因素，融入了当下流行劲爆的音乐与时尚新潮的动作元素，将当前流行的《K歌》《燃烧我的卡路里》《好嗨哦》等音乐跟课间操结合起来，整套操包括20多个动作，配上音乐显得十分流畅圆润，一气呵成。

通过一学期的推广，孩子们对舞蹈操的接受度非常高。学生的身体反应明显灵活了，协调性好了，音乐课堂也更加活跃了，身体得到了很好的锻炼，家长普遍反应非常好。

四年级（1）班的班长王宇泽是学校"鸟之声"艺术活动中心的资深组员，阳光是他的名片。说起舞蹈操他更加开心了："舞蹈操非常有节奏感，越跳越带劲，让人沉浸在美妙的音乐中，不仅喜欢这套操，而且爱上了这种健身方式。"

五年级（1）班的班主任张静对舞蹈操的评价更为直观："这套操节奏明快，旋律劲爆，学生一改以往做操时懒散无力、敷衍应付的现象，全身心参与，激情四射。学生变得阳光自信了，真正达到了锻炼身体激发学习兴趣的目的。"

"下一步，我们还要争取每学期有一套舞蹈操，逐步构建学校校本课程，以此来达到'以操促德，以操辅智，以操健体，以操审美'的目的，促进孩子们健康快乐成长。"杨春茂说。

（《学生天地·小学中高年级版》2019年第9期）

甘肃清水县教育展馆落成

日前，甘肃省天水市清水教育展馆正式开馆。累计参观人数已达3000多人。

该展馆以历史沿革为主线，以讲好跨越奋进、砥砺前行的清水教育故事为脉络，按照中心聚焦、四周环绕的总体布局，内分一卷文脉、奠基成长、奋进新时代、人杰地灵、百年传承等五个板块，设实物展台5处，展出历史照片800余张，以及各类文献资料、教辅用具等200余件。

据悉，2019年初，清水县委、县政府为展示全县教育发展成果，凝聚力量推动清水教育高质量发展，决定建设清水县教育展馆。县教育局严格参考《清水县志》《清水教育志》等历史书籍，详细查阅县博物馆和县档案馆各类文献资料，广泛征求教育系统退休老干部、老教师的意见和建议，邀请县内相关专业学者现场指导，多次深入基层学校进行实地考证，深入走访朱诚朴先生等知名摄影家，累计征集教育历史照片、图册、实物等5000余件（套），为展馆建设奠定了坚实的基础。

"教育展馆既力求全面、系统展示教育发展历程；又兼具特色，重点呈现新时代清水教育发展现状，将成为全县5万余名师生砥砺初心、勇毅使命的重要教育实践基地，对全县教育发展产生积极而深远的影响。"清水县教育局局长说。

（中国教育新闻网 2020 年 7 月 6 日）

甘肃省秦安县委、县政府在112所农村校设立名誉校长

校长挂"名" 学校得"利"

近年来，甘肃省秦安县针对农村初中、小学办学规模小、教育教学质量下滑等问题，聘任县四大组织领导和部门主要负责人为农村义务教育学校名誉校长，为所任职学校帮困解难，促进了农村薄弱学校教育教学质量的提高和义务教育优质均衡发展。

2015年，秦安县委、县政府制定出台了《秦安县聘请农村义务教育学校名誉校长工作实施方案》，聘请县四大组织领导、县直各部门和驻秦单位主要负责人担任农村独立初中、九年一贯制学校和部分小学的名誉校长。名誉校长由县委、县政府直接领导，提出"领导联校长，部门联学校，领导抓质量，部门帮硬件"的总要求，帮助学校理清发展思路，解决实际困难，提升管理水平，全力打赢教育脱贫攻坚战。

该县聘请的名誉校长充分发挥行业部门优势，不断拓展教育资源供给，改善农村薄弱学校办学条件，帮助家庭经济困难学生完成学业。五年来，全县先后有112名名誉校长在112所农村初中和小学任职，先后为所帮扶学校办实事180余件，争取各类资金1200余万元，用于校舍维修改造、校园绿化美化和家庭经济困难学生资助。

县委书记任叶堡镇三棵树中学名誉校长，多次到学校听课评课督查，为党员教师讲党课，先后为该校筹措资金硬化操场、绿化校园，并建成了寄宿制学校，学校的发展后劲明显增强，教学质量开始回升，2020年九年级毕业会考全合率比2016年提高了3.7个百分点，全县初中全合率排名前进了8名，获得家长和社会的认可。

守望教育的灯火

在名誉校长抓好对所任职学校开展全过程、全覆盖督查指导的同时，县委办公室加强对名誉校长履职尽责情况的监督评价，名誉校长每年督查学校不少于4次，每季度赴任职学校检查工作1次，乡（镇）党委、政府每月向县委办报告名誉校长的到岗情况。

为了把好事办实，除了抓硬件建设，名誉校长更重要的职责是促教育教学质量的提升。县长任王窑中学名誉校长，她通过多次走访调研，针对学校教学管理存在的问题提出了指导性的意见，该校教育教学面貌发生了很大变化，生源保持稳定，教育教学质量逐年提升，2020年九年级毕业会考全合率比2019年提高3.2个百分点，学校跨入全县农村同类学校前列，教师和校长的办学信心更强了。

名誉校长还紧紧围绕立德树人根本任务，为任职学校擦亮党建牌子。他们将加强学校党建工作与教学工作、师德建设、学生德育、群团工作相结合，党组织战斗堡垒作用和党员的先锋模范作用得到进一步发挥，党的领导优势更加突出，增强了教育教学改革发展的动力。全县义务教育学校建成标准化党支部90个，培养基层学校优秀党务工作者400余人，有3个党支部被市委教育工委表彰为先进党支部，13个党组织被县委教育工委授予先进基层党组织。

"名誉校长积极履职尽责，督促所任职学校改善办学条件，提升管理水平和教育质量，尤其在教育精准扶贫政策落实、控辍保学等方面发挥了重要作用，确保了义务教育阶段'一个也不能少'目标的实现，为全县打赢教育脱贫攻坚战提供了强有力保障。"王东红说。

（《中国教育报》2020年9月29日第6版）

轮椅姑娘考证背后的励志故事

1月9日，2020年下半年甘肃省中小学教师资格全国统一考试天水考区（面试）在天水市一中麦积校区举行。

当天下午，考点来了一位坐着轮椅参加考试的姑娘，考务工作人员得知她叫黄文娣，由妹妹推着轮椅陪伴来参加高中英语资格面试。于是考点派专人提供服务，帮助黄文娣顺利参加完考试，并送她离开考点。

黄文娣出生在天水市清水县郭川镇黄大村，今年24岁，现就读于天水师范学院外国语学院2018级2班，读大三。因为患有先天性脊柱裂，导致双腿残疾，自幼拄拐杖行走。作为一名肢体残障者，她深知身体的不便，学习和生活面临很大困难，同时也给家人带来很多痛苦。即便如此，她依然坚持上学。有几年因为身体原因，不得不休学，她就一边坚持在家自学，一边由父母带着到处求医治病。父母对自己的疼爱和操劳，更激励了黄文娣刻苦学习的信心和决心，她完成了小学到初中的学业，并考上了清水县六中读高中。

上高三之前，她虽然双腿残疾，但可以自己上下楼，做各种事情。由于父母担心她的身体，将在清水县一中上学的妹妹转到县五中陪伴她。高三寒假的一次体检中，她又被查出因脊柱裂病导致双肾积水严重，医生说如果不及时治疗可能会危及生命。于是在医生的指导下她开始自己导尿。由于高三第二学期学习非常紧张，而且导尿期间她经常发高烧，从最初的一个月一次，到后来一周一次。由于导尿较费时间，所以她每天比别人早起半个小时……但她依然坚持刻苦学习，2017年以

427 分的成绩考入天水师范学院。

"坚强、沉稳、聪慧、善良，用这几个词来形容她再恰当不过。"在高中班主任汪民雄眼里黄文娣是一个非常可爱的女孩，"有良好的学习习惯和品质，学习上努力、执着、向上；生活中与人为善，不骄不躁；在病魔面前从未低头，用实际行动证明了自己的勇敢和坚强，希望她再接再厉，自信面对人生。"

"一路走来，感激所有帮助过的家人、老师、同学和社会爱心人士。"黄文娣说。

上高中时，班主任关心她的病情，毕业后还为她争取到了 5000 元的助学金。高中毕业后她做了手术，被大学录取后只能在家休学进行康复训练。在别人看来可能她的学习生涯会就此结束，但是父母仍然坚持送她去读书，甚至大一刚开始母亲还跟着她陪读。刚进校时，由于病情加重，她需要坐轮椅，上下楼也变得很困难，学习和生活有很多不便。大学同学和老师对她倍加照顾，还有男同学经常背她上下楼。班主任和辅导员一有资助机会，都首先会想到她……现在，黄文娣学习生活能够自理，更珍惜学习机会。她通过了英语四级考试，还考完了英语六级……她相信通过努力，将来也能有一份属于自己的好工作。

在同班学生才让拉姆眼里，黄文娣是一个快乐女孩："每天上课看着她一步一步踏上楼梯走进教室的身影敬佩之情油然而生，能感受到她对知识的渴望。她团结同学，集体荣誉感强，富有责任心，处事态度严谨，为班级树立了良好形象。"

"每个人的人生都不是一帆风顺的，如果遇到困难不去面对，不去克服，不能坚持，那留给自己的只有失败。只有敢于直面困难，努力去克服困难，才有可能成功，才能过上自己想要的生活。"黄文娣对自己的未来充满信心。

（中国教育新闻网 2021 年 1 月 19 日）

小小科技馆　筑起创客梦

——天水市建设路第三小学科技创新活动侧记

天水市建设路第三小学始建于 1957 年。在这所占地面积并不大的学校里，一座科技馆成为校园里一道亮丽的风景。

走进装修一新的科技馆，墙壁上悬挂的师生创新成果，橱柜里摆放的奖牌，桌面上摆放的学生创意作品和组件，木匠作坊的小车床……无不释放出浓厚的科技创新韵味。

"崇尚科学、体验生活、探索创新"是科技馆的宗旨。小科技馆一次只能容纳 100 多名学生开展活动，所以学校采取分期分批的方式，保证让更多的学生参与创新活动社团。学生们可以按照自己的爱好自愿选择社团，实行走班制。

创客社团不是"纯玩团"

未来创客社团辅导老师董金生介绍，未来创客系列课程主要开展创意设计和模型搭建，让学员在任务的驱动下，综合运用多学科知识创造性地解决问题，突出创意创新能力的培养。

2007 年就起步的天水市首家智能机器人社团就是该校的"王牌军"。13 年来，张惠文老师凭着自己对机器人的浓厚兴趣，先后辅导学员开展机器人知识普及、简易机器人制作、普及型机器人制作、普及型智能机器人制作、智能机器人的改装与编程、FLL 工程挑战赛等多种活动，并带领优秀选手出征全国各地，先后 12 次在 10 个城市参加国家、省级比赛，获得奖励 21 个，其中国家级三等奖 1 个，省级一等奖 1 个。

如今，他训练过的学生基本都能搭建各种机器人，进行自主编程，让机器人完成不同难度的任务。

微型机床作坊是"鲁班"工匠的孵化室里面摆放着36台小机床，是将普通机床微缩成1／10左右可以组合的锯床、磨床、钻床、锣床。这个社团的"祖师爷"是杨春生老师，他一边给"徒弟"手把手地教，一边又忙着修理机床。这些能工巧匠们根据自己的创意通过锯、磨、钻等工序，把木质材料设计组装成飞禽走兽、飞机坦克和家居生活等各种模型。为了使模型更加美观，还有一组画匠专门给这些模型进行彩绘。据不完全统计，"鲁班"工匠们每年设计制作的创意作品达300多件。

相较于以上三个社团，创新发明社团更具传奇色彩。创新发明社团是2016年在智能机器人和未来创客社团发展的基础上创建的。社团开设了创新实践课，从小就爱鼓捣的李萧林老师是创新发明社团的辅导老师，他本人还荣获了2018年天水市科技创新教育突出贡献奖。李老师的社团活动课采用探讨和提问的方式，每周给学员布置三个作业，搜集爸爸妈妈生活中特别难解决的问题，然后大家一起讨论研究，用自己的智慧为爸爸妈妈分忧解难。老师再把大家的想法进行整合，鼓励同学们搞小发明。

今年8岁的刘泽阳是三年级（1）班学生，刚上二年级时，他和爸爸上街玩，看到环卫工人用小铲刀在铲墙面上的小广告，小广告上的胶铲刀铲不干净，很费劲，于是他回家就琢磨着要发明一款铲小广告的"利器"。他找来了亚克力板、铁棒、矿泉水瓶和输液塑料管，每天晚上研究和组装，为了能除净胶，他还添加了一个热熔器，终于发明出了墙面纸质小广告便携式清除机，这项小发明获得甘肃省和天水市科技创新一等奖。刘泽阳说："这项发明如果所有部件用金属做成的话，完全可以用。"

和刘泽阳一样的佼佼者为数不少。已经上初中的张恺睿从四年级开始参加了12期创新发明社团，他发明的"便携环保提袋器"获得了天

消息快递

水市科技创新二等奖，牙膏挤出量控制器获得了国家级三等奖、省级一等奖，电脑设计作品拿下了两个省级大奖。

"科技创新活动并不是要让学生都成为发明家，而是一种把自己的思想变成现实的趣味游戏，在游戏过程中发现学生的闪光点，激发学生的学习兴趣，释放学习压力，培养学生的观察力、动手动脑能力，以促进学生全面发展。"李萧林说。

据不完全统计，该校自2007年以来，累计有2300名学生参加科技创新社团，连续参加国家、省、市、区级科技创新大赛，先后获得奖励560个，其中57名教师获得辅导奖。

"科技活动给同学们种下了梦想，点亮了心灯，我们将尽最大努力为同学们创造更好的条件，希望他们成长为有创新思维的一代新人。"校长王万军面对同学们科技创新取得的成绩高兴不已。

（《学生天地·小学高年级版》2021年第1期）

刷亮青春色　共圆文学梦

——甘肃省秦安县桥南中学"筑梦文学社"的激情岁月

　　秦安古称成纪，素有"羲里娲乡"之称，这里不仅养育了勤劳朴实的人民，还孕育了悠久灿烂的文化。秦安县桥南初级中学筑梦文学社。就是开在校园里的一朵文化"奇葩"。

　　筑梦文学社成立于2017年10月，社名由2016年10月创办的校刊《筑梦》而来。自创刊以来，它秉承着"汇聚学生小梦想，实现伟大中国梦"的发展理念，坚持以"活跃校园文化，展现学生风采"为宗旨，达到"提高广大学生的文学素养，培养高尚健康的审美情趣"的目的。

　　近三年来，筑梦文学社每学期除了定期开展社员之间写作经验交流、采风创作活动外，还举行集体讲座、个别辅导，举办文学沙龙等活动，每周星期三是社团活动时间，文学社都要请经验丰富的语文老师开展写作知识讲座，辅导学生"放下笔：用心去写作"。每学年还要招收新成员，截至目前，参加文学社的学生人数累计达到1800人次。新鲜血液的注入，不仅使文学社愈发"枝繁叶茂"，而且培养出了不少才华横溢的小作者。

　　在丰富多彩的活动历练中，涌现出了不少有思想、有灵感的小作者，他们用优美的文字记录下校园的异彩纷呈。

　　八年级（8）班的女生苏晓丽是筑梦文学社的一员。她非常喜欢读书，周末几乎都在书店里。她的作品《母亲》在2020年学校作文大赛上获得了二等奖。她向同学们介绍写作经验时说："读书对写作有很大帮助，读的作品越多，写作的时候词汇量越丰富，文章思路越清晰，写作的热情也会随之增强。"她每年能写出近 50 篇文章，最让她开心的是加入了校园写作群，在群里大家可以分享新作，交流写作技巧，进步非常快。

校刊《筑梦》是文学社活动的主阵地，每学期出版一期。校刊设置了园丁感怀、诗样年华、珍爱青春、阳光雨露、大爱无痕、社会写真、赤子情怀、课堂内外等专栏。校刊不仅面向全校师生征稿，还吸纳社会来稿，成为展现学子风采、展示校园文化成果的重要平台。而今，《筑梦》已成功出刊 7 期，累计编发作品共 680 余篇（条）。

《筑梦》的主编崔彦清老师说："师生投稿的热情十分高涨，审稿、编排倾注了编辑大量的心血和汗水，其影响力已经从学校辐射到了社会各界，在最近两期的校刊中，有来自本县兄弟学校师生的作品和外省的佳作。"

文学创作活动结出累累硕果。2017 年 7 月和 2019 年 8 月，学校先后两次获得了"鲁迅青少年文学奖"优秀组织奖；在 2018 年 8 月的首届"中国校园文学奖"的活动评选中，筑梦文学社荣获优秀社团奖；在"中国梦，家乡美·我眼中的美丽天水"天水市中小学主题作文大赛中获得优秀组织奖；在秦安县"中华诵·经典诵读比赛"中获得一等奖；在 2017 年秦安县"中华经典诗词诵读展演活动"中获得优秀组织奖……这些荣誉是对筑梦文学社用润物细无声的笔墨滋养一个个文学灵魂的最好鼓励。

"筑梦文学社给爱好文学的同学搭建了展示自我的舞台，更重要的是提升了学生的人文素养，为学生健康快乐成长奠定了坚实基础，今后还将拓展思路，创新载体，突出特色，把文学社办得更好。"校长王田库对文学社的前景充满了信心。

（《学生天地·初中版》2021 年第 3 期）

武山县滩歌初级中学：旋鼓神韵润校园

武山县滩歌初级中学始建于1906年，是全县规模最大的乡镇独立初级中学之一。该校的旋鼓社团在当地小有名气。

旋鼓社团还得从滩歌镇的古老历史说起。滩歌镇位于武山县县城西南部，古称威远寨，唐代末年由吐蕃枭波部族修建。1015年9月秦州（今天水）知州曹玮扩建了威远寨，并任命蕃官带兵驻守。由于威远寨在地区防务和经济贸易方面的地位日益突出，北宋政和初年，威远寨更名为滩歌镇。滩歌在藏语里的意思是平川草地，也是对人们在草地上载歌载舞的生活场景的概括。根据记载，滩歌南沟圈子阖在政和年间形成了一个规模较大的茶马互市，交融了西戎、氐、羌、冀戎等多个民族文化。武山旋鼓舞又称"羊皮鼓舞"，也是武山民俗文化的符号与象征。有学者认为，旋鼓舞源于原始部落的图腾舞，带有浓厚的原始信仰色彩。而民间流传着一种说法，有一个放羊娃看见自己的一只羊被狼吃得只剩下一张干皮，愤怒地拿起手里的棍子捶打羊皮，没想到羊皮竟然发出巨大的声音。这声音把即将出世的小狼崽震死在了母狼胎里，影响了当地狼的繁殖，减少了狼对人们生活的危害。人们由此发明了旋鼓，在每年母狼孕育狼崽的时候，便手持旋鼓上山击打，驱逐狼群，因其鼓面为扇形，又被称为"扇鼓舞"。

滩歌镇作为旋鼓的主要传承地，旋鼓自然成了武山传统文化的一大品牌，旋鼓舞从祭坛祈福到喜庆活动，从民间引入校园，那古朴浑厚的风格、奔放不羁的神韵，加上表演者元气淋漓的质感，展示出武山人民粗犷豪放的性格，富有浓烈的乡土气息和民俗特色。

一直以来，旋鼓舞在学校的重大活动中都会作为压轴节目出场。2011年，滩歌初级中学被教育部命名为"首批中华优秀传统文化艺术传承学校"。2018年，学校研发了《滩歌旋鼓文化》校本课程，重新组建了旋鼓舞社团，并邀请国家级非物质文化遗产代表性传承人戴思贤作为校外辅导员，给同学们讲解旋鼓文化，讲授表演技巧，先后已有三百多名学生参加旋鼓舞社团。

学校旋鼓舞教练王瑀和《滩歌旋鼓文化》校本课程开发者杨建全一致认为，表演旋鼓舞不仅能提升同学们的身体素质，激发他们对传统文化的热爱，还能丰富他们的校园生活，润泽其心灵。

"学校承担起传承旋鼓舞的历史责任，通过旋鼓舞表演培养学生们乐观向上、敢为人先的良好品质，让学生在学习过程中汲取旋鼓舞的文化精髓，经过一代又一代人的努力，使这一国家非物质文化遗产得到保护和传承。"校长兰军红说。

（《学生天地·初中版》2021年第7期）

守望教育的灯火

三代教师同上一节课

近日，甘肃省天水市秦安县王窑中学举办了"三代教师同上一节课，桃李校友共话发展路"的教学活动，三代教师同登讲台，同上九年级物理《欧姆定律》一课，为学生展示不同时代的教学风格。

86岁的退休老教师胡振江首先登台，他采用传统的讲授法，使用一支粉笔和一面黑板给学生授课，强化知识点和教学重点难点，同时通过师生互动和启发引导，活跃课堂气氛。

"和胡老师所处的教学年代相比，现行教材、手段、教法都发生了很大变化，但没想到胡老师处理教材的能力这么强，把知识点、教学重点和难点都拿捏得很准，讲得很透彻，板书工整，整堂课安排得滴水不漏，有很强的代入感，听他的课真是一种享受。"物理教师张向宝说。

王窑中学于1971年成立，开始时是一所完全中学，后于1981年改办初级中学。经过几代教师的坚守和默默奉献，学校被评为甘肃省普九"先进单位"、先后3次受到秦安县委县政府表彰奖励。

胡振江1962年中等师范学校毕业后分配乡村小学任教，1971年至1994年在王窑中学任教，1997年退休，先后教高中、初中物理课，教学认真，业务熟练，语言幽默风趣，深入浅出，循循善诱，深得学生喜爱。

之后，中年教师姜贵重讲解教材的例题，通过物理和数学知识的结合，引导学生明确的解题思路和方法，规范解题过程，讲得干净利落。青年教师李静使用多媒体手段和参与探究式教法，突出学生的课堂主体地位，从问题探索中得出结论，巩固知识。

学校原校长王田库认为，三代教师同上一节课，把教师教学精神、教育理念、手段、方法和教学文化等要素融入课堂，三位教师学历从中师到本科的变化，教学手段从一支粉笔到教学多媒体的应用，课堂主体从教师到学生的转型，不仅反映了学校办学条件的发展变化，而且真实再现了鲜活生动的教学情境。

"今年适逢学校建校五十周年，通过三代教师同上一节课，给师生搭建共同学习交流的平台，更重要的是老教师的严谨作风、乐观心态和饱满热情给师生上了一堂鲜活生动的党史教育课，提振了大家的发展精神，增强了扎根乡村学校的信心，努力把学校办好办出特色，让农村孩子在家门口享受良好的教育。"校长何小荣说。

（《中国教育报》2021年12月27日第4版）

守望教育的灯火

培训教师、定点支教、捐资助学，西南交大全心助力秦安教育

帮到吃紧处　扶到点子上

"收到你们买的衣服、鞋、书包、保温杯和 500 元奖学金的时候，心里感到无比的激动，感谢你们能帮助我们学校和像我一样的家庭经济困难学生……"春节前夕，甘肃省秦安县王尹镇和平小学五年级学生高凯给西南交通大学写了一封感谢信。

与高凯一样，和平小学收到钱物的有 38 名学生，这份礼物源于千里之外的西南交大发起的"暖冬"行动。秦安县 2020 年实现整体脱贫，但脱贫后促进教育优质均衡发展的任务依然艰巨。2019 年 10 月，西南交大被确定定点帮扶秦安县教育工作。"学校接棒后，确定了'教师培训、定点支教、捐资助学'基本思路。"西南交大党委常委、副校长朱建梅说，聚焦巩固脱贫成果，学校力争帮到吃紧处、扶到点子上。

"针对秦安县中小学教师教学方法传统、课堂教学开放度不够、部分薄弱学科质量偏低的实际，我们从提升教师素养入手，有针对性地开展专业培训。"2020 年 5 月，西南交大附中党支部书记朱健松带领 15 名骨干教师赴秦安县开展教师培训和"同课异构"活动，累计培训当地教师 800 余人。"通过'同课异构'，看到西南交大附中教师讲课运用了新闻回放、科技成果展示和讲故事等形式，才发现自己讲得很枯燥、学生学得没味道的原因是没有与学生生活实际结合起来。"秦安县桥南中学青年思政课教师蔡艳芳感触颇深。

"高校充分发挥学科专业及人才优势，通过培训交流提升中小学教师队伍素养，增强秦安县教育事业发展的后劲。"西南交大在秦安县的

挂职干部说。

针对秦安县中小学心理健康教育专业教师短缺和学校管理干部断档问题，秦安县教育局选派45名心理辅导教师、100名中小学思政课教师和学校管理干部赴西南交大培训学习。同时，西南交大派出12名研究生到秦安县支教，全部在教学一线承担教学任务。

刘亚磊是西南交大车辆工程编程专业研究生，在秦安县桥南中学支教，每周带16节七年级的编程课，还协助学校政教处、团委开展相关工作，担任学校机器人社团的编程辅导教师。由于他掌握的编程知识渊博，操作手法熟练，讲课方法灵活，激发了当地学生学习编程的兴趣，目前参加学校电脑绘画与编程应用社团的学生达100人。

对口帮扶中，西南交大在破解秦安县教育发展的痛点、难点、堵点上更是倾力伸出援手。秦安县新建的莲花、安伏、五营镇3个教育园区由于缺校车制约教师"走教"，西南交大捐助100万元购置了7辆送教车。2019年以来，该校累计投入资金262万元，先后建成了4个爱心图书角，捐赠价值180万元的图书、10台电脑，53万元用于学生奖学金和助学金，硬化了三棵树中学操场，有效改善了全县农村薄弱学校的办学条件，减轻了贫困家庭学生的经济负担。

"西南交通大学打出了一套教育帮扶'组合拳'，改善了乡村教育的办学条件，促进了教师专业水平的提升，让贫困家庭孩子树立了信心，帮扶不仅有深度，更有温度。"秦安县教育局副局长表示。

（《中国教育报》2022年2月12日第2版）

甘肃省天水市武山县建成教育博物馆

日前，甘肃省天水市武山县教育博物馆在百年老校蓼阳学校旧址落成并举行揭牌仪式。

武山县教育博物馆坐落在洛门镇蓼阳村蓼阳学校原址，分为民国时期李氏私塾原址与展厅两大部分，李氏私塾原址由教室、教师宿舍、李彩墓碑三部分构成，基本保留了清末至民国时期私塾的原貌。

博物馆展厅面积350平方米，按时间顺序分为五个板块。在筹建过程中，相关人员奔赴全县15个乡镇300多所学校征集展品，共征集到各类展品3000余件，本次重点展出300余件，全方位呈现了武山县100多年间教育事业的发展轨迹，客观科学地再现了武山教育的历史变革和取得的成效。该馆的建成，将对传承渭川文化、挖掘保护武山珍贵的教育文物资料、弘扬武山教育精神发挥重要作用。

据悉，1873年，由李南峰先生在蓼阳创办李氏私塾，后由李氏族人等兴办新型教育，于1911年扩建成立蓼阳两等小学堂，成为全县最早的教学楼。为了更好地弘扬先贤的办学精神，武山县教育局按照教育博物馆和保护校舍古建筑遗址相结合的建馆思路，充分体现一馆多能、一馆多用的理念，在武山县教育博物馆同时挂武山县爱国主义教育基地、武山县教育基地和蓼阳学校的牌子，营造浓郁的文化传承情境，使教育博物馆的实物资料成为武山教育的"活化石"，提升教育博物馆的育人价值。

（中国教育新闻网 2023 年 5 月 15 日）

美育组"团"出招

——甘肃天水逸夫实验中学加强美育工作，提升办学品质

每周五下午第二节课后，甘肃省天水市逸夫实验中学东南角就会响起悠扬悦耳的古筝曲合奏，身穿古装的古筝社团学生开始在这里练习古筝技艺。泥塑、国画、汉服、舞蹈、器乐等社团同时开启学生们的"幸福时光"。

该校是一所初级中学、市优质示范学校，现有学生2700多名，近年来，学校把美育教学作为培养学生核心素养的重要抓手，通过丰富多彩的艺术社团活动培养孩子的艺术素养和美好品质。

2016年起，该校根据学校的中长期发展规划和学生需求，设计美育为人文素养类、家国情怀类、高雅气质类和创意实践类等四个模块，由学生自主创建社团，目前有百泉合唱团、逸韵合唱团、陶艺泥塑社、健美操、汉服社、舞蹈社、器乐社、摄影社等11个艺术社团，参加社团的学生累计达到2000多人次。

与此同时，该校又将艺术社团综合实践活动正式纳入课程体系，形成了"课堂＋社团＋舞台"的模式，做到有课程、有计划、有阵地、有检查、有落实、有展示。学校艺术社团学生先后参加部、省、市中小学生艺术类大赛并获得奖励，举办校园艺术节22届，各类社团活动成为学生展示才艺的平台。

百泉合唱团成立于2017年，同年8月，赴杭州参加"第八届中国魅力校园合唱节"比赛，获得二等奖的好成绩，之后又分别获得2018年魅力校园第九届合唱比赛一等奖和2019年甘肃省首届学生合唱艺

节合唱展演二等奖。

在国家"双减"政策背景下，学校的艺术社团活动进一步拓展。不久前，该校举办了2021—2022学年度第一学期美术课堂教学成果展，其中23个现代化小区沙盘上楼群风格别致，造型各异，其间布局的草坪、人工湖、凉亭、林荫小道和休闲健身场所洋溢着现代康养生活的气息，这些作品皆出自七年级学生之手，归功于"双减"成果。

"双减"政策落地后，音乐教师张黎显得更加忙碌，她除了教好音乐课、辅导社团活动外，还在全校师生中普及人人都能学的"口袋"乐器——陶笛，让师生在紧张的教学中得到放松。"如今已经有许多学生、老师、家长喜欢上了这件乐器，闲暇之余，大家一起切磋技艺，自己虽然忙但内心充满快乐和幸福。"张黎说。

"美育不仅促进了学生专业特长的发展，培养了学生的核心素养，而且丰富和发展了校园文化，提升了学校的办学品质。今后学校将在普及、拓展的基础上，进一步提升美育的层次和水平，为学生成长奠定良好基础。"校长计卫珍表示。

（《中国教育报》2022年4月18日第3版）

天水武山县举办首届幼儿绘画作品展

近日，天水武山县首届幼儿绘画作品展在县美术馆拉开序幕，展览开放以来，已有上万名观众前来参展。据悉，本届幼儿绘画作品展由县教育局主办，县二幼承办，县文体广电和旅游局、县美术馆全程协办，以"每个孩子都是天生的艺术家"为主题，全园 488 个幼儿齐参与，创作出 2000 余幅作品，最终筛选展出幼儿绘画作品 800 多幅，有绘画和手工两个板块。绘画作品形式多样，有线描画、蜡笔画、颜料画、水墨画、拓印画等，手工作品 200 多件，通过形式多样、风格迥异、意趣盎然的绘画作品，充分表达了孩子们的个性特点，创作出他们自己的得意之作。

布展作品包括武山非物质文化遗产、自然生态、生活和动物三个板块。非遗板块包括摩崖佛、武山旋鼓、武术、罐罐茶等内容，自然生态板块凸显武山油菜花海、花卉等主题，生活板块包括体育运动、民俗民风，人物和动物肖像等。一幅幅妙趣横生的作品，都是孩子们以独有的思维模式，表达了他们自己的真实情绪。

冰冻三尺非一日之寒，这些作品也是武山县二幼多年倾力打造艺术教育结出的累累硕果。该园在办园过程中，坚持"给孩子一个有故事的童年"为宗旨，始终把艺术教育作为特色教育的重要内容，儿童艺术创作与教学突出三大特点：突出情感性特征，引导儿童感受生活，自由表达丰富情感；突出创意性特征，引导儿童激发想象，大胆表达个性创意；突出审美性特征，引导儿童体验形式语言，真诚表达独特审美。

守望教育的灯火

2023 年 3 月底画展启动后，共开展了三次集体专题教研，要求老师深度了解、感受幼儿在活动中的心理意愿，引导孩子自由表达自己的内心世界，让孩子通过浸润式的体验，积极主动地去发现美、感受美、表达美、创造美，从中收获自信与快乐。

"各班每周针对活动过程中老师存在的困惑，比如水墨画开展过程中，教师为孩子提供最大化的创造空间、时间及多维互动机会，指导幼儿掌握用墨、运笔等方法，自由大胆地表达自己内心深处的情感。"副园长何莉娟说，"老师做到不去干预、限制孩子的想法，把表现的主动权交给孩子，去肯定、欣赏、分享孩子的成果。"这次展览既是对武山二幼孩子们创造天性的一次全面展示，也是对全县幼儿艺术教育成果的一次检阅。

甘肃省美协会员、县四中的美术教师岳立明说："此次画展表达了儿童眼中的世界是纯朴美好、五彩斑斓的。质朴的线条、诙谐的表情、张扬的色彩，无不透露出他们自由、自信又纯净的内心世界，让人不知不觉陶醉于孩子们的艺术天地之中。"

武山县教育局党组书记、局长表示，本届幼儿绘画展的特色展示模式成为全县学前教育阶段的独特案例，今后将不断探索学校艺术教育的路径，开发孩子的艺术思维，唤起他们对生活的热爱，对美的追求。

（国际在线 2023 年 6 月 23 日）

2023 年甘肃省学生信息素养提升实践活动"科创实践类"现场活动在甘肃农业大学举办

5 月 20 日至 21 日，2023 年甘肃省学生信息素养提升实践活动"科创实践类"现场活动在甘肃农业大学举办。

本次活动由教育部教育技术与资源发展中心（中央电化教育馆）和甘肃省教育厅指导，甘肃省电教中心主办，甘肃逻思智造科技有限公司、甘肃省声像教材出版社有限责任公司承办，甘肃农业大学协办。活动主题为"实践、探索、创新"，为期 2 天，共设置四大类 15 小项的活动项目，项目设置和竞技难度紧扣新课程标准，来自甘肃省 14 个市（州）、兰州新区和省直学校的 16 支代表队的 1191 名学生同台竞技。

近年来，甘肃省统筹"全面改薄""能力提升"等中央和省级项目资金 34.3 亿元优先保障教育数字化建设，甘肃省中小学互联网接入率、出口带宽百兆率均达到 100%，至少拥有一间多媒体教室的学校比例达到 99%，建设"人工智能、创客、STEAM"专项教室 1115 个，高校无线校园网实现全覆盖，本科院校均部署了 IPv6。目前，兰州市进入教育部"智慧教育示范区"培育区域，甘肃省 6 个区域和 17 所学校被教育部认定为网络学习空间应用普及优秀区域和学校，在甘肃省建设"省级智慧教育示范区"14 个、"省级智慧教育标杆校"84 所。

此外，依托国家中小学教师信息技术应用能力提升工程培训中小学（幼儿园）教师 29.5 万人，占专任教师总数 87.54%，"一师一优课、一课一名师"活动覆盖各级各类教师。近三年，各市州组织 8.2 万教师开展数字素养竞赛,"数字融入日常教学＋各类数字素养赛事"常态化推进,数字应用成为考量教师综合素质和专业化水平的指标。

据悉,甘肃省教育厅 2023 年提出创建数字化战略行动助推教育现代化实验区,旨在以教育数字化推动教育变革和创新,继续推动教育开拓新赛道,构建数字化引领教育现代化高质量发展新格局,为人才培养开辟新空间、塑造新动能。

本次活动既是落实数字化助推教育现代化示范区的实际举措,也是基于科技创新和激情理想的碰撞,通过各种不同的技术创新应用实践,培养学生的社会责任、创新能力、协作能力、审美艺术能力和实践动手能力。

（国际在线 2023 年 5 月 22 日）

天水秦安：田园运动会乐了农家娃

近日，天水市秦安县西川镇中心小学举办了以"农耕励心智，五育向未来"为主题的 2023 年秋季田园趣味运动会，以此传承农耕文明，弘扬体育精神，促进劳动教育与体育深度融合。本届运动会分为创意入场式、农耕文化展、花样劳动赛三个篇章，全校 500 名运动员参与 3 个大类 15 项比赛。

创意入场式中，每个班级方阵，通过蔬果服饰、道具装扮等多种形式的组合，致敬劳动人民，传达了对土地的热爱、对劳动的尊重。

在农耕文化展区，孩子们仔细观察农民以前使用的传统农具，认识农产品，从耕、种、管、收、藏等各个环节了解农耕文化，整个场面热闹非凡。

花样劳动赛则根据小学生的年龄特点，精心设计了《挑水灌溉忙》《集体奔小康接力赛》等项目，这样既渗透了劳动元素，又饱含运动趣味。孩子们在运动中一边体验农民伯伯的辛苦，一边感受着劳动的光荣和丰收的喜悦。这些妙趣横生的比赛，让孩子们沉浸在充满泥土味的农耕生活氛围中。

据了解，西川镇中心小学现有在校学生 1006 人，其中农村孩子占了九成以上，"双减"政策落地实施后，该校高度重视劳动教育和体育教育。学校将劳动教育纳入课程，同时在课后延时服务及开设了烹饪、手工、建筑模型等"一班一品"特色劳动课程，学校充分利用周边资源，投资 10 万余元打造了 3300 平方米"侯辛基地"和"炳义果园"两大劳动教育基地，2023 年学校劳动教育基地被评为省级劳动教育基地。各年级开齐开足体育课，组建篮球、排球、足球等 7 个与体育有关的社团，体育教育也得到加强。校足球队曾获"市长杯中小学青少年校园足球联赛男子组一等奖""县长杯中小学青少年校园足球联赛冠军"，西川镇中心小学也被评为"全国青少年校园足球特色学校""亚运梦想学校"。

（国际在线移动版 2023 年 10 月 19 日）

天水市逸夫实验中学：相约秋季好"食"光

近日，天水市逸夫实验中学第四届校园美食节现场人头攒动，美食飘香，叫卖声此起彼伏，穿着打扮一新的"大厨"们纷纷拿出看家本领，摆开阵势各显神通，近百道美食供同学们品尝，每个"摊位"前都挤满"顾客"，处处洋溢着欢乐的气氛。

该校第四届校园美食节暨首届劳动技能大赛的主题是"寻'味'逸夫共享'食'光"，七年级1140名学生全员参与，美食节设立民族特色美食、花甜蜜嘴甜点、多彩校园水果拼盘等八个展区。整个展区里，精美绝伦的拼盘、香气扑鼻的烧烤、五味俱全的小吃和甜美可口的糕点，让人目不暇接，师生们尽情品尝美食，直呼吃瘾。

"我们班主要制作的是以麻辣为主的美食——钵钵鸡和狼牙土豆，一大早我们就来到学校摆好了摊位，钵钵鸡有很多种口味，都是现场烹制的，还准备了狼牙土豆和各种配菜，'生意'可火爆了，几次出现断货的场面，大家纷纷夸赞我们的手艺好，让我们感受到了活动的快乐、劳动的快乐和成功的快乐。"七年级（14）班的赵卓栎说。

据了解，本届美食节无论是规模、形式还是效果都比以往更具影响力。活动前，学校反复研磨活动的每一个细节，确保活动安全顺利展开。

"本次技能大赛为学生搭建了一个展示交流平台，让同学们亲身体验劳动的意义，丰富了校园文化生活，激发了学生对厨艺生活的兴趣，有助于培养学生的实践能力和团队精神，促进全面发展。"校长计卫珍说。

（国际在线 2023 年 10 月 23 日）

天水清水："青蓝工程"刷亮清水蓝

"先要把土揉软激活，再团圆，然后再捏、压、搓就水到渠成了，但最关键的团圆这个环节一定要找到手感才行。"近日，在天水清水县第五幼儿园中二班教室里，师傅张彦英正在指导徒弟陈文兵用黏土制作七星瓢虫，张彦英还把制作过程编成有趣的儿歌以便徒弟掌握。

和张彦英、陈文兵师徒一样，清水县各级各类学校目前有 386 对师徒活跃在教学一线，撑起清水县教育的一片蓝天。

近年来，清水县教育系统实施"青蓝工程"，全方位、多形式推动师徒互助成长模式成为教育高质量发展新的增长点。

抓的早，给新教师上好"入门课"

为提高新教师岗位适应能力，夯实专业基础，提升专业水平，清水县教育局将实施"青蓝工程"的关口前移，给新入职教师上好"青蓝工程"入门课，邀请"陇原名师"、师德模范、省市学科带头人、骨干教师讲师德故事，举行拜师仪式，组织新教师在国旗下庄严宣誓，根据专业和岗位选择统筹安排新教师到城区学校开展为期一月的跟岗学习，采取"2+1"师徒结对模式，为每一位新教师指派 1 名优秀学科教师和 1 名优秀班主任进行全程跟踪指导。严把听课、试讲、提升、过关四个环节，将教学基本功的训练与职业规范教育结合起来，让新教师熟练掌握备课、上课、作业批阅、信息化教学应用等基本教学方法，跟岗结束后，由学校从思想品质、纪律作风、教学能力、授课特点、适宜学科等

6 个方面对其进行总体评价，为专业发展定方向、做规划、铺路子。自去年 9 月以来，跟岗的新教师累计达到 104 人。

做的精，师带徒管理措施细

为了帮助年轻教师更快成长，2021 年 8 月，清水县教育局出台的《青蓝工程（师带徒）实施方案》明确规定，担任师傅的教师必须具有良好的师德修养和较高的业务水平；徒弟是近三年参加工作的新教师以及需要提升的其他教师。学校根据教师个人业务水平和意向确定师徒关系，通过一年的指导与帮助，让徒弟的教育教学水平和能力有所提升，两年内能胜任教育教学工作。

清水县第五幼儿园是一所新建幼儿园，2023 年秋季遴选了 8 名新教师，针对新教师多、转岗教师多的实际，园里确定 4 名老教师带 8 名徒弟，从幼儿园一日活动组织、活动设计、保育教育、家园共育等方面手把手地教，徒弟每周要听两节课，写教学反思；师傅平时除了教方法外，每天放学后还要进行琴法、舞蹈课的训练，还要上示范课，进行阶段性问题诊断和技能考核，补齐新教师的专业短板，促进新教师专业能力提升。

据了解，清水县各学校都成立了"青蓝工程"领导小组，为师徒提供便利的学习交流条件，强化监督评价，保障了"青蓝工程"的顺利实施。

原泉小学坚持推行"理论＋实践"的"师带徒"工作模式，加快"全科教师"的培养。学校设立了"师带徒党员示范岗"，由 32 名党员担任师傅，从教学、班级管理、课外辅导、家校协同育人以及承担其他任务全方位培养，尤其关怀"90 后"青年教师的家庭生活和心理健康，对于跨学科的教师进行专业指导，帮助其尽快完成角色转换。培养期满后，由学校领导班子、师傅、学生进行综合评价。如果综合评价成绩 80 分以下就会被"留级"，需进行二次培养。

守望教育的灯火

带的好，师徒互助伴成长

秦亭镇初级中学离县城 26 千米，现有 30 名教师平均年龄为 32.3 岁，大多数都是"90 后"，为了帮助青年教师尽快上手，学校把师徒安排在同一办公室备课交流，师傅对徒弟的教学质量进行阶段性分析，研究教学对策，每年还要奖励表现突出的师徒，既让徒弟在潜移默化中快速成长，也让师傅有成就感和自豪感。

"90 后"教师冉婧学的是音乐专业，四年前招录到原泉小学，目前带语文课，和骨干教师吴翼飞结为师徒，一年后出师，如今参加优质课比赛每次总能拿上奖，成为一名教学新秀。"我平时从师德修养、教学方法、教姿教态和教学反思等各个环节指导，她爱学生，悟性也好，课堂语言有情趣，课堂很轻松，应变能力强，学生和家长都很认可，为她的进步感到高兴。"吴翼飞对冉婧的成长夸赞不已。

清水县第三中学为了充分发挥优秀教师的传、帮、带作用，学校《青蓝工程"师带徒"结对帮扶工作计划》中把师带徒的任务拓展为师德表现、教学基本功、教学实践能力、班级管理能力、教育科研能力等五个历练维度，有 46 名师徒结对，形成了中青年教师梯次成长培养机制。

据悉，近四年来，清水县实施"青蓝工程"，涌现出了陇原名校长、名师 2 人，省、市、县级学科带头人及骨干教师 48 人，有 326 名教师获得省、市、县"园丁奖"，有 387 名教师在县以上优质课比赛中获奖。

"通过传、帮、带、导、提、教等多种途径，拓宽了青年教师的成长空间，同时也促进了师徒同伴互助成长。"清水县委教育工委书记表示，今后将进一步加力提速，创新"师带徒"载体，给中青年教师成长搭建"立交桥"，为提高教育教学质量增强发展后劲。

（国际在线 2023 年 11 月 21 日）

天水市第一中学秦州分校揭牌成立

近日，天水市第一中学秦州分校揭牌仪式举行。

秦州区作为天水市中心城区所在地，近年来，市区两级政府和教育行政部门坚持同向发力，大力推动一批农村高中搬迁进城，整合一批城区高中重组办学，全区高中布局结构进一步优化，发展潜力进一步释放。

为了进一步拓展优质教育资源的受益面，放大名校效应，市、区两级依托天水市第一中学品牌优势和雄厚的教育资源，充分借鉴学校创办麦积分校的成功经验，将天水市第五中学高中部、天水市第六中学高中部合并，举办天水市第一中学秦州分校，进一步深化普通高中综合改革，推进优质高中教育资源扩容共享，通过 3 年至 5 年的努力，实现天水市第一中学秦州分校和天水市第一中学管理制度全面同步，办学水平全面提升，力争将学校打造成有特色、有规模、有一定影响力、群众认可的天水市乃至陇东南地区知名学校，同时，在地方基础教育领域中充分发挥示范带动作用，为秦州高中教育注入新活力、增添新动力，更好地满足人民群众对优质高中教育的需求。

据悉，天水市第一中学的前身为"陇南书院"，始建于 1876 年 5 月，在漫长的发展过程中几易其名，1986 年，学校更名为"天水市第一中学"，名称沿用至今。2023 年 6 月天水市第五中学高中部、天水市第六中学高中部合并，筹备成立天水市第一中学秦州分校。学校现有教学班 40 个，学生 2400 名。天水市第一中学原党委书记李强退休后受聘担任天水市第一中学秦州分校校长。

（国际在线移动版 2023 年 12 月 5 日）

危急时刻敢担当

甘肃天水卫校"医德＋医技"教育模式成果显著

2023 年 9 月 1 日，甘肃天水卫生学校 2020 级毕业生燕鹏冰在兰州西站动身前往军营报到当天，列车即将出发时，人群中突然传来呼救声，一名旅客晕倒在地，燕鹏冰随即扔下背包进行抢救。经过他快速有效的救治，晕倒旅客逐渐恢复了意识。

2024 年 2 月 27 日 16 时左右，天水秦安高铁站内一名乘客突发疾病，刚结束工作正在休息的魏佳闻讯，紧急赶到现场进行抢救，通过及时的心肺复苏，四分钟后乘客逐渐恢复意识，随后被救护车接走进行下一步治疗。客运员魏佳 2012 年毕业于天水市卫生学校护理专业，2017 年参加招考进入秦安高铁站工作至今。

在天水卫生学校的学生中，和魏佳、燕鹏冰一样紧急时刻出手救人的感人场景频频出现，这与天水市卫生学校强化日常"医德＋医技"融合教育模式密不可分。

近年来，天水市卫生学校坚持党建与教育教学工作深度融合，探索实践"医德＋医技"融合育人模式，深入挖掘医学课程体系中的爱国情怀、人文精神、科学精神、奉献精神，引导学生争做敬佑生命、救死扶伤、守护健康的白衣天使。

为了强化学生职业道德教育，学校不断探索思政课一体化的新思路和新载体，每学年开始时对新学生进行为期 8 天的职业认知教育，举行新学生宣誓仪式。每年护士节，学校给二年级护理专业的学生举行授帽仪式，全校师生观礼，感受医疗卫生事业的神圣。在日常学习生活中，学校采用主题班会、演讲会、故事会、影视教育，组织医疗小分队到社区、敬老院、儿童福利院为特殊群体提供康养、医疗志愿服务等活动，引导学生铭记校训，树立远大职业理想，夯实卫生从业者道德基石。

同时，学校还专门开设一学期的职业生涯课程，引领学生做长远规划。课程通过毕业生救死扶伤的真实事迹感染学生。为了增强学生的胆识和心理素质，提高急救响应能力，学校不断促进思政课、专业课、心理健康教育课的深度融合，优化学生考核评价机制，促进学生综合素养的提升。

据了解，该校各专业每学年平均开设 32 节专业实训课。实训课主要包括教师示教、学生操作训练、教师纠错、实操水平能力测试考核等主要环节，对每一位学生严格按照操作标准进行考核，直到规范合格才能取得相应学分。为了让学生提升社会大环境中的突发事故处置能力，学校还将止血、包扎、固定、搬运、伤口处理等常用技术作为提升学生基本学专业素养的主要内容，经常性开展专业技能大赛和实战演练，强化平时练，以备急时用，让学生在社会大环境中大显身手。

"'修德立信博学济世'的校训是我们学校的精神血脉，通过学校育人模式的不断优化，学生的综合素养明显提升，毕业生无论身在何处，关键时刻都敢出手、能出手、会出手，用所学的专业技能护佑人民生命健康。"天水市卫生学校党委书记张秀丽说。

（国际在线 2024 年 4 月 1 日）

守望教育的灯火

天水市逸夫实验中学花式寒假作业
涌动"潮"创意

近日，天水市逸夫实验中学成功举办学生寒假个性化作业展，本次展出的优秀作业包括手抄报、种子粘贴画、细胞模型、种植植物观察记录、迎春花灯、地球仪、春联、二十四节气、阅读内容绘制等十多类共计2800多件，其中手工制作作品达1400多件，花式寒假作业涌动的"潮"创意赢得参观者的一致好评。

数学作业展台上摆满了孩子们创作的迎春花灯、中国龙等手工作品，数学课玩起了手工制作，不禁让人感到纳闷。

数学备课组长张彦军高兴地说："我们在课业数量、内容和结构上进行优化组合，打破学科界限，趋向多学科融合，在数学课业中渗透了美术、历史、地域、民俗等多样化元素，鼓励学生自主设计具有差异化、个性化的作业方案，在游戏中体验、在画画中感悟、在参观中发现、在表演中拓展，使学生乐意去做、主动去做，在最佳状态下学习和进步。"

语文作为基础性学科，如何才能有效激发学生的创作灵感呢？

学校布置的语文寒假作业包括基础积累、阅读、写作、创意性作业四大部分，兼具知识性、趣味性、科学性。寒假作业围绕"春节"等主题，鼓励学生多元设计，注重传承与创新，七年级学生春节期间给家人和亲朋好友自编自写春联1000余副、八年级学生烹制年夜饭在家"露一手"、拍摄春节美食等过大年的图片，形式多样的创意性作业，不仅体现了作业设计的多样性，还充分发挥了学生的爱好与特长，大大提高了作业的质量。

英语科目的作业别具一格。学生们提交的电影海报、过年幸福瞬间、书法练习等作业不仅内容丰富，而且色彩斑斓，具有很强的视觉冲击力。

英语教研备课组长张雪莲介绍，除了鼓励学生在作业设计中重视多学科融合外，我们还特别强调中国传统文化元素的融入，让学生通过英语来展现中国传统节日、历史故事的深厚底蕴，提升学生的英语应用能力和跨文化交流技巧。

"设计的英文电影海报，目的是用自己所学的英文知识简述电影内容，在海报制作中既能了解西方文化又充分感受到英语的工具性特点，也让自己有了一个展示特长的机会与平台，通过创作，不仅学会了如何制作海报的美术知识，还积累了许多新的英语单词，也让我对这部动画片有了更深的了解，这种在玩中学、学中玩的方法，激发了我的学习热情，同时也让我掌握了更多的学习方法与技巧。"八年级（9）班谭艺直言个性化作业设计收获满满。

和谭艺创作的英文电影海报一样，八年级（2）班学生卢奕豪的物理作业——动手创作的简易相机被师生"围观"。他利用凸透镜成像原理，使用纸板、凸透镜、毛玻璃等材料，按照科学的制作步骤进行裁剪、折叠和粘贴，最终制作出一个能够拍摄清晰照片的简易相机。卢奕豪认为这是一次充满乐趣和挑战的经历，制作简易相机加深了他对凸透镜成像原理的理解，感受到了动手实践的魅力和价值。

七年级（14）班学生郭琪瑜寒假期间实地观察调研了天水海绵城市的建设的情况，撰写了2000余字的调查报告。郭琪瑜通过查阅资料，实地走访机电学院试点建设情况，结合自然环境特征，分析了天水建设海绵城市的背景、需遵循的原则和建设建议等，从调研中更深层次地理

守望教育的灯火

解了自然环境特征对城市发展建设的影响。

"真是没想到，孩子们的创意视野竟拓展到社会经济发展的领域，关注民生重大课题。"地理教师王红对孩子的出色表现感到惊讶，"学生多样化的学习需求也倒逼我们教师在教学设计上要不断扩大视野，提升地理核心素养，以此激发学生的学习兴趣。"

生物教研组的作业设计另辟蹊径，老师通过"种子粘贴画"让学生寻找创意的切入点，在快乐的沉浸式体验中解读生物密码。

七年级学生用绿豆、大米、小米等种子粘贴出了鸭子、花卉、植物等精美的画作，让学生在认识各类种子的过程中，锻炼动手能力，提升生物学核心素养和审美情操。七年级（13）班王轶楠同学在日记里写道："各种各样的微生物，千奇百怪的细胞家族，大自然的每一帧画面，都让我着迷。"

"花式寒假作业是对学校'双减'工作成效的一次检验，学生的个性化作业形式多样，创意无限，构思精巧，精彩纷呈，充分展示了他们对学科知识的综合运用能力。"逸夫实验中学副校长马佩霞表示，"今后我们将进一步推广学生个性化作业，培养具有创新能力和综合素质的优秀人才。

（国际在线 2024 年 3 月 14 日）

健康宝宝享受多彩游戏乐趣

每天下午，清水县第五幼儿园的操场上格外热闹，孩子们忙着搭建照相机、转滚筒、跳皮筋……多彩的安吉游戏让幼儿园的气氛分外火热。

清水县第五幼儿园（以下简称清水五幼）自2022年9月成立以来，坚持"保护天性、发展个性、培育灵性"的办园理念，突出健康教育特色，将幼儿最喜欢的游戏贯穿于一日日常活动中，通过"游戏+"的模式，促进幼儿健康快乐成长。

日前，记者来到清水五幼，一起体验孩子们成长的快乐。

扮靓关注点让孩子喜欢游戏

走进清水五幼，文化墙上的"给孩子一个美丽的童年""游戏点亮快乐童年""让运动成为习惯"的标语吸引眼球，这些标语既诠释了学校办学理念的内涵，又渗透了游戏和健康教育的元素，许多游戏正是在这一理念的引领下展开的。

为了创设安全舒适的游戏环境，该园先后创建了天童棋社、编程之家、阅读氧吧、巧手工坊、玩美空间、建构乐园、科学发现室、生活小馆与泥小屋等九大功能室，因地制宜、低成本地创设有特色的游戏环境，加入科技、生活、文化、体育等方面的游戏项目和材料，每年还投入资金进行游戏环创，各班结合环创通过讲故事、画画、自编自演情景剧，给幼儿传授交通安全、防溺水、防火、防震、户外活动等方面知识，让幼儿知道遇到危险时的正确做法。各类安全教育内容以有童趣

　　　　　　　　　　　　　守望教育的灯火

的、幼儿易于理解的形式呈现，不仅激发了幼儿的游戏兴趣，而且提升了幼儿自我安全保护能力。

为了给孩子们创设一个趣味、愉悦、开放、运动的户外活动场地，该园根据幼儿兴趣把操场划分为六个体能活动区，幼儿在各大区中自由选择活动器材，自主搭建活动场地。发现孩子们对于木质大箱感兴趣，教师就将木质斜坡制成灵活可拆卸件，并将小班和中班孩子的挑战难度分为一层和两层，随着孩子们坚持不懈的挑战，攀爬能力得到了显著提升。

除了硬环境的营造，该园还着力创设温馨的"心灵小驿"，孩子们可以在拥抱当下、敞开心扉、嗨吃甜品的私密空间中悦纳自我，消除不良情绪，与心灵相约、与健康同行。

"环境是幼儿的隐形'老师'，通过游戏环境的创设，有效激发了幼儿的探究欲和置身于生动、童趣环境氛围中游戏的兴趣，使幼儿在开放式的活动中充分游戏，保持愉快的心情，形成积极稳定的情绪情感。"该园副园长单煜介绍说。

降低燃点自主游戏乐翻天

清水五幼立足《3—6岁儿童学习与发展指南》，遵循安吉游戏理念，结合园所场地将安吉游戏器材与本土游戏自制玩具巧妙融合，融入传统民间游戏、乡土游戏，有效利用每日户外活动时间，借助体育活动器械，充分发挥想象力，探索多种玩法，提高幼儿参与体育锻炼的积极性和学习兴趣，增强幼儿的身体素质和运动能力。在创意和巧思的加持下，安吉游戏在该园取得了良好的发展。

"我是小小兵"的游戏就是一个范例。幼儿从起点运沙包走过平衡板，过双梯后将沙包投掷到轮胎中，再爬上安吉箱拍篮球，最后滚铁环到终点。教师把游戏的主动性还给幼儿，放手让幼儿自主游戏，享受"真游戏"的快乐。

除了安吉游戏，教师还在传统游戏中找"乐子"。各班选择适合幼儿年龄身心特点的游戏材料，开展沙包、皮筋、陀螺、跳绳、高跷、铁环、毽子、篮球等游戏活动，锻炼幼儿走、跑、跳、攀、爬、投等动作，发展了身体的平衡性、协调性和灵活性，培养了幼儿的团队合作精神、自信心。

"我要做最棒的摄影师，用安吉游戏器材搭建出独一无二的照相机，为老师和小朋友拍漂亮的照片。"说起自己喜欢的游戏，中（3）班幼儿刘馨华天马行空的想法让人忍不住点赞。

自主游戏时间里，操场上几个幼儿对安吉桶情有独钟，滚着安吉桶来回疯跑并相互比赛，一个小男孩玩累了钻进安吉桶里当作摇椅来回晃动，十分惬意。两个幼儿各自推着安吉桶互相比拼，又有一个幼儿加入进来，大家一起合作玩游戏。两个幼儿在老师的帮助下用两根跳绳拉着安吉桶往前走，手舞足蹈沉浸在游戏的欢乐中。

该园副园长袁文芳告诉记者，每天的体能游戏、体能篮球、健康游戏都会带来不一样的惊喜，在自主游戏中，教师逐渐管住手、闭上嘴，放手观察幼儿，学会自主、合作、分享、交流、倾听、创新，适时给予引导与支持并参与互动，以故事化的游戏理念启发引领，唤醒幼儿的身体活力和自主创造力。

聚焦爆点真游戏点亮幼儿智慧

清水五幼积极创造条件，搭建幼儿游戏的平台，让孩子们乐意玩什么就玩什么、愿意怎么玩就怎么玩、喜欢和谁玩就和谁玩，真正把课程游戏变成了游戏课程。通过游戏中与伙伴的互动，培养幼儿的社交能力与合作精神，学会尊重他人、合作与分享。

教师马应东把捡豆子和豆贴画有机结合起来，孩子们先从混合着大小、颜色、形状各异的豆子与五谷杂粮的收纳盒中拣出所需的豆子、五谷，再拼贴出各类美丽的画面。

"捡豆子粘贴画的游戏为孩子们提供了丰富的视觉和动手体验，感受到了创造的乐趣，更直观地认识和理解五谷杂粮，在无形中学会了分享和合作，促进了情感交流、提高了社交技能。"马应东说。

此外，该园每学期都要开展家长开放日、"悦动童年"健康节及亲子运动会、亲子游戏、亲子阅读、亲子手工等系列活动，幼儿园五花八门的"玩法"把孩子们都练成了"游戏精"，家里也变成了游戏场。幼儿在家里和爸妈一起下跳棋、五子棋，绘制防震逃生图，指挥家长进行防震逃生演练。家长们纷纷在班级微信群里分享卧室、客厅、厨房、卫生间等不同区域的亲子游戏，增进了亲子情感体验，增强了幼儿的认知能力、安全感、归属感。

"孩子入园前不喜欢出门运动，严重挑食，体质弱，入园后参加各种有趣的体育游戏，孩子爱上了运动，回家主动和我们讲述幼儿园的趣事和活动，也不挑食了，拍球、跳绳、骑单车样样都玩得很好，性格变得越来越开朗。"中（2）班幼儿刘馨悦的妈妈对孩子的成长颇感欣慰。

"我们在游戏中不断发现幼儿游戏的兴奋点，用心去感受幼儿的需求和兴趣，拓展游戏教育资源，孩子们的冒险、决策及解决问题等诸多能力得到了锻炼提升，呈现出了玩中学、学中乐、乐中长的格局，也增强了幼儿认知能力、安全感、归属感。"该园园长王娟说。

（《甘肃教育报》2024 年 5 月 31 日第 3 版）

甘肃秦安县秋季新学期实行中小学阳光招生

"听说王国强老师不仅课带得好，对学生也特别关心，见到王老师感觉很亲切，他说话有板有眼，挺实在，非常喜欢这样的班主任。"甘肃省天水市秦安县兴国中学七年级（4）班学生胡淑研通过电脑软件分班进了名师的班。

今年秋季，秦安县委、县政府把阳光招生作为教育系统整治群众身边不正之风和腐败问题、促进教育公平的重要抓手，在幼儿园、小学、初中、普通高中全面推行"阳光招生"政策，推进全县基础教育优质均衡发展。

为了保障阳光招生政策落实落细，县教育局提前谋划，制定出台了《2024年秦安县初中招生入学工作实施意见》《2024年秦安县小学招生入学工作实施意见》等一系列文件，明确提出了小学"划片招生"、初中"对口升学"、普通高中"按志愿录取"的要求，规范招生行为，严控跨片区择校，严格均衡编班，规范信息采集，利用县域内媒体主动公开宣传"阳光招生"政策，做到让老百姓"早知道"，引导家长形成合理的就学预期，避免盲目跟风择校。

秦安县是西北小商品批发流通集散地，果品交易也十分频繁，随着城镇化进程的加快，城区人口呈现出较快的增长态势，这就给城区学校招生产生了较大压力。

"适龄学生增量主要集中在城区义务教育阶段学校和幼儿园，为此，我们提前按照城区幼儿园和义务教育阶段学校的布局和容量，对小

守望教育的灯火

区新增住户、进城务工人员等进行了全面评估预判，然后给各学校下达了指导性招生计划，一方面确保所有学段的学生都能就近入学，另一方面确保每一所学校的生源均衡，阻断了择校、择班的源头，让现有城区教育资源发挥最大效益。"秦安县教育局副局长吕东林说。

据悉，该县城区幼儿园今秋招收新生741名，小学一年级招生2482人，初中学校招收新生2543人，全县中小学招生工作平稳、有序。

暑假期间，秦安农村正值花椒、蜜桃的采摘季，大多数家长忙地里的活，为减轻家长负担，招生学校对提交的相关证明材料一次填表完成采集，只让家长跑一次路，工作效率也大大提升。

在推行刚性招生政策的同时，该县还出台了相关的人性化照顾政策，对返乡人员子女、城区拆迁户子女、优抚对象子女、重点引进人才子女、已在城区购房住户子女按照就近入学政策安排入学。与此同时，为了方便农村多子女家长陪读接送孩子，如有一人在城区小学就读，如家长提出申请，有空缺学位时一并接收孩子在同一学校或邻近学校就读，大大减轻了家长的负担。

秦安县第一小学所处的地段新建小区多，幼儿园、小学、初中、高中学校布局相对集中，该校片区内不仅老住户、拆迁户、租房户较多，多子女家长陪读的人也比较多，而学校现有的校舍只能招收6个班，申请到该校就读的学生较多，容纳不下，怎么办？

秦安县委、县政府充分挖掘名校的办学潜力，进一步扩大优质教育资源的辐射面，暑假期间，县上组织调研论证，组建成立了秦安县第一小学教育集团，把校舍相对富余的县第七小学办成集团分校，实现人、财、物统一管理，今秋集团总校招生371人，分校招生278人，极大缓解了县第一小学总校的招生压力。同时还接收了80名多子女家庭的孩子入学。

该校一年级（6）班学生王锦轩的母亲王转霞高兴地说，两个儿子都在县第一小学上，今年的阳光分班政策公开透明，家长十分赞成，班主任老师非常优秀，交流起来很有亲和力，孩子心里也自信了，希望孩子度过快乐的小学时光。

"我们对两校实行统一编班，统一排课，对班主任和任课教师进行了科学合理配置，不仅要做到班与班之间的均衡，还要促进两所学校同步发展提升。"秦安县第一小学教育集团总校长李云霞表示。

推行阳光招生政策保证让每一位孩子上好学，切实解决好老百姓所想、所盼、所求，也是检验办好人民满意教育的"试金石"。

"阳光分班"是家长关心、社会关注的核心问题。为此，学校邀请县教育局干部、责任督学、人大代表、政协委员、家长代表和教师代表等，现场运用软件自动匹配均衡分班，班主任现场抽签确定班级，全程见证"阳光分班"，之后，学校及时通过公众号、校园公告栏等渠道，主动公开新生编班结果，接受家长和社会监督。

秦安县兴国中学党支部书记贾建平告诉记者，以前分班尽管考虑了城乡平衡、人数平衡、男女平衡和成绩均衡等因素，尽量做到公正，但既费时又费力，还要承受方方面面的压力，有时花上一整夜工夫分班，但由于人工操作的缺陷，班级不平衡的问题仍然会影响教师积极性的发挥，今年通过软件自动匹配分班模式，只用了 30 分钟就解决问题了。

"今年首次在全县各个学段推行'阳光招生''阳光分班'，对于教育局来说也是一次挑战和考验。"秦安县教育局党组书记、局长坦言，"对于个别学校出现的新情况、新问题，我们不回避，及时到现场接访，给家长讲政策、提方案、指路子，为学生提供了高效、方便、快捷的服务，学生、家长、社会普遍认可，确保了全县各级各类学校的开学工作平稳有序，也优化了教育生态。"

（《中国教育报》客户端 2024 年 9 月 1 日）

经验集萃

新校园孕育新希望

——甘肃省天水市中小学校舍震后重建侧记

近日，当笔者走进甘肃省天水市长城中学时，看到新综合大楼已拔地而起。"这栋综合楼是中央灾后重建项目，总投资840万元，建筑面积6054平方米，到秋季开学就可以使用了，今后长城中学将成为秦州区东郊规模最大、覆盖人口最多的一所学校。"校长梁冰说这番话的时候脸上露出了笑容。

在2008年发生的汶川特大地震中，天水教育系统同样遭受了沉重的打击。但是，3年过去了，和长城中学一样，如今天水城乡建筑最漂亮的是学校，最安全的是学校，最现代的也是学校，校园的巨大变化见证了希望。

精心谋定重建路线图——7亿资金构筑起坚固新校园

汶川大地震使天水1802所学校校舍遭到不同程度的损坏，受损面积达116.4万平方米，直接经济损失11.1亿元。

为了保证学校灾后重建有效、有序进行，既顾及当前，又着眼长远发展，天水市先后制定出台了《关于全市教育系统受灾学校校舍维修重建工作的实施意见》《天水市受灾学校校舍维修重建工作实施方案》《天水市教育系统灾后重建规划》和《天水市中小学布局调整规划》，这4个蓝本把全市学校灾后重建、布局调整和"十二五"规划的实施通盘考虑，为学校重建谋划了一条明确的路线图。

而为争取灾后重建项目资金，市教育局组织全市教育行政部门干部在 10 天之内编制完成了 1802 所受灾学校一校一册的项目建议书，项目建议书包括学校基本情况、受灾情况和重建需求，整整 7000 多册项目建议书为重建提供了样本支持。

进入灾后重建阶段之后，天水市灾后重建领导小组决定，市 4 大组织的 35 位领导每人联系一所灾后重建重点学校，主要协助县区调整教育布局结构，监督检查规划设计及招投标、建设质量，协调解决建设资金，从而有力保证了维修重建任务的如期完成。

144 天建成一所学校，与时间赛跑的速度创造了天水校舍建设史上的奇迹。2008 年 11 月 17 日，由北京广济寺捐资 90 多万元重建的秦州区皂郊镇杨集村弘慈小学落成。该工程于 6 月 23 日正式动工，仅仅用了 144 天就建成了两层砖混结构的教学办公楼及宿舍、厕所和围墙。同时完成了校园操场及道路的硬化，并安装了供暖锅炉。该校成为秦州区第一所用锅炉供暖的农村学校，也是全市灾后农村学校校舍重建的样板工程。

据了解，3 年来该市共实施落实资金的中小学灾后重建项目 340 个，总投资 73144 万元。截至目前，完工 328 个，完成投资量 70617 万元，占 97%，全市中小学落实资金的灾后重建工作基本完成。

众人拾柴火焰高——3 年重建留下宝贵精神财富

天水是甘肃省人口大市，市、县两级财政十分困难，资金短缺是学校灾后重建遇到的最大瓶颈。在这样一种困境中，社会各界慷慨解囊，为天水学校灾后重建雪中送炭。据初步统计，社会各界及兄弟市州政府、单位和社会名流先后为天水援建学校 106 所，援助资金 2.28 亿元。

新华门小学有一位叫杨霄的同学，她的父母是个体户，听到学校要重建的消息后，夫妻俩把辛辛苦苦赚来的 1 万元捐给学校，以表达他们的一片爱心。天水市特殊教育学校搬迁新建工程是社会各界用爱心筑成的，在项目即将收尾阶段，新校设施设备配套资金出现较大缺口时，市委书记立即动员社会各界为市特教学校捐款，3个多月时间学校共筹集到捐款1200多万元。

军民心，血肉情。麦积区甘泉镇云雾小学是天水火箭军部队广大干部官兵踊跃捐款100万元而建成的。如今新的云雾小学一派新气象，学校占地10亩，一栋3层教学楼傲然挺立。这100万元捐款凝结着火箭军部队对麦积教育事业的热情，凝结着人民子弟兵对莘莘学子的关切。

3年重建，自强、自立、自救，坚强、坚定、坚韧成为支撑重建的精神源泉，同样成为汶川大地震留给师生最宝贵的财富。

新华门小学校长田青深有感触地说："学校建成后，师生们没有忘记安赛乐米塔尔、卢森堡、征程建筑公司这些熟悉的名字，也没有忘记参与学校重建的人们。每到节假日，同学们便会寄去贺卡，捎去真诚的问候与祝福。"

"5·12"地震后，中国红十字会总会和北京红十字会先后为秦州区5所学校援助资金2494.56万元，建起了新的校舍。为了弘扬"人道、博爱、奉献"的红十字精神，该区72所中小学建起了学校红十字会，在学生中发展红十字会员10万余名。该区各学校把普及红十字运动基本知识与学校德育教育相结合，纳入教学计划，每周召开主题班会，教育学生从小做一个有爱心的人。去年玉树地震、舟曲泥石流等灾害发生后，该区各中小学学生纷纷捐款捐物，奉献爱心。

"社会的关爱让我们重回校园，我们要珍惜这一切，好好学习，长大后为祖国做贡献。"这是新华门小学六年级学生张晓辉的感言。

有力缩小城乡学校差距——重建为天水教育注入活力

天水市教育局局长李淳告诉记者："我市灾后学校建筑标准一律按照'8级抗震、9度设防'的要求设计施工，能够保证大震不倒、中震可修、小震不裂。学校的配套设施建设也一并考虑进去，给今后长远发展留出很大空间。"

如今，优质教育资源已开始发挥重要作用。张家川县在灾后重建中融入了标准化学校建设的元素，为新建的县一中新校区征地165亩，投资7000多万元，建成4万多平方米校舍，新学校能容纳3000多人，35个教学班，现已投入使用。

正是在重建当中，天水市城乡学校之间的差距逐步缩小，为义务教育均衡发展提供了有力保障。清水县三中是该县于2009年无偿划拨土地80亩易地新建的，新校园分为教学区、生活区和活动区，配套建起了学生住宿楼、餐厅，配齐了实验室设备。一位农村学生家长到三中看望孩子后感慨地说："原来想娃离家远了，担心挨饿受冻，一看才晓得娃享受着大学生的待遇哩！学校挪到城里真好哇！"

清水县青莲附中校长金东林说，灾后重建在改善学校硬件设施条件的同时，也大大激发了全校师生的教学热情。2009年学校虽然搞重建，但初三毕业会考仍然取得了良好的成绩，2010年，学校在毕业会考中"七合率"较2009年又上升了3.8个百分点，学校连续3年被郭川乡党委乡政府评为"教育教学先进单位"。

（《中国教育报》2011年7月16日第3版）

从"会教"到"会学"的华丽转身

——清水县第三中学推行杜郎口模式实施教学改革纪实

编者按：国家推行新课改以来，全国各地出现了"校校谈改革、师生谈平等合作"的新局面。无疑，山东杜郎口中学，江苏洋思中学、东庐中学都是新课改方面的佼佼者，在正常的开学时间，每天都会有几十到几百人去这几所学校参观、学习。我省也有很多学校去"取经"，清水县三中"取经"回来后在学校搞起了轰轰烈烈的课改实验。我们一起来看看，他们是怎么因地制宜，进行课改实验的。

走进清水县第三中学一间教室，记者看到课堂气氛异常活跃，学生踊跃发言，争先恐后，甚至对某个问题会穷追不舍，刨根问底；而教师则在教室过道里来回走着听着，不时地引导着点评着……

"这种平等、合作、探究式的活跃课堂氛围在以前是根本没有的，以前教学上存在'苦'有余而'巧'不足的问题，如今，学校实施杜郎口模式教学，课堂教学效率大幅提高，师生精神面貌焕然一新，学校变化大，老百姓基本认可了。"随行的清水县第三中学校长白永强说。

经历理念突围的巨大阵痛

清水县第三中学是清水县最大的一所独立初中，教育教学质量一直名列全县同类学校前茅。现有 34 个教学班，2216 名学生，143 名教职工，专任教师 128 人，专任教师学历合格率 100%。

作为一所老学校，如果不去创新，就很难达到更高层次。

守望教育的灯火

杜郎口模式也可称"三三六"自主教学模式在全国享有盛名，有许多学校学习推广。2007至2010年，清水县三中先后4次派人到山东杜郎口中学学习考察，并于2007年9月成立了6个杜郎口教学模式实验班，开始了艰难的课改探索之路。

由于传统教学方式和杜郎口模式的理念反差很大，所以推行之初经历了坎坷，给学校领导的决策和教师带来了巨大的压力。

清水县三中推行杜郎口模式可谓一石激起千层浪。首先是学生不适应，其次是教师无法激活鸦雀无声的课堂，最麻烦的是家长不认可，有些家长找学校领导，有的给县上领导写信反映甚至上访，质问学校领导："你们老师不讲了让学生自己学，如果学生自己能学好，那还要你们学校和老师干啥？"

课改实验既关系到学校教学质量的提高，又对学生的影响是终身的，所以学校对基础性工作做得很扎实。首先，制订了杜郎口模式改革工作计划，成立了课改工作小组，同时成立了四个备课小组，课改教师教案由课改备课组长统一签阅；其次，加强了课改参与人员的业务培训。学校专门印发资料，组织观看杜郎口模式分学科课例录像，课改小组每周召开一次例会讨论交流，并明确下一周的工作任务，使每位课改教师带着"问题"上课，带着"答案"交流；再次，及时召开家长会，给家长讲清课改目的意图和基本操作方法，得到了家长的支持。

挑战：课堂教学形式是否可以改变

杜郎口模式既是一种教育理念的转变，也向长期固化的传统教学提出了挑战，回答了"课堂教学形式是否可以改变？"这样一个现实问题才会有改变。这个改变的内核就是把课堂的话语权还给学生，让学生成为课堂的主角。

学校教导主任赵奋强说：我们实验第一阶段的主要目标是掌握模

式的基本要领：确定老师按照预习、展示、反馈三环节备课并上课，课堂集中讲授时间一般不得超过十五分钟；学生尝试自主合作学习，充分发挥小组作用，营造宽松和谐的课堂气氛。

在具体推行过程中，实现了将教案变学案，教师备课的重心从教师的"教"转向学生的"学"；由先教后学变为先学后教；由集体管理转变为小组管理等三个转变；同时加强了复习巩固环节。

八年级数学教师雷海峰用自己的亲身体验诠释了转变过程：起初我觉得由于学生的能力有限，许多任务交给学生很不放心，顾虑重重，但通过尽力做真是收获不小。如我在教八年级数学的预习课，设计有利于学生掌握解题方法的预习问题，设计注重基础、重难点、由易到难、循序渐进的练习题，教师的作用就是编制预习提纲，做好预习指导，搜集好预习疑难问题及解决方法等。上展示课的重点，展示学生出错率高的、一题多解的、能培养学生创新能力的、能与日常生活联系的内容。通过一段时间的尝试，我惊喜地发现学生的潜力真是巨大的，有些老师没想到的解法学生想到了，有些原来成绩很差的学生对数学有兴趣了。

课堂如何让学生动起来，如何处理活与实、动与静的关系；如何让学生深度参与，在课堂上说、评、议、演、写；从而激发学生的学习兴趣，七年级语文教师刘雁对此深有体会；新的教学模式一改过去学生端正、整齐地坐着听讲的方式，在预习、展示环节学生各抒己见；每个小组都有他们的一块黑板，学生能够充分展示；学生在小组内对同一问题发表不同的看法，"兵教兵""兵练兵""兵强兵"，形成学习的合力。课堂上不同特长爱好的学生都有施展讲解、表演、辩论等才干的舞台，学生确实给了我们意想不到的惊喜。

李建林做班主任工作已经二十年了，深受学生和家长的喜爱，今年担任七年级（2）班的班主任，他在呵护学生的过程中分享着实验的成果。他说教改使班级管理如沐春风，传统的班级管理都是一些"这不准""那不行"等家长式的刚性规定，表面好似管得严，而实际效果不好，实行教改后，学生参与了班级管理，改变了过去那种班主任一言堂的局面，班主任与学生交流沟通，彼此的信任增加了，包容多了。

苦练课外功：教师人人打太极拳

课堂教学形式的转变，真正意义上使教师的角色发生了变化，这种变化并不是让教师变成了闲人，而是增加了工作量，提出了新的要求，许多课内的工作变成了课外的功夫，内化素质，增加了教学功夫的柔韧性。

采用杜郎口教学模式，老师的备课量是加大了，一方面在准备教材的难度、深度方面需要老师考虑周全；另一方面老师要充分预见学生在讲解过程中可能会出现的问题，提前准备大量资料，更需要多考虑学生在讲解过程中所需要的时间，收放要得当。

杜郎口开放教学对老师不论是知识储备，还是驾驭课堂的综合能力的要求都很严格。所以，从表面上看教师讲解的少了，好像轻松了，但实际上教师时时处于精神高度集中状态，工作量明显比以前增大了。

语文教师李秀芸以《三峡》这篇课文为例比较了两种课堂模式教师备课量的多少。

传统课堂教学的备课包括了解作者生平及写作背景、给生字注音、熟读课文，掌握一些实词虚词的用法及意义、掌握课文写景特点及文章所表达的思想感情和设计练习题等六个步骤，教师一般情况用两三个小时，翻阅一两本资料就足矣。

开放课堂教学模式的备课除完成传统课堂教学的六个步骤之外，还要完成以下内容：背会课文、查阅所有与本课文有关的资料，如果有学生编课本剧老师还要指导排练，要阅读学生手中的资料书。要上好一节开放教学模式的课，备课时间至少要比传统课堂多一倍。

数学教师雷海峰说，以前备课是备教材、备学情，现在备课不仅要备教材，更重要的是要备展示形式，备预见性问题，备预见性措施，备点评语，备知识点，备学生（好、中、差），需要花费的时间和精力很多。

量化评价：两个阶段的指标监测向度

清水县三中杜郎口模式改革实验大体分两个阶段，第一阶段是模仿、适应阶段；第二阶段从2008年8月至今为总结提高阶段，该校始终用不同评价指标检测实验两个阶段的进展和效果。

第一阶段把课堂教学的基本要求作为评价课堂教学成败的基本指标，督促教师学生朝着这一方向努力。学校领导坚持跟踪听课，并且在每周的课改例会上进行讲评。第二阶段把提高教学质量作为评价指标，课改工作小组建立了课改班级教学质量监测制度，改教案为学案，采用集体备课，学科教师轮流备写，学案师生人手一份，每学期除正常的期中、期末两次考试外，在第五周和第十五周增加了两次课改质量监测考试，从4年16次对照考试和学生的表现看，课改班教学成绩明显高于普通班。目前，清水县三中课改班已达到28个。

实验反思：痛苦中分娩的幸福

近五年的课改工作使全体老师、学生经历了从未有过的体验：首先，学生的学习积极性空前高涨，学生的自主意识有了明显的增强，教师备课方式、授课方式发生改变，教学成绩不断提高，2011年，该校中考七合率达60.94%，比2010年提高6个百分点。

政教主任、语文教师徐清华的感受是，杜郎口教学模式全面提升了学生的知识能力和情感、态度、价值观，教师常常为课堂上精彩的瞬间高兴不已，为自己真正成为孩子们的知心朋友感到快乐。

九年级（2）班学生蔡欣怡告诉记者，我们的课堂令人耳目一新，老师课前写好学案，上课时发下来，然后指导我们分组预习、交流，没有一个学生闲着，只要一有时间，小组同学就聚在一起解决问题，展示过程中，大家更是你争我抢，踊跃发言，好多身为组长的同学在管理方面还有了自己的"独门秘籍"，课堂真正归我们所有了！

　　校长白永强对下一步课改的思路很清晰："今后我校杜郎口模式改革的方向不变，在学习杜郎口模式基本理念的同时，我们还要结合县情、校情不断创新，把推广杜郎口模式和江苏洋思中学的先进经验有机结合起来，实行'5+1'模式，注重知识的巩固，并将其系统化，基本实现每天反复，每周总结，通过积极的探索，把两校的先进经验变成我们学校的东西，突出教学特色，这样，我们的教学改革才有生命力。"

（《未来导报》2012 年 1 月 6 日第 6 版）

国贫县义务教育脱贫之路

——甘肃省甘谷县推进教育均衡发展纪实

有 2700 年建县史的甘肃省甘谷县曾是人文初祖伏羲开辟华夏文明的发祥地、夏禹治水导渭之处。然而，作为一个国贫县，甘谷基础教育均衡发展的要素先天不足。为实现基础教育均衡发展，甘谷县委、县政府创新思路，用"三纵三横"的模式拆解均衡发展的困局，通过挂靠管理、连片提升的办法改造薄弱校，做强高中出口，牵引初中挖掘办学潜力，探索出一条西部欠发达地区基础教育均衡发展的路子。

"三纵三横"——拆解均衡发展的困局

甘谷县用"三纵三横"的模式拆解均衡发展的困局。三纵就是统筹兼顾学前教育、义务教育和普通高中教育的发展，三横就是在学校、地域及师生之间平均给力。这样的发展模式让基础教育整体布在一张网上，而每一所学校和师生都在各自的节点上，既相互联动，又具有各自的发展弹性，这种架构为基础教育积聚了整体发展的后劲。

据县教体局局长介绍，在三纵线上，学前教育的快速发展成为甘谷教育新的增长点。县政府在土地征用、师资培训、硬件建设等方面给予学前教育大力支持。近三年民办幼儿园增加到 22 所，2012 年全县学前一年、两年、三年入园率分别达到了 87.6%、55.4% 和 38.6%。

在三横线上，该县则着重通过校舍、设施设备、管理标准、教师资源的均衡配置来求学校和学生之间发展的最小差，使各个学段教育的衔接显得更加顺畅。

据有关负责人介绍，近三年来，甘谷每年教育总支出占全县财政总支出的36.49%，优先保证县级财政配套资金向农村薄弱学校倾斜，为学校无偿划拨土地251.27亩，搬迁新建学校17所。

与此同时，甘谷用支教的办法化解山区学校师资力量薄弱的难题。每年城区、川区的强校都要选派优秀教师到山区薄弱学校支教，选拔青年骨干教师到山区薄弱学校任校长，受援学校教师轮流到强校听课、评课，川区学校给薄弱校教师办专题讲座和教学培训。

由于基础设施资源和山区教师队伍的相对合理配置，乡下的学校越办越好，学生愿意就近上学，大大减轻了家长的负担。据统计，甘谷县城和城郊的9所小学初中共接收进城务工人员随迁子女1613人，这个数字仅占全县义务教育阶段学生总数的3.2%。

挂靠管理——抬升均衡发展的谷底

教学点和非完全小学处在义务教育均衡发展的谷底，如何把谷底抬升起来？甘谷按地域条件将全县293个非完全小学和教学点挂靠在附近九年制学校或完全小学管理，在经费上适当倾斜，课程统一安排，教师统一调配。

抬升均衡发展的谷底之后，甘谷正在全力推进的"连片提升工程"便成为提升均衡发展质量的新引擎。甘谷按地域将所有学校划归六个片区，从制度建设、校园文化、校长教师培训、资源共享和教学活动联动等方面，提出刚性工作任务和目标。在同一片区内，按照初中、中心小学和规模较大小学、一般小学和教学点三个层次，由各公办高中牵头实施，由学区负责，初中校参与，开展质量调研分析和教研活动，有条件地实现教育资源共享，形成了教育质量捆绑发展机制。

普高领跑——牵引初中挖掘办学潜力

普通高中处在三纵线的顶部，也是基础教育的出口，甘谷县5所普通高中为何出现"树树开花，树树结果"的喜人景象，可以从"后轮驱动战略"中找到答案。这一战略就是要先在增强薄弱校自身造血功能上着力，通过做强薄弱校来提升整体发展水平。对于各完全中学来说，首先要带头培养好本校初中部的生源，提升学校和学生可持续发展能力。

高中对初中的牵引能产生强烈的涡轮效应。县教体局将全县的初中按地域划为各高中的生源片区，高中在硬件建设、教研教改、教师培训等方面进行帮扶，校与校之间开展联谊活动，牵引初中学校挖掘办学潜力，相互竞争彰显后发优势，增强高中学校对初中毕业生的吸引力，从而实现初高中学校的无缝对接。

"三级教育质量研讨会制度"和"教育质量三级通报制度"使提升教育质量成为全县教育发展的关键词。县教体局组织开展的小学、初中、高中三级教育质量研讨会议有校长、教研组长和学科教师代表参加，主要分析研究学校管理和教学中存在的问题，提出整改提升措施，由优质校介绍管理和教学经验。在此基础上，实施教育质量"三级通报制度"，即高中质量在全县通报，初中质量在乡镇通报，小学质量在村级通报，不仅让广大群众及时了解各级学校的教育质量，而且对学校工作进行监督和评价。

正如甘谷县委书记所说："实现有质量的教育均衡正成为甘谷县基础教育发展的真正内核。"

（《中国教育报》2013年8月11日第4版）

守望教育的灯火

课堂因改革而精彩

——秦安县莲花中学探索"四维立体四段式"教学模式纪实

秦安县莲花中学地处秦安、庄浪、静宁三县交界处，是秦安县农村学校中规模最大且具有 48 年办学历史的独立初中。近年来，该校的教育质量一直持续提升，名列全县前茅，附近县乡的学生纷纷转到这所学校就读，成为全县农村初中的样本、典范学校。

人们不禁要问：一所并不起眼的农村初中为何在短短几年能"破茧而出"？提高教育质量的秘诀是什么？对此，莲花初中的负责人给出了答案，学校之所以能取得这些成绩，就是因为"四维立体四段式"教学模式在该校"发芽、开花、结果"了。

课堂教学在困境中艰难突围

以前，秦安县莲花中学生源较少、教师教法陈旧，学校的教育教学工作并没有多少优势。随着城镇化步伐的加快，群众对优质教育资源的需求越来越明显，莲花中学在面临现行教育制度下升学压力的情况下，大力减轻学生课业负担，走出了一条课堂教学改革的突围之路。

2007 年秋季，学校领导班子针对教学质量原地踏步的情况，特意邀请了县教研室的同志到学校听课、评课、查阅教案、与教师座谈、听学生对老师的评价，帮助学校找出了老师照抄现成教案、师生互动少、课堂教学"满堂灌"等问题。县教研室的这次"把脉"，加速了莲花中学课堂教学改革的创新和实践步伐。

此后，学校在没有典型示范的情况下开始探索新模式，靠"迈着小步过桥，摸着石头过河"的方式探索课堂教学改革。2008年至2010年，该校派出了一批批骨干教师、教研组长、学校领导赴杜郎口中学、洋思中学等学校培训学习。每次"取经"回来，培训者向全校教师汇报学习情况，交流先进的教育教学理念，促使教师尝试新的教学模式。

经过一段时间的探索实践后，学校确定了"课堂因课改而精彩，学生因课改而乐学，质量因课改而提高"的教改目标，提出了"理念在心、方法在手、经验在身、阳光心态"的教改口号。同时，在校内开展了"优秀教师比一比，优秀课堂学一学，教学思路理一理，教学方法改一改"的"四个一"活动，旨在让教师做到"四个注重"，即注重教育理论的学习和理念的转变，注重授课方式方法的改进，注重加强与学生的交流互动，注重师生情感渗透、学生兴趣的培养。

2010年秋季，学校正式成立了课改领导小组，在对杜郎口中学的"三三六"、山东昌乐二中的"271"等教学模式进行深入研究的基础上，探索出一个符合学校实际的"四维立体四段式"课堂教学模式；并废除无效的教学环节，废除与教学无关的内容，废除传统的"满堂灌"教法。

入学第一课多了新理念培训

"刚从小学进入中学的孩子，学习能力参差不齐。想要从完全依赖教师讲向自主学转变，适应'四维立体四段式'教学模式，对从小学进入初中的新生来说无异于一次'弯道超车'，跨度大、速度快。"该校教研员张千祥如是说。

为了让学生很快适应"四维立体四段式"教学模式，开学第一周，学校对七年级新生进行了"四维立体四段式"教学模式下的课堂学习培训。七年级班主任向学生讲解该模式的含义，组织学生观看该模式课堂教学视频资料，并让学生走进八、九年级课堂实地体验、观察、学习。

其间，教师有意识地创设情境，耐心引导学生，鼓励学生大胆发言、提问，改变学生被动的学习方式、习惯，让学生积极主动参与课堂活动。在教师的辅导下，学生能够当堂自学，养成了良好的学习习惯。

学习小组突出有效的合作学习

"起初，课堂是优秀学生的展示平台，学困生因各种顾虑不愿展示。"张千祥说。于是，学校教师组织学生组建学习小组，充分考虑学生的性别、学习基础、性格差异、学习特长等因素，按照"组间同质、组内异质、优势互补"的原则，将每4个学生为一组，由学习成绩好、组织能力强的学生担任组长。

在这个过程中，教师除了鼓励学困生，还引导学习小组推荐学困生当小组代表发言，由中等生补充，优等生点评。

学生的学习以小组合作的形式进行，教师的"磨课研讨"也以组为单位进行。教师通过教研组内听评课、同级异班上课、参加课件制作大赛等方式，提高了驾驭课堂的能力。

为了给教师和学生提供好的学习条件，学校多方筹资配备了电子白板等多媒体教学设备，建成了一个自动录播教室和一个听评课教室。教师可以在录播教室上课，听课教师可以通过直播在听评课教室边听边评，提高了教师互动交流的效率。

新模式下教师乐教学生乐学

在莲花中学的"四维立体四段式"教学模式下，学生在有限的课堂时间段内，独立自主学习，两个学生结对互助学习，多个学生组内、组间交流探究学习，师生之间良好互动，形成了一种立体式、大容量、高效率的课堂教学行为。

在这样的课堂上，课堂时间分成"40=5+15+15+5"四个时段。第一时段为明确任务阶段，教师以新颖、激发学生学习兴趣的话题导入，引出课题和学习目标；第二时段为自学互助阶段，学生围绕目标，查阅资料、预习，进行交流，达成共识，做好记录，推荐发言代表，整理出不懂的问题交给老师；第三时段为展示点拨阶段，学生依照目标有序发言展示自己的观点，小组成员可对发言代表的观点进行补充，其他小组进行点评，再由教师对疑难问题进行讲解或适当拓展；第四时段为效果反馈阶段，学生谈收获，教师进行小结，并布置作业。

为了检查课堂教学效果，学校还制定了"四维立体四段式"高效课堂教学模式评价标准，采用10分制评价计分，并由教师写教学反思。

现在的莲花中学，在"四维立体四段式"教学模式下，注重抓细节、抓过程，为学校的发展和教育教学质量的提升注入了新的活力。

（《未来导报》2014 年 7 月 18 日第 5 版）

守望教育的灯火

打造和谐山区教育生态

——清水县加强农村教师队伍建设纪实

甘肃省清水县历史悠久，古称上邽，以"清泉四注"而得县名。但由于基础相对薄弱，长期以来农村教师数量不足、工作负担重、待遇偏低、专业化水平较低、结构不合理，尤其是薄弱学科教师短缺，造成了农村学校学生留不住、城区学校大班额的恶性循环，城乡学校之间的差距逐年拉大，成为制约该县教育整体水平提升的重要因素。

怎么办？"我们通过打造和谐的山区教育生态，为农村特别是边远山区教育引入'活水'。"清水县教体局局长说。

优化农村教师生态

2011 年，清水县政府把准备修建政府办公楼的 2400 万元划拨给教育，用于学校硬件建设，在当地传为佳话。

2010 年以来，县里相继出台《中小学校长管理办法》等一系列文件，经费保障，特别在理顺教师队伍管理渠道方面采取了强有力的措施。

为了保障农村教师下得去、留得住，县里在制定农村各类项目实施规划时，首先把优先服务学校摆进建设盘子，整合各类项目资金，哪里有学校，哪里的学校薄弱、最需要支持，就先从哪里搞，想方设法优化学校教师的生存大环境。目前，全县农村学校所在村已全部实现了"七个一"、通了水泥路，通了班车，通了自来水，建起了村卫生室、文化广场、小超市、金融代办点，还有 174 个村接通了宽带。

政策向农村校倾斜

清水县现有各级各类学校 306 所、教职工 3430 人，其中农村教师占 70%。县委、县政府严格落实"以县为主"的义务教育管理体制，校长和教师队伍选拔任用、分配调动、职称评定、培训、评优选先等由县教体局归口管理，县里领导不插手，其他相关部门不干涉，使教育行政部门合理配置教师资源回归本位。

新的负责人上任后，第一件事就是组织局班子成员深入山区学校调研，着手为农村小学调整配备教师。针对初中学科教师富余、边远山区学校教师短缺的实际，采取个人自愿申报和公开考试相结合的办法，将 171 名在初中任教学科人员富余、年龄不超过 55 周岁的男教师和年龄不超过 50 周岁的女教师调整到小学任教，乡际之间调整 70 人，缓解了农村薄弱学校教师短缺的矛盾。

"说实话，当时压力非常大，一下子要打破延续多年的用人局面，肯定很多人不适应，但没想到通过做工作，大部分教师也表示理解。"负责人说。

为了提高农村边远山区学校的办学水平，2008 年以来，清水县通过公开招考的方式，选聘教师 461 人，全部补充到农村中小学，特别是边远山区缺教师的学校任教。

除了分配调动之外，教体局还不断完善县镇学校对口帮扶农村边远山区学校制度，9 所县城学校与 24 所农村边远山区学校建立了长期对口交流关系。2013 年起，该县还选派城区学校 19 名骨干教师到农村学校支教。

为了解决农村学校老教师教学方法陈旧的实际，县教体局把教师出外培训的机会尽可能向农村学校倾斜，近 2 年来，先后培训中小学校长和教师 6731 人次，其中农村学校教师的比例占到 85.79%。

守望教育的灯火

让农村教师安居乐业

清水是国家级贫困县，每年的财政收入只有2亿元，但教育投入"三个增长"基本得到了保证，尤其是在教师队伍建设上舍得花钱。从2012年开始，县政府安排500多万元，按幼儿园和小学、初中、高中每人每月增加60元、80元、100元的标准，提高班主任津贴；同时把全县农村学校和教学点，根据自然条件和交通情况分成三类，按照不同地方类别由县财政每月给予每位教师120元、90元、60元的农村边远地方教师津贴。每年为全县中小学、幼儿园教职工免费体检。2009年开始，县政府每年筹措30万到50万元，设立教师工作发展经费，在教师节期间，都要表彰奖励一批教师，还评选奖励20个教育光荣家庭。

安居才能乐业。从2011年开始，清水县开始实施教师周转宿舍项目，目前，已建成教师周转宿舍140套，建筑面积6677平方米。同时，县里还给在乡村中小学工作20年以上的在职及退休教师，实行限价商品房公开分配优惠政策。

据悉，大约82%在农村学校工作的教师都在城里买了房，但一律坚持住校，除了搞好教学外，还要承担学生营养餐、住宿学生管理等任务，工作量大了，可教师积极性比原来高了。

由于近3年县里抓教师队伍建设的措施得力，清水县农村学校教育质量开始回升，全县农村小学毕业检测"三科"合格率达到62.41%；农村初中毕业会考"七科"合格率、高考应届二本以上上线率都有了明显提升。

（《中国教育报》2014年11月5日第8版）

"走教"教师焕发村小生命力

在甘肃秦安陇城教育园区，教师由园区统一调配，教学由园区统一安排，教研由园区统一组织，单身教师食宿由园区统一保障，教师上课由校车巡回接送"走教"。

"原来好老师都进城去了，家里情况好的也把娃娃送到城里和县城上学了，留在村子里面上学的娃娃越来越少，眼看学校学生都转走要关门了！'走教'老师一来，孩子再没必要往外转了，感觉村上的学校又能接上气了。"

大年除夕，甘肃省秦安县陇城教育园区，两栋公寓楼的每一个单元门口都贴上了大大的"福"字，园区内很热闹，弥漫着浓浓的年味。

"过年不回老家了，一家三口每人有自己的房间，孩子学习没干扰，园区的暖气很热，终于可以过一个温暖踏实的春节了。"几天前刚刚搬入新房的李小铭老师正忙着贴春联、挂年饰。

和李小铭老师一样，园区公寓楼的96套房子全住满了，教师们吃上了"定心丸"。

"由于山川自然条件差别大，学校布点多而散，山区教学点的教师都想着往城里走，教师留不住学生就往外转，形成了恶性循环，所以推进学区内教育均衡的关键还是要在配置教师资源上下功夫。"陇城镇学区校长兼园区主任安让金一语道破了建设教育园区的必要性。

2013年，秦安县委、县政府决定在陇城镇开展农村教育综合改革和教育精准扶贫试点，用建设教育园区的办法来破解教育均衡发展难题。当地先后投资 2916 万元，划拨 15 亩土地，建成两栋 96 套教师周转住房和一栋教研综合楼，形成了集全镇教师吃、住、行、教研于一体的多元化综合功能服务小区。

陇城教育园区于去年 8 月正式运行，实行教师"走教"、校点一体化管理。教师由园区统一调配，教学由园区统一安排，教研由园区统一组织，单身教师食宿由园区统一保障，教师上课由校车巡回接送"走教"。通过建立教师动态调节机制，变学生"走读"为教师"走教"。

陇城镇现有完全小学 7 所，教学点 12 个，教职工 142 名，小学生 1976 名。为了保证每一所学校开齐开足课程，园区根据学科情况、专业特长、年龄以及工作表现，挑选了 19 名语文、数学、英语、科学、音乐、体育、美术等学科的"走教"老师，按地域分成北山、南七、朱魏、张沟 4 条线，每条线配备一辆校车，负责接送本条线上所有村小和教学点的"走教"教师。到这些教学点和薄弱学校"走教"，有校车接送，一位"走教"老师一天可以从容地跑三四所学校上课。

园区负责人给记者算了一笔账：如将 12 个教学点的 387 名学生并到规模较大的小学，每天用校车接送学生上下学，共需要校车 14 辆，估算每天费用为 4200 元；我们选派 19 名教师走教，每天接送山区教学点的教师需要校车 4 辆，估算每天费用为 900 元，这样下来一年可节约开支 66 万元，加上园区集中供暖、水暖电集中使用，节约的经费比这还要多。再从课程开设看，巡回"走教"的 3 所小学和 12 个教学点的 60 个班级开齐音体美课程共需 456 节，按编制需配教师 42 名，现在"走教"的一位老师可以给不同的学校上课，开齐、开足课时只需 21 名教师；如果对教学点年级学生数 1—5 人的班级进行复式教学只需 17 名教师就可以了。

陇城镇上袁村村民袁建设说起"走教"赞不绝口："原来好老师都进城去了，家里情况好的也把娃娃送到城里和县城上学了，留在村子里面上学的娃娃越来越少，眼看学校学生都转走要关门了，'走教'老师一来，孩子再没必要往外转了，感觉村上的学校又能接上气了。"

"园区把教研也带起来了！过去一个教学点一名教师教研活动没法开展，现在园区建起了语文、数学、英语综合和音体美4个教研组，晚上教师集中在园区备课、研讨交流，园区教学资源网上建立了优秀教学课例等资源，各片区教师随时可以共享。"园区副主任兼园区教研教改中心主任王军军介绍说。

南七小学校长陈继明更是深有体会："原来音体美课都由其他老师兼任，自从来了'走教'老师后，体育课上有了响亮的口号声，音乐课上有了悦耳的歌声，美术课上有了欢快的笑声，科学课上有了奇妙的惊叹声。"

青年教师董晓峰回忆起当初在山区教学点任教的经历有些伤感："最初在山上一个教学点待过一年，那时确实很郁闷，学校没电视、没网络，吃完晚饭后，一个人坐在屋檐下发呆，心中感到荒凉、无聊，时间长了就会抑郁。现在白天分散到不同学校教学，晚上大家聚在一起办公学习，对我们年轻人的身心健康很有好处。"

笔者在走访中了解到，陇城教育园区运转后的最大变化就是优化了教师资源配置，通过园区教师'动态'调度式机制，使教师由"学校人"变成了"园区人""岗位人"，从根本上减轻了青年教师的心理压力，他们也不用为固定哪个教学点犯愁了，工作积极性和专业特长也自然就被激活了。"

"走教"老师不仅自己得到了历练，而且调动起了其他教师的教学热情。上袁教学点代课教师杨春霞高兴地说，以前整个学校就我一个代课老师，每天教完数学教语文忙得晕头转向，特别是音乐、美术、体育等这些课程我没学过，根本带不好。"走教"教师思想活，理念新，潜力大，精力足，他们的到来将有力提升村小教学点的办学水平。

（《中国教育报》2016年2月23日第10版）

功底厚理念新的毕业生这样得来

在天水师范学院，专兼职导师制不仅拉长了学研活动的链条，也增加了和联合培养基地学校的亲密度——

日前，天水师范学院 2016 届学科教学（语文）教育硕士魏孔兰参加酒泉市敦煌旅游学校的双选面试，规定 25 分钟的课只讲了 3 分钟，就被通知签约，这让魏孔兰惊讶之余也兴奋不已。和魏孔兰一样，有好几位研究生在实践基地就被学校"相中"。天水师院的研究生之所以受热捧，主要得益于该校推行的双导师制培养模式。

2013 年，天水师院开展全日制教育硕士专业学位研究生的培养工作，目前，该校在校全日制教育硕士专业学位研究生近 200 人。为确保研究生培养"适销对路"，学校按照"面向基础教育、服务基础教育和研究基础教育"的人才培养取向，努力探索双导师制培养模式。学院选聘校内导师 69 人，同时，按照师德高尚、教学经验丰富、教研能力突出的标准，精心遴选校外兼职导师 52 人，组建了英语、政治和教育理论等 3 个教学团队，成立了 13 个学科领域（方向）导师组，使校内师生比达到 1：3；校外师生比达到 1：4。

为强化实践教学环节，该校先后在天水、陇南、定西、平凉以及陕西宝鸡 5 个市的 12 所中小学建成了教育硕士联合培养基地和 23 个学科教学研究生工作站。学院累计投入 80 多万元用于基地和工作站的硬件建设，兼职导师除了在实践教学环节精准发力之外，每年暑假还要参加专题培训，全程参与研究生学位论文选题、开题、中期检查、预答辩、双盲评审、答辩等工作，有效打开了专兼职导师教学与科研的合作通道，形成了导师团队的合力。

双导师制培养模式的深入推进，促进了天水师院的教学改革。学校在"理论＋实践"双循环培养模式基础上，又新修订实施"2+10+10+2"分段式实践教学培养模式，将教育硕士实践教学培养嵌入到每一学期，即第一学期用两周熟悉教师职业，第二学期用10周时间到联合培养基地进行教育调查、课堂观察与教学反思，第三学期用10周开展校本行动研究，第四学期用两周时间到联合培养基地进行研究课题验证。按照规定，每名研究生在联合培养基地集中开展实践教学培养的时间必须达到24周，在实践基地获得8个学分。

从事高中英语教学34年的天水一中高级教师常有为就是兼职导师之一，他耐心指导研究生写教案，听研究生上的每一节课并做好记录，课后指出优点以及需要完善的地方。2015届学科教学（英语）研究生杜娟对常老师充满感激之情："写论文涉及好多基础教育的内容，常老师热心帮助我做问卷调查、收集数据，那天快要论文答辩了，有个问题我还拿不准便打电话问常老师，他感觉电话里讲不清楚，中午骑着自行车跑到学校向我当面解答，最终答辩过得很顺利。"

该校专兼职导师制的双向互动性，不仅拉长了学研活动的链条，也增强了和联合培养基地学校的亲密度。学校分学科派导师参加实践基地教研组的活动，中学教师讲问题、讲困惑，师院导师点对点地提供教育理论的支撑，解疑释惑。2015年，该校与天水一中合作举办首届"创新班"，直接派校内导师带课，开设了先期课程、竞赛课程，把科研的阵地建在了中学的班级和课堂上。

该校研究生处处长左国防告诉笔者："双导师制培养模式的运转走活了高校和基础教育学校'两盘棋'。对高校来说实现了专业、课程设置和基础教育的无缝对接，促进了高校和地方经济社会发展的融合，同时倒逼高校专职导师科研重心下沉。导师开始关注基础教育教学、科研、教师队伍等重大教育问题，到基层汲取丰富营养，科研更加接地气，专业发展能力也提升了。"他说，基础教育学校兼职导师和研究生实践活动的互动，打开了基础教育和高校之间合作交流的通道，给基础教育学校输入了新鲜"血液"。

双导师制培养模式的运行，最终受益的是学生。近两年由于实践环节的专业功底做得扎实，教学理念新，毕业生很受学校欢迎。"小魏是被我们'抢'过来的，她的综合实力概括起来是'口才+气质，实践经验+专业功底'，是我们求之不得的好人才。"敦煌旅游学校副校长淳武高兴地说。

（《中国教育报》2016 年 7 月 19 日第 4 版）

红色热土上精彩的"教育革命"

——武山县全面改善义务教育薄弱学校基本办学条件工作纪实

武山县历史悠久，文化灿烂，是华夏文明的重要发祥地之一，已有1800多年的建县历史，自古以来就是中原通往西域的交通要道，是丝绸之路的繁华重地，有"中国民间文化艺术之乡""全国武术之乡""玉器之乡"的美誉。武山还是一方具有优良革命传统的热土，三大主力红军红一、红二、红四方面军曾三次从武山县经过，播下了革命红色的火种。

在这片红色热土上，教育事业也在蓬勃发展，尤其是"全面改薄"项目实施以来，武山县城乡学校发生了翻天覆地的变化，孩子们的"理想教育"在这里实现了。

红军长征路"改薄"过后尽开颜

"更喜岷山千里雪，三军过后尽开颜"是毛泽东《七律·长征》中的精彩诗句。1935年9月25日，毛泽东、彭德怀率领陕甘支队，从漳县新寺镇过龙川河进入武山县境内，沿途经过包家柯寨付家门一带。10月，长征即将结束，毛泽东即兴写下了气吞山河的《七律·长征》。

如今马力镇付家门小学的面貌焕然一新，但付家门村至今仍为有这样一段红色革命的历史而深感自豪。

走进高大气派的校门，迎面两棵雪松伸开手臂，左侧是崭新的教学楼，楼体上"好好学习，天天向上"八个大字格外醒目，迎风飘扬的国旗，新修的舞台，盛开的樱花和银杏、玉兰、百日红、红叶李等名贵花木，与篮球、排球、羽毛球场错落有致，构成了一幅美丽的乡村校园画卷。

"学校是整体搬迁新建的，校园由原来的7亩扩展到16亩，校舍建筑面积也翻了一番，每个教室都装上了一体机，学校成立了合唱队、武术队……近两年的变化真是翻天覆地。"校长李小鹏骄傲地说起学校的变化。

来到六年级教室，青年教师张莉正在给学生辅导英语，面批作业。"以前学生对英语没兴趣，我们通过集体备课，教师认真做课件，利用一体机的教学资源，学生学习英语的积极性明显提高了。"张莉学的是英语专业，担任班主任和少先大队辅导员。

当年红军长征经过马力镇、山丹镇7个乡镇，为了让广大群众分享"全面改薄"项目的成果，县教体局专门制订了《武山县红军长征途经路线学校项目计划》，把"全面改薄"项目向这7个乡镇倾斜，目前7个乡镇实施"全面改薄"项目的学校共90所，投入资金2.26亿元，新建校舍82263平方米，受益学生达到了2万多名。办学条件的改善，为长征路线沿途学校的发展注入了新的活力。

县教体局项目办负责人给记者列出了全县实施"全面改薄"项目的成绩单：整体新建学校18所，新增学位6060个，义务教育阶段生均校舍由"全面改薄"前的5.57平方米增加到8.34平方米，生均图书由16.55册增加到21.69册、生机比由1∶20.8提高到1∶6.67，"全面改薄"校舍面积占全县义务教育阶段学校校舍总面积的39.58%，通过"全面改薄"达到寄宿条件的初中学校17所，实现食堂供餐的学校104所，36329名学生受益。

薄弱校因"改薄"华丽转身

往前运，快传，射门……沿安初中体育老师王小朋在场外指挥球场上的队员，该校和龙台初中的女子足球队正在进行南片区足球比赛。

"这是以前想都不敢想的事情，以往秋季开学的第一件事就是组织师生拔草，一下雨校园泥泞不堪，一些简单的体育活动都无法开展。去年县长马勤学到学校现场办公，落实了18亩地的新操场，学校立马成立了男女足球队、篮球队。"校长王翊对"全面改薄"项目的感激之情溢于言表。

沿安乡位于武山县城南面，距县城75公里，与岷县、礼县接壤，这里属高寒阴湿山区，是最偏远的乡，全乡人口1.7万人，贫困面大，贫困程度深，由于教育基础设施条件太差，教师不愿来，来了留不住，教学质量不高，面临生源流失的问题。

聊起办学条件的话题，副校长赵育军向记者讲述了他16个春秋的激情岁月："当时我们8位男老师住一间大教室，我的床在门口，由于四面漏风，冬天就在床头上挂了个帘子，因为要做饭，一年四季房子里都生着火炉，中间通道太小出入要侧身，吃住、办公、教研都在这里，条件十分简陋。

沿安初中实施的"全面改薄"项目共投入1932.3万元，新建的教学楼、学生宿舍楼、实验楼将于今年秋季投入使用。基础条件好了，许多发展难题得到了破解。目前有15个教学班，教学实现了"班班通"；832名学生，有389名学生住进了新宿舍楼；每天有300人在食堂就餐；有7对夫妻在学校工作。从2016年开始，学校教学质量开始回升，去年升入高中阶段的比例从2014年的45.2%提升到了89.3%，近两年实现了零辍学。

沿安学区校长漆福俊对"全面改薄"项目的一大串数字烂熟于心，

全学区 5 所小学和 10 个教学点中，7 所学校有土建项目，投入建设资金 1325.76 万元，新建校舍 5558 平方米，校园硬化 9900 平方米，围墙 870 米；为学校配发了计算机 121 台，"班班通"电子白板 36 套，升降式单人课桌椅 677 套；音乐、体育、美术器材，总价值 24.28 万元，小学和幼儿园学生共有 1943 人。

"全面改薄"助推"马力"跑出加速度

马力镇是武山县第三人口大镇，全镇人口 4.3 万人，义务教育阶段在校学生 5346 人，实施"全面改薄"项目之前，由于学校布局分散，危房比例高，教学质量一直在全县倒数，小规模学校学生纷纷往外转，群众对学校意见很大。

暖水小学就是一个很典型的例子。该校在距马力镇 20 公里，海拔 2407 米的高寒山区。2014 年之前仅有的 4 间教室和 3 间办公室都是危房，屋面塌陷，每逢下雨师生就用脸盆接水，没有校门和围墙，冬天寒风刺骨，镇上到学校的土路只有农用三轮车可以通行，教师从镇上步行到学校要走 5 个小时。2014 年，刚刚到任的学区校长漆茂喜看到这个场景有些心酸，回到县城给县教体局局长摊牌："如果暖水小学的校舍不改造，我就不干马力学区的校长了。"

漆茂喜的这招"棋"果然奏效，县上给暖水小学落实了 2015 年的"全面改薄"项目，建起了 7 间教室，5 间办公室，硬化了操场，配齐了图书仪器，目前学校有 82 名学生，6 名教师，教学质量开始回升。县委书记索鸿宾看了学校的变化，当场拍板落实了今年的行政村幼儿园项目，索鸿宾说："学校办好了，就能留住村子的希望。"

陇东学院英语专业毕业的孙金霞是一名特岗教师，2016 年 11 月参加工作，是第一个上山到暖水小学任教的女教师，在她来之前这里的学生还没有学过英语，她带全校英语课和四年级数学，2017 年所带课程获得了学区优秀奖。

和孙金霞一起到暖水小学的还有罗小明夫妻。罗小明是马力镇北顺村人，学的是体育专业，2017年参加事业单位招考被录用到马力学区，学区安排他到暖水小学任教，他非常爽快地答应了，除了带全校的体育课，还带五年级的数学和语文课，住在学校，为了帮助他工作，大学音乐专业毕业的妻子乔晓霞也跟着他去了学校，给学生教音乐，学校开齐了体育、音乐课程。如今，小两口已经有了孩子，在暖水小学生活得其乐融融。罗小明说："我们会安心坚守在暖水小学，让这里的孩子接受良好的教育。"

4月18日，马力学区举办有基层学校45名教师参加的信息技术技能培训。据了解，全学区每一所小学和教学点都安装了一体机，但一些教师操作技术不过关，于是学区就着手从提升教师的操作技能入手，让优质教学资源发挥应有的作用。

办学条件改善之后，漆茂喜肩头的担子更重，这位曾担任城关学区校长的"下乡干部"，开始大刀阔斧地抓教育教学质量。着手组建起了教师合唱队、陶笛表演队。各学校成立了学生经典诗文朗诵、音乐、舞蹈、书法等社团，激发学生的学习兴趣，教师合唱队还在全县艺术节展演中获得了一等奖。与此同时，学区每年都要对教师研读课标情况进行测试和"三笔字"比赛，倒逼教师钻研教材和课标，让每一位教师向强师、名师的专业成长方向发展。

"刚来的时候，所有的学校条件都不好，交通不便，学校缺水，网络不通，好多老师哭着申请调走，教学点课程开不起来。通过实施'全面改薄'项目，目前全学区教师达到403人，没有人要求调走了，可以说'全面改薄'项目是振兴乡村教育史无前例的一场革命，马力由以前最边远、条件最差、最贫困的，变成了条件最好、教师队伍最稳定、质量提升最快的乡镇，现在就是竭尽全力抓好质量的事情了。"漆茂喜说。

　　　　　　　　　　　　守望教育的灯火

拓展优质资源消除城区"大班额"

正在加紧后期施工的城关四小被县政府列为今年的民生实事项目，但校内原有建筑影响工程进度，为了确保该校今年秋季按期开学招生，4月18日，武山县政府组织开展联合执法，对新校园内的原有建筑进行依法强制拆除。该校建成后，将再为城区增加学位1620个，不仅可以消除城区学校的"大班额"问题，而且可使城区学校布局趋于合理。

记者到城关五小的时候，一年级学生正在做课间操，身着雪青色校服的孩子们和崭新的教学楼、塑胶操场上绿色的人工草坪、花园、名贵花木构成了一道美丽的风景。"前几年，这块地已经被列为某房地产开发公司的住宅小区用地，后来县上规划要在渭河以北建一所小学，县上硬是把这30亩地收回来建成了城关五小。县上配套470万元，可容纳36个班共1800名学生，可满足3个住宅小区的学生就近入学。去年秋季开学招收一年级新生182名。"说到新学校的建设，副校长王兵琴给记者讲述了这样一段故事。

"'全面改薄'项目实施以来，县上进一步优化调整资金支出结构，县财政保障落实县级配套资金1.67亿元，无偿划拨近190亩土地，解决了11所迁建及改扩建的建设用地，拓展了城乡学校教育的发展空间，满足了老百姓对优质教育的需求。"县教体局局长说。

（《未来导报》2018年6月8日第3版）

让阅读打开孩子和世界对话的窗口

"我给大家推荐的书是林汉达编著的《中国历史故事集》，今天我给大家分享其中《兄弟相残》的故事：话说春秋时期，郑庄公之母姜氏溺爱其弟共叔段，就教唆共叔段在郑庄公外出之时发动叛乱，不想……"

讲故事的是天水市解放路第一小学（下文简称"解一小学"）六年级（2）班的任昊敏。5月24日下午是该校的阅读课，他们班当天阅读活动的主题是《中国历史故事集》品尝阅读会。

2012年以来，该校以创建"书香校园"为导向，引领学生开展海量阅读、整本书阅读，培养学生良好的人文素养和品质，阅读活动成为学校提升教学质量的助推器，使这所百年老校焕发出新的生机和活力，日前，笔者走进解一小学，寻找该校的阅读活动秘籍。

"亦渭"遗风，拨亮孩子心灵那盏灯

天水市解放路第一小学始建于清光绪三十三年（1907年），是晚清进士、"中华民族教育家"张世英先生捐资创办的，原名"亦渭学堂"，是清末甘肃第一所新式教育学堂，开启了清末天水现代启蒙教育的先河。张世英是秦州人，在山东、陕西历任一府两州十二县，任上积极推行新政，兴办教育，一生捐资办学3000多所，创清末全国自费办学之最，朝廷曾五次下旨褒奖，光绪皇帝御赐"办学尔圣"以示激励，民国教育总长蔡元培肯赞先生是"全国兴办教育的楷模，中国清末杰出的民

守望教育的灯火

族教育家"。

张世英一生俭朴成习，好学不倦的品质也在当地传为佳话。他幼年因家境不好，夜里常常到私塾附近的古庙里借佛灯苦读，后在陕西兴平县（今兴平市）拜王心如为师，冬天晚上睡前备一杯水，天不亮就起床，用半杯漱口半杯噙在口里温热后洗脸，之后便开卷读书，等到其他人起床，他已经读了好多页。他常常因为学习而忘记吃饭，因为缺油，他坚持在月下读书至深夜。王心如先生评价他"好学习惯有三，其一：勤勉，知宝惜光景，爱好文籍。昼读夜诵，勤勉不怠。其二：广博。举凡文章、历算、山经、地志、九流、百家，无所不猎。其三：尚实。张世英为学，与前人好玄谈清议的学风有很大不同，而与汉儒长于稽古和匡正伪谬的学风相近。"

现任解一小学校长赵鹏飞是校园阅读推广人，他有一本2000年前后做的读书笔记，其中摘录的教育文章就涉猎到阅读，而且对精彩部分做了密密麻麻的批注。据他回忆，2003年在枣园巷小学任校长，那年正好搞新课程改革实验，从那时起，他就尝试把阅读纳入课程管理，但由于当时学校规模小，农村孩子偏多，家长对课外阅读不认可，或者监督不力，学生普遍存在不爱读书、被动读书、不会选书和无时间读书的现象，阅读的大气候没能形成。

"2012年到解一小学任校长，张世英先生孜孜不倦潜心读书的良好习惯给了我很大的启迪，以先生潜心读书的励志故事教育和引导学生阅读，正好是一个切入点，于是坚持要把阅读做下去，刚开始的时候我把阅读的理念传授给老师，特别发挥年轻教师的引领作用，解决教师和家长的认识问题，后来解决学生阅读的方法问题，进而创建'书香校园'，目的就是要把学生培养成不一样的人，全面发展的人。"推广阅读对赵鹏飞来说，无异于完成了长达18年的"马拉松"领跑。

笔者走进阅览室，设计色调和谐、温馨舒适，造型别致的书架上摆满图书，有40多名学生自由阅读，室内显得异常安静。

副校长张腊梅介绍，学校现有图书2.4万册，图书室分时段向学生开放，教学楼过道做了书架，各班配备书柜，建立图书角，图书每隔两周班级之间更新、交换、补充、配备凳子，给学生提供丰富优质的图书。学生周末进书店读书也成常态，学校有90%左右的学生还在校外的图书馆办了借书证，在学生的带动下，30%—40%的家长也喜欢读书，读书的氛围形成了。

做好教学加减法，给学生读书让条道

赵鹏飞认为，语文教学的首要任务就是要让学生在生活中、阅读中、背诵中积累语言，丰富语言，发展语言，培养学生的语感，提升学生的理解能力和表达能力，进而转化为学生的学习能力，最后形成良好的学习品质。小学生通过背诵经典文学样式并参与体验，可以在生活情境中内化提升自己的发展潜力。

为了解决学生爱读书、会读书、读好书的问题，解一小学用读书的方式推动语文教学的变革，用语文的方式改变教师的教学方式。

"既要提高语文成绩，又要让学生多读书、读好书，这看似是一对矛盾，其实不然。我们首先从问题入手，在改革语文教学上做好'加减法'，一方面减轻学生的课业负担，另一方面解决好孩子们有时间读书、有地方读书、有精力读书的问题，让学生在'教—学—玩'的有机融合中快乐阅读。"赵鹏飞说。

在解一小学，不仅是倡导人人阅读，而且是人人每天阅读。学校每天的阅读基本分为晨诵、课吟、夜读三个段式。即每天早晨学生到校有20分钟的经典诵读时间；每天上课前五分钟，安排两个学生讲故事，一次一个主题；晚上阅读30分钟，有条件的家长和孩子进行亲子阅读，久而久之，学生就养成了读书的好习惯。

三年级语文教师缑倩介绍说，刚开始上阅读课的时候，学生差距很大，一年级倡导家长亲子阅读。到了二年级之后就读写结合，到了三年级就规定学生仿写，鼓励学生整本书阅读、海量阅读，要求每周读1本书，结果有学生最多一学期读了36本书。为了带动阅读能力较弱的同学，把班上的学生分成几个小组，组长为小组内的同学推荐书籍，组织交流读书方法和体会。周末一有时间她就去书店看班上学生读书的情况，特意给那些周末去书店读书的学生发红花。

三年级小女孩王若萱读书达到了痴迷程度，妈妈说为了让她多玩一会儿，就把书藏到了家里的洗衣机里，最后还是被她找到了，她的三门课都是满分。同班的谢卓远是一个爱玩的小男孩，上课不听课，下课就急着去玩。从二年级开始老师要求他每天背会一首诗，尝到了读书的"甜头"，现在也爱上了读书，晚上放学后六点多就把作业完成了，晚上剩下的时间就去读书。

学校把阅读纳入课程计划，每班每周开设两节阅读课，阅读课上师生共读课外书，组织读书交流、读书方法指导、图书推荐，引导教师走出"教教材"的传统模式，让语文教学回归本真。

学校利用教研活动、专题讲座对教师进行培训，更新教育理念，明确语文教学的"能读懂文章、会写文章"两个目标；做好"少讲精讲，多读多背，坚持写日记"三件大事。在这些理念引领下，进而确立了语文课堂教学"读文、走入文本、走出文本、背诵"等四环节教学模式；坚持开展"阅读进课堂、记读书笔记、坚持写日记、一周一故事、写规范字"等五项活动；每学期学校组织十一次阅读进课堂教学活动交流会，教师要书面发言，总结本班开展阅读活动的方法措施及成效，使课堂教学与课外阅读实现了有机结合。

"尽管开展阅读活动对老师来说加大了工作量，耗费了很多精力，但通过读书感觉教学有了方向，思想境界变了，工作方法活了，心情也愉悦了，读书的确是一件很享受的事情。"倷倩感慨地说。

培养阅读兴趣，给阅读涂出五彩颜色

"12 岁之前是一个人阅读的黄金时间，阅读是要有兴趣的，只有学生在充满兴趣的状态中去阅读，才能收到事半功倍的效果，才能体验阅读的真谛。"二年级语文教师张惠君说。

上好"一周一故事"展示课。课堂上组织学生讲故事，同样的故事让不同的学生讲，要讲好故事，首先要把这个故事背会并转化成口语，讲究语气和节奏，站在全班学生面前讲故事，那是对学生全方位的调动和训练，通过讲故事满足学生的表现欲，同时培养了学生对语言文字的兴趣，提高了口语表达能力。

开设"经典诗文"欣赏课。每班每周开设一节国学课，课堂上引领学生进行国学经典的诵读。每学期背诵的古诗词数量一至四年级 20 首、五六年级 30 首，共计 300 首，数量上下要保底，上不封顶。国学经典的内容不同年级诵读不同的篇目，从《千字文》《三字经》到《论语》《道德经》，从易到难，通过诵读引发学生对传统经典内容的了解和关注，充分激发学生学习祖国优秀文化的兴趣，使学生在多读多背加强语感，积累语言。

打造"阅读活动"创新课。学校每年举行一节读书节活动，每学期集中举行一次朗诵比赛和一次演讲比赛，各班每月开展一次读书交流分享会，各班还举办形式多样的故事会、朗诵会、演讲会、经典背诵、读书手抄报展示、读书笔记展示等活动，激发学生的创新激情。

为了方便学生和家长选择阅读书籍，学校专门组织力量编写了《天水市解一小学课外阅读推荐书目》和《天水市解一小学经典诵读推荐篇目》，为教师和家长指导学生阅读和诵读提供参考，有效地避免了学生读书的盲目性，使学生的读书活动系统化，有序化。

守望教育的灯火

校外延伸，给校内阅读一个理由

解一小学的阅读活动除了在校园里搞的红红火火，还坚持向校外延伸，学校与秦州区图书馆建立联络，每周定期组织学生去图书馆阅读，与图书馆共同组织开展系列读书活动。

引导家长开展"亲子共读"，创建"书香家庭"。学校定期对家长进行集中培训，几年来已培训家长 1000 多人次。班级通过校讯通、微信群对家长进行读书的指导，各年级分年段向家长推荐亲子共读书目，倡导家长每天陪孩子一同读书。每年 11 月份评选校级年度"推动读书优秀教师""亲子阅读优秀家长"和"书香少年"并进行表彰奖励，五年来累计评选出"书香少年"600 名；"年度亲子阅读优秀家长"48 人；"年度推动读书优秀教师"24 人，营造了"书香家庭""书香校园""书香社会"三位一体的读书氛围。

"为了推动读书活动，为学生和家长搭建交流平台，学校创办了《读书》刊物，每年年底出刊，集中展示教师、家长和学生的读书感言和经验。学校将学生的优秀习作选入《亦渭》校刊，并积极参加各级征文比赛，已有上百名学生在省市征文大赛中获奖。"教导主任刘亚丽说。

打开路径，给孩子起飞一次助跑

"读书活动也是我们学校老师心中怀着的一个梦想，让孩子们在阅读中获得发展，获得自我成长的力量，我们从内心感到很满足。"骨干教师张银军对阅读有着十分深刻的理解。

80 后教师王君宏学的是英语专业，由于奶奶和姑奶奶都会剪纸艺术，她从小就喜欢上了剪纸，2013 年学校安排她做剪纸艺术社辅导教师，近五年学过剪纸艺术的学生已有 700 多人次。

说起剪纸艺术，王君宏似乎对阅读怀有感恩之情："阅读通过文字传达情感，剪纸却以画面的形式表达感情，学生通过阅读可以吸收古今中外文化的精髓，拓展想象力，提升发现美、创造美、传承美的能力，特别是多阅读历史、百科和文学类的书籍，可以把人物故事、诗歌情境等用逼真细腻的画面表现得淋漓尽致。"

五年级（1）班学生唐清琪的妈妈特别喜欢花，以前母亲节的时候，唐清琪会用自己的零花钱给妈妈买一束花，去年开始学习剪纸，今年母亲节的时候她专门给母亲剪了一幅原创作品，画面中有母亲高大的背影，尽情地观赏着满园花开，寓意自己就是花，妈妈就是护花者，看着她盛开，看着母亲的背影，感恩之情油然而生，同时也表达了母亲对儿女的疼爱和呵护。王君宏说"这幅作品，把孩子爱的元素融入剪纸画面，显得有温度、有质感，也有深情的叙述，显得很成熟"。

六年级（3）班学生程琳累计读了230本书，除了偷着读爷爷的书，她还从4岁开始跟着奶奶学剪窗花。二年级进入学校了剪纸兴趣小组，4年时间，她剪的作品达200多幅整整四个册子，其中《十二生肖图》《十二金钗》和《古乐仕女图》还在中央电视台少儿频道《智力快》——校际大比拼节目现场进行展示；"这些原创作品看了逼真的有点'假'，真不敢相信惟妙惟肖的佳作竟出自一位小学生之手。"有位客人这样评价程琳的剪纸作品。

"很有帮助，剪纸艺术是一种创作，需要很丰富的知识储备，我之所以能剪出这些原创作品，与读书有很大关系，比如我平时喜欢读历史、文学和美术类的书籍，通过读这些书对实物场景和人物神情会产生幻想和灵感，然后可以大胆地用夸张拟人手法创作出灵动的作品来。"程琳说读书对剪纸艺术到底有很大帮助。

（《中国农村教育》2018年第8期上）

甘肃天水：传承射箭艺术提升综合素质

李广是西汉名将，陇西成纪（今甘肃天水秦安县）人，他英勇善战，箭无虚发。时隔两千年后，李广的绝佳射艺成为故里甘肃省天水市公园小学传统射箭艺术社团的课程，仅仅四年时间，该校"李广射艺队"在全国比赛中143人次获得冠亚军奖，拿下12个团体总分第一，多次打破全国青少年组射箭纪录。

教练展凤玲是一名专业的射箭运动员，曾获得过全国射箭冠军，取得国家级射箭裁判资格，退役后成为公园小学的体育教师，每年都应邀担任全国射箭比赛的裁判，2014年秋季，在她的倡议下，学校组建起了"李广射艺队"，天水秦州射箭协会在公园小学挂牌成立。

刚开始因学校没资金就想办法买一次性输液塑料管让学生练习基本功，学校"李广射艺队"上、下午各训练1小时，假期还要抽时间训练。据展凤玲介绍，小学生练射箭很枯燥，看似练武功，其实是练耐心、练品质，初学者依次练习站位和握弓、搭箭、勾弦、推弓、开弓、满弓姿势、靠位、瞄准、撒放及后续连贯动作，每一步都严格要求，循序渐进、稳扎稳打，需要一个一个人教、一个一个动作地纠正，反反复复地练习。

六年级（2）班学生葛赟三年级时被选进校队，说起练射箭感慨很深："进了校队训练每次就是那几个动作，光拉弓就整整练了半年，展老师反复纠正，觉得很枯燥。半年之后老师才放手射了一个10环，当时有点激动。"

在 2015 年 9 月举行的第一届"秦州区'李广杯'国际传统射箭邀请赛"上，该校"李广射艺队"包揽了青少年组所有奖项，蒲凡、张旭瑾分别创造了全国青少年男子、女子个人 20 米轮赛纪录。学校乘势在三至六年级学生中组建传统射箭艺术社团，每周星期五下午开展活动，同时将传统射箭纳入教学计划，把每周两节体育课中的一节定为射艺课，组织有关人员开发了具有校本特色的传统射艺文化教材，作为常规体育课的训练内容广泛开展。

据估算，先后参加传统射箭艺术社团的学生达到了 400 多人次，培养校队 80 多人，学校和射箭协会还为全市兄弟学校培训体育教师、射箭爱好者 200 多人，帮助秦州关子中学、天水郡小学和天水南郭寺李官湾旅游景点建立射箭俱乐部。

"学校不仅培养了一批优秀射箭运动员，还激发了学生传承传统文化的兴趣，学生体验感受射箭艺术的魅力，综合素养有了明显提升。"校长付红珍说起传统射箭活动给学校带来的变化赞不绝口。

（《中国教育报》2019 年 2 月 12 日第 3 版）

党员教师是最亮的星

——甘肃天水创新"党建+"模式激发改革发展活力

赵山教学点是甘肃省天水市秦安县的一个教学点，在 2015 年时只有一名教师、4 名学生，没有水、围墙和校门，学生纷纷转走，面临撤并的困境。年轻党员教师李辉斌被派来担任该教学点校长，李辉斌挨家挨户上门，劝说家长把孩子转回来。第二年学生增加到 26 人，修建了围墙和校门，硬化了校园道路，后来又增加了三、四年级，修建了幼儿园，如今学生达到 40 多人，教师增加到 5 名，办学条件和教学质量都有了很大的提升。

近年来，天水市教育系统按照新时代党的建设总要求，将抓好学校党建工作作为办学治校的重要工作，加强党对教育工作的全面领导，创新"党建+"模式，激励广大党员教师发挥先锋模范作用，给全市教育改革发展注入了新的活力。

"党建+教育教学" 党员教师是"火星"

秦州区育生中学是一所优质初中，但教师的教研能力相对较弱，后劲不足，学校就把提升党员教师教研水平作为切入点，优先选派党员教师参加提升培训。"区委选派我们党员教师走出去交流学习，培训研讨，不仅更新了教学观念，而且增强了紧迫感。"该校八年级英语教师黄随香参加外出培训后感触颇深。

针对城区和城郊优质教育资源短缺、学位压力大的实际，秦州区教育局党委在全区推行"党建+教育教学"模式，去年以来，参加政治业务培训的党员教师达 1648 人次，通过党员示范课、党员先锋组、党员助学岗等活动，党员教师走进课堂、贴近学生，实施"强校带弱校、名师带高徒"工程，开展送教、送课等活动 900 余人次，全区中小学教师网上晒课近 687 节，在破解城区"大班额"问题的同时也提升了教学质量。

在"党建 + 教育教学"的带领下，学校党员教师表现出饱满的工作热情和崭新的工作状态，教育教学工作"火"劲十足。

"党建 + 立德树人" 党员教师是"启明星"

天水市教育系统在"党建 + 立德树人"模式中，明确要求党员教师率先示范，做"立德树人"的开拓者、领路人，成为学生成长的"启明星"。

天水一中第一党支部书记马宗义从教 33 年，担任班主任 28 年，2014 年被人社部、教育部授予"全国模范教师""全国德育优秀教师"荣誉称号。2019 年 3 月，马宗义赴北京参加学校思想政治理论课教师座谈会后，在学校做了一场关于思想政治理论课专题辅导报告会，组织全校政治课教师大备课组专题学习研讨，以班会的形式对学生进行思想引导，最近又忙着准备全市思政会的发言材料。

马宗义至今每周仍带 17 节课，他把学生语文兴趣的培养和语文素养的提升紧紧结合起来，开设中国传统文化选修课"传统经典诵读"，总结出作文教学方案"突破两个发现"，所带的 3 届学生全部考上大学。马宗义在平凡的岗位上诠释着共产党员的责任和担当。

天津市津南区北闸口第一小学党员教师金瑞超，今年初响应东西部协作对口帮扶号召到秦安县西川中心小学支教一年。他发现，山里孩子由于路途远住校，家长顾不上管。于是，他利用午休和晚自习的时间，在宿舍对一部分学习习惯不好的学生进行集中辅导。一段时间以

　　　　　　　　　　　　　守望教育的灯火

后，这些孩子的学习生活习惯明显改变，成绩也提高了不少。

"党建＋教师专业成长" 党员教师是"金星"

近年来，天水市教育系统建立健全"把骨干教师、优秀青年教师培养成党员，把党员教师培养成教学和管理骨干"的"双培养"机制，让党员教师和骨干教师始终成为教育教学改革的先锋，在各自的岗位上发出金子般的光芒。

陇城教育园区实行老党员教师、教学骨干与青年教师结对帮扶，青年教师的教学能力迅速提升，一批党员教师成长为骨干教师，教学骨干培养为预备党员和入党积极分子。2018年以来，有8名年轻教师向党组织递交了入党申请书。

秦州区皂郊中学是天水市城郊一所九年一贯制学校，现有专任教师72人，其中，党员教师29人，占40.3%，学校领导班子、教研组组长、年级组组长全是党员，80%以上班主任和教学骨干都是党员。一名党员被评为甘肃省中小学骨干教师，3名党员被评为甘肃省农村骨干教师。在市区级的教学竞赛中，先后有3名党员教师获奖。

"近年来，全市加大党员教师参加培训、岗位练兵、骨干教师培养等方面的力度，有677名党员教师受到县级以上表彰奖励，265名党员教师被确定为省市县骨干教师和学科带头人，一大批党员教师被提拔到学校领导岗位。"天水市教育局局长说，"通过建立和落实'双培养'机制，不仅使党员教师的引领示范作用得到了充分发挥，而且有力促进了中青年教师的专业成长，为全市教育改革发展输入了新鲜血液。"

（《中国教育报》2019年6月29日第1版）

追寻"羲皇故里"美丽校园的时代印记

——新中国成立70周年天水市改善办学条件成就巡礼

天水被誉为"羲皇故里"。新中国成立以来，历届天水市委、市政府始终把教育事业摆在优先发展战略，千方百计加大教育投入，不断改善办学条件，努力营造教书育人的良好环境，校容校貌发生了天翻地覆的变化，教育可持续发展能力明显增强，书写了天水教育跨越式发展的时代篇章。

从茅草屋到教学楼　校舍建设的多次蝶变

新中国成立初期，天水专区共接管校舍面积15.1万平方米，大部分是利用古庙宇和民房改建的，空气流通不畅，光线不足，院子狭小，课桌凳很少，5人一张桌或10人一张桌，用土台、木板代替课桌凳的现象处处可见，就更谈不上有活动场所了。

今年已93岁高龄的陈性真是天水师范学校的退休教师。她1955年毕业后响应国家支援大西北的号召，被分配到天水师范学校任教。"上班第一天正好是国庆节，到学校一看，校园破破烂烂，教室和食堂是几间破旧的土坯房，没有操场，借用部队的操场做操，男生都挤在伏羲庙后面的大殿里住大通铺。学校把我安排在1栋简陋的办公楼上，上楼的时候楼梯颤抖厉害，大家都戏称'颤颤楼'，没人敢上去，我当时年轻还是去住了，办公室里只有一张窄小的办公桌和一把破旧的靠背椅。"陈性真直言当时的办学条件对现在的学生来说简直不可想象。

从50年代开始，天水市依靠国家投资和群众自筹资金，投工投料，对原有破旧校舍进行改造。1959 年，全地区教育基本建设项目投资仅为 86.55 万元，占全区基本建设投资的 3.3%，其中自筹 4.55 万元。同时省上拨发基建木材 650 立方米。共安排新建扩建项目 36 个，其中新建项目中学 1 所，中等师范学校 5 处，大专学校 1 所；扩建项目学校 19 所。60 年代初期，由于国家处于经济困难时期，校舍基本建设投资减少。利用旧庙宇改修的校舍占相当比例，一些校备简陋，年久失修，桌凳短缺，教室不合格，教师住宿和办公条件较差。到 1963 年，全地区小学校舍建设面积 27.1 万平方米，教室 4622 个，其中 1949 年前的校舍建筑面积 15.1 万平方米，占 58.8%。

1970 年才开始恢复教育基建投资，到 1975 年的 6 年间，全区校舍基建投资 239.2 万元，由于投资项目多，资金使用分散，所建的校舍普遍质量差。同期学生增加，课桌凳严重短缺，农村学校用水泥台、土台替代桌凳的现象比较普遍。

党的十一届三中全会以后，天水在争取国家省上专项投资的同时，采取地方财政挤一点，动员社会各界捐助一点，学校勤工俭学收入补助一点等办法，多渠道筹措资金，改善办学条件。1985 年天水实行市管县体制，改善办学条件工作进入了一个新的历史阶段。当年用于基本建设总投资就达到 784.5 万元，新建校舍 2.46 万平方米，改建校舍 1.8 万平方米，维修校舍 4.64 万平方米。

据《天水市志》记载，从 1983 年到 1989 年的 7 年间，全市累计投入校舍改造资金 7482.51 万元，新建校舍 25.91 万平方米，改建校舍 13.57 万平方米，维修校舍 28.87 万平方米，校舍总面积增加了 12.5 万平方米。这 7 年中，增加的校舍面积接近新中国成立初的校舍总面积。

1985 年杨兴胜曾任天水市三中校长，当时，学校共有 36 个土木结构的教室，晚上住校学生集中在 4 个教室上晚自习，每个教室只有几盏 40 瓦的灯泡，当时学校经费很紧张，但千方百计筹措 5000 元给每个教室换成了6盏白炽灯。学校通过协调把伏羲庙东边一处政府管理的闲置院子借过来，经过改造安排了24名租不起房子的学生。

在这一时期，虽然大多数学校结束了在"黑屋子、土台子"条件下上课的历史，但在经济条件差且发展缓慢的边远地区，仍有80%的农村小学无围墙、无大门、无厕所、无窗户、无玻璃。有的学校占用庙宇寺院，秦州区当时还有"马圈、牛圈、羊圈"改造成的教室。

1995年，全市教育工作会议确定了"五年内使中学达到七配套、70%的完全小学实现六配套、村学基本消除危房、人人有课桌凳"的目标。到20世纪末，全市中小学校舍总面积达到192.6万平方米，生均3.08平方米。

进入21世纪，天水市先后实施中小学"危房改造工程"、农村寄宿制学校建设工程、世行"贫三"项目、"义教工程"、危房改造、国债投资职教项目、高中扩招、邵逸夫和田家炳捐款项目、"全面改薄"等一系列重大工程项目，教育基础设施建设的资金全部由国家承担，改善办学条件取得了历史性成就。

然而，"5·12"汶川大地震使刚刚恢复元气的天水市中小学校舍又一次受到重创，地震共有1802所学校受灾，其中校舍坍塌48所，建筑面积166万平方米；严重危房学校1449所，建筑面积67.37万平方米，直接经济损失11.2亿元。

在灾后恢复重建中，天水市一律按照"大震不倒、中震可修、小震不裂"的要求设计施工，切实保证了校舍建设质量。新华门小学教学楼其采用了钢架结构、抗震性能高、墙体节能、通风透气、采光效果好、集雨节水、种植屋面、装修环保、外形美观等先进的设计理念，这座"鸟巢"式的抗震绿色学校，成为天水市校舍建设建筑风格多样化的标志。

据统计，天水市先后实施灾后恢复重建项目340个，总投资7.31亿元，改造校舍52万平方米，经过三年重建，宽敞、坚固、漂亮的学

守望教育的灯火

校为学生健康成长营造了良好的环境。

这些不同地域、不同历史时期的场景，不仅让人回望天水教育历尽艰辛的发展轨迹，而且更加感怀新中国成立 70 年来天水教育取得的辉煌成就。

天水市校容校貌的变化，折射出新中国波澜壮阔的发展历程，真实地再现了感天动地的历史成就以及弥足珍贵的经验启示。

从 2015 年开始，天水市政府在秦州、麦积两区城区实施教育资源提升"2521"计划，规划投资 11.7 亿元，新建、改扩建、迁建普通高中 2 所，初中 5 所，小学 2 所、幼儿园 10 所，其他 5 县也根据本地实际建设城区优质学校，增加学位 3.4 万个。这项工程催生了名校办分校的改革创新，天水市一中，天水市三中，天水市新华门小学等一批名校都办起了分校，优质教育资源进一步得到拓展，尽可能满足了学生就近上好学的需求，体现了教育公平，同时也促进了区域内教育的均衡发展。

"全面改薄"如一场春雨滋润着美丽的校园，给天水市教育事业改革发展注入了新的活力。天水市"全面改薄"项目累计投入资金 40.66 亿元，实施项目 5062 个，新建改建校舍 126.64 万平方米，全面消除了中小学 D 级危房，中小学办学条件得到明显改善。如今，最漂亮的建筑是学校，最亮丽的环境是校园，最快乐的群体是学生已经变为现实，实现了由"有学上"到"上好学"的转变，广大人民群众有了获得感和幸福感。

总投资 2.99 亿元的市三中新校区于今年 8 月正式投入使用，这是天水市城区教育资源提升"2521"计划的项目之一，新建校舍 8.73 万平方米，按照 75 个教学班 3750 名学生的省级示范性高中标准建设，除常规教学生活设施外，还配建有标准足球场及 400 米田径跑道等。新校区的投入使用，有效破解了市区学校布局东密西疏的难题，发挥优质学校示范引领和辐射带动作用。

从"画实验"到"做实验"，教学设备配套的历史跨越

据有关资料记载，1952年，天水地区的教学设备购置费仅为2.7万元，占当年教育经费总支出的3.31%。到了1959年，虽然这项支出增长到55万元，但仅占当年教育经费支出的8.45%。

到20世纪70年代，主要的教学仪器和教具由省上统一配发实物，一般的教学仪器和教具由各地、各学校自行添置。为了解决教学急需，各县区教育行政部门和学校都人力发动教师自制教具，以弥补教育教学设备的不足。

"从黑板上画实验到实验室做实验，这是一种历史的跨越，这种变化真真切切。"对秦安县一中退休的老校长王炜来说，他一生从教感受最深的是物理实验教学的变化。

王炜酷爱物理，物理课讲得形象生动，但20世纪七八十年代，简陋的教学条件还是严重限制了他的物理实验教学。那时他在县二中任教，由于搬迁校址，本来稀少的物理化学实验仪器基本损毁殆尽，当时哪怕最简单的实验仪器都没有，物理实验课都是由老师在课堂上画，有些花费时间较多的就必须在课前画在纸上或小黑板上，所以画实验是老师备课讲课必须具备的基本功。后来有了一些小家电，就想办法创造条件做，比如讲动量守恒定律的实验要用空气压缩机，但学校没有就找个做饭用的吹风机代替；等到有条件用示波器做三相交流电实验了，但没有实验室，就在老师的办公室演示，学生里三层外三层挤在一起看老师演示，兴奋得不得了。

进入80年代，教学设备配套迈出了可喜的一步。1986年，天水市在农村办学条件较好的26所中学建立了中心实验室，全年教学设备购置费152.17万元。其中中学支出占设备购置费支出的36.15%。配发理化生仪器7616台（件），音、体电教设备364台（件），其他各类仪器

1371 台（件）、添置课桌凳 1.71 万双人套。

据《天水市志》记载，从 1983 年到 1989 年的 7 年间，全市共购置理化生理仪器 1.61 万台（件），音、体、电教器材 3893 台（件）。各类学校的实验设施设备有了明显的改善。

王炜 1999 年调任秦安县一中校长。从 2000 年起，他积极争取省上项目资金，建成了集实验、图书阅览、远程教育、音乐美术于一体的科技馆，多功能室、舞蹈室、音乐室、电教室，理化生实验室仪器室应有尽有，成为全市第一个建科技馆的高中学校，正式结束了黑板上画实验的历史、给学生科技创新搭建了平台。

经过近 20 年的发展，秦安县一中的理化生实验条件发生了历史性的变化。如今学校有符合国家一类标准的理化、生实验室 16 个、多功能厅 3 个，通用技术实践室 3 个录播室、音乐室、舞蹈室、书法室、美术室、心理辅导室、微格教室等各 1 个，图书室及师生阅览室 5 个，藏书量 14 万册，生均图书达 43.3 册。学校有 15000 余平方米的师生公寓楼，建成了塑胶标准化体育场、排球场、篮球场、羽毛球场、乒乓球场，秦安县体育中心体育馆也建在一中校园。

教育信息化建设构成了天水教育改革发展的一道美丽风景线。从 2000 年开始，天水市率先在全国实施边远贫困山区学校"电教扶贫工程"，之后教育部在天水召开了全国农村中小学现代远程教育工程试点工作现场会，光盘播放、卫星教学收视点和计算机教室等"三种模式"让全市广大农村学生在信息化环境中接受良好的教育，实现了真正意义上的优质教育资源共享。天水市教育信息化工作多次被《人民日报》、中央电视台、《中国教育报》等主流媒体宣传报道，天水教育的知名度和影响力不断提升。

截至目前，全市中小学建成符合国家标准的理、化、生、小学科学实验室 1831 个，实验仪器 1831 套，各种功能教室 6796 个、计算机教室 1168 个，图书总量达到 1145.49 万册，中小学校互联网接入率达到 92.8%；使用多媒体设备和网络资源的班级比例达到 96.3%；教师空间开通率 94.75%，学生空间开通率 92%。

从漏雨房到公寓楼 教师待遇的华丽转身

在 20 世纪，天水市教师队伍的工作生活条件十分艰苦。据杨兴胜回忆，80 年代天水市三中 80 多户教师在校住的宿舍类似于破旧不堪的茅草庵。1985 年教师节，时任天水市市长的王文华到三中慰问教师，那天适逢下雨，市长走进教师宿舍，家家都在用脸盆接房顶漏水，市长当场表态给学校建教师公寓楼。通过项目资金、学校校办工厂积累的资金和企业捐助建筑材料，先后建起了 3 栋教师住宅楼，解决了 100 多户教师的住宿问题，使市三中成为当时全市教师住宿条件最好的学校。

秦安县一中教师家属院的土坯房大部分成为危房，有些教师住房外墙用几根檩条顶着，每逢下雨外面下大雨，房子里就下中雨，晚上每家每户都拿脸盆接漏水，床上打着伞，有的老师一家四口人挤在 12 平方米的小房子里，当时工资不高，在外面买不起房，大家都为住房的事情揪心。2003 年学校决定建设教师住宅楼，虽然旧房拆除后生活遇到一些困难，但大家都能克服，建成后 100 多户教师的住宅都解决了，还建起了食堂，从根本上解除了教师的后顾之忧。

天水地处西部欠发达地区，随着城镇化建设步伐的加快，农村生源逐年萎缩，基础教育生态脆弱，发展后劲不足，尤其是边远山区面临教师留不住、学生往外转等新的挑战。针对这一状况，秦安县从优化教育资源配置入手，通过扩大教育资源的有效供给的手段，来提升农村学校的整体发展水平。

2013 年，秦安县委、县政府率先在陇城镇开展农村教育综合改革试点，按照"资源共享、联合互动、集中住宿、巡回走教"的总体思路，

守望教育的灯火

建成了集食宿、办公、管理于一体的陇城教育园区，变学生"走读"为教师"走教"，推行"学生不动教师动""学生不动资源动"的模式，大力改善农村教师的工作和生活条件，最大程度地解决农村孩子上学难的问题，保证山区各校学生享受公平优质的教育。

陇城教育园区构建起了"全镇教师由园区统一调配，教师在园区统一食宿，走教教师统一接送，教学教研活动由园区统一安排"的"四统一"管理模式。园区的144套教师周转房由教师免费居住，退休或调离后交回。园区内体育活动设施齐全，设有食堂，附近建有商贸市场，教师子女上的幼儿园、小学、初中都在家门口，既保障了现有教师能够安居乐业，又对新招聘教师产生了极大的吸引力，让农村教师收获了幸福感和职业尊严，教师身份实现了华丽转身。

据了解，天水市通过先后实施深度贫困县区教师周转宿舍等项目，共建成教师周转宿舍2383套8.34万平方米，解决了4000多名农村中小学教师住宿问题；近两年实施农村边远地区中小学温暖工程83个，采暖面积达到35.98万平方米。

"党的好政策让广大教师得到了实惠，教师的工作生活条件发生了改善，广大教师树立起了职业的优越感，真应该感谢党，感谢这个伟大的时代。"天水市教育局局长说起教师跨世纪的变化感慨万千，"今后，我们将继续优化教育资源配置，加大改善办学条件的力度，建设特色鲜明的校园文化，营造良好的育人环境，不断提高教师待遇，充分调动教师教书育人的积极性，为建设幸福美好新天水作出的贡献。"

（《甘肃教育》2019 年第 20 期）

天水市麦积镇破解教育难题激活学校发展力

随着城镇化步伐的加快，群众对优质教育的需求日益增长，农村学校生源萎缩，学生流向城镇优质学校，尤其是农村初中学校出现教室和教学设备闲置，教师富余，学校日常运转难以为继的突出问题。如何破解农村初中学校的发展困境？天水市麦积区麦积镇通过理顺管理体制的办法，盘活了镇上的教育资源，激活了学校的发展力。

麦积镇地处国家 5A 级景区——麦积山风景名胜区内，现辖 15 个行政村，4401 户，常住人口 20045 人。近年来，镇上"农家乐"旅游特色产业发展较快，但只有 310 户农家乐经营，就业岗位也不多，再加上林区可耕地面积小，进城务工仍是本地农民的主要收入渠道。

2015 年之前，镇政府所在地设有麦积初级中学和中心小学两所学校，但问题是中心小学六个年级有学生 423 人，教师 28 人，师生比为1∶15，学校规模适中，就是教师有点偏紧，而初中三个年级的学生仅为 207 人，教师 34 人，师生比为 1∶6，教师和教学资源富余，学生呈逐年下降趋势，教学质量不高，小学毕业的学生流到城区，学校日常运转成为问题。"学校每年不到 20 万元的经费，这些经费连锅炉检测维修都不够，烧锅炉需煤炭 140 吨，每月电费 6000 元，办公经费更成了大问题，平时给学生印个复习资料都不敢开复印机。"麦积镇中心学校副校长吕庚喜说起初中部当时困难的情景仍历历在目。

2015 年，麦积区教育局领导到麦积镇调研时发现，小学教师吃紧，初中教师富余，小学没有教师周转房和食堂，初中教师周转房还有 10

守望教育的灯火

多套空着；小学经费有结余，初中运转难，但问题是初中属区教育局直管，中心小学由镇中心学校管，教育资源因管理体制不同资产产权不能互通有无，造成了资源浪费。

"我们通过反复调研论证，从理顺管理体制入手，发挥乡镇学区在学校布局规划、资源配置以及教师调配使用的管理作用，通过学校产权重组打开资源配置的通道，让闲置的教育资源发挥最大的效益，这个想法很快得到了区政府领导的同意。"区教育局副局长说。

2015年12月15日，区政府决定将麦积镇初级中学撤并，和中心小学合并成立麦积镇中心学校，交由麦积镇中心学校管理，举办九年一贯制教育，原初中变成中心学校初中部，原中心小学变成中心学校小学部，经费统一使用，教师周转房，学生公寓、食堂等和教师统一配置。

"没想到就这样一项改革措施激活了教育教学的'一池春水'。"麦积镇中心学校校长王开明高兴地说，"学校合并后，对初中和小学部的音乐、体育、美术、英语教师进行了优化配置，这些学科的教师可以同时带初中和小学部的课，组织开展文娱体育活动，按照学历水平和专业特长搭配教师，大家都有工作干，工作量也基本平衡了。"

物理教师阮亚平1998年在天水师专物理系毕业后一直在麦积镇初中任教，他感觉两校合并后，教师的工作积极性明显高了，学校的人气旺了，大家相互交流多了，彼此有了竞争意识，教学质量年年有新的提升，到外面上学的学生也开始回流了，老师教课的精气神也明显足了。

初三（2）班的王志强和初二（1）班的王志荣弟兄俩是该镇草滩村人，由于父母先后在街子和城区打工，加上前几年麦积镇初中教学质量不高，他俩就跟着父母在外面上学，镇上两校合并后学校的教学质量高了，住宿条件好了，兄弟俩2018年又回到了镇上读初中，说起回来上学兄弟俩感受颇深："这里毕竟是我们的家，如今学校有宿舍和食堂，同学之间相处的很好，一日三餐全在食堂吃，每天课外活动可以打篮球、乒乓球，下了晚自习还能吃上夜宵，家里每年还至少能节约5000元的租房费，父母亲去外地打工再不用操心了，我们也可以专心致志地学习。"

学校合并前，小学部的双教师家庭挤在一间原土木危房中，新分配的年轻教师二三个人挤在一间临时搭建的活动板房中。两校合并后，教师们就搬进了学校的教师周转房。"里面水电暖网齐全，居住空间大了，忽然觉得有家的感觉了，工作安心了，幸福指数好像也提升了好多。"小学部教师黄爱琴激动地说。

"初中部的教学质量从2017年开始'回暖'，考入普通高中的人数逐年增加，今年实际参考70人，36名学生考入普通高中，其中1人考入天水一中，填补了建校以来考入天水一中的空白，10人考入天水市二中。学校合并后学生公寓入住126人，34套教师周转房全部入住，新改造的学生食堂同时能容纳150人就餐。"王开明说，"体制理顺了，教师和学生宿舍、食堂等资源盘活了，既保证了学校的日常运转，又形成了良好的竞争激励机制，为教育教学质量的提升创造了良好的发展环境。"

(《未来导报》2019年11月8日第4版)

玉成小学成长记

秋天丽日，绿色的草坪操场和蓝天白云相互映衬，身穿白色衬衣的孩子们在操场舞台上引吭高歌，翩翩起舞……他们正在排练国庆节的节目，热烈欢闹的场景烘托出天水市新华门小学玉成分校课外活动的氛围。

"今年一年级招了450名新同学，由于学位有限，还有部分学生没有如愿，没想到老百姓对我们学校这样认可，两年多来家长的支持配合给了我们强劲的动力。"玉成分校校长李锦春发自内心地感慨道。

玉成分校的快速成长是天水市新华门小学名校办分校结出的果实。

玉成分校是秦州区委、区政府为顺应城乡一体化建设，解决城区入学难、"大班额"、择校热等热点、难点问题，在城郊新建的一所学校，2018年借用安宁小学校址开始招生运行，2019年迁入新校址办学，命名为新华门小学玉成分校，推行名校办分校模式。

天水市新华门小学有建校65年的历史，经过十四任校长和全体教师的不懈努力，学校发展成为区域内名校。该校在加快自身发展的同时，以推进区域内义务教育均衡发展为己任，充分发挥名校的辐射带动作用，进一步拓展管理、教学、教研、教师发展和学生成长的空间，扩大优质教育资源的覆盖面和受益面。

"为了办好玉成分校，学校秉承'让每一个孩子都拥有精彩童年'的办学理念，确立了'统一管理，师资融通，教研联动，活动同步'的办学思路，本校和分校同一张行事历，同一张课程表，师资管理、财务后勤也集中统一。学校对玉成分校的发展定位坚持高标准、高质量、高起点，学校积极将教育好资源向玉成分校优先倾斜分配，确保促其特色化发展。"新华门小学校长胡焱倬说。

玉成分校地处离城中心7公里的城郊，学校占地面积33.33亩，建筑面积17388.66平方米，设计为36个教学班1620个学位，建设五层教学楼和五层实验楼各1栋，标准化操场、室内体育馆、多媒体教室、多功能教室、录播室、网络云教室等教育教学设施设备齐全，硬件设施建设属区域内一流。

名校办分校，最核心的是合理配置优质教育资源，教师队伍是关键。区教育局每年通过新招聘和人才交流给玉成小学从农村学校配备一批教师，但由于大部分教师以前在农村学校任教或新入职教师之前缺乏从教经历，工作节奏、教学规范和学校文化都发生了新的变化，尤其是加入新的团队还需要经过磨合期。为此，新华门小学在新调入教师上岗前都要召开见面会，由新教师介绍自己的工作业绩、工作习惯，展示特长，之后学校领导班子和教师进行个别交流谈话，然后再根据教师的特长和专业水平安排课程和班主任工作，让教师知道了应该怎么干、干什么，迅速对自己的工作有了定位和思路。

新调入教师都要上一节上岗课，这是一道难过的坎。"我一直在农村中心小学带小学六年级语文课，觉得自己驾驭课堂得心应手，教学堂复学成绩也还算满意，但为上好第一堂上岗课，提前准备了一周时间，反复打磨，没想到评课时老师们提了好多意见和建议，回过头来想自己二十多年来一直有的小毛病，今后一定要改。"于智杰是一名有20多年教龄的中青年教师，他先后获得过区"园丁奖"、优秀班主任称号，是区级骨干教师，今年交流调入玉成分校，他觉得玉成分校的高标准要求改变了自己的认知，为了教好生字，他每天晚上在家里在田字格练习写字。

为了促进教师资源的均衡，新华门小学本校选派6名优秀教师和教学骨干到玉成分校带课，从事班主任工作，开展示范引领，促进新教师尽快

　　　　　　　　　　　　　　守望教育的灯火

进入工作状态，快速成长。2020 年 6 月 21 日，学校在分校举行两校教师"师带徒"仪式，有 115 名教师结成了 35 对师徒关系，规定一个周期为三年，其间学校制订培养计划，师徒签订协议、制定发展目标，互相听课交流研讨，徒弟上汇报课，师傅上示范课，三年到期后要保证徒弟"出师"。

邱彩燕是全国优秀教师，长期担任数学课教学，2019 年她主动申请到玉成分校带课，并指导青年教师，她在两校共带 5 个徒弟，每个教师都是手把手地教，辛文利是邱老师带的徒弟，大凡备课、听课、磨课、教学设计、教研活动和教学反思，师徒俩都会随时线上线下交流，如今，辛文利不但所教的数学课成绩很优秀，而且担任了分校的数学教研组组长，还给学校教师作辅导讲座，挑起了数学教学的"大梁"。

像辛文利一样迅速成长的中青年教师比比皆是。"教师的敬业精神和专业能力能达到这样一种程度，真是没想到，名校办分校的机制激发了学校的内生动力。"李锦春对老师们的出色工作感到十分欣慰。

常栋棋是一名 90 后教师，起初分配到乡村小学任教，2019 年交流到玉成分校，但由于之前工作节奏慢，加之进入新环境的陌生，一时进入不了状态，通过校领导的关怀指导，他工作积极踊跃、任劳任怨，如今不仅带 5 个班 15 节体育课，还兼管学校多功能厅和录播室的运转维护，辅助学校组织的一系列大型文娱活动，出色完成了任务，获得全校师生一致赞誉，如今已成为学校人见人爱的"明星老师"。

如果说教师融通给两校注入发展活力的话，那么教研联动则培育了学校新的增长点。为了提升教师的教育教学水平，学校的校本教研以"兵练兵"为抓手，以本校为主阵地，分校教师全员参加，每期围绕一个教研主题，坚持问题导向，尤其针对分校低年级教学的实际，由优秀教师举办专题讲座，开展教学设计线上研讨和教师基本功大比武等活动，着力解决一线面临的教学问题，从理论和实践两个维度集中进行破解。与此同时新华门小学还推倒了校际之间的教研"围墙"，定期组织玉成分校和人民路小学开展集团校联盟教育教研活动，选派玉成分校教师周末赴西安"名师之路"观摩学习，通过集聚学校和教师个体的教研智慧，来破解区域内教育教学的深层次问题，推进教育均衡。推行名校办分校模式，不仅需要名校的推力和拉力，更重要的还在于分校的内生动力。通过精细化管理，形成教师队伍、教育教学以及学校文化融通的办学统一体，高效联动，才能产生"鲶鱼效应"，实现双赢和多赢。

"分校在借鉴传承本校校园文化的基础上，坚持走创新发展的路子，排练了5套多彩课间操，落实经典诵读教学，开展经典诵读展演，开设围棋课、篮球操、花样跳绳、腰鼓等活动项目，激发了学生的学习兴趣。"胡焱倬介绍，这种办学模式的推广，给玉成分校带来的最显著的变化是新教师上手快，学生转变快，教学质量稳步提升，从近两年的学科成绩检测结果来看，分校和本校各班的成绩基本持平并实现逐年提升。

李锦春告诉记者，学校办好了，家长对学校的工作也非常支持，给学校送绿植，和教师组成义务护学岗，好些有才艺的家长给孩子排练节目，搞手工制作等，全力支持学校常规活动，家校共育，学校师生精气神十足。近两年有30多名城区的学生转到学校来了。

玉成分校三年级（2）班学生王梓轩的妈妈杨女士介绍："刚上学时，孩子每天完成作业很慢，文具书本也经常落到教室，随着学校不断注重学生行为习惯和劳动技能的培养，现在孩子能很好地完成作业，整理好自己的书包和房间，自己的事情自己做，学会了自立。"

"通过强化对玉成分校的一体化管理，把优质教育资源送出'城'，让城郊农村的孩子在家门口接受优质教育，不仅大大减轻了家长的负担，有利于孩子的成长，而且缩短了学校和教师的成长周期，减少了城区学校大班额，促进了区域内学校的优质均衡发展。"天水市秦州区教育局局长说。

（《未来导报》2020 年 10 月 16 日第 2 版）

甘肃天水"穷"市养出"富"职教

甘肃天水是中国西北重要的工业城市和全国优秀旅游城市，机械制造业、旅游业、电子技术、现代农业支柱产业对职业教育的刚性需求旺盛，集聚了发展职业教育的先天优势。但同时，天水也是国家六盘山集中连片特困地区，所辖7个县（区）中，有6个国家扶贫工作重点县（区），经济基础脆弱，中等职业学校发展支撑能力较弱，发展职业教育面临后天不足。

为此，天水市在区域先天优势和经济贫困之间，探索出了一条发展职业教育的路子，"穷"市养出"富"职教。

穷则思变——夯实职业教育发展基础

时值初冬，秦州区藉口镇白草滩的天水市职教园区建设工地依然机声隆隆，工人们干得热火朝天，一个校舍建筑群正拔地而起。

天水市职教园区项目2019年启动建设，项目位于秦州区藉口镇白草滩村，总占地面积1267亩，总建筑面积56.8万平方米，总投资约26亿元，创建一所集智能制造、教育、农林、卫生、现代服务于一体的综合高等职业学院，设计在校学生规模1.5万人。

近年来，天水市委、市政府在加快发展职业教育上持续发力。2015年出台了《天水市人民政府关于加快发展现代职业教育的实施意见》，从当年起，市级财政每年安排职业教育专项资金1000万元，用于中职学校基础建设。经过多年持续努力，教育系统中职校由2006年的32所调整到现在的12所，在校生2.4万人，校均在校生规模由463人增加到近2000

人，各中职学校建设 1—2 个重点专业，错位发展，现已建成市级示范专业 17 个，创建省级骨干专业 7 个。打造国家级重点校 3 所，省级重点校 4 所；创建国家中等职业教育改革发展示范校 2 所，省级示范校 2 所。

"通过市级统筹，特色专业建设，学校错位发展，不仅有效解决了中职学校规模偏小、专业重复设置和办学效益不高的问题，而且优化了全市职业学校的结构布局，专业设置基本覆盖了全市的第一、二、三产业，各县区集中办好一所中职学校的优势也逐步显现了出来。"天水市教育局局长沈建玲说。

穷则思"亲"——创新人才培养模式

实训器材短缺、设备陈旧、技术力量不足是天水市中职学校面临的困难，但通过校校合作、校企合作、共享优质教育资源等方式，补齐了这一短板。

武山县职业中专学校现有专业 23 个，各专业都有特点，尤其家长看到了航空服务、烹饪、农林、汽修等专业就业升学的前景，近年来生源稳定增加，但由于实训条件较差，成为教育教学的掣肘。学校领导抓住中高职贯通这一机遇，和省内高职院校"攀亲"，先后与甘肃省林业职业技术学院、省工业职业技术学院、陇南师范高等专科学校等 16 所高职院校签订了联合办学协议，每学期安排不同专业学生到对应高职院校实习实训 1—2 周。

"选派学生到高职学校蹲点实习实训，不仅弥补学校实训设备不足的问题，让学生掌握了一技之长，学生体面地实现了高质量就业，更重要的是强化了中高职联合办学、联合培养，通过共享实训资源，高职院校提前融入培养过程，保证了生源质量，实现双赢。"校长包正隆对这种培养方式充满兴趣。

天水市在整合职教资源的过程中，把打造骨干品牌专业和支持本地支柱产业发展有机结合起来，集聚发展优势，先后成立了天水装备制造、天水旅游、天水农业、天水卫生4个职教集团，参团院校15所，企业60多家。装备制造业集团、天水卫生职教集团每年召开校企合作对接大会，参会的知名企业每年达100家以上，每年一次性签订就业学生达2000人以上，市内职业学校与华天、星火等大中型企业积极开展多种形式的校企合作，遴选了83家市内外优质企业进行深度合作。

穷则思学——穷山沟飞出金凤凰

职业教育既是就业教育，也是民生教育。

清水县是国家级贫困县，全县财政收入仅2.36亿元，为了鼓励更多孩子接受职业教育，县委、县政府自2015年起，实施"2235"资金补助计划，由县财政为天水农校招收的清水籍学生每人一次性补助2000元，对升入高职、本科、取得研究生文凭的清水籍学生，分别一次性补助2000元、3000元、5000元，截至目前已累计发放补助资金1082.3万元，惠及学生5300多人（次）。

天水农业学校已有104年的办学历史，在打赢脱贫攻坚战中，学校发挥农学专业的品牌优势，不仅在育种栽培、病虫害防治等方面取得了一系列科研成果，还先后获得42项科技成果奖，育成"兰天""清农""清山"系列小麦品种46个，亚麻品种4个，推广面积超过1.2亿亩，为当地经济建设培养了数以万计的优秀农业科技人才。

"越穷越要发展职业教育，越穷越要办好职业教育。"天水市委教育工委书记、市教育局党组书记伏平对职业教育前景满怀信心，"教育部与甘肃省共同打造的'技能甘肃'为天水发展职业教育创造了新的契机，下一步将以职教园区为载体，培育打造特色精品专业，持续推进产教深度融合，为乡村振兴战略孵化高技能实用型人才，提升职业教育对经济社会发展的贡献率。"

（《中国教育报》2020年12月8日第6版）

点亮心灵的灯塔

——记全国先进基层党组织、天水市特殊教育学校党支部

2021 年"七一"期间，天水市特殊教育学校党支部被评为"全国先进基层党组织"受到党中央的表彰。"在人民大会堂聆听习近平总书记在"七一勋章"颁授仪式上和庆祝中国共产党成立 100 周年大会上的重要讲话，参观《中国共产党历史展览》，观看《伟大征程》大型情景剧史诗，心灵深处受到了强烈震撼，党和人民给了我们如此至高无上的荣誉，只有以"更高、更严、更细、更实"的要求做好工作，才能不辜负党中央的殷切期望。"刚刚赴京领奖回来的该校党支部书记、校长董吾衍心情激动，久久不能平静。

近年来，天水市特殊教育学校引导鼓励党员教师带头"讲奉献、有作为"，给学生们倾注最真挚、最贴心的爱，把党的阳光普照到每个学生和家长的心坎上，让党支部成为点亮孩子心灵的一座灯塔，交出了一份喜人的成绩单：141 名听障毕业生有 116 名进入高等学校学习，近 1000 名残疾学生掌握一技之长步入社会，改变了自己的命运。仅 2020 年参加全国聋人单招的 33 名考生中，就有 20 人被本科院校录取，13 人被大专院校录取，录取率高达 100%；2021 年参考的 24 人中，专科及以上录取 23 人，其中本科 14 人。

建强党支部，让每位党员成为最亮的"星"

"红星闪闪放光彩，红星灿灿暖胸怀……"在天水市特殊教育学校培智部二年级教室，年轻党员教师巨志成正带着十几个孩子唱着《红星

闪闪》，孩子们一边唱，一边双手打着节拍。

学一首歌对于普通孩子来说轻而易举，然而，对于特殊教育学校的孩子却要一遍遍放慢语速，不厌其烦地教，不断重复。"这首歌已经教了好几个月，尽管唱得不太整齐，但能唱成这样，就已经很不错了。"巨志成说，"培智部的孩子都有智力残疾，有的患有唐氏综合征、脑瘫等，还伴随孤独症、孤独症等，教学难度较大，但我是党员，就该挑大梁。

近年来，天水市特殊教育学校党支部不断创新组织生活形式，着力推行"双培养"工作模式，8名党员成长为省、市级骨干教师和学科带头人，10名教学骨干发展为党员，党员数量由2016年的33名增加到现在的40名，增长17.5%，进一步增强了支部的生机和活力。

学校教学楼教室门口挂着的大红色"党员先锋教室"的牌子格外醒目、据了解，学校党支部创建了5个"党员先锋班"、17个"党员示范岗"，每个岗位都有明确的职责。学校将教师为群众办实事与职称晋升相挂钩，党支部还建立了"学校领导包部、中层干部包级、班主任包班、教师包学生"的包抓机制，每名党员包抓一名困难学生，帮助解决学生困难。

"由于特教学校服务对象是特殊群体，我们尤其重视加强特殊教育学校的党建工作，专门选派局机关中层干部担任学校党政负责人，党支部增设了支部副书记和纪检委员，通过强化党建引领，确保把党的惠民政策和温暖传递给特殊弱势群体，在最需要的地方发出最强音。天水市教育局副局长张秀丽说。

润物细无声，为孩子建起一个温暖的"家"

对特殊教育学校的孩子们来说，学校就是他们的家。每一位党员把学生的身心安全放在首位，针对学生患癫痫、心脏病等特异体质多的现状，党员教师带头 24 小时值班，和学生住在一起、吃在一起、玩在一起，既当老师和管理员，又做父母和服务员。

青年教师王龙娟学的是听力语言康复专业，2007 年走上工作岗位，2009 年入党。目前，她已是学校业务骨干，先后获得省级优质课大赛一等奖、区"园丁奖"、学校优秀少先队辅导员等荣誉。

她的班上曾有个叫童童（化名）的女孩，母亲患重病导致她从小受到刺激，对好多事情很敏感，情绪很不稳定。王龙娟便对她格外关注，每天见面的第一件事情就是给童童一个拥抱，周末童童不愿回家的时候，就带回自己家，每逢过节或过生日，就陪童童到超市选购些喜欢吃的东西。为了鼓励童童增强自信心，王龙娟让她当班长，就这样，五年时间，童童的成绩一直名列前茅，和班上的同学相处得都很和谐。"她已经成为我心中抹不去的爱，让我感到很幸福。"聊起童童，王龙娟几度落泪。

把爱送到家，让"折翼天使"展开翅膀

为解决重度残疾孩子上学难问题，从 2017 年起，该校组建了以党员为主体、普通教师共同参加的送教队伍，开展"送教上门"活动，每月坚持对 65 名孩子送知识、送康复、送关爱，及时将党和政府的温暖送到了困难弱势学生家庭。

送教点分布在秦州区和麦积区东西 110 公里、南北 100 公里范围内的 53 个村子，其中建档立卡贫困户 19 户，低保户 18 户，由于每个学生的情况不同，送教老师制定了"一人一案""刚开始很多家长对教师上门送教是排斥的，老师就一次又一次带着干粮坚持按时送教，慢慢地取得了家庭和孩子的信任。"该校教务处副主任杨巧菊说。

麦积区新阳镇 16 岁女孩小雨（化名）患有智力障碍，伴有孤独症，小雨曾上过一段时间的幼儿园，爱听老师放音乐并跟着跳舞，小雨妈妈

守望教育的灯火

两句不经意的话，让杨巧菊找到了打开小雨心门的"钥匙"。"我用手机播放音乐，她听到后就慢慢向我靠近。我跟着音乐做两个动作，她也模仿我的样子，渐渐地，就和小雨拉近了距离。杨巧菊告诉记者。

"秦州区关子镇一个送教点在山上，起初不通车，车开到山下，送教教师还要步行一个半小时才能到学生家里，2017年底通了公路，2018年6月由于连续降雨引发了泥石流，车开到半路，连根拔起的一棵大树和落下的石块把路封死了，4个人只好下车清障，清理时，泥石流还在往下滑。"党员教师赵宝魁回忆起当时的送教情景仍心有余悸。

服务无止境，用爱点亮孩子心灵的那盏灯

每一位孩子都是一个感情丰富的鲜活生命，但因为他们生理上的缺陷，便让这份人间大爱传递的过程充满诸多曲折和艰辛。特教学校的学生由两部分组成，一部分是在校生，另一部分是送教生，做好全程服务便成为促进学生健康快乐成长的基本保障。

学校新建了心理咨询室、律动室、作品展室；针对不同残障类别学生的特点和兴趣，组织创办了乒乓球、太极拳、舞蹈、音乐、书法、手工绘画等社团，让孩子们在宽松、舒适的环境中增强自信。学校积极争取社会捐助资金6.6万余元，仅去年一年，就争取社会捐助20多万元，联系天水四零七康复医院免费为全校学生进行健康体检。

"这些资金和物资我们必须不折不扣地给学生分配好、落实好，让孩子们真正感受到祖国大家庭的温暖和厚爱。"学校安全管理办公室主任李晓通介绍，学校对捐赠的被褥枕头、书包、校服等物资逐一造册登记，并将分派明细向家长公示，家长委员会进行全程监督。

特殊教育学校的孩子大多性格孤僻，易激动，负面情绪较多，心理健康教育是必不可少的一门课。肯青年党员教师罗丹2014年入职，目前担任培智班的心理健康教育课，学校建起心理辅导室后她还承担起心

理咨询的任务，为了摸清每一位学生的心理状况，她和另一位同事建立了学生心理健康档案，有针对性地对有需求的孩子进行心理辅导。

听障班的一个小男孩由于父母离异，突如其来的打击，让孩子产生了很大的负面情绪，罗丹便和孩子一起在心理咨询室摆沙盘，发现他摆的沙盘上有一座小桥，桥那边有一座房子，房子旁边是一座灯塔，孩子告诉她，灯塔旁边是奶奶住的房子，于是罗丹便创造奶奶和孙子聊天交流的机会，她平时在学校从细节上加以引导和梳理，让孩子释放压力，终于帮孩子走出了阴影。

"心理健康辅导需要聊天、游戏、摆沙盘、讲故事等一系列的'组合拳'，教师必须提前花大力气做好功课，设法找到打开学生心结的'金钥匙'，才能走进学生的内心世界。"罗丹说。

经过几十年的努力，学校也收获了很多的荣誉。先后被共青团中央、中央综治办、教育部授予"优秀青少年维权岗"称号，被教育部、中国残联授予"全国特殊艺术人才培养基地"称号，被国务院残疾人工作委员会授予"残疾人之家"称号，被评为"甘肃省教育系统先进集体"，学校党支部先后五次被市委教育工委评为"先进基层党组织"。

（《未来导报》2021 年 7 月 9 日第 2 版）

守望教育的灯火

让每个学生的人生都出彩

——武山县第三高级中学特色教育纪实

2021年6月23日，甘肃省普通高考成绩公布，武山县第三高级中学艺术体育专业学生取得了优异的成绩。

"昨天我陪伴你们，今天我祝福你们。"专业辅导教师马仙激动地流下了热泪，"通过高中三年的精心培养，每一位学生在成才成功之路上谱写了自己的出彩人生。"

从2002年开展艺术体育特色教育起，武山县第三高级中学走出了一条独特的发展之路。

特色办学，为学生发展定准"位"

武山县第三高级中学始建于2001年，校址是原甘肃毛纺厂，地处城西郊，现有教学班62个，学生3800多人，教师235人。建校初期，该校结合生源实际，坚持"全面提高学生素质，充分发展个性特长，共性与个性并重"的培养模式，因材施教、分层育人、分类推进。

"学校建校之初就把音体美教学作为自己的特色，从2002年起开设音体美高考专业辅导训练课，2004年已有专业生考入本科院校，之后办学规模逐年扩大，专业学生人数也迅速增加。"校长林应春说。

随着招生规模的进一步扩大，该校积极探索特色办学之路，突出"一主两翼"的办学特色，即把打造"低进优出"作为学校发展的主体思路模式，大力发展艺术教育和积极开展体育健康教育为学校发展的两翼，把艺术体育教育作为提升高中办学质量的有力补充，不但注重对学生的知识传授，更注重对学生进行艺术熏陶和思想启迪，全面提高学生的艺术素养，使学校的艺术教育做到"校有特色、教有特点、学有所长"。

随着新课程改革的推进，学校适时深化音体美教育教学改革，重视艺术校本教材的开发，严格选拔艺体特长生，开设艺体特长班，严格按照国家课程标准，开好开足音乐、体育、美术课，使艺术体育教育真正落到实处。学校还成立了艺术体育教学样本工作组，制定艺术体育教育发展规划，为学生做好生涯规划和专业定位提供科学依据。

艺术体育教学的需要基础设施保障，这些设施需要大量经费，由于建校时间短，办学经费紧张，学校采取多渠道筹集资金的办法，加强艺术教育硬件设施建设，先后投资100多万元建成艺术体育训练功能室30间，购置了钢琴、管弦乐器等教学设备，为专业课教学提供了坚强有力的保障。

通过多年的坚持，学校在专业教学上的经验不断成熟，发展方向更加明确，2015年开设了声乐、器乐、美术、书法、体育、编导、播音主持、舞蹈等专业训练班15个，现有各类专业生1000余人，音体美专业教师21人，学历合格率100%，形成了结构合理的专业教师团队。

刻苦训练，为学生专业提升传好"技"

"由于很多孩子原来在小学初中没有系统学习过艺术体育专业课程，所以要在高中三年内补齐专业基础知识和技能的短板，需要教师精心设计，下苦功夫辅导，学生全力以赴开展训练。"艺体中心主任支宇飞直言专业训练的艰辛。

朱军仓是体育专业学生，虽然在小学、初中学过简单的艺体知识，但离专业要求很远，经过三年的刻苦训练，他高考取得了专业291分、文化课264分的好成绩。"当时报考县三中就是冲着学体育专业来的，

守望教育的灯火

没想到学习训练的过程如此艰辛，但老师耐心细致地指导我，始终没有放弃，三年时间起早贪黑，虽说经历不少艰辛，但收获满满。"说起体育专业训练，朱军仓觉得三年的高中学习生涯满含酸甜苦辣。

"参加体育训练的学生大多来自农村，他们都有明确的发展目标，身体素质较好，而且吃苦精神特别强，他们高涨的训练激情和坚韧度，真是令人感动，他们坚持不懈的努力使我们教师也增强了信心，相互鼓励才有了今天的成功。"体育专业教师马锋对学生自身的努力为之感动。

为了沟通信息，提升训练质量和水平，该校积极开展校际间的交流学习，与兰州、定西、天水等市的多所学校广泛开展艺术交流和联合测试等活动，定期组织师生到兰州的一些高等院校学习，拓宽师生的艺术视野。学校还组织学生参加采风、慰问演出，举办"我爱我校"活动，让学生参与花坛、草坪、校园文化墙的设计，既使校园文化建设有十足的人文气息和艺术氛围，又让学生得到了锻炼。

拓展延伸，为全体学生敲开成功之"门"

"艺术体育课外活动既是学校艺术教育的重要组成部分，又是专业教学的延伸和拓展，我校在抓好艺术体育专业学生训练的同时，不断扩大艺术体育教育成果，让全体学生受到熏陶，培养他们的艺术素养。"副校长马宝义说，"学校每学年定期开展艺术体育展演活动，给每一位学生提供展示才华的机会。"

才艺在活动中展示，而专业素养的提升必须落实在日常教学中。学校组建了合唱队、舞蹈队、管弦乐队、朗读社，编导策划社等各类艺术团体。从2019年5月起学校每周一的升国旗仪式由校管弦乐队现场演奏；各年级安排一周一次的大课间活动、创办各种艺术体育社团，有专门的老师来辅导各类艺体社团活动，每次的大课间活动，都让学生在生动活泼的展演中拓宽审美视野，实现自我价值，增强自信心。

"借助各类社会资源为我所用"也是该校促进专业特色发展的有效做法之一，依托兰州、天水等地的艺术体育资源支持，充分发挥学校大礼堂、艺术教室、力量训练房、形体训练室、琴房、舞蹈室等设施的作用，把艺术体育教育作为实施素质教育、实现"合格＋特长"育人目标的有效突破口，更好地激发培养学生的灵性和智慧，为广大学子特别是农村贫困学生敲开了成功之门。

近年来，学校为建档立卡贫困户学生提供了许多优惠政策，为他们减免学费，提供生活补助，并为其父母在学校设立公益岗就业，通过各种方式既减轻了家庭的负担，又为家校共育提供了便利。

全方位服务，为学生成才铺好"路"

"学习艺体专业费用高，以美术专业学生为例，如果在校外培训机构学习三年，花费在 10 万元以上，对农村贫困家庭来说是一笔不小的费用，但是在学校学习 3 年，吃、住在学校，只收成本费，专业设备免费使用，这样下来就能节约好几万元，而且还有专业老师教学，教学质量有保障，家长也省了好多心。"美术专业学生李艺翔的父亲为记者算了这样一笔账。

武山县第三高级中学不断探索艺术教育的特色办学之路，学生不仅提升了专业水平，而且在文明礼仪、行为习惯等综合素养上有了明显的改变。近年来，艺体专业教学质量逐年提升，累计为各类高校输送了732 名专业优秀人才。有数十名学生考取了北京体育大学、陕西师范大学、西南大学等高校。

除此之外，艺术体育教学的专业优势在竞技体育和各类文艺汇演中屡创佳绩，2015 年学校代表武山县参加天水市第四届中学生运动会获得 4 金 9 银 11 铜、团体总分第三名的好成绩，11 人打破了天水市运动会纪录。2018 年代表武山县参加天水市第五届中学生田径运动会，一举拿下男子、女子团体总分第一名和团体总分第一名。2019年12名运动员在甘肃省第四届中学生运动会上获得了2银8铜，其中3人达到国家二级运动员水平。

学校特色办学也得到了各级政府和教育行政主管部门及社会各界的肯定和认可。近几年来，县教育局从资金、师资到招生都全方位支持学校特色发展，2019年以来，县教育局给县三中下放两个专业生特招班指标，很大程度上激发了三中创办艺术体育特色的激情。近五年来，学校先后被评为甘肃省"中小学德育示范学校""艺体特色实验学校""甘肃省文明校园"和天水市"最美高中"，获得天水市全民健身贡献奖，武山县教学质量进步奖、教学质量优胜奖。

"下一步，学校将不断深化教育教学改革，创新艺术体育教育的模式，拓展特色发展空间，不断提升教育教学水平，让学生的人生更出彩。"林应春充满信心地说。

（《未来导报》2021年11月12日第5版）

祖传绝活玩出快乐童年

——清水县西关小学木人摔跤非遗传承纪实

清水县西关小学始建于1912年，是一所百年老校，曾六易校名，三迁校址，历经过风风雨雨，具有深厚的文化底蕴。

如今，该校不仅成为一所教育管理理念先进、办学特色鲜明、教学质量有口皆碑的学校，清水剪纸、清水木人摔跤等非遗传承活动也成为学校的品牌，为孩子们创造了一个快乐成长的环境。去年12月，该校获评"第三批全国中小学中华优秀传统文化传承学校"。近日，记者一行了解了该校清水木人摔跤非遗项目传承的不凡往事。

木人摔跤源于西汉

清水被誉为轩辕故里，具有深厚的文化积淀，清水木人摔跤正是流传在这片土地上的一朵艺术奇葩。据史料记载，清水木人摔跤源于西汉，盛于明清，是民间社火的一种表演形式。

80后小伙缑红斌是清水木人摔跤的第四代传承人，他是土生土长的清水人。其父缑焕文在当地剧团工作，从小在梨园世家熏陶下的缑红斌酷爱戏曲，13岁便登台演戏，有良好的戏曲功底，上大学后每到假期都会随县剧团下乡演出。一次，一位唯一会表演木人摔跤的演员突然离职，刚好天水电视台要为清水木人摔跤做一期节目，这可难坏了剧团领导，其他人都不会表演，另外也没人愿意学，父亲缑焕文会耍木人摔跤，但年龄太大，表演困难。于是，决定让缑红斌试试。没料到的是，经过父亲缑焕文三四天的教练，缑红斌出色地完成了节目录制，至今，回想起 20 年前自己表演木人摔跤的情景，猴红斌还历历在目。

"一人顶两人，难解又难分；自己摔自己，脚下定乾坤，这就是木人摔跤。"猴红斌对清水木人摔跤作出通俗易懂的诠释。其实，早期的木人摔跤大多是逢年过节时才表演，表演方式更是神奇，表演者将木人的行头穿戴在背上，一人模仿两人摔跤姿势，过程中配以各类民间锣鼓打击乐，参差映衬，有鼓点、鼓韵、节拍，观者还真以为是两人在激烈打斗，好不精彩。最后，音乐戛然而止，演员揭开演出服，大汗淋漓地从地上爬起、站立、抱拳、谢幕时，大家会发现原来只有一个人在表演。

木人摔跤进校园

清水县西关小学现有教学班 56 个，在校学生 2921 人，教职工154 人。

学校 2015 年建起了乡村少年宫，依托少年宫组建各类活动社团，在开展社团活动的过程中，学校把清水木人摔跤和清水剪纸引进校园，让学生与非遗项目"零距离"接触。

最初，学校特聘猴红斌和他的徒弟任伸担任清水木人摔跤项目的专业教练，手把手传授清水木人摔跤技艺，以学促教，以教带练。针对非遗代表性传承人懂技艺，但缺乏教学经验的实际，西关小学采取"非遗代表性传承人 + 专职教师"的双教师课堂教学组合，本校教师李小燕和马苗苗利用课间、课后延时服务时间，带领学生认真练习清水木人摔跤的一招一式，外聘教师和本校教师相互配合，有效扩大了非遗进校园、进教材、进课堂，木人摔跤项目在学校开花结果。

传承清水木人摔跤项目，重点在于培养优秀"苗子"。2015 年，该校依托学校少年宫成立了清水木人摔跤社团，由于道具重，活动量大，三年级以上的学生才能参加该项目训练，每周四下午定期开展少年宫活动；除社团活动外，学校还把木人摔跤带入体育课堂，让全体学生了解木人摔跤的发展历史和文化内涵，向学生普及相关文化知识，非遗在孩子们心中深深扎下了传统文化的根。

经过几年的实践，学校开发出非遗校本课程《走近清水木人摔跤》，每两周开设一节课，真正让学走近非遗，走进非遗。此外，学校还利用少先大队、新时代文明实践活动等载体宣传非遗项目，多次在学校节庆活动、敬老院、清水县运动会开幕式、送文化下乡活动中参与表演，向大众展示了校园文化成果。

据了解，活动开展以来，有很多学生对清水木人摔跤很感兴趣，但由于演出服一套需要好几千元，受道具和年龄限制，该校先后有70多名学生参加了木人摔跤社团活动，本学期有12人学习木人摔跤的表演，以后会逐步扩大。

清水木人摔跤的主要特点就是具有趣味性，因为有"趣"所以小学阶段的孩子对此项目喜爱有加。今年开学初，该校根据"双减"工作要求，整合大课间和社团资源，制定了以培养学生"自信、阳光、积极"品格为核心内容、以"回归快乐童年"为总体目标的工作思路。把清水木人摔跤作为延时服务的一项活动内容，让孩子们在了解、参与、传承的基础上感受传统文化魅力。

"'双减'落地就是要还孩子们的童心、童趣、童真，学校把木人摔跤引入社团活动和课堂，符合学生的年龄特点和好奇、天真等心理需求，让他们在了解参与传承的过程中感受到传统文化的趣和美，从而在快乐中健康成长。"原校长王金梅说。

绝活技艺代代传

"咚咚咚……锵锵锵……"每周四下午，西关小学的舞蹈室里就响起了这样的锣鼓声，穿着行头的清水木人摔跤小演员们在马苗苗老师的辅导下开始训练。

马苗苗是缑红斌老师的徒弟，从小喜欢跳舞、运动，2017年跟随师父学习清水木人摔跤表演，2018年12月，她随缑红斌赴广州参加了中国体育文化博览会开幕式表演。

据马苗苗老师介绍，清水木人摔跤是戏曲、武术艺术的杂糅，演员要背驮40多斤重的道具，需要手、脚、脑并用，最重要的是要求演员身体素质、心理素质和身体协调性好，同时还要具备表演悟性，脑子灵活，对于很多木人摔跤表演者来说，最难的是练习和表演时必须弓着腰。

"清水木人摔跤表演的基本要领动作有勾、别、扫、闪、拐、旋，整个过程可以用'一真人、二木人、三场合、四片段'这12个字概括。"缑红斌直言表演清水木人摔跤的艰辛和不易，"虽然台上表演只有几分钟，但表演难度很大，要求形神皆备，在台下要苦练'内功'，在反反复复的摔跤练习中掌握技艺，才能在舞台上体现其艺术性和感染力。"

道具上两个造型夸张的摔跤人怒目而视，相互搭肩做互抱状，下面有两个假腿，身上盖着掩饰性的服饰。表演者双手各握一个假腿作为其中一木人的腿，演员自身的双腿作为另一木人的腿。表演者通过一定的套路和技巧；利用推、踢、绊、翻、旋、摔、扫、托举等动作，互踢互绊扭打在一起，犹如真人摔跤一样，或藏或隐，或进或退，或缓或急的表演风格，惟妙惟肖，令人赞叹不已。

在清水木人摔跤第五代传承人任伸看来，这些年，缑氏父子在清水木人摔跤的传承上付出了心血和汗水，为了把古老的历史文化和现代表演艺术有机结合起来，父子俩潜心钻研，在表演形式、表演道具等方面进行了创新，增加了音乐伴奏，加大了表演难度，将传统的平地表演搬上桌凳进行表演，使之更加惊险刺激。最近几年，缑红斌更是将清水木人摔跤改编成了舞台剧式的杂技表演，融入了现代化的艺术元素，不仅增强清水木人摔跤的艺术魅力，更为学校传承非遗搭建了更广阔的舞台。

清水县西关小学六年级（1）班学生陈毅的爷爷早年曾表演过木人摔跤，陈毅听了爷爷讲当年表演木人摔跤的故事感觉很神奇，于是上了五年级后就报名参加了学校木人摔跤社团活动。"训练虽然很辛苦，但感觉身体素质好多了，脑子也灵活了，有了阳光自信的心态，和同学协调配合的团队意识强了，有了克服困难的毅力和勇气。"陈毅对练习木人摔跤的活动兴趣盎然。

学校教导处副主任刘军强告诉记者："我们学校前不久被确定为全国中小学中华优秀传统文化传承学校，清水木人摔跤活动成为校园艺术活动的绝活，除了校内和县上举办的大型活动外，还先后到敬老院等场所演出，深受观众的喜爱。"

据了解，近年来在猴氏父子的不懈努力下，清水木人摔跤硕果累累，2017年被评为甘肃省第四批非物质文化遗产保护项目。且多次参加省市各类大赛并获奖，2018年11月代表甘肃省参加了中国体育旅游博览会和体育文化博览会；2017—2019年曾三次在敦煌参加了"丝路记忆"西北五省区非物质文化遗产展演；2020年参加了第三届"丝路欢歌丝路欢舞"全国六省市优秀文艺作品展演活动；2020年被央视十三套中国影视方志栏目录制并播放。被中新网、今日头条、新华网、《香港文汇报》等媒体报道。

"清水木人摔跤是老一辈留给我们的东西，我们要将它传承下去。"谈起这一濒危失传的技艺，猴红斌对未来发展很自信："西关小学把清水木人摔跤引进校园，令人眼前一亮，我认为木人摔跤这一非遗项目后继有人了，这不仅有利于孩子们强身健体，更重要的是学校肩负起传承弘扬非遗项目的重任，让清水这一民间传统文化有了生长的根脉和土壤。"

（《未来导报》2022年4月22日第3版）

底部强起来　质量上台阶

——甘肃省天水市提升薄弱学校办学水平探出新路

近年来，甘肃省天水市把提升薄弱校办学水平作为促进教育公平的重要内容，通过强基础、配师资、抓质量等一系列有效措施，使一大批像马河小学一样的乡村薄弱学校从困境中突围，促进了乡村教育均衡发展。

强化基础，为乡村薄弱学校"壮骨"

"2014 年前，旧校址只有 2.8 亩，一栋教学楼，厕所也是土木结构的，面临倒塌，两个教师挤在一间平房办公住宿，很多家长把孩子往别的学校转。"马河小学校长糟海龙介绍。几年后，学校出现变化，现有 6 个教学班 213 名学生，摇身一变跻身当地大体量农村小学的行列。

"如今，校园建起了综合楼、教学楼、教师周转房，音体美课程开全了，还成立了快乐阅读、梦之舞艺术等多个社团，在校学生短时间内增加近 50 人。"糟海龙说。

这是天水市通过强化基础设施建设来提升薄弱学校走的第一步棋。2019 年以来落实资金 3.84 亿元，建设"两类学校"466 所，其中乡村小规模学校 365 所、乡镇寄宿制学校 101 所，农村义务教育阶段薄弱学校办学条件全面改善。

配强师资，给乡村薄弱学校"赋能"

"学生学得好，家长对学校有了信任感。每逢开家长会，好多家长都带着农具，争先恐后地给学校修剪花草打扫卫生，真是让人感动。"秦安县叶堡镇三棵树中学校长张冬冬说。在张冬冬等291名城区教师的努力下，学生、家长对乡村薄弱学校的办学满意度一路攀升。

天水市有近800所义务教育阶段的学校，其中乡村418所，占全市义务教育阶段学校总数的54.5%，另有乡村教学点1217个，乡村在校学生8.09万人，占全市义务教育阶段学生总数的21.27%，但由于学校存在布点分散、规模偏小等问题，乡村薄弱学校提升缺乏后劲。

天水市将"配强校长"作为破解薄弱学校发展难题的切入点，通过县管校聘、挂职锻炼、梯度培养储备等路径，把担任薄弱学校校长作为晋升职称、提拔使用的激励条件，鼓励291名城区青年骨干教师先后到乡村薄弱学校担任校长，提升乡村薄弱学校的管理水平。

三棵树中学原是一所基础设施和教学质量十分薄弱的农村初中，2018年，县教育局选派县城桥南中学青年骨干教师张冬冬担任校长，学校教师开展全覆盖式家访，还组织教师去外校交流学习，提升教学质量。

3年后，该校43名毕业生中，有30人顺利考进高中。全市中考质量分析数据显示，该校的全科教学成绩在全市同类学校中位次大幅上升，多名外地上学的孩子先后回流到本校就读。

接下来，天水开始着手解决教师结构性短缺的问题。据了解，该市2016年以来通过实施民生实事项目、特岗教师招聘等渠道补充教师3800名，按照学科结构需求充实到农村薄弱学校任教，先后选派青年骨干教师到薄弱学校支教帮扶，业务培训优先安排乡村薄弱校教师。

此外，该市还通过建设教育园区、推行大学区制管理、联片教研等措施，不断改善乡村教师工作待遇，优化乡村薄弱学校教师学科结构。

"配强校长、教师队伍不仅为乡村薄弱学校提质增效注入了新的生机，而且加快了教育系统教师队伍的成长步伐，增强了乡村教育的可持续发展能力。"天水市教育局党组书记说。

聚焦质量，为乡村薄弱学校"护航"

目前，天水市优质初中逸夫实验中学，牵头组建了全市初中教育联盟教育共同体，通过"1+N""N+N"的多样化课堂教学方式，为乡村薄弱学校输入新鲜"血液"。截至6月，该市联盟学校已达83所，其中乡村薄弱学校48所，覆盖天水、陇南两市，受益学生近4万人。

近年来，天水市教育系统聚焦教育质量，提升薄弱学校发展，坚持"输血"和"造血"相结合的办法，激发薄弱学校的内生动力。同时，加大薄弱学校督导力度，增强薄弱学校的"造血"功能。

甘谷县武家河学区共有各类学校10所，在校学生861人，7所小规模学校探索实行单班学校制、两级复式制和三级复式制复式班教学，运用"引导学习"和"自主学习"交替的教法与学法。

"复式教学有效破解了小规模学校课堂教学组织形式和手段单一的问题，加快了全科教师的成长步伐。"武家河学区党总支书记、校长王维红说。

秦安县安伏学区为掌握和有效破解卡住一线教师日常教学的热点、难点、堵点等问题，每周确定研讨主题，开展集中教研。通过实践，最终推动问题教研走深走实。

"针对乡村薄弱学校的薄弱环节，补短板强弱项，开展重点帮扶和分层分类指导，通过抬升底部拔升基础教育基础，保障适龄儿童少年在家门口接受良好教育，也助力了乡村振兴战略的实施。"天水市教育局局长说。

（《中国教育报》2022年6月13日第3版）

小足球托起多彩童年梦

——天水市实验幼儿园校园足球活动纪实

去年 11 月，天水市实验幼儿园被确定为"第二批全国足球特色幼儿园示范园"，这是继 2019 年 8 月被全国青少年校园足球工作领导办公室授予"全国足球特色幼儿园"之后的又一项荣誉。

近年来，天水市实验幼儿园落实"足球运动从娃娃抓起"的教育理念，以幼儿足球游戏为抓手，积极组织开展了一系列"足球进校园、进班级"活动，有力促进了幼儿的健康快乐发展。

近期，记者走进天水市实验幼儿园，实地探访该园开展幼儿足球活动的情况。

打造文化墙　小小足球博眼球

天水市实验幼儿园原名天水市第二幼儿园，始建于 1992 年，2007 年被甘肃省教育厅评为首批"省级示范性幼儿园"。2017 年在原址重建，2019 年新园投入使用并更名为"天水市实验幼儿园"。新园占地面积 6168 平方米，在园幼儿 780 人。

在 20 多年的发展历程中，该园坚持以"幼儿健康成长，教师快乐发展，家长满意放心"为办园宗旨，以游戏为基本活动，让幼儿在玩中启迪智慧、在玩中发展能力，在玩中健康快乐成长。

走进天水市实验幼儿园，崭新的教学楼走廊的足球文化墙就是一道唯美的体育风景线。这面文化墙不仅通过绘图的形式介绍足球运动的前世今生，再现足球运动精彩瞬间，回顾足球精彩赛事，也展示了世界级足球明星的赫赫战绩，一部浓缩版的足球文化史全方位展示了足球的"足够精彩"，让小朋友产生看到足球就想玩的想法。

足球文化墙仅仅是该园创设足球环境的一个点位，充分挖掘有限的空间资源，创设园区角球类游戏环境、活动室足球环境才是环境创设的内涵所在，各班活动室的表演区表演着足球舞蹈，生活区给足球明星穿衣服，美工区剪贴制作足球，益智区开展足球拼图卡片接龙，建构区用积木和废旧瓶罐纸盒搭建足球之家，幼儿置身于这种浓郁的足球游戏环境氛围中，自然会流连忘返。

"作为天水市足球特色园、示范园，我们将建设'足球校园'纳入校园建设规划，充分利用室外空间，创设户外足球运动练习、游戏的活动环境，通过创设球类运动环境、创建精彩纷呈的校园足球文化，让孩子们从小爱上足球。"副园长陈蕤说。

记者在该园的户外活动场地看到，器械区、草坪区设置了可供幼儿选择的足球器械进行训练，还有足球标志桶、障碍物标志杆、专业足球门、标志碟等户外足球游戏器材。为了保证各班开展足球游戏，园里给每班配备 20 个足球、守门员护具，专业化的足球运动场地及幼儿活动器械材料和足球环境的创设，使足球教育的实施更具生活化、趣味性，让幼儿在游戏中学得轻松、玩得愉快。

培训领头雁　足球教学添双翼

发展校园足球，关键在教师。天水市实验幼儿园把打造一支校园足球骨干教师队伍作为着力点，坚持"走出去、请进来"的方式，建立了骨干教师专业引领、全体教师积极参与的教学机制，形成了班班学足球、人人爱足球的良好氛围。

开设"足球校园"课程以来，该园多次组织教师参与国家、省、市级幼儿园体育活动培训项目。2022 年 9 月，3 名教师参加了"全国足球特色幼儿园系统平台精英教师特训班——鄂尔多斯站"项目培训。培训回来后，3位教师在园内分享交流，更新了全园教师的足球教学理念，为足球活动的开展提供了有力支撑。

"为期一周的实践学习，对全新的游戏竞技教学以及游戏化的沉浸式课程模式有了全新的认知，特别是破解了一直困扰我在小班开展足球游戏的难题。"教师赵蛟飞坦言参加培训收获不小。

学校每逢重大节日的文艺节目演出都安排了足球活动节目内容，在家长志愿者活动月邀请体育教师和足球爱好者的家长组成"足球爸爸"助教团，来园教孩子踢足球，将足球游戏课程园本化、特色化，促进幼儿园足球游戏向家庭延伸，让家长和孩子在共同陪伴中体验足球带来的无限乐趣。

"幼儿园老师不仅让孩子在快乐运动中学到了足球语言，也让孩子在'足尖'互动中学到了与人沟通的技巧，应将这项运动继续坚持下去。"说起足球，中（4）班的李卓爸爸高兴地给孩子竖起了大拇指。

玩出新花样　足球游戏更出彩

今年元旦刚过，虽然进入冬季，但在该园的操场上，青年教师刘勇勇带着中班孩子尽情地玩"赶小猪"的足球游戏，孩子们运球、射门、花样玩球，他们矫健灵活的身影和热闹非凡的活动场面让隆冬的幼儿园校园焕发出勃勃生机。

"幼儿园的孩子由于受年龄和体力的限制，刚开始接触足球普遍存在玩法单一、腿部骨骼肌肉力量不够、缺乏游戏兴趣等问题。"教师宋永霞觉得，"足球游戏作为最直接的抓手，教师需要根据孩子们的年龄特点和喜好提前做好功课，不断开发新的足球游戏，融入激发幼儿兴趣的元素，通过场景、时间和手法的转换，消除孩子们参与游戏的疲倦感。"

开设趣味足球课程，走属于自己的路子。该园根据幼儿的年龄和认知特点，将游戏化足球运动内容纳入小、中、大班幼儿健康领域常规教学活动，从基础层面引发幼儿对于足球的兴趣。运用教、培、研相结合的方式，以实践活动为重要切入点，以反思性教育教学实践为基本特征，不断优化园本足球课程。在日常教学中以足球为媒介、以游戏为基本方法，通过设计多样化足球课程，让幼儿在活动中练习传球、抱球、顶球、踢球、控球、射门等足球技能，初步了解足球竞技的规则，在亲身体验中享受竞技运动的快乐。

青年教师毛娟娟告诉记者："给学生传授传球、抱球、顶球、踢球、控球、射门这些技能中最难的是幼儿刚刚踢球时，往往会出现用手代脚'踢球'、身体动作不协调等问题，所以在教学中利用丰富多彩的游戏形式，特别注重训练孩子的脚部动作。"

开展户外足球游戏不受空间和器材限制，也是孩子们最喜欢的活动，园里有效安排时间，保证各班都有机会和场地开展系列足球小游戏，发展幼儿走、跑、跳、踢、投等身体活动能力。在晨间活动时，幼儿在运动区自由玩球，发展其手脚协调能力；课余放松活动时，幼儿练习双人对踢足球，以增强球感。餐后，教师带领幼儿头顶小足球沿着塑胶边缘"走小路"，通过一系列活动，幼儿平衡、协调、灵活等综合身体素质都有了明显提高。

园长王和介绍，园里本着运动负荷运动时间短的原则，在足球游戏活动中，将"玩"与"学"有机结合，激发幼儿对足球运动的兴趣，使幼儿习得足球基本技能，在健康向上的足球运动氛围中锤炼意志、健全人格。

为了确保足球教学的系统化、科学化，该园逐步将足球运动纳入常规课程管理，2021年9月，该园与全国校足办指定的"全国足球特色幼儿园系统平台"小牛启航体育（北京）有限公司签订了一学期的幼儿足球游戏课程协议，每周开设一次足球游戏专项课程，"全国足球校园平台系统"提供包括趣味足球游戏教学内容、趣味足球拓展活动和趣味足球主题活动等丰富的课程及游戏资源，教师和幼儿在观看的过程中模仿、练习、游戏，听老师讲足球明星的故事，观看精彩的足球比赛视频，了解足球的历史和规则，画自己喜欢的足球明星，通过幼儿喜闻乐见的这些方式，让孩子全方位接触足球，认识足球，关注足球，喜欢足球。

足球活动开展得如何，还需要进行监测和评价。该园将足球运动项目纳入每月体能达标项目，对幼儿接球、互相抛接球、胯下传球、3米/5米定点踢球射门、跑步带球等情况作基础测试，全面了解小、中、大班幼儿基本动作的掌握情况；教师开展教学反思，通过纵向比较本班幼儿基本运动能力发展情况，横向比较同年级幼儿动作掌握情况，在分析研究的基础上，对各级足球课程及游戏活动进行科学调整。

"未来3—5年，我园将充分发挥全国足球幼儿园示范园的示范引领作用，积极探索校园足球工作新思路、新方法，不断拓展足球活动载体和空间，让足球活动在园里全面开花。"王和对足球校园今后发展已经有新的思考和谋划。

（《未来导报》2022年4月29日第5版）

甘肃天水：改善中小学办学条件纪实

进入冬季，天水市张家川县城的天气已经变冷，而该县西城教育园区的工地上仍机声隆隆，工人们正在加紧施工。"争取年底所有单体室内工程和室外硬化工程全部完工，明年3月份吃、住、行、学条件全部具备。"甘肃省九建集团张家川分公司经理魏牛生介绍说。

改善办学条件，事关民生。近十年来，天水市把改善中小学办学条件作为改善民生、办人民满意教育的重要抓手，通过积极争取和实施项目等一系列强有力的措施，强化教育基础建设，全市中小学办学条件发生了翻天覆地的变化。

据天水市教育局项目办负责人介绍，十年间，全市改善中小学办学条件最显著的变化是规划设计理念的转变，融入了开放互动、人文关怀、生态环保的新元素，教学楼抗震设防烈度为8度，隔震、钢结构、装配式建筑等新材质也被广泛使用。

天水市教育事业统计数据显示，2012年至2021年间，全市中小学校舍建筑面积净增345.91万平方米，实现翻番；生均校舍面积小学净增2.72平方米，初中净增6.86平方米，普通高中净增3.83平方米。加上图书、实验仪器设备和计算机的化配备，大大提升了学校的现代化水平。

武山县沿安乡初级中学的变化就是一个典型例证。学校距县城65公里，以前教育基础设施条件差，教师分不来，来了留不住，教学质量不高，导致学生流失。

"2012年底，学校办学条件极为简陋，既没有现代化的教学仪器等设施，更没有像样的操场，学生上一节体育课就变成'土娃娃'了。"该校教师赵继明说。

从 2012 年起，该校新建教师周转房 1400 平方米，之后又陆续依托全面改薄等项目新建学生食堂、教学楼、实验楼、学生宿舍楼、锅炉房，实现了冬季统一供暖，新建的塑胶运动场为学生体育锻炼创造了优越条件。

"基础设施条件的改善从根本上解决了学校教室不足、教学设备老化等问题，图书室全天开放，今年暑假，学校还改造建成了 45 平方米的浴室，一次性可满足 70 名学生洗浴，师生的幸福指数明显提升了。"沿安乡初级中学校长康超说。

如今，天水市中小学校不仅校园干净整洁、课程设置丰富多元、实验设备功能完善，而且随着学校食堂、住宿等基础设施的完善，师生都享受到了教育改革发展的成果。

"夯实教育发展基础是改善民生的基本保障，我们依托各类项目实施，全市中小学办学条件发生了天翻地覆的变化。"市教育局局长说。

（新华社客户端 2022 年 11 月 30 日）

　　　　　　　　　　　　　　　　　　守望教育的灯火

校校有特色　生生有成长

——甘肃省甘谷县推进县域高中教育优质均衡特色发展

近日，地处西北小镇的甘肃省天水市甘谷县三中校园里琴声悠扬，音乐教师张雯正指导古筝术科专业的学生练习《临安遗恨》曲目，学生深情弹奏，琴声婉转动听……甘谷县三中的术科教育开设了编导、航空服务、播音主持、美术、体育、钢琴、古筝等七大类，学习术科的学生有221名，每年都有几十名术科学生进入高校。

该校术科教育亮眼的成绩单，正是甘谷县推进县域高中教育特色多样化发展的有力印证。近年来，该县不断深化教育改革，努力探索特色多样的县域高中教育改革发展之路，高中教育呈现出"校校开花，树树结果"的喜人景象。

均衡发展，缩小城乡高中教育差距

开办德育提升班，让学生在课间操时间做励志演讲；教师在晚自习对学困生进行精准辅导，帮助学困生增强自信……甘谷县四中的学生大多来自本地农村，父母在外谋生的较多，不少学生存在学习基础薄弱等问题。为此，甘谷县四中通过一系列强有力的措施，端正校风，树立优良学风。

如今，甘谷县四中学生身穿校服，手里拿书，仪容仪表端庄大方，已成为镇上一道风景线。"学校提出'让每个人成为最好的自己'的口号，确立了'保安全、重做人、抓质量、抓训练'四条线，建立常态化的制度。"甘谷县四中校长冯俊仁对教好学生信心十足。

甘谷县四中的变化，正是甘谷县缩小城乡教育差距、促进教育均衡发展的一个缩影。甘谷县现有普通高中学校 7 所，3 所在城区，4 所学校分布在城郊和农村。为促进教育均衡发展，该县打出了一套有力的"组合拳"。

甘谷县教育局和高中学校加强引导初中毕业生精准报考志愿，既平衡了各县中的生源，确保不同层次学生得到关注，又大大减轻了家长的负担。与此同时，甘谷县在新教师分配、评优选先、基础设施建设等方面向薄弱高中适当倾斜，缩小学校之间的发展差距。

"县教育局优化教学资源配置，加强分层分类指导，加大全县高中学科教师教学能力提升研修培训力度，制订学校错位发展目标，落实管理举措，激发办学活力。"甘谷县教育局党组书记、局长说。

优质发展，培养教育教学生长点

甘谷县三中语文教研组组长马永德先后带了 12 名徒弟，平时除了业务指导外，还身体力行为徒弟作表率。去年马永德的腿和脚两次受伤，依然拄着拐杖上课参加教研活动。"如果我歇下来，其他人就要承担更重的任务，而且每天有课上也让我感觉很充实。"马永德说。

实施"青蓝工程"、开展"师带徒"是该县一直坚持的制度。甘谷县把深化教研作为提升教师教育教学能力新的生长点，激发教师教学的内在活力。截至目前，全县各高中学校共有 226 对老中青教师结成"师带徒"关系，促进中青年教师的快速成长。

为使中青年教师成为教育科研的探索者，甘谷县六中把原来以年级组为单元的教研改为三个年级组一起的大教研，开展理论研讨、课题研究、课程开发、方法探究等专题教研活动，坚持问题导向，让每一次教研活动都有新的议题和视角。

"大教研活动推倒了高中三个年级的教研'围墙'，尤其是丰富的课例式教研活动有助于教师进行课后反思，不断研究课堂、研究学生、研究教法，铺垫了坚实的专业成长道路。"甘谷县六中青年教师魏海斌说。

特色发展，让师生嗅到幸福"味道"

给没住房的青年教师解决住宿、评优选先向一线教师倾斜、开展星级学生评选并予以奖励……甘谷县二中提出了"幸福教育"的办学理念，从校园硬件环境打造、幸福班子团队建设、幸福教师培养、幸福课堂构建、幸福学生培养等八个方面让师生感受到"幸福教育"的魅力。

"在二中，我亲身感受到了'幸福教育'带来的温暖，无论是丰富多彩的校园文化，还是和睦友善的师生关系，都让我倍感温馨。"甘谷县二中高三（16）班学生韩迟说话间脸上流露出喜悦之情。

走进甘谷县各中学，处处嗅到幸福的"味道"。为有效提升师生的幸福感，甘谷县要求各学校用有限的资源满足师生最优最合理的需求，办出有温度的教育。

甘谷县六中把历史文化名人等地域文化元素融入校园文化中，成立了文艺、科技等社团，推广文明宿舍、文明班级、文明食堂等制度，各班级、宿舍的学生自主结成学习共同体。"设计的各项活动，着力把学校领导班子、教师、学生和家长融合起来，增强各个环节的对接点，凝聚各方面的智慧和力量。"该校校长王耀荣说。

"除了政策支持外，甘谷县还不断加大教育投入，补齐高中学校发展的短板弱项，配强学校班子，构建起了全县普通高中学校从'分层发展'向'分层与分类相结合'的特色多样优质发展新格局转变，为学生全面健康发展创造了良好条件。"甘谷县委副书记、县长说。

（《中国教育报》2022 年 11 月 21 日第 2 版）

甘肃天水：多措并举推动线上教学提质增效

前不久，甘肃省天水市秦安县五营初级中学化学老师李斐给学生上网课的视频引起众多网友点赞。视频中李斐面对空无一人的教室舞动右手，一边大声讲着课，一边在黑板上写下要点，还时不时回头提醒上课的学生们做笔记……李斐的生动课堂，正是天水市线上教学新模式的缩影。

近三年来，天水市教育局积极探索教育新常态下的线上教学模式，通过拓展资源、强化运用、督查落实等一系列措施，促进线上教学提质增效。

2020 年初，天水市教育局先后印发《天水市教育局关于开展线上教学的通知》等文件，指导各县区做好线上教学工作。以及"国家云教育资源""甘肃省基础教育资源公共服务平台"同步教学资源，通过电视、电脑、手机等互联网终端设备教学，实现了教学方式的蝶变。

为了丰富线上课程资源，优化多种传递方式，市教育局就和市广电公司着手打造了"天水云教育"优质资源平台，通过广电网络平台实现互动点播。经过近三年的努力，"天水云教育"优质资源平台设置一级栏目 14 个，二级栏目 58 个，共计播出时长 9700 多小时，统筹筛选优质教育资源 10374 节，新增资源 7500 节，资源总量增加 7.2 倍。其中展播本地教师优质课、示范课 1500 余节，播出国家同步课程 2000 余节，目前优质资源已覆盖全市 20 多万户家庭，延伸到 920 所学校。

在扩大优质教学资源供给的基础上，市教育局把强化线上教学信息化手段的运用作为重中之重，各学校科学制定"一级一案、一班一策"的线上教学方案，不断优化备课、讲课、批阅作业、心理辅导等教学环节，还在线上组织开展厨艺大赛、故事会、体育锻炼、家务劳动竞赛等活动，确保"双减"政策的落地落实。

针对"线上教学推进过程中学生上课不在状态、师生互动时空受限"等新情况，天水市县两级教育局从强化学习培训入手，引导广大教师掌握线上教学必备技能，积极探索适合本地、本校实际的教育教学方式，加快线上课堂教学成果的转化。

为提升线上课堂的驾驭能力，天水市日前还举办了以"促教师信息技能提升强区域教育发展"的线上专题培训，全市2.6万名中小学教师参加培训。

如何及时掌握基层学校的线上教学情况，检验教学效果？天水市教育局又出一招——网上巡课机制。

今年9月，天水市教育部门建立了市、县、校、组四级巡课机制，采取线上与线下相结合、实地督促检查、随机抽校检查、随堂听课以及线上教研等方式，从教学组织、教师教学、学生学习、教学评价、教学秩序、满意度抽样管理等多个方面进行巡查。

截至目前，市教育局领导班子成员平均巡查学校3所20节次，累计达到420节次。各县区教育局也成立了督查小组，包抓领导通过扫描班级钉钉群或会议号的方式，进入教师直播课堂查看教学情况，对存在问题督促学校落实整改措施，确保线上教学成效。

"线上教学是一个探索、打磨、凝练的过程，市县两级不断探索线上教学的路径和办法，以满足不同地域、不同年级、不同家庭学生的多样化学习需求，有效破解特殊情境下的课堂教学难题，实现优质教育资源共享。"天水市教育局副局长说。

（《人民日报》客户端甘肃频道2022年12月5日）

民族团结教育看得见摸得着

——甘肃省天水市铸牢中华民族共同体意识

近日，甘肃省天水市张家川县新建小学师生编排的课间舞蹈操，引发百万网友围观点赞。该舞蹈操既编排了民族舞蹈的动作，又融入了流行音乐与时尚新潮的韵律元素，成为传统与时尚融合的典型案例。

这源于天水市教育局创新工作思路，把铸牢中华民族共同体意识作为做好教育系统民族团结工作的主线，打出了民族团结进步教育的"组合拳"，"民族团结"的校园之花由此绽放。

天水市现辖两区五县，全市46个民族中有回、满等少数民族45个，少数民族人口30.12万人，占全市总人口的8.1%。其中回族人口29.7万人，占少数民族人口的98.6%。

秦安县第一小学服务片区内的南下关、丰乐村回族人口占全县回族人口的97%以上。学校先后开展了多项节日活动，学校先后被评为省级德育示范校、省级民族团结教育示范学校。

"各级各类学校把民族团结进步教育元素渗透到课程中，让学生得到多学科、多角度、多层面的民族团结进步教育，并把此项工作纳入各县区和局直学校的年度考核内容，确保民族团结工作落地落实落细。"天水市教育局局长介绍说。

截至目前，全市教育系统共创建6个省级、26个市级民族团结进步示范单位，市教育局机关被国家民委评为第十批全国民族团结进步示范机关。

2022年8月，由12人组成的"教育人才团队"来到张家川回族自治县第三高级中学支教帮扶，队员们都到教学一线承担学科教学、教研、管理等任务，和回族师生打成了一片。"回族同事把我们帮扶队员邀请到家里品尝回族美食，联络感情，真正让我们感受到了大家庭的温暖。"天津市滨海新区田家炳中学的刘伟对民族团结产生的凝聚力感触颇多。

各学校开启讲故事、经典诵读、征文等活动育人模式，为民族团结进步教育注入新时代的鲜活元素。天水市逸夫实验中学是"全国民族团结进步教育示范校"，坚持推行每位班主任讲一节民族团结进步教育主题班会课、其他中青年教师为每班讲一节民族团结进步教育课制度，每年开设民族团结专题课堂100余节。同时牵头建立全市初中教育联盟，选派优秀骨干教师到张家川县基层学校送教下乡、互派教师跟班学习等，帮助提升该县初中学校的教育教学质量。

张家川在校学生5.86万人，其中回族4.21万人，占71.9%，回族教职工占总数的66.08%。市教育局坚持教育投入和重点项目向该县倾斜，投资2亿元打造集幼儿园、小学、初中、高中部在内的西城教育园区，今年秋季投入使用，新增学位6930个。帮助张家川县引进急需紧缺和高层次人才35名，市直学校结对帮扶交流教师124人次。

"通过师生看得见、摸得着的民族团结进步教育活动，把爱党、爱国、爱家乡的种子播撒在师生心中，从而增强师生对伟大祖国的认同、对中华民族的认同、对中华文化的认同、对中国特色社会主义道路的认同。"天水市教育局党组书记说。

（《中国教育报》2023年7月10日第3版）

秦安职专：关注成长，助力扶贫

近年来，秦安县职业中等专业学校把贫困家庭学生成长成才作为助力教育脱贫攻坚的重要一环，积极创造条件，为贫困家庭学生搭建基础课和技能训练平台，有力拉动升学和就业，收到了较好效果。

据了解，该校共有建档立卡户子女1205人，为了靶向扶贫，精准施策，该校针对建档立卡户家庭子女，在摸清底数的基础上，按照"一人一策"的原则制定帮扶方案，学校领导班子成员和中层管理干部、班主任层层落实帮扶责任，在生活上给他们温暖与关爱，为家庭经济特别困难的学生免除250元住宿费。同时开展寒暑假"大走访"活动，了解学生家庭困难，研究解决对策，帮助学生增强自信心，顺利完成学业。由于工作抓得实、抓得细，绝大部分学生形成了爱学习、守纪律、讲文明的良好习惯。

帮助学生掌握一技之长，是提升脱贫攻坚质量的治本之策，该校把关注贫困生成长的着力点放在强化实训教学上，激发学生的学习兴趣。据了解，该校为加强技能型人才培养，提高职业教育教学质量，并为全省、全市中职技能大赛选拔人才积极创造实训条件，为学生实训搭建平台，近三年来学校先后投入1500多万元，购置实训设备和耗材，确保学生使用的实训耗材都是专用实材。此外，该校根据中职学校学生特点，把优秀的企业文化渗透到课堂和实训车间，改变传统的教学计划、教学模式，构建以培养职业能力为核心的课程体系，加强现场教学、案例教学、项目教学，突出"做中学、做中教"的职业教育教学特色，鼓励贫困家庭学生参与实训教学，苦练本领，掌握一技之长，为将来升学和就业打好基础。2020年天水市中职生技能大赛中，该校451名同学参加了十大类47个项目的比赛，获得了全市团体总分第一名，有370人获市级一、二、三等奖，整体获奖率82.04%。有92名学生代表天水市参加省级技能大赛73人获奖。此次参加省级大赛的有46名学生为建档立卡贫困户子女，其中18人获得省级奖，16人今年参加高考分数达到二本线。

"我们组织学生参加技能大赛不是单纯为拿几个奖项，而是通过借助省市大赛平台，让学生在大赛中得到锻炼，增强学生的自信心和上进心，同时倒逼学校实训教学，鼓励教师向'双师型'方向奋斗，不断优化专业结构，拓展学生的发展空间，激发办学活力，提升办学质量。"校长李金洋说，"今后，我们将一如既往地抓好实训教学，探索职业教育特色化办学的路子，紧盯市场和学生需求，为本地经济社会可持续发展做出应有的贡献。"

通过加强教育教学管理，提升学生职业技能的竞争力，打开了学生升学的通道，为贫困学生脱贫奠定了坚实基础。

对于秦安职专的学生陈丽红、陈丽婷、陈泽宇姐弟三人而言，上秦安职专还圆了他们的"大学梦"。几年前，陈家姐弟的父母经人介绍到该校当勤杂工，并让三个孩子进入县职中学习。2018年姐姐陈丽红、陈丽婷分别以优异的成绩考入兰州交通大学和天津职业大学学习；2020年，陈泽宇以优异的成绩被兰州理工大学录取。"让孩子上中职学技能真好，技术和知识都学到手了，升学照样出路好。"父亲陈来宝激动地说。

据悉，自2013年来，该校还不断扩大校企合作，拓展就业渠道，指导有一技之长的学生就业，确保贫困家庭子女优先就业，毕业生就业率为98.6%，有效阻断了贫困的代际传播。

（《未来导报》2020年10月6日第6版）

"园区+走教"探出山村教育新路

——甘肃秦安县创新教学模式解区域教育均衡发展难题

近年来，随着城镇化进程加快，农村教育面临小学布点多、班级规模小、生源萎缩、师资不均衡、教育资源短缺、教育质量普遍偏低等困境。为破解农村教育发展难题，2015年，甘肃省天水市秦安县率先在当地陇城镇建成了集食宿、办公、管理于一体的教育园区，创新"园区+走教"的办学模式，变学生"走读"为教师"走教"，有效解决了农村学校课程开不齐、师生留不住、发展不均衡等难题。

创新"走教"模式，优化教育资源配置

教师"走教"是陇城教育园区的"重头戏"。园区"走教"教师分为两类：一类是78名语文、数学、英语等学科教师固定在"走教"学校；另一类是12名品德、科学等综合学科和音乐、体育、美术等学科的教师实行巡回"走教"，每周二和周四为巡回"走教"时间，同一学科教师到2至3所学校"走教"上课。

巡回"走教"教师不仅可以综合"走教"教学点学生的情况制定混龄教学方案，还要在音体美专业教师短缺的情况下保证教学点开齐开足课程。青年教师王昕是园区音乐"走教"教师，2020年她在3个教学点给59名学生上了102节音乐课，教学生们学会了25首儿歌。

教育园区积极开展小班教学探索，形成了小规模学校"一校带一点式"的教学片区模式和"山川结对帮扶"模式，有力推动了教学点教学质量稳步提升。张湾小学就是一个很好的例证。该校现有六个年级72

名学生，最大班额 14 人，最小班额 7 人，学校采用抓养成教育、桌椅摆放、师生互动、作业面批面改和社团活动等形式推行小班教学，近两年教学质量明显提升。

校本教研发力，培育教育质量新的增长点

近两年来，天水市、秦安县两级教育行政部门把教研活动作为提升教育园区教育教学质量的突破口和重要抓手，鼓励青年教师学习音体美等专业知识，培养全科教师，为提升教育教学质量奠定基础。大规模教研主要以班主任工作交流研讨、毕业年级备考研讨会、"同课异构"优质课大赛、新入职教师培训、学困生转化等活动为载体；小规模教研主要开展同课异构、教学设计、问题研讨、说课比赛等内容，园区内学校有效早读、小班教学和心理健康教育等方面有了较大突破，教师专业素养也明显提升，成为教育教学质量提升的新引擎。

5 年来，陇城教育园区先后有 5000 多名山区孩子实现高质量就近入学，巩固了义务教育"控辍保学"成果，教育教学质量逐年提升。从近 3 年小学六年级质量综合评估来看，陇城镇全镇学业测评由 2015 年的全县第 14 名上升到 2020 年的第 8 名，园区内校际之间的语文、数学、英语学科分差明显缩小。全学区先后有 38 名流出的学生回到原学校就读，其中山王教学点由最初的 4 名学生已经增加到 40 多名，园区内 12 个教学点普遍实现学生数量和教学质量"双提升"。

由点到面推广，让"盆景"长成茂密树林

为放大教育园区的效应，巩固提升教育园区的成果，天水市教育局全力推动教育园区建设提档升级。

秦安县在确保陇城教育园区运转的基础上再发力，进一步拓展资金筹措渠道，筹资 1.67 亿元，在莲花、五营、安伏和王尹镇新建了 4

个教育园区，目前均已完成主体工程，将服务 4 镇 99 个行政村 85 所学校，受益群众 14.5 万余人、学生 1.04 万人，逐步形成以陇城教育园区为样本，辐射带动至全县的教育园区办学模式。已经完成主体的莲花津南教育园区总投资 3764 万元，其中争取到天津津南区教育扶贫专项资金 2000 万元。

目前，天水市教育局已经制定相关方案推广农村教育园区办学模式，力争到 2025 年底，全市建成一批农村教育园区，配合教育园区基础建设，实施质量连片提升工程，在乡镇域范围内组建起紧凑型和立体式"大学区"，推进农村义务教育优质均衡发展。

"打造教育园区是深化农村教育改革发展的有效举措，下一步将在全市选择城镇化进程较快、经济实力较强、教育基础较好的乡镇先行试点，全面提高教育教学质量和办学水平，让'盆景'长成一片茂密的树林。"天水市教育局党组书记说。

(《中国教育报》2021 年 1 月 22 日第 8 版)

守望教育的灯火

红色精神润泽师生心田

——甘肃省武山县教育系统弘扬红军长征精神

甘肃省武山县鸳鸯镇有 3 处红色文化遗址是当地学校开展红色教育的宝贵资源。鸳鸯镇中心小学被当地人亲切地称为红色小学，学校经常开展主题队会讲红军故事活动。

1935 年 9 月至 1936 年 10 月，中国工农红军一、二、四方面军三大主力部队先后抵达甘肃省武山县马力、鸳鸯等 16 个乡镇的 203 个村庄。红军在所到之处广泛传播马列主义，宣传抗日政策，发动群众减租反霸，开仓放粮，最后强渡渭河向北挺进通渭县榜罗镇，这段红色记忆被载入中国革命的史册。

该县教育系统弘扬红军长征精神，把红色基因植入教育的每一个细节，在红色土地上谱写了红色教育诗篇。"全县各级各类学校每年都会组织师生到红军长征历史遗址缅怀革命先烈，重温党的历史，让他们从小懂得什么是革命精神，珍惜今天来之不易的幸福生活。"武山县教育局党组书记、局长说。

为了传承红色文化，滩歌初级中学组建了红色文化教育、泥塑、健美操、舞蹈等 19 个社团，还开发了校本课程"红军长征在滩歌"，长期坚持开展"红色之旅"、经典红歌合唱比赛等红色文化教育活动。鸳鸯镇中心小学把当地红色教育基地作为学校红色剪纸社团创作的素材，师生创作出了《红军强渡渭河》《中国梦》等近 200 幅作品。

除了发掘红色资源，武山县还充分调动人力资源，特别是党员干部的积极性，扎实开展党史学习教育。据悉，全县教育系统共有 142 个党组织、2278 名党员，基层党组织成为坚强的战斗堡垒，哪里有急难险重，哪里就有党员的身影。

2018 年 7 月 1 日，武山县发生特大暴雨灾害，马力镇榜沙河流域堤坝冲垮、多处道路冲断，部分学校断电断水，信息中断，学区党总支组织马力中心小学党支部 35 名党员教师投入到抗洪抢险救灾战斗中。党员教师的带头示范给其他普通教师树立了良好的榜样，并转化为新时代教师无私奉献的强大力量。

2014 年，县教育局成立了"璞玉留芳"教师志愿者艺术团，志愿者每年深入 15 个乡镇的偏远山区学校教孩子们唱歌跳舞画画，目前志愿者已发展到 3200 多人，受益师生 1.2 万人。

红军长征精神在这片红色的土地上生根开花结果，"十三五"期间是武山教育发展史上最快、最好的时期，县上先后投入 13.44 亿元，无偿划拨土地 426.6 亩，新改扩建校舍 50 多万平方米，一批新建学校先后落成，所有义务教育阶段学校 100% 实现了标准化，乡镇中心幼儿园、1000 人以上行政村和有需求的贫困村幼儿园实现了全覆盖，学前教育三年毛入园率 93.84%、九年义务教育巩固率 99.55%、高中阶段毛入学率 93.1%，教育质量逐年提升，近 5 年先后有 700 多名学子考入全国名校。

"进一步弘扬红军长征精神，继续举全县之力用情、用心、用力解决学校后顾之忧，为教育事业发展提供更大的支持，开启全县教育发展新征程。"武山县委书记对全县教育发展信心满怀。

（《中国教育报》2021 年 8 月 31 日第 4 版）

甘肃天水：立体式打造教师队伍增长极

近日，甘肃省天水市教师信息技能提升强区域教育发展线上专题培训会议召开，该市 2.6 万名中小学教师参加线上培训。

专业培训是天水市加强教师队伍建设的重要举措之一。近年来，天水市采取人才引进、培养培训和提升待遇相结合的办法，立体式打造教师队伍新的增长极，努力构建教师队伍高质量发展的长效机制，激发了全市教育事业发展的内生动力。

调结构，不断充实教师队伍

有这样一组数据：天水市中小学专任教师总数从 2012 年的 34896 人增长到 2021 年的 37719 人，增幅达 8%；小学专任教师本科以上学历增长 69.7 个百分点，初中教师本科以上学历增长 32.2 个百分点；高中教师研究生学历增长 580 个百分点；职业教育"双师型"教师达到 48%，生师比小学由 18：1、初中 17：1、高中 15：1 分别变为 13：1、11：1、13：1。全市教育系统专业技术人才中，35 岁以下占 29.01%，35 至 44 岁占 40.36%，45 至 55 岁占 22.76%，55 岁以上只占 7.87%。

为解决教师队伍年龄老化、学历层次低、学科结构不合理的问题，天水市加大招聘引进力度，进一步优化全市教师队伍结构。

十年间，天水市共补充新教师 13242 人，其中引进公费师范生 265 人，硕士研究生 845 人。2022 年引进力度取得重大突破，引进数量和层次进一步提升，全市共引进教育类急需紧缺高层次人才 292 名，市直学校引进的 53 名人才中占 16.98％，进一步缓解了急需高层次人才短缺和学科结构不合理的问题。

秦安县根据县域内学科建设和教师队伍需求，出台人才引进优惠政策，取消秦安户籍限制，放宽年龄，通过面试考察的方式，对 2019 年及以后引进的北京师范大学等 6 所教育部直属师范院校公费师范毕业生无偿提供安置房一套。近十年来，该县共引进急需优秀人才 186 人，其中公费师范生 44 人，研究生 60 人。

强机制，提升学校管理水平

近年来，天水市着力构建校长管理的工作机制，促进学校管理上层次、上水平。

2017 年以来，秦安县与天津市津南区建立东西部协作关系，巧借津南区的教育资源优势，先后选派 239 名中小学校长和后备干部赴津南区教学研究室、葛沽一中、咸水沽三小、津南一幼等单位，参加挂职锻炼、跟岗实践和交流研修，培养储备了一批校长、骨干教师后备力量，一批优秀教师已经被提拔使用，取得了良好效果。

"今年 9 月赴津南一幼挂职学习，他们的教研活动既有理论引领，又有问题聚焦，还有经验分享，大大开阔了我的视野，更新了我的教育观念，专业知识也有了明显提升。"秦安县四幼骨干教师蔡娟霞对挂职之行感受颇深。

武山县针对全县学校领导班子年龄老化的实际，坚持高质量选聘优化校长队伍结构，对 5 所高中阶段学校和 16 个学区、53 所义务教育阶段学校校长进行调整聘用，高中阶段学校党委书记、校长实行分设，从领导体制上保障了基层学校党组织的领导地位。目前，全县初、高中校长队伍平均年龄为 36.2 岁，较之前降低了 8.3 岁，实现了校长队伍政治过硬、专业能力强、管理水平高的目标。

守望教育的灯火

今年 31 岁的王开泰之前在武山县教育局工作，由于工作出色，被选派到沿安乡中心小学任党支部书记、校长，到任后推行精细化管理，组织教师开展"三字一能"基本功训练和读书分享交流活动，结合"双减"政策落实建立书法、美术、舞蹈、葫芦丝、足球、武术等多个社团，深受师生和家长好评。

"从教育局机关到学校，角色发生了变化，成为乡村教育的亲历者、实践者、参与者，是一次难得的历练机会。"王开泰说。

重培养，促进教师专业成长

如何从一名普通教师成长为一名具有先进教学理念的名师？天水市通过建立教师队伍培养培训机制，为广大教师赋能。

2021 年 4 月 13 日，天水市优秀校长深度研修培训班在浙江师范大学举办，50 名中小学优秀校长参加了为期半个月的培训，培训不仅安排了专家教授的讲座课程，还组织学员到当地名校观摩交流。培训结束后学员们纷纷表示，这次培训"学"是出发点，"用"才是落脚点，通过培训把问题变成了课题，把想法变成了办法，把成果变成了成效，提高了谋发展、抓管理、带队伍、防风险的本领。

据了解，天水市教育系统每年参加国、省、市、县级培训人数均在 1.5 万人（次），加上校本培训，每位教师每年基本会轮训一次。

以完善的制度用才，以优质的平台育才，着力打造优秀教师团队，天水市各级各类学校积极探索优秀中青年教师脱颖而出的路径和办法。

天水市逸夫实验中学实施青年教师梯队"升格"培养计划，加大校内外培训力度，给青年教师压担子、给位子，组织开展青年教师同课异构、同构、续构，青年教师说课比赛、青年教师公开课比赛以及青年教师培训讲座等活动，重点培训教法技能，让青年教师成为"学习行动的设计者"。

天水市一中每年举办教案设计、专业考试、优质课堂等十个项目的青年教师"十项全能"竞赛活动，考核在80分以上者颁发"十项全能"竞赛结业证书，并将结业证书作为青年教师晋升职称的必备条件之一，同时评选出"全能优秀奖"若干名，由学校予以表彰奖励，有效推动了青年教师的成长。一批引进的中青年教师已经成为学校发展的中坚力量。

秦安县一中2015年成立了"尹明德中学物理工作室"，由甘肃省陇原名师尹明德担任导师，22名学员来自4所高中学校，每年举办培训，学员每学期不低于2次向导师面对面请教问题，把研究成果主动运用于课堂实践，破解教学难题。截至目前，举办骨干教师、考前讲座等培训10期2000人（次），学员有22节课例教学设计获省级奖励，8项规划课题通过鉴定，有8名学员成长为省市级学科教师和学科带头人，有39人次在部、省、市、县级优质课大赛中获奖。2020年9月尹明德被甘肃省委、省政府授予"甘肃省优秀专家"称号。

"'手把手'指导学员备课、磨课，传授课题报告和论文写作技巧，不仅加快了教师专业成长步伐，而且为学科建设输入了新鲜血液。"尹明德说，"我们学校的物理组成为天水市物理学科中心教研组，为高中物理教学起到了示范引领和辐射带动作用。"

提待遇，增强教师的幸福感

近年来，天水市把提高教师待遇作为重要抓手，在评优选先、职称晋升中坚持向一线教师倾斜，向广大乡村教师倾斜，通过提高教师待遇吸引并留住优秀人才，激发广大教师教书育人的积极性。

近十年，天水市共评审中级职称15524人，副高级职称8025人，正高级职称295人。2399名教师被确定为省市级骨干教师和学科带头人，50人被评为省级特级教师，4人成为陇原名师，有463人获得省市"园丁奖"，为乡村教师落实了生活补助资金。

张家川县恭门学区教师窦永红深耕乡村教育38年间撰写论文，主持完成省级规划课题，先后多次荣获甘肃省中小学教学能手优秀指导教师奖、市县"园丁奖"、优秀教师、优秀共产党员等称号，被评为甘肃省骨干教师、特级教师、陇原名师。2016年12月被评为中小学正高级教师，成为全市首批晋升正高级教师的乡村教师之一。

　　"2005年评上副高职称就激动得一夜没睡着，之后做梦也没想到国家又出台了中小学教师晋升正高级教师的好政策，自己有幸在全市8人的限额中获评，更是万分激动。唯有奋发努力工作，才能报答组织的厚爱。"窦永红激动地说。

　　和晋升职称一样令人激动的就是建设乡村教师周转房。十年来，天水市先后建成乡村教师周转房3386套，6772名乡村教师享受到了教师周转房的政策红利，在学校安了新"家"，吃下了"定心丸"。

　　天津市津南区帮助援建的秦安县莲花津南教育园区，2021年3月投入使用，建成73.6平方米的教师公寓162套，35平方米的周转宿舍52套，目前已有108名教师入住，园区办起了学生和教职工食堂，现有宿舍可以满足学区所有教师的住房需求。

　　"新'家'宽敞明亮，水暖电齐全，上下班不出校园，晚上大家住在园区很热闹，镇子上购物也挺方便，每月的收入总体比县城同龄教师要高出近千元，感觉生活过得有滋有味，今后就是一门心思搞好教学。"何世华、程鹏霞夫妇工作都不满十年，大学毕业后一直在莲花学区任教且成绩优异，2021年3月首批入住园区公寓。

　　"我们将继续采取引、培、管、用相结合的办法，不断强化教师队伍专业建设，优化年龄和学科结构，提高教师待遇，激发教师的职业发展动力，打造风清气正的教育生态，为促进全市教育高质量发展提供有力支撑。"天水市教育局党组书记说。

　　　　　　　　　　　（《人民日报》甘肃头条2022年12月24日）

老调新词唱出时代美

——秦安县第二小学秦安小曲社团育人记

　　每周星期二、四的下午，是秦安县第二小学学生最盼望的时刻，延时服务的铃声响起，学生们纷纷准备好"行囊"，冲出教室，奔向自己喜欢的社团，三年级（4）班学生胥文昕最是迫不及待，脸上洋溢着幸福："我要去唱小曲了，今天蔡老师要教新曲子。"

　　随着学生急切的脚步声，秦安县第二小学的曲艺活动室变得热闹起来，秦安小曲社团的学生穿上行头，拿起摔子，扭着秧歌步，跟随着蔡爱琴老师的指导，清脆绵柔的秦安小曲便响起来了……

　　秦安，古称成纪，被誉为"羲里娲乡"，这片古老的土地孕育了八千多年的大地湾文化，秦安小曲犹如镶嵌于这片神奇沃土中的一颗明珠，闪烁着璀璨夺目的光芒。近日，记者探访了秦安县第二小学秦安小曲社团，感受了一番秦安小曲的艺术魅力。

非遗传承有希望　小曲文化新活力

　　秦安小曲主要形成并流行于甘肃省东南部的天水市秦安县及周边地区，据说这一西北民间曲艺样式形成于明代，至今已有五百余年的历史。

　　秦安小曲属于曲牌体的唱曲形式，俗称"秦安老调"，采用秦安当地的方言演唱，表演形式或为一人自弹中三弦自唱；或为二人分持三弦与摔子（铜质碰铃）对唱；或多人分持三弦、摔子、四片瓦等轮唱；唱词多为长短句，也有五言、七言、八言、十言等句式。曲词文字精练，节奏感强，一般一韵到底，朗朗上口，具有音乐美感。词曲格式严谨，结构完整，每支曲牌的句数、每句的字数都有严格规定，不能违反；唱腔属曲牌连缀体式，分为"大调"和"小调"。

"曲调高古而通俗，旋律简洁而丰富，唱法柔美而雅致。传统曲目除了相传由该曲种的首创者秦安人胡缵宗采用'四六越调'所作的《玉腕托帕》，还有清代嘉庆年间秦安人张思诚所作之《小登科》《昭君和番》《重台赠钗》，以及民国以来广泛传唱的《伯牙抚琴》《王祥卧冰》《状元祭塔》《百宝箱》等，于2008年入选第二批国家级非物质文化遗产名录。"秦安县第二小学校长杨德科说。

秦安小曲在数百年的传唱中，对教化民众，构建和谐社会等方面发挥着积极的作用，故久唱不衰，百听不厌。由于社会现代化步履的不断加快，各种文化娱乐形式层出不穷，很长一段时间里，秦安小曲的传承面临困境。

2014年起，秦安县第二小学发挥学校弘扬传统文化主阵地的作用，依托乡村少年宫项目，组建了秦安小曲社团，并成立了非遗传承工作室，积极探索以秦安小曲为主的特色社团活动，让秦安小曲进校园、进班级、进音乐课堂，校园里呈现出师生广泛传唱小曲的良好氛围。创作歌颂新时代的唱词和曲调，通过"曲""艺"的完美结合，不仅丰富发展了秦安小曲，而且培养了学生热爱祖国、热爱家乡的感情，老调新词唱出了时代美。

为了保证社团的学生能学到原汁原味的秦安小曲，学校聘请了国家二级演员、中国曲艺家协会会员、甘肃省曲艺家协会会员的非遗代表性传承人蔡爱琴担任秦安小曲社团的校外辅导员。蔡爱琴2013年5月获全省非物质文化遗产保护传承工作先进个人，同年荣获首届甘肃省"女娲杯"秦安小曲大赛演唱一等奖；还获得过甘肃省文化馆颁发的秦安小曲挖掘整理、保护传承工作突出贡献奖。

"秦安小曲是个'宝贝'，我希望这门民间艺术通过政府帮助，学校传承，能选出真正具有小曲演唱能力的人并肩负传承的重担。"蔡爱琴想要学生都学会，一辈接一辈地传下去。如今秦安小曲走进校园、走进课堂，秦安小曲活跃起来了，有了新活力。蔡老师朴素的语言里透露着对秦安小曲传承与发展的殷切期望。

"蔡老师为学生免费辅导，从不缺席一节课，加班加点给孩子们排练节目，免费为学生提供服装、道具，为学生化妆，还找演奏乐队给孩子们伴奏，演出的往返车费、伙食也都由蔡老师个人支付，从不向学生收取一分钱。我校学生表演的秦安小曲《报春晖》《割韭菜》荣获2016年天水市乡村少年宫成果汇报演出一等奖，《美丽校园育英才》荣获天水市第六届中小学生艺术展演三等奖。"该校副校长李多平说。

"秦安小曲是秦安历史文化的'活化石'，也是秦安历史文化的根脉，目前，全县从事传唱、创作、推广的专业人士越来越少，如何留住、传承这一文化之根，一直是我苦苦思考的问题，当时学校邀请我担任学校秦安小曲社团的校外辅导员，我感觉眼前一亮，秦安小曲终于找到了合适的'火炬手'，非遗的'香火'可以延续下去了。"蔡爱琴对担任秦安小曲校外辅导员欣喜不已。

创设情境激兴趣　精琢细磨练技巧

秦安小曲音韵悠长而宽广，唱腔细腻而圆润，风格典雅而婉约。

"由于小学生受现代流行歌曲节奏和韵律的影响，尤其是许多原创小曲的历史故事和生活情境与学生现阶段的生活场景截然不同，这给学生理解唱词内容增加了难度，另外由于社团学生年龄层次不同，接受程度和识谱水平有限，所以对于小曲初学者来说仍然面临诸多困难，学生短期内找不到唱小曲的感觉，很难入戏。给学生教唱小曲，首先要从激发学生学唱的兴趣入手。"蔡爱琴说。

秦安小曲社团招募二至五年级学生，组成了秦安小曲社团，每周二和周四下午延时服务时间开展活动。为了手把手地教学生，蔡爱琴还想了许多办法，先让学生了解唱词的历史背景和曲子表达的主题，然后一句一句教学生跟唱。甚至需要把人物的动作、表情和步伐节奏等拆解开来一步一步讲，手把手地教，反反复复练，让学生在曲调里找规律，在表演中找感觉。她在教学过程中采取先会教后会、跟着视频学唱等方式，在学生唱小曲的过程中不经意间穿插一些动作，有时孩子们还尝试着把红色经典歌曲、学生守则等用小曲曲调唱出来，听起来别有一番韵味。

四年级（4）班学生李晗是个秦安小曲迷，两年多的时间她已经学会了5首曲子，多次参加校内外演出。"双减"政策落地后，她几乎每天晚上在家和父母一起练习唱小曲，说起秦安小曲她更是如数家珍："秦安小曲腔调变化丰富，刚开始学习时跟不上节奏，方言演唱感觉有点别扭，如今觉得秦安小曲情节生活化，韵调统一，唱起来朗朗上口，我和小曲社团的伙伴们越来越喜欢我们的秦安小曲了。"

创新载体打品牌　老调新词歌盛世

秦安县第二小学的秦安小曲社团活动不仅开展的有声有色，而且在整体提升表演水平的基础上不断挖掘秦安小曲的文化积淀，打造秦安小曲社团品牌，增强特色地域文化的育人功能，丰富秦安小曲的教育内涵。

杨德科告诉记者，秦安小曲的传唱大多是"老调重弹"，为更好地传承与发展秦安小曲，学校不改变秦安小曲的调子，适宜学生学习，着手创作有时代感的新词，将秦安小曲纳入学校校本课程计划，逐步开发校本教材《秦安小曲基础》，使学科领域知识在其中得到延伸、综合、重组与提升，寻求学科教学与审美教育的最佳结合点，促进两方面的共同提高。

从秦安二小小曲社团创办之初到现在，已有1000多人次学唱秦安小曲，教唱的小曲20多首。除了在校内演唱外，社团还先后参加了

2016年"最美秦安人"颁奖典礼，赴敬老院为孤寡老人演出活动，选送的秦安小曲《割韭菜》获天水市少年宫艺术展演一等奖，参加的学生不仅展示了自己，也在不同场合感受到了秦安小曲的艺术魅力。

"随着各种演出，秦安小曲不仅在老年人中受欢迎，越来越多的中青年人也在接受了，更令人感动的是很多小孩子将秦安小曲学唱起来。"蔡爱琴说，"秦安小曲在娃娃辈得以传承发扬，这是我最想看到的，记得社团中有个叫伏创新的孩子，现在已经毕业很多年，他每次在社团学习中不仅音准节奏正确，小曲腔调浓郁，还特别认真，每次上社团课，他是最开心的，说到小曲他的眼睛里总是放光的。他还说以后要跟着我学秦安小曲，把秦安小曲教给更多的孩子。"

据了解，该校已经开展秦安小曲社团活动的校园行动研究，依据本校秦安小曲特色，着手研究制定校本课程体系标准，研究和开发富有地方特色的校本课程体系。秦安小曲特色校本课程基本内容主要包括以学生为核心，探索学生自觉成长、优势发挥的途径和方法；走出教室，参与社会实践活动，以获取直接经验、发展实践能力、增强社会责任感等核心元素，力争提升秦安小曲这一特色品牌在本市、全省乃至全国范围内的知名度。

"小曲社团承担着非遗的传承与创新的重任，社团在传承中创新，在教学中融合，在活动中总结，激发学生热爱家乡、心系家乡的情感，取得了异曲同工的效果。"杨德科表示，"下一步，学校将进一步探索以秦安小曲为主的特色教育，继承和弘扬中华民间优秀传统文化，做好秦安小曲这个特色品牌，让每一个孩子享受秦安小曲的快乐时光。"

（《甘肃教育报》2023 年 2 月 17 日第 5 版）

改革引来源头"一池活水"

——天水市教育改革发展综述

教育发展的最大红利是改革，最强动力是改革，最大愿景也在改革。近年来，天水市教育系统全面深化教育改革，聚焦教育重点领域和关键环节，在资源配置、活力激发、质量提升等方面打出了一套"组合拳"，以改革激发教育活力，用实绩回应群众关注期盼，推动改革成果更公平地惠及全体人民，取得了明显成效。

打造教育共同体　促进教育均衡发展

随着城镇化步伐的加快，天水市城乡结构发生了很大的变化。为满足老百姓对城区优质教育的需求，天水市秦州区教育局推行"名校办分校"模式，不断扩大优质教育资源总量，有效破解"大班额"和"择校热"难题。

2018年，该区在佳水岸筹建起一所占地17000多平方米的学校，由新华门小学率先创办玉成分校。经过几年的实践与探索，目前，主城区已有6所学校实行"名校办分校"模式，增加优质学位9690个，受益学生达7931人。2021年，新华门小学第二所分校红山校区挂牌，在全区率先走出了一条破解优质教育资源短缺的成功之路。

在解决好"城镇挤"问题的同时，"乡村弱"的问题也同时受到高度关注。通过改革打破城乡发展壁垒，加大对乡村教育的支持力度，让教育在乡村振兴战略中释放更多发展动能。

"双减"政策落地　教育治理能力明显提升

改革既要抓重要领域和重要任务，又要抓关键主体和环节。"双减"政策落地实施一年多来，天水市教育系统将"双减"列为重大民生工程，探索"双减"新样态，重塑教育新生态，让教育回归本真。

"把作业设计作为提升作业质量、推行教学精细化管理的重要手段，采取作业量分层、难度分层、形式分层、评价分层等一系列措施，中小学作业由原来的'大锅饭'变成了'自助餐'，不同学生真正实现了各取所需，因材施教。"天水市教育局副局长说。

据了解，天水市为了保证"双减"政策落地实施，市政府建立了天水市"双减"工作专门协调机制，先后制定了《天水市"双减"工作专门协调机制重点工作任务》，统筹协调推进"双减"工作。

为了监测作业设计效果，天水市教育局组织开展了中小学线上作业设计大赛，推动作业布置控总量、提质量。全市794所义务教育学校全部建立作业校内公示制度并制定作业管理具体办法。

为了确保"双减"政策落实，天水市教育系统全力做好"加减法"。全市409所应开展课后服务学校义务教育阶段学校结合办学特色、学生学习和成长需求，在推行"5+2"课后服务模式方面做好"加法"，开展社团活动、答疑辅导、资源学习等多种课后服务项目，学生参与率99.75%，"5+2"全程参与率99.17%，教师参与率99.23%。

深化校外培训机构治理源头治理的"减法"也精准到位。市教育局联合市发改、市场监管等六部门建立校外培训机构预收费监管机制，全面落实"两种监管方式"和"两个全面纳入"预收费监管政策。

改革教师管理体制　激发教育发展潜力

乡村教育要留住学生，最根本的就是要留住教师。

守望教育的灯火

秦安县教育园区建设按照"整合资金、统筹建园、巡回走教、资源共享"的总体构想，通过"财政资金拿一点、项目资金整一点、社会人士捐一点"的方式，建成集食宿、办公、管理于一体的陇城教育园区。

为了让这一改革模式惠及更多的学生，该县陆续建成了3个教育园区并投入使用，打造了多点辐射的教育园区集群。目前4个园区服务4镇99个行政村85所学校，受益群众14.5万余人、学生1.04万人。4个教育园区均实行与学区两块牌子、一套班子，学区主要行使行政职能，园区成立管理委员会保障教育教学工作高效运转。秦安县建设教育园区集群的举措实现了乡村教师由学校向园区人的身份转换。

"住进公寓楼心里有满满的幸福感，如今家虽在天水，但没有想调走的念头。"莲花镇教育园区青年教师焦佩佩2012年入职，除了带语文、数学、音乐课还担任班主任，工作出色。

体制改革的关键词是"破障碍"，人事改革的重点在于"添活力"。武山县稳步完善教师和校长交流轮岗制度，通过校内直接聘用、学区（学校）内岗位竞聘等程序进行聘用，以此破解教师布局和学科结构不合理紧缺的问题。今年武山县公开选聘108名农村中小学教师到部分城镇学校任教，有效解决了城区学校学科教师紧缺的难题。

"当前全市教育正处于转型跨越的关键期，也进入了教育改革的'深水区'，今后要继续坚持问题导向、目标导向和效果导向相结合，统筹推进育人方式、办学模式、管理体制、保障机制改革，通过加大改革的力度来增加教育的温度，全面提升教育服务经济社会的能力。"天水市教育局局长说。

（国际在线 2023 年 3 月 8 日）

寻找幸福的"原泉"

——清水县原泉小学特色办学促进学生幸福快乐成长

"乙酉甲申雷雨惊，乘除却贺芒种晴。插秧先插畲籼稻，少忍数旬蒸米成。"6月6日适逢"芒种"节气，当天早上，清水县原泉小学的校园里师生集体诵读宋代范成大的《梅雨五绝》（其二），这是该校开展的以二十四节气为主的"每周一诗"诵读活动，主要内容以我国农历二十四节气为依托，融合传统节日习俗等古诗词，旨在弘扬国学，推广古诗词文化，培养学生浓厚的国学兴趣，陶冶情操，提高综合素养。

清水县原泉小学前身可追溯到南宋绍兴十四年（1144年）间"曲江书院"，距今已有八百七十多年历史，是甘肃省史载最早的书院之一。近年来，学校坚持"幸福教育"的理念，努力打造"书香原泉、科技原泉、阳光原泉、团结原泉、勤奋原泉、开拓原泉"，促进学生幸福快乐成长，取得了阶段性成果。

浓郁书香气　滋润学子心

每天清晨，校园操场上、凉亭里、教室里传来了琅琅读书声，每天半小时的国学经典"晨钟诵读"活动使整个校园充满浓郁的书香之气。

"晨钟诵读活动已经坚持了8年，打造"书香原泉"的目的就是通过经典诵读活动，一方面培养学生良好的阅读习惯，另一方面让学生吸收国学经典的营养，从小受到传统文化的熏陶。"校长温芳军一语道出了开展国学经典诵读的初衷。

据了解，该校以"儿童阅读起跑线"活动为依托，每学期还组织开展经典诗文诵读、读书漂移、云上读书会、读书沙龙、书香班级、阅读之星评选等"悦读时光"主题活动，以"诵、读、悟、行"相结合，培养阅读"小达人"，营造浓厚的"全民阅读"氛围，不断提高师生的文化素养。

五年级（2）班的李云云是一名单亲家庭的孩子，因父母离异，她跟母亲一起生活，母亲在一个商场打工经常早出晚归，但她酷爱读书，母亲不在家时就以书为伴，在学校的大阅读活动中表现突出，今年被评为甘肃省"阅读之星"。

在推动读书活动深入开展的基础上，学校把打造书香校园和弘扬地域文化有机结合起来，融入思想道德、文化知识、艺术体育、社会实践教育等各个环节，充分发挥师生的聪明才智，进行文艺创作，2018年5月，学校因传承清水县的非遗项目"清水小曲"成绩突出，被确定为甘肃省优秀文化艺术传承基地，让师生在传承经典文化中学会做人、学会做事。

社团活动多　学生乐开花

原泉小学现有在校学生2631人，2014年9月建成了乡村少年宫，为了打造"阳光原泉"，该校开展"传统体育＋体育游戏""室外体操＋室内体操""传统体操＋自编体操"为主的"三加式"阳光体育大课间活动，着力保障学生每天校内、校外1小时体育活动时间，确保学生掌握1至2项运动技能，让其在锻炼中享受乐趣、增强体质、增进感情，全面健康成长。2023年4月，学校代表清水县参加天水市中小学生第一届田径锦标赛，分别荣获小学组团体第一名、女子团体总分第一名、男子团体总分第二名的优异成绩。

学校以乡村少年宫为依托，开设皮影戏、陶艺、舞蹈、国画等专业兴趣社团35个，成立传统游戏、积木等主题班级社团15个，编写少年宫教材40种，每周四下午开展活动。让学生在多彩活动中，用自己喜爱的方式，收获更快乐的学习生活。

篮球和足球社团可谓社团中的佼佼者，学校足球社团现有队员 70 人，实行梯队培养，坚持每天早上 1 小时训练，每学年组织开展"校长杯"比赛，参加"县长杯"比赛屡次荣获冠亚军，曾代表清水县参加"市长杯"比赛也取得了优异成绩，足球队员蒲文辉曾荣获"市长杯"足球比赛团结协作奖。

劳动实践也是该校社团活动的一个范例。学校充分发挥劳动教育树德、增智、强体、育美的育人功能，将"双减"工作与劳动教育相结合，健全劳动教育工作机制和评价机制，充分利用身边教育资源开发本土化实践课程，开辟校外劳动教育实践基地"原泉农场"，种植蔬菜、花卉、农作物等，组织师生在农场开展生存能力训练课程、田间体验课程、二十四节气课程、劳动技能训练课程，让学生在自然环境中进行一系列"有计划、有设计、有主题、有目的"的劳动体验，让劳动价值观从小在孩子心里扎根发芽。

"'双减'政策落地也让我尝到了幸福快乐的滋味。工作之余我喜欢打乒乓球，写毛笔字、画国画，我的书画作品多次在省、市、县书画展中获奖，在全县教职工乒乓球比赛中也获过奖。多次被评为省、市'百姓学习之星'，我的生活充满阳光，幸福感满满。"从教近 20 年的党员教师王建丽对"幸福原泉"的理解更加透彻。

科技来引领　兴趣生活力

"故里学童习技忙，科教兴国记心房。探索未来授渔术，活水原泉领风浪。"学校组织团队就"书香原泉、科技原泉、阳光原泉、团结原泉、勤奋原泉、开拓原泉"集体创作了六首诗，这首诗是对"科技原泉"的诠释。

近年来，学校以"科创筑梦，助力双减"科普示范点创建为依托，

　　　　　　　　　　　　　　　　守望教育的灯火

创建机器人、创客编程、科技小制作社团，开展校园科技艺术节活动。目前，学校机器人社团有6种智能机器人设备；编程无人机设备、遥控航模飞行器和固定旋翼遥控航模飞行器等设备40套，参训学生60人，每天集中训练1小时，每学年举办1次校园科技艺术节。前不久举行的清水县中小学生田径运动会开幕式上，该校科技方阵参与《花开新时代》篇章表演，"康养清水乐享童年""沐浴党恩展翅翱翔""科技兴国强国有我"等花絮突出了现代科技元素，表现出了新时代原泉少年健康快乐成长的时代气息，无人机的精彩表演和创意赢得了现场观众的热烈掌声，学校的科技方阵表演获得了最佳创意奖。

"科技原泉"结出了丰硕的果实。该校学生在各级各类科技创新大赛中曾获奖160人次，学校荣获省级"优秀组织单位奖"、全国"科创筑梦，助力'双减'"科普示范单位、"明星校园""人工智能先锋号"等多项荣誉称号。

六年级（1）班学生鲁昊的父母常年在外打工，平时鲁昊在家由奶奶照顾，孩子好动又贪玩，经常不写作业，对学习总不上心，但对"创客"十分感兴趣，辅导老师就收他为"徒"，在老师的辛勤辅导下，他在2022年天水市中小学生"浪潮杯"创客编程人工智能竞赛活动中荣获特等奖。

"学校为了满足我们多样化的需求，为我们搭建起了科技室，带我们参观科技馆、博物馆，我还在科技组学会了玩机器人，真是开了眼界。"六年级（8）班学生韩毅很自豪地表示，"我不仅是一名幸福快乐的原泉小学生，更像一朵小花，在老师的呵护下健康成长。"

"今后将进一步巩固'双减'成果，积聚全校教师的智慧，努力把学校办出特色，办出水平，为学生幸福成长奠定坚实基础，让老百姓满意。"学校党总支书记王敦说。

（《未来导报》2023年6月26日第6版）

为学生的幸福人生奠基

——武山县城关镇第五小学"双减"开花结果

武山县城关镇第五小学自2017年成立以来，始终把"为孩子的幸福人生奠基"作为办学宗旨，以促进学生健康幸福成长为目标，坚持"双减"精准施策，细化管理，"双减"政策的落地实施给这所新学校带来了新变化、新气象。

念好"阅读经"
让学生在阅读中品出书香味

武山县城关镇第五小学的学生每人都持有一本"阅读护照"，这是该校为激发学生阅读兴趣，检验阅读效果专门给学生精心打造的一张名片，"护照"可以记录阅读感受，积累好词佳句，书写阅读记忆，进行阅读评价，还有对每学期推荐的阅读书目的小测试，让学生在书海中遨游。学生纷纷夸赞说："'阅读护照'握在手，走遍天下不用愁。"

该校结合"双减"政策的实施，把阅读列入提升学生素养的"营养计划"，除了创设温馨的阅读环境外，还创新了"共读一本书"四课时课外阅读教学模式，第一课时主要为推荐阅读书目，第二、三课时以阅读交流为主，第四课时是教师引导学生以问一问、答一答、议一议、品一品、辩一辩等形式，促进深度阅读，并借助"阅读护照"、阅读测试、小练笔、读后感等，综合评定学生整本书阅读情况。

经过几年努力，阅读活动终于迎来"开花季"。在甘肃省第二届中华经典诵写讲大赛中，该校经典诵读节目《中华诗韵》荣获小学组优秀奖。两名学生分别荣获第24、25届"推普周"甘肃省中小学生语言文字"推普答题挑战达人"称号；在全国第四届"摆渡船"征文大赛中有18名师生获奖。

酿造"开心果"
让学生学起来趣味无穷

武山县城关镇第五小学倾力打造的"趣味英语"课堂被学生和家长誉为"开心果"，充满活力、生动有趣的课堂为"双减"落地实施助了一臂之力。

"趣味英语"课是教师通过设置能充分激发兴趣的教学情景，综合运用口语交际、有趣故事、教学情景剧、多媒体技术等手段，让学生在轻松、快乐、充满挑战性的教学情境中学英语、用英语，在课堂上最大限度地解决问题，不留课外作业，通过课堂上不断挑战自我，实现了英语教学成绩和学生素养的双提升。

英语教师宋丽娜的"趣味英语"课总是充满笑声和惊喜，充满挑战和期待，自己教得轻松，学生个个也变成了表演家，一堂课下来收获满满，深受学生喜欢。在2022年学校的英语课本剧展演中，她指导的情景剧《三只小猪》情景生动，表演形式灵活，孩子们口语流畅，得到了师生的广泛赞誉，充分展示了该校学生学习英语的浓厚兴趣。

提升"精准度"
让学生感受情怀作业的温度

武山县城关镇第五小学的学生放学后都不背书包，也不拿作业本，这是学校执行中午无书面作业制度带来的新变化，通过减负增效让教育变得有情怀、有温度。

教师成长了，课堂才能出彩，作业才有温度。"双减"实施以来，该校把作业设计作为教学评价的主要参考，年级集体备课组关于作业设计进行了集体研讨，根据学生不同水平和不同教学要求，按照基础类、提高类、拓展类、创新类分层设计，全面减轻学生作业负担。批阅作业实行分层评价和星级评价，注重评价多元化，充分运用各种激励手段，让学生切实体验到减负带来的快乐。

"'双减'政策要求教师仔细钻研教材，依据学生的年龄特征创设情境，精心设计课堂分层练习和课外作业，用情、用心、用力，把每一堂课、每一次作业做精致，不断增强作业的针对性、有效性。"万瑛丽坦言，"双减"中教师需要做好"加法"。

2023年寒假期间，该校六年级寒假语文作业设计了"走近鲁迅，在创新阅读中提质增效"的主题，以了解鲁迅事迹、感悟爱国情怀、激发阅读兴趣、提高阅读能力为重点，引导学生充分发挥聪明才智，运用多种方法展示阅读成果。学生通过给鲁迅画像、用书法作品展示鲁迅名言、制作关于鲁迅的精美书签、用思维导图叙述鲁迅生平事迹、讲述鲁迅故事、制作读书小报、撰写读书笔记和读后感、设计鲁迅先生"微信朋友圈"、给鲁迅写信、推荐鲁迅作品等多种形式展现共读收获，实现了形式与内容的高度结合。

划好"摆渡船"
让学生在体验中学会创造

教师要做好"摆渡人"，让学生在浸润式体验中学会创造，这是武山县城关镇第五小学在落实"双减"过程中生成的一种理念。坚持丰富多彩的社团活动与常规学业辅导相结合的课后服务模式，为学生个性发展提供帮助，既减轻了家长对孩子学业成绩的焦虑，又减轻了学生的校外培训负担。该校先后开设合唱、古筝、葫芦丝、武术、健美操、足球、篮球、乒乓球、陶笛、书法、朗诵、科学、阅读、舞蹈、电子琴、非洲鼓、手工制作、围棋、无人机编程等54个社团，学生在得到锻炼的同时，也收获了幸福感和成就感。"编程无人机"社团连续在省、市、县级科技创新大赛中获得优异成绩。在2023年全县中小学生运动会开幕式上，该社团参与了无人机编程成果展示，学生自信、流畅、准确的介绍，以及熟练的操作，赢得现场观众的热烈掌声。

配合社团活动的开展，该校还在校园绿化带上开辟了班级的种植区，让学生经营好自己班上的"责任田"，各班学生分工合作，种植油菜、黄豆、花生、萝卜、土豆、豆角、茄子、葵花、辣椒、万寿菊等蔬菜花草，了解日常生活中常见花卉、蔬菜瓜果的种植方法及过程，及时进行浇水施肥等田间管理，等到秋天收获果实时，学生品尝到的不仅是甜美的果实，更重要的是享受劳动带来的充实和快乐。

"近两年，学校充分发挥落实'双减'政策主阵地的作用，不断探索教育教学创新的新载体、新路径、新方法，让学生在玩中学、学中玩，学生的作业减少了，家长的焦虑情绪减少了，亲子关系也变得和谐了，每个孩子都能拥有一个健康快乐的童年，家长对学校'双减'实施的满意度非常高。"武山县城关镇第五小学校长李爱珍表示，今后将继续深化教育教学改革，根据学生的兴趣爱好、个性特长设置多元化的课后服务课程，切实减轻学生过重负担，让教育回归本真，进一步提升教育教学质量，努力办好人民满意的优质学校。

（《甘肃教育报》2023年8月18日第3版）

拔节孕穗正当时

——甘肃天水学校法治教育入心入脑护航青春路

"有位朋友请我帮他去教训别人，我能不能去？"甘肃省天水市甘谷县六峰镇武家湾九年制学校法治副校长牛换虎的讲座刚结束，该校学生蒋贺祺就向他请教问题，经过牛警官的一番讲解，蒋贺祺心中的疑惑顿时"云开雾散"。

和武家湾九年制学校一样，法治讲座已成为天水市教育系统法治教育的新常态。近年来，天水市教育局始终把法治宣传教育摆在重要位置，积极探索聘任法治副校长等学校法治教育的新路径，促进了青少年的健康成长。

构建教育管理"网" 筑牢学校法治教育之基

天水市有各级各类学校1979所，在校学生58.5万人，教职工5.14万人，教育布局农村学校偏多、规模小、布局分散，给学校法治教育增加了难度。

"市委统筹整合各部门青少年法治教育资源和力量，在全省率先建立统一领导、协同联动、齐抓共管的学校法治教育新体系，使学校和社会法治教育有机结合起来，从而提升了法治教育的水平。"天水市教育局党组书记表示。

据了解，为了强化学校法治教育，天水市成立了由市委政法委、市委宣传部、市教育局等13个部门负责人为成员的天水市中小学法治教育领导小组，组建了5个工作专责组；在学校层面，团委、少先队、法治副校长、思政课教师、班主任同向发力，将学校普法、预防青少年违法犯罪、家庭法治宣传等工作有效整合起来，构建起"五位一体"学校法治教育和学校、家庭、社会共育共管的"三全育人"新格局。

在天水市中小学，学校法治副校长已经成为一张亮丽的名片，市委政法委按照不低于本辖区学校总数150%的目标，统筹协调法院、检察院、公安局、司法局按照学校需求选优选强法治副校长，为全市1790所各级各类学校重新统一配备了1824名法治副校长，配备率达到100%，深度参与学校法治建设工作，并强化管理考核，推动学校法治副校长机制实质性运转。

开好学校法治教育课程　护航学子青春路

天水市各级各类学校探索出了开好法治课、讲好开学第一课、组织好宪法教育主题教育课、上好法治教育特色课等4门课程，引领学校法治教育走深走实。

各学校充分结合重大节日等重要时间节点，组织开展主题演讲、知识竞赛、模拟法庭、情景剧展演等竞赛活动，普及宪法等相关法律知识。

为了讲好开学第一课，市教育局还组建了4个法治教育开学第一课专班，为各学段学生打造"法治教育开学第一课"视频课程，开学第一天全市60余万名师生同上法治教育第一课。

武山县城关初中是全县最大的初中学校，学校建立了法治教育基地，每周组织两个班师生进入法治教育基地，思政课教师结合道德与法治课内容确定教育主题，让学生在参观过程中学习法律条文。

找准法治教育创新点　增强学生体验感

在开展学校法治教育的过程中，天水市教育系统不断挖掘教育资源，创新教育载体。全市各学校调度社团活动资源，让学生设计编排小品、相声、舞蹈、情景剧等，让法治教育净化学生心灵。

天水市逸夫实验中学思政课教研组选取了一个校园伤人的真实案例，在市中级人民法院的法官全程指导下对法庭进行模拟，此后，又带学生到市中级人民法院旁听庭审，让学生身临其境地参与到庭审过程中。

天水市麦积区检察院建成了集普法宣传教育、预防违法犯罪、心理健康辅导、警示教育、法律咨询等功能于一体的综合性青少年法治教育基地，近5年内组织全区60多所学校的上万名中小学生走进基地接受法治教育。

"通过法治教育活动，让学生深刻了解法律知识，营造了人人学法、处处用法、时时守法的良好氛围，也推进了文明校园建设，为青少年健康成长保驾护航。"天水市教育局局长表示学校开展普法活动意义重大。

（《中国教育报》2023年5月15日第3版）

守望教育的灯火

优质园办到了老百姓家门口

近5年来，甘肃省天水市清水县坚持高标准建设、"孵化"师资、开发课程齐头并进，不断提升学前教育普及普惠水平，把优质园办到老百姓家门口，群众获得感和幸福感持续提升。

高标准建设，为幼儿园发展铺设快车道

"你能从多功能镜里看到不同影像吗？"清水县第六幼儿园的智慧科探空间功能室里，辅导教师吴文静正在指导小（1）班的孩子们观察光影世界多功能镜里的奇特现象。

该园是清水县投资3600多万元打造的高标准幼儿园，2022年9月投入使用，现有在园幼儿142名。园内建有花园小镇、沙水池、"玩美世界"艺术长廊等多个户外游戏区，还创建了趣味生活馆、创意建构空间等多功能教室。每周一至周四下午，全园开展"乐趣多"游园活动，幼儿可根据兴趣自主选择游戏。

园长汪小英介绍，园里的孩子大多来自农村，对现代科技类玩具十分好奇，所以幼儿园在布设功能室时充分融入科技元素，通过科技知识普及，补齐农村孩子短板，激发他们对科学的兴趣。

随着城镇化加速和人民生活水平提升，近5年清水县县城人口持续增加，已新建了11个小区。

"为解决老百姓'入好园难'的问题，清水县加大投入，优化城乡资源配置，为发展优质学前教育提供了有力支撑。"清水县委副书记的话

语中充满发展优质学前教育的定力。

正如李菊霞所言，5年来，清水县先后出台《清水县学前教育深化改革规范发展的实施方案》等文件，累计投资1.25亿元，划拨教育用地29.2亩，新建、改扩建行政村幼儿园41所，新建小区配套园3所，新增学位1800多个，同时为42所幼儿园购置了教学设备。

"清水县通过优化园所布局结构、新建高标准幼儿园、支持普惠园提档升级、补充幼儿园专任教师等举措，让城乡孩子都能在家门口接受优质学前教育。"天水市教育局局长说。

"孵化"师资，增强幼儿园发展的"核"动力

条件改善了，学位增加了，清水县教育局又通过"孵化"的方式配强配好园长和教师。其"孵化"过程就是把城区原有的4所园作为园长"孵化"基地，形成"优秀教师—中层管理岗—副园长—园长"的"孵化"机制。新园建成后，选拔"孵化"基地的园长到新园担任园长，副园长升任基地园长。

"在县二幼经过长期历练，也积累了较成熟的管理经验，到新园后能很快上手，新园起步阶段不走弯路。"汪小英原是清水县第二幼儿园园长，2022年，她到了新成立的清水县第六幼儿园任园长。

在强化幼儿园管理干部培养的同时，清水县坚持"输血"和"造血"并重，建立了"事业招考＋特岗招聘＋培训转岗"的教师队伍补充培养机制，5年补充幼儿教师266人。该县推行"常规培训＋跟岗交流＋实地观摩"等举措，加快中青年教师成长步伐。

与此同时，县教育局按照"城镇＋农村""强园＋弱园"城乡一体化办园模式，通过园本、园际和县级教研活动提升教师整体素质，推进区域内、园际间合作互动和优势互补。为提升民办园质量，城区公办园抽调骨干担任普惠性民办园指导员，每月两次进园进班指导保教工作。

开发课程，让孩子发展有多种可能

走进清水县的幼儿园，孩子们专注地沉浸在活动中，在"真"游戏中获得了快乐。

清水县第四幼儿园校园西南角的植物生态园里种着花草、蔬菜、中药材，还搭建了农家小木屋、鸟巢。幼儿园依托环境，打造了集生活游戏、学习探索于一体的自然生态游戏课程，以二十四节气为线索，以班为单位开展教学活动。教师依托当日天气、孩子们的想法、植物生长情况等，带领孩子们走进植物生态园耕种、采摘、写生、加工制作。近5年，该园开发了"萄气满满""我与山楂树"等80个自然生态游戏课程。

清水县第三幼儿园保证孩子们每天有两小时"安吉游戏"时间，打造了生态园、创意美工坊、木工坊等，让孩子们在不同的环境中自主生成多种玩法，享受游戏的快乐。而在清水县第二幼儿园，教师引导孩子们学习折叠印染、纸团拓印等，并且到户外写生创作，孩子们在多种体验中感受了中国画的美感和韵味。

"清水县在满足老百姓对优质教育日益增长的需求和城区人口增加中求得了最大公约数，有力促进了教育公平。"天水市教育局党组书记表示，"今后将持续加大学前教育投入，进一步扩大优质学前教育的辐射面和受益面，促进孩子们健康快乐成长。"

（《中国教育报》2023年11月5日第1版）

"奔着困难去，盯着困难抓"

——甘肃天水教育系统推动主题教育见行见效

甘肃省天水市清水县黄门镇中心小学崭新漂亮的校园里国旗飘扬，明净鲜艳的教学楼、明亮卫生的食堂、干净整洁的水冲式厕所、现代化的空气能供热设备，构成了一道美丽的现代化校园风景线。

"一个月前县教育局协调落实资金40万元，工程队加班加点，学校教职工轮流在工地值班，配合施工，县电力公司也对变压器升级增容，空气能供热设备抢在供暖期前完成了，担心万一有啥闪失，今年学校师生的供暖可就成问题了。"黄门镇学区校长乔志宏近日悬着的心终于放下了。

黄门镇中心小学的新变化是天水市教育系统主题教育的实践缩影。第二批主题教育开展以来，天水市教育系统聚焦"学思想、强党性、重实践、建新功"总要求，把拓展优质教育资源作为破题内容，不断满足人民群众的多样化教育需求。

天水市实验幼儿园新园自去年开园后，由于户外场地狭小，活动空间受限，制约幼儿园孩子户外游戏活动的开展。第二批主题教育启动后，市教育局领导班子多次协调相关部门，把紧邻幼儿园的2268平方米户外用地划拨给幼儿园使用。经过改造优化后的场地比原来增加了1736平方米。

2023年以来，天水市教育系统持续加大学位供给，落实资金7.14亿元，省、市列147个民生实事项目正在按计划顺利推进，年内新增学位1.5万个。在提升教育基础发展水平的基础上，天水市进一步强化教

守望教育的灯火

育教学工作，推动主题教育走深走实，今年以来先后组织 1253 人次教师赴省外培训，5000 多人次完成"市培"项目，积极提升育人本领。张家川县实验中学是今年刚成立的普通高中，针对目前教育教学授课形式单一和以学生为主体教学模式的短板，学校组织 50 多名一线教师赴天津市实验中学滨海学校考察交流，参观教师边学边反思，取到了教育教学的"真经"。

服务地方经济社会发展也成为天水市教育系统开展主题教育的重要内容。目前秦安县苹果进入销售旺季，为了帮助果农扩大电商销售渠道，秦安县职业中等专业学校电商实训基地日前揭牌成立，这是中组部选派的组团式帮扶干部秦安县职专党总支副书记、校长刘学颖倾力做的一件事。她通过引进新道科技股份有限公司"新媒体直播运营实战训练营"项目，对学校师生进行电商运营技术培训，推动成立"红苹果电商社团"。学校不仅可以开展县内本土电商人才培训，而且还可与县域内果业公司、网红联手，为苹果销售引流。

"全市教育系统的主题教育坚持问题导向，奔着困难去，盯着困难抓，紧盯群众所需所盼，全力推进办好人民满意的教育，不断增强群众的教育获得感、幸福感。"天水市教育局党组书记说。

（《中国教育报》2023 年 11 月 25 日第 3 版）

铺就书记校长成长"快速路"

——甘肃天水强化学校班子配备、管理、培养、提质等环节

王耀荣 24 岁就走上学校管理岗位，2009 年担任模范初级中学校长时通过塑造学校文化、开展校际联盟教研、推行精细化管理等创新举措，学校"逆袭"成为优质学校。

2021 年，王耀荣被破格提拔到甘谷县第六中学担任党总支书记后，又推行学科大教研、建立宿舍学习互助小组、开设远程直播课堂等措施，实现了学校教学质量的快速提升。

王耀荣的成长在天水不是个案。近年来，天水市把选好配强学校领导班子特别是党组织书记和校长作为重要政治责任和激发办学活力的关键因素，强化学校班子配备、管理、培养、提质等环节，采取搭舞台、育"苗子"等一系列强有力的措施。全市中小学领导班子聚智慧、谋发展、促改革，师生才智充分涌流、学校活力竞相迸发。

搭舞台，选好学校"掌门人"

天水市有各级各类学校 1979 所，在校学生 58.5 万人，是甘肃教育体量较大的市州之一。

为了选准人、用好人、激励人，天水市委、市政府出台了全面深化新时代教师队伍建设改革实施方案，打出了一套名校孵化、退休返聘、挂职交流、跟岗培训等形式相结合的校长队伍培养"组合拳"，逐步构建发现人才、使用人才、激励人才成长的良好教育生态。

截至目前，全市中小学校党组织领导的校长负责制落地落实，武

守望教育的灯火

山、清水两县取消了中小学校长行政级别，科级干部职数减少122个，使学校领导班子和教育事业发展需要相匹配。

学校领导班子结构的调整优化，催生了各级各类学校的发展动力。甘谷县教育局按照"后备人才—中层人员—处室副职—处室正职—学校副职—学校正职"的台阶提拔使用。"配备过程中还要权衡班子人员的阅历和特长，班子关系和谐了，团队的凝聚力增强了，教学质量稳步提升了。"甘谷县教育局党组书记、局长说。

育"苗子"，培养学校"设计师"

近年来，天水市教育局通过岗位历练、跟岗学习、专业孵化、高端研修和梯度培养等举措，打开了管理队伍个体成长的通道。

天水市教育局机关近3年率先安排60名基层中青年干部跟岗培训，经过至少一年的岗位历练，其行政和学校管理的能力、工作效率明显提升，目前已有11人被提拔使用。

除此之外，近3年来和浙江师范大学举办的中小学骨干校长高级研修班国培项目共培训中小学骨干校长365名，通过"菜单式"高端研修促进书记、校长治校能力提升。

"选好人是基础，培养人是关键，通过打提前量，育好'苗子'，有效破解了学校领导班子年龄断茬等问题，学校发展充满生机和活力。"天水市教育局党组书记说。

树标杆，打造学校"领航者"

近年来，天水市教育局通过建立名校长工作室、举办校长沙龙等措施树立正面典型，扩大名校长的引领示范效应，带动全市教育事业发展。目前全市建立名校长和陇原名师工作室6个，有6名校长列入陇原名校长培养计划。

天水市八成以上学校分布在农村，为了抬升"谷底"，市教育局鼓励名校长工作重心下沉，帮助农村薄弱校增强自我"造血"能力。教育部名校长领航工程杨德科校长工作室于2018年挂牌成立，由秦安县第二小学校长杨德科担任主持人。近年来，工作室坚持开展区域学校发展与规划、课题研究与开发、校本培训与拓展、学校内涵与特色发展等工作，为陇城教育园区"园区＋走教"的模式等重点改革贡献了专业智慧。

　　杨虎成是杨德科校长工作室的成员，去年由秦安县第三小学副校长提拔为西川镇中心小学校长。他和班子成员充分挖掘学校办学潜力，在原有26个社团的基础上，依托乡村少年宫新开设了机器人、人工编程、航模等科创类社团，并利用学校的两大劳动基地组织开展劳动实践活动。

　　天水市教育局有关负责人表示："下一步将不断完善书记、校长培养成长机制，全面提升学校现代化管理水平，促进各类教育高质量发展。"

　　（《中国教育报》2023年11月25日第3版）

　　　　　　　　　　　　　　　　　　　守望教育的灯火

甘谷县康庄路初级中学实现华丽转身

三年间在校学生增加 700 人，校园鲜花盛开，书声琅琅，教学质量名列全县前茅，成为一座难求的名校……甘谷县康庄路初级中学在近似二次曲线式的轨迹中实现了华丽转变，成为老百姓家门口的一所优质学校。

几年前，因为学校要新建，诸多家长怕耽误学习把孩子转到其他学校，在校学生人数减到 1560 人，学生外转让老师失去了信心，伤了学校的发展元气。在这种背景下，2019 年 12 月作为新一任的校长张光亭走马上任，"张校长来后整章建制，规范管理，关心教师，大家心齐气顺，开展丰富多彩的活动，学校发展有了活力。"甘谷县康庄路初级中学副校长梁官儒一语道出了学校变化的缘由。

管理之变　由粗放到规范的变轨

张光亭于 1994 年参加工作，先后在甘谷县第六中学、甘谷县新兴中学管理岗位上工作多年。他上任后，带领学校新一届领导班子做的第一件事就是明晰发展思路，完善学校管理制度，构建学校中长期发展的目标体系。新班子确立了"办甘谷人家门口的好学校"的愿景和"康健身心、中正德行"的校训，提出了"三年变成规范学校，五年变成示范学校"的奋斗目标。

当初班级的生源布局不尽合理，不仅挫伤教师的积极性，而且阻碍学生的发展，于是班子经过研究讨论决定，对三个年级学生从学业基础、性别、地域等多方面调查后重新分班，这一做法得到了家长和老师的赞同。

"要办好一所学校，校长每天手头的事务千头万绪，但最重要的是落实'细'和'实'两个字，教师对学校新的管理制度经历了被动接受到主动适应的过程，工作的执行力明显增强。"张光亭说。

该校现任领导班子成员平均年龄46岁，为了发挥每个人的长处，保证各项管理制度落地生根，班子成员每天早上7：00准时在校门迎接学生入校，陪学生一起跑操，没有会议不出校门，有急事须趁上操或课间活动碰头商量决定，不再开会决定。班子成员全部下沉每人包抓一个年级，到一线带课并参与教研和学生社团活动。学校规定班主任和任课教师每学期不少于8次家访，全面掌握每一位学生的爱好特长、家庭情况、学业成绩、朋友交往、校外活动等情况。大家共同管理学生，研究教学工作，彼此拧成一股绳，共同为学校谋发展。

张光亭倡导组织举办"校长教师读书会""读书分享会""全民阅读月"等活动，师生的阅读兴趣逐步被激发起来。他还在每年春节用钢笔给师生手写新年致辞，感谢师生和家长对学校工作的支持。

"收到校长的新年致辞，内心有一种说不出的感动，手写致辞不仅表达了校长对教师的真诚祝福，更是对全校教师的尊重和期待。"老教师王世明深情地说。

教学之变 从不情愿到争先创优的变局

甘谷县康庄路初级中学正式成立于1998年，2017年秋迁到现在的新校址。目前，教师队伍相对稳定，平均年龄47岁，其中50岁以上的教师65人，在本校连续工作20年以上的教师占六成。除了年龄老化，加之大部分教师的第一学历是大专，因而教师队伍出现职业倦怠、教学活力不足的现象。

起初，多数教师对领导安排的任务落实效果不好，教师缺乏团队

守望教育的灯火

精神，张光亭下的"第一步棋"是推行刚柔相济的管理制度。首先主抓评优选先、职称晋升等关系教师切身利益的事，坚持公开透明、公平公正的原则；在出勤管理上，保证教师工作和家庭两不误，允许哺乳期的教师上完课休哺乳假，督促老教师按时去医院检查身体，教师若家中有事或患病，学校领导第一时间前去看望，特殊情形请假不扣教师绩效工资。这一系列人性化的管理措施不仅让青年教师看到了希望，而且让老教师收获了满满的幸福感，如今老教师们每周平均课时量达 12 节。

老教师张凤兰是语文组的骨干，做了手术在家疗养，学校领导到家里看望时她几次要求回学校上课，校领导担心她还没有完全康复建议她继续休息，但过了几天她便回校上班。"我心里一直惦记着班上的学生，在家里憋得很，不能因为我的小病耽误了学生的学业。"张凤兰说起学生时眼中有光。

只有把每位教师都放到能发光发热的岗位上，人人有事干，而且爱干事、会干事，才能提高办学质量，办好学校。

近年来，学校将促进中青年教师专业成长提上日程，组织全校教师在线观摩了成都七中及成都七中育才学校举办的教育教学研讨活动，实施"青蓝工程"，举办青年教师教学技能大奖赛、同课异构、作业设计大赛等活动，采取"走出去＋请进来"模式开展跨区域联合教研活动。以上提升教师能力举措的实施，使学校涌现出了一大批师德高尚、业务精湛的优秀教师。

采取推门听课、岗位练兵的办法提升教师的整体教学水平，是张光亭下的"第二步棋"。三年多的时间，他先后听遍了学校每位教师的课，每一节课都有分析、有点评，有空就和年级组的教师分析学情，讨论教学中存在的问题，了解集体备课的情况，查看教师的教学反思，给教师搭建全方位的成长平台。

"因为几年没带课，校长突然让我带课，我的内心既高兴又感觉压力大。于是我经常和学生沟通，征求学生和家长的意见，虚心向老教师请教班级管理经验，校长听课后鼓励说让我头抬起，声音再大点，课讲得很好，经过一轮教学的磨炼，我慢慢有了勇气和底气。"李文霞坦言带课是她人生的一个新起点。

李文霞是计算机专业毕业的，起初任机房管理员，没带课，张光亭觉得长期不带课对李文霞个人成长不利，于是动员她带七年级数学课。三年后，她所带班的生均成绩很高，2021年她荣获县级"园丁奖"，2022年晋升了职称。

学生之变　从关注成绩向全面发展的转变

每天早上，康庄路初级中学的早操成为一道亮丽的风景线。操场上，清脆的哨音引导师生列队跑步，队旗迎风招展，人人精神饱满，步伐铿锵有力。早操后，跳绳、坐位体前屈、立定跳远、引体向上、仰卧起坐等单项体育活动纷纷展开，训练学生的速度、力量、弹跳和灵敏等身体素质，这是在"双减"背景下学校普及阳光体育运动的一项重要内容，不仅激发了学生喜欢体育运动的热情，而且大大提升了学校师生的精气神。

学校坚持"健康第一"教育理念，不断深化体教融合，使学校体育成为强健学生体魄和完善学生人格的重要载体。合理安排学生校内、校外体育活动时间，全面落实每天"两操一活动"制度，积极指导学生掌握跑、跳、投等基本技能，熟悉球类、田径以及体操、武术等运动方式方法，帮助学生掌握1项或2项体育技能，促进学生养成体育健身意识和终身运动习惯，全校90%以上的学生达到《国家学生体质测试健康标准》合格以上等级，40%以上的学生达到良好以上等级。

如今，康庄路初级中学的学生上下学时，或是手拿乒乓球拍、羽毛球拍，或是怀抱篮球、足球，体育运动的热情日益高涨。学校组建

　　　　　　　　　　　　守望教育的灯火

起了科技制作、文艺体育、学科探究类的社团 17 个，其中精品社团 10 个。社团活动的扎实开展，不仅发展了学生特长兴趣，促进学生全面发展，还提升了学校的办学品质。2023 年学校为县内优质高中输送了 20 多名优秀的体育艺术类特长生，多名学生在市县教育系统书法绘画比赛中获奖。学校足球队荣获"市长杯"初中女子足球比赛二等奖，创客社团队荣获 2023 年全市第三届中小学生"浪潮杯"科创大赛创意智造项目一等奖。

康庄路初级中学的涂鸦美术社团小有名气。涂鸦美术社团现有成员 42 人，由专业美术教师刘军平辅导，每周四下午上社团课，当学生绘画技能达到一定水平时教师指导他们从事美术创作。社团每学期举办绘画比赛、美术作品展览、名画知识抢答赛等活动，为学生提供展示才艺的舞台。涂鸦美术社团成立至今，成员多次在市、县各项美术比赛中获得佳绩。

九年级（12）班的王詠是校园里的"小明星"。她担任班长，学习成绩优秀，钢琴已达到社会艺术十级水平，曾参加"一带一路·星耀陇原"甘肃省少儿才艺大赛钢琴比赛并获得甘谷县赛区金奖。"我非常喜欢钢琴，每天完成作业后弹一曲很过瘾，多次参加校外才艺比赛，不但开阔了眼界，而且促进了学习。"王詠的话语中饱含自信。

"以前，学校教学任务压力大，活动相对较少，结果师生的负担越来越重，师生的自信心始终树不起来。"张光亭说，"如今，学校做各项活动的'加法'，不仅培养了学生的阳光心态，释放了学习压力，教学效果明显增强，给学校教育教学工作注入了新的生机与活力。"

（《甘肃教育》2024 年第 3 期）

天水打造"园丁新样态"：
教师队伍托起教育新梦想

　　"18 岁站上讲台时，立志要'做一辈子老师'，26 年来，认真上好每一节课，用心对待每一位家长，用爱温暖每一位学生，努力让自己变得更加优秀成熟。经过多年的精耕细作，我已从一名青涩的普通教师成长为优秀教师，感到无比自豪。"前不久，天水市武山县渭北初级中学优秀教师代表周红艳分享自己的成长故事。

　　1985 年，天水实行市管县体制，四十年来，天水主政官员把教育摆在优先发展战略地位，不断优化教师队伍结构，全市教师队伍的数量和学历结构发生了巨大变化。截至目前，全市幼儿园和中小学教师队伍总数达到 4.77 万人，幼儿园和中小学专任教师的学历合格率均达到 100%，年龄、学科结构也得到优化。

　　在近四十年的发展历程中，该市把强化教师队伍作为加快教育事业快速发展的重要抓手，不断提高教师的整体素质，教师队伍的活力也不断迸发。仅近两年就培训教师 1.3 万人，补充招聘教师 1621 人，组建"组团式"帮扶团队 14 个，秦安职专帮扶团队去年被中宣部、教育部表彰为"最美团队"。

　　"拥有一支优秀教师团队是甘谷一中最大的底气，也是最亮眼的'金字招牌'。"甘谷县一中党委书记张贤说。

　　该校全体教师按照学校"三零六带十二抓一融合"的工作要求，精研学情、精细备课、精彩授课、精心批阅、精准辅导，推行"高一抓养成，高二抓内涵，高三抓提升，全员抓管理，全校抓质量"的分级管理模式，聚焦课堂改革，推进新高考研究，教学质量逐年提升，跻身全市同类学校前列。

和周红艳一样，秦安县兴丰镇中心小学刘兰芳18年前同样被分配到一所农村小学任教。农村学校留守儿童多，父母常年在外打工。每周二的课外活动时间，安排学生与家长电话交流自己近期的学习生活。她还定期开展家访活动，在孩子过生日的时候都会给他们准备一些小礼物，写上老师真诚的祝福和鼓励。刘兰芳说："除教文化课外，经常带孩子们一起跳舞、唱歌、玩游戏，我的加入，偏僻的山村学校生活有了歌声和欢笑，生机与欢乐。"

据悉，天水市现有陇原名师、名班主任、名校长13名，有省、市级骨干教师和学科带头人2893名。通过传、帮、带、导、提、教等多种途径，拓宽了青年教师的成长空间，教师个体的成长也转化为推动教育事业发展的强大动能。

近年来，全市推行"名校办分校"、农村教育园区"走教"等模式，7所名校开办分校10所，建成农村教育园区6个，组建4个全学段市级联盟共同体，促进了优质教育教学资源共分享、同提升。

随着城镇化步伐的加快和人口出生率的下降，农村学校生源逐年减少，但如何守住乡村学校、教好学生仍然是乡村教师的初心使命。一大批中青年教师从老教师手中接过"接力棒"，继续奔跑在乡村教育的新赛道上。

甘谷县古坡镇古坡学校教师魏振军出身于农村家庭，古坡学校也是他的母校，大学毕业后参加特岗教师招聘被分配到母校任教，一待就是15年，今年获得甘肃省"园丁奖"。

据魏振军回忆，当年的班主任和教英语的王老师给自己留下了深刻的印象，刚进入初中英语从零开始，王老师不仅让自己喜欢上了英语，而且还辅导他的数学、语文等科目，王老师在中午、下午大课间不厌其烦地讲题解题，学生成绩提升很快。

"我的成长离不开老师的鼓励和帮助，如今自己当了老师，也就要用心用情教好自己的学生，让更多的孩子通过学习走出大山实现他们的梦想。"魏振军如是说。

在激励广大教师和教育工作者扎根教育、无私奉献的同时，天水官方投入优先保障，在全社会营造了尊师重教的浓厚氛围。如今，全市建成乡村教师周转宿舍1635套，评优选先、职称晋升等坚持向一线教师倾斜，通过提高教师待遇吸引并留住优秀人才，激发了广大教师教书育人的积极性。

"有事找学校"已在甘谷县一中成为不成文的规定，学校班子成员倾心为教师解决子女上学、老人就医、婚丧嫁娶等急难愁盼之事，解除其后顾之忧。学校成为教师的工作生活的"主心骨"，关怀成为全体教师精诚团结，上下同欲，陶铸高尚师德，躬耕本职工作，以真心回应暖心，用行动回报关爱，全面助推了学校高质量发展。

武和平老师年近退休，工作38个年头，既带英语课又当班主任，多次获得市、县、学校各级表彰奖励，为了给学生做好示范，无论遇到什么情况，他从来不迟到，每天早上陪着学生跑操，向英语教研组年轻教师经常请教交流，他感觉在学校工作很开心，一定要站好最后一班岗。

张家川回族自治县制定优惠政策，近两年全县教育系统通过校园招聘和集中引才的方式引进急需紧缺学科教师62名，引进10名公费师范毕业生，给5名硕士研究生共落实住房补贴16万元。通过引进高层次人才，使教育人才结构、人才发展环境得到明显优化，人才布局趋于合理。

（中新网甘肃新闻2024年9月30日）

　　　　　　　　　　　　守望教育的灯火

行走的思政课有形更有味

——甘肃天水创新方法手段，提升思政教育铸魂育人实效

"砰！"随着一声清脆的法槌声响起，审判长表情严肃地宣布"现在开庭"，公诉人、书记员、辩护人有序进入审判程序……甘肃省天水市逸夫实验中学举办的"模拟法庭"，以真实的交通肇事案改编典型案例，通过模拟庄严的审判场景，让学生零距离了解到案件的审判流程，也深刻体会到法律的神圣与威严。

近年来，天水市教育系统紧紧围绕落实立德树人根本任务，通过建强队伍、盘活资源、创新活动载体等，不断丰富思政教育的"动感"元素，让行走的思政课有形更有味。

找准抓手，建强思政课的网络"基站"

据了解，天水市卫生学校探索实践"医德＋医技"融合育人模式，通过组织医疗小分队到社区、敬老院、儿童福利院为特殊群体提供康养、医疗志愿服务等活动，引导学生争做救死扶伤、守护生命健康的白衣天使。这是该市建强思政课的"基站"、促进思政课程和课程思政融合的典型代表。

据了解，该市近五年补充专业思政课教师181名，打造思政课名师工作室25个，各名师工作室牵头组织开展网上备课、热点问题研讨、连片教研等活动，累计110余项省、市级党的建设创新理论课题立项，评选出精品思政课229节、优秀论文及案例148篇，思政课教师的能力水平明显提升。

相对于学校教室里上的思政课，田间地头的思政课更加鲜活生动。

日前，秦安县莲花镇好地中学的 26 名师生到吴湾村冬小麦种植基地和村民一起收割小麦。而在不远处的地头，收割机同时在收割麦子，机器的轰鸣声与学生们的劳动号子交织在一起，仿佛奏响了一曲农业发展的交响曲。

"为了进一步凸显大思政课的影响力，我们加快扩建基层学校思政课的'基站'，让思政课的触角向基层、向农村学校延伸，让思政课教师通过看得见、摸得着的鲜活案例，用小故事诠释大道理，以小视角呈现大主题。"天水市教育局党组书记道出了基层学校办好思政课的思路。

盘活资源，放大思政课的功能"信号"

武山红军小学地处鸳鸯镇，该镇有费家山毛泽东宿营地等 3 处红色文化遗址，该校挖掘当地红色资源，用红色教育点亮少年儿童信仰之光，在寓教于乐中传承红色基因、赓续红色血脉。

天水市旅游资源丰富，境内有各类历史古迹 1802 处，其中已命名的爱国主义教育基地 34 个。充分盘活区域内的思政资源，也是天水市教育系统加强思政课建设的重大举措。

在武山红军小学的红色记忆馆里，陈列的军旗、军号、马灯、雨伞、钱币等成为红色教育的"活化石"，其中 7 件文物是退休老教师杨兴胜捐赠给学校的。"这些东西放在家里是文物，送给学校就是教材。实物展示和相关讲解能潜移默化地教育学生。"杨兴胜从 2004 年开始搜集红军长征期间散落在民间的红色文物，达 40 多件。杨兴胜还走访了 8 位红军后代，用诗歌编写了 10 个红军故事。

麦积区检察院的检察官付文婷近几年一直奔走在预防未成年人犯罪路上，她进学校、进社区、进家庭开展帮扶教育近千次，同时以办理的真实案件为素材，组织拍摄了《一个青春少年的自述》《爱的救赎》

守望教育的灯火

《降龙》等多部微电影，并将拍摄的微电影刻录成 60 多张光盘发放给辖区所有中小学，增强未成年人守法和自护的意识。

创新载体，激活学生的情感"密码"

张家川回族自治县中小学有在校学生 4.88 万人，其中回族学生占 72.42%。近两年，该县把铸牢中华民族共同体意识作为强化思政课的创新点，将民族团结浸润到学生成长的过程中。如该县新建小学打造校本课程、社团课程、主题课程、节会课程、研学课程五大课程，还编排涵盖武术等文化元素的大课间操，一周一主题的国旗下演讲也成为该校思政课的品牌。

近年来，天水市教育系统坚持创新方法手段，推动思政课走稳走实，通过生动鲜活的实践体验使爱国主义教育接地气、有生气、聚人气。

和新建小学一样，张川镇中心小学和天津市泰达一小举办了一次云上端午交流活动。两校学生一起包粽子、吃粽子，还制作了精美的香囊和龙舟，把满满的祝福装在里面。该校五年级（3）班学生汪云凯说："当我把亲手做的香囊送给天津的老师时，他们脸上的笑容让我心里暖暖的，希望以后还能有更多这样的机会交流。"

"铸魂育人是百年大计，任重而道远。今后还将结合天水实际，进一步拓展新思路，学习借鉴外地的好经验，在突破难点、补齐短板上寻找新的突破点，努力推动全市学校思政课建设内涵式、高质量发展。"天水市教育局有关负责人说。

（《中国教育报》2024 年 10 月 14 日第 3 版）

滋养孩子身上优秀的种子

今年秋季，对于清水县第二幼儿园来说是一个收获季，该园不仅迎来了 186 名新幼儿入园，而且被评为 2024 年全国教育系统先进集体。

近年来，清水县二幼以"发现并滋养孩子身上优秀的种子"为办园宗旨，坚持"汲取传统文化之养，做有根有魂的幼儿教育"的理念，充分发挥省级示范性幼儿园的引领示范作用，遵循自然本真、顺应天性的规律，不断推进"幼有善育"的实践探索，让孩子在优质的沃土里成长为最好的自己。

强师之道，搭建教师团队成长的阶梯

清水县二幼现有教职工 41 人，其中党员教师 15 人，占教职工总数的 36.6%。该园始终把强党建作为推进幼儿园科学保教工作的强力引擎，结合园所地域和保教实际创设"柿园锦向"党建品牌，15 名党员教师都在教学和管理一线做示范、聚合力，促进幼儿园内涵发展，提升办园品质。

该园教师团队女教师多、青年教师多，为了发挥"传、帮、带"的作用，除推行"师带徒"制度外，还安排青年教师对全园教师进行普通话、舞蹈、声乐、琴法、美术、篮球、足球等技能培训，定期开展形式多样的业务观摩、教学研讨等活动，促进了教师队伍的迅速成长，一批具有管理能力的优秀人才也脱颖而出，清水县城区 6 所幼儿园的 30 名领导班子成员中，有 18 人都是在清水县二幼成长起来的。

为了提升教师的保教保育水平，该园推出了"请进来讲、走出去学、静下心读、沉下身研、扶上台赛、推上前说"六大举措，打造"全能型"教师队伍，全面提升教师的专业技能。

"要提升教师的专业能力，关键在压担子、指路子、出点子，让教师个体在历练中成长。"清水县二幼党支部书记、园长刘丽娟说。

园领导根据每个人的专业特长，在帮助制定个人特长发展规划的基础上，给中青年教师给任务、压担子，有针对性地适时安排青年教师负责大型活动，负责教师先拿出方案，园里领导和中层集体听老师的方案展示后，大家对实施过程的不足之处提出建议，尤其对关键细节进行打磨，不仅确保了活动的零失误，而且增强了负责教师的自信心和成就感。

青年美术教师王红霞就是其中的佼佼者。她痴爱美术，负责教师美术专业能力提升培训，潜心打造幼儿国画艺术的品牌。"园领导给我们教师搭建起了展示自我的平台，对大家十分信任，放手去干，每个人都有自我提升的空间和激情，同事之间开展'兵练兵'，合作意识很强。"王红霞高兴地说，大家都在做自己感兴趣的事，享受工作的成功与乐趣，并且在各自岗位上能出彩。

该园在注重自身发展的同时，充分发挥省级示范性幼儿园的辐射带动作用，不断放大优质幼儿园的示范效应，先后培训清水县乡镇教师600余人次，尤其是与临夏州积石山县徐扈家乡学区杨王家幼儿园、秦安县莲花镇中心幼儿园、秦安县兴国镇民办智慧树幼儿园，建立了城乡学前教育共同体，通过上门送教、培训指导，线上交流、同频教研等开展各项交流互助帮扶活动；曾承担天水师院、陇东学院、天水农校等多所院校500多名大学生见习观摩；教师下沉社区举办"亲子早教知识讲座"，对社区0—3岁婴幼儿及其看护人员进行早教指导，让家长全面关注婴幼儿的成长过程和身心发展规律，推进幼儿园早教工作和学前教育的系统性。

育人之道，打造孩子健康快乐的温馨港湾

"老百姓喜欢幼儿园的热情就是对我们最大的信任。"刘丽娟坦言，幼儿园最大的变化并不仅仅是办园条件好了，而是办园理念的转变和保教保育方法的变化。

近年来，该园实施"管理就是服务"和民主、规范的"人文管理"，以及"包级包组"的全员育人管理网络，形成安全、卫生和保教工作"个个上心、人人上手"的良好局面。

蒲春燕是一名青年党员教师，一直当班主任并担任大型活动的主持人，她带班的秘诀可概括为"关爱、体贴、共情、细腻"八个字，家长和孩子都想进她的班。上学期，有一位家长有事，想把孩子托付给蒲春燕，她欣然答应，把孩子带到家里看着吃饭、洗澡，和自家的孩子一起玩，晚上陪着孩子一起睡，过得十分开心，直到孩子妈妈回来才送回家。"家长喜欢是因为我真心诚意对孩子好，想当一名优秀的幼儿园老师，首先应该是一位好妈妈。"蒲春燕对当好班主任有独到的见解。

发现每一个孩子身上的闪光点，让他们在快乐中健康成长也是清水县二幼的办园初衷。

每年的中秋节，该园都会举办一次"中秋大团圆"活动，各班的老师布置教室，自费购买月饼、糖果和时令水果，早早地迎接"嘉宾"的来访，"嘉宾"不是外人，正是上学期毕业的"宝宝们"重回幼儿园来一次大团圆，宝宝给老师一个拥抱，老师和宝宝们做游戏，唱歌跳舞、讲故事，重拾快乐时光。

该园副园长邵幼萍告诉记者，园里特别重视幼小衔接，提前通过绘画、手工制作、游戏等对孩子手腕的训练，做好小学识字教学的准备；通过平行班的穿插活动做好小学交流互动的准备；通过亲子绘本阅读做好小学阅读教学的准备。从园长到班主任，家长群一直保存着，随

时解答家长的困惑，共同探讨育人之道。通过幼小衔接的"双向奔赴"，在课程更新、走进小学、家长培训等活动中，让家长孩子做好充足的准备，为顺利进入小学奠定基础。

创新之道，擦亮特色办园的"金"字品牌

近年来，清水县二幼不断挖掘潜力，激发改革创新的内生动力，幼儿园步入了发展快车道。先后获得"甘肃省示范学校食堂""甘肃省巾帼文明岗""甘肃省新时代语言文字示范校""天水市文明单位""天水市家长示范学校"等荣誉称号，有80多人次获得县级以上奖励。

该园的"依食而养，借食而育"食育课程和"墨锦之约·了不起的水墨画"艺术课程就是最好的印证。

食育园本课程是根据清水县的轩辕文化、传统饮食文化、季节特征等民俗风情构建起的食育课程体系，推行以食趣、食操、食知、食礼、食艺为核心的基本食育实践模式，通过日常饮食习惯培养、食育主题探究、户外农耕体验以及家园互动等活动，让孩子直接感知、亲身体验、动手操作，学习饮食礼仪、传承饮食文化、感知食物魅力、均衡膳食营养，培养其热爱生命、珍惜食物、感恩劳动的情感。

"墨锦之约·了不起的水墨画"是该园在艺术领域开发的精品课程。今年4月底，园里举办了"国色·墨锦醒邦城"艺术教育成果展，展出幼儿水墨艺术作品2000余件，吸引线下5000余人参观，线上浏览量3.7万人次，被几家媒体争相报道。

举办这期画展，就是让孩子们在绚烂而平淡、宁静而活泼的墨锦世界里，感受到中华传统文化的博大精深，民族自豪感油然而生，文化自信心更加坚定。"刘丽娟对孩子们的出色表现感到自豪。

（《甘肃教育报》2024年9月21日第5版）

从"真问题"到"真解决"

——甘肃天水开辟科学教育新赛道

在刚刚结束的 2024 年全国青少年人工智能创新实践交流展示活动中，甘肃省天水市甘谷县丁桐等 4 名学生的人工智能"AI 交互设计"作品均荣获全国"三星卓越"荣誉称号。

频频得奖的背后，印证了天水市中小学生开展科技创新的成果。近年来，天水市以科技创新为切口、强化训练为抓手、举办大赛为助推器，努力构建全链条融合、全学段贯通、多主体协同的科学教育大格局。

开展科技体验，激发学生爱科学的兴趣

甘谷县是辣椒种植基地，但生产成本高、产量低、体力劳动量大等成为困扰椒农的问题，甘谷县模范初中"周末共享科创社团"成员在开展辣椒产业主题调研的基础上，自主设计制作出"甘谷辣椒订单式智能种植大棚"智能模型，拟实现自动浇水、自动降温、温湿度监测、自动补光等功能，不仅有望解放椒农的生产力，而且可保证菜品质量。

这是天水市坚持开展丰富的科技体验活动，激发学生爱科学、学科学的激情的一个缩影。

天水市坚持"请进来"和"走出去"的双向互动。市教育局和市科协组织开展"科学家精神进校园"、流动科技馆、科普大篷车、科技节等活动。近三年，科普大篷车走进 181 所学校，参与师生 19.3 万人次。

为让学生"走出去"参与科学交流，天水市引导各学校组织学生前

往科学教育场馆、工厂、智慧农业园区等进行体验。天水市科技馆还设置儿童展区、青少年展区展出 13 大类 76 项 160 件作品，每年接待上万名中小学生参观体验。

以赛促学促练，提升整体水平

甘谷县新兴小学是天水市首批"人工智能教育示范校"，学校开设了创客、编程、机器人教学、分组实验、家教课堂等多个领域的课程，学校还开启科技创新实践基地开放共享模式，为周边学校培训教师、开展校际间比赛，促进科技创新教育"覆盖面"向"受益面"转变。

为加快中小学科技创新的深入推进，天水市坚持标杆校引领，创建市级"人工智能教育示范校"21 所，引领形成参赛项目"一校一品一特色"的新格局。

不仅如此，天水市还建立市、县、校三级竞赛选拔机制，市、县（区）每年都要举办创客暨人工智能编程大赛。天水市在大赛中设立人工智能"农村专项组"，鼓励农村和城市中小学生同台竞技，给农村学校师生搭建了历练展示的舞台。

秦州区建立起名校带弱校、城区学校带农村学校、获奖学校带入门学校的三级联动机制，由帮扶学校指导操作体验、同步制作、抢答竞赛等活动。

秦州区藉口镇藉口中心小学和天水市第三中学结成帮扶联盟，辅导教师带学生到天水市第三中学"创客"室观摩、演练，模拟比赛，开展的"扣叮机器人项目"一路"杀"进区、市、省大赛，并在昆明举办的 2024 年世界机器人大赛锦标赛上斩获该项目二等奖。

强化平时训练，培养学生创新思维

建设路第三小学的创新发明社团坚持让学生在日常生活的问题中

生成搞小发明的思路。发明社团的成员刘泽阳上街看到环卫工人用小铲刀铲墙面小广告很费劲，于是每天晚上在家"捣鼓"，发明的"墙面纸质小广告便携式清除机"获得省级科技创新一等奖。

"'真问题'是科技创新的起点，'真解决'是科技创新实践的落点。教师通过创设与现实生活紧密相关的真实的、复杂性问题情境，让学生置身问题场景，增强参与感和投入度，为他们解决问题赋能。"秦安县第一中学辅导教师魏鹏飞说。

为扩大全市学校科技创新活动的普及面，天水市教育局近三年累计建成70间人工智能"创客"教育实验室、20个人工智能"创客"名师工作室，培训2500名中小学校长和教师，全市60%以上的乡镇学校都建立了"创客"编程社团，开展科技创新教育的学校达到232所，受益学生4.04万人。

在天水市建设路第三小学的科技馆里，每天下午第二节课后就格外热闹，学生们按照自己的爱好自愿进入未来"创客"社团、智能机器人社团、创新发明社团、微型机床作坊等社团开展活动。2007年成立的全市首家智能机器人社团就是天水市建设路第三小学的"王牌军"，先后12次在10个城市参加国家、省级比赛，两次获得世界机器人大赛国家二等奖。

"通过开展科技创新教育活动，广大学生享受了科学创新的乐趣，在动手实践中得到了锻炼，在锻炼中学会了创新，在创新中快乐成长，这也大大激发了基层学校的创新动力，助力学校特色发展。"天水市教育局党组书记、局长说。

（《中国教育报》2024 年 12 月 23 日第 3 版）

挖掘地方特色资源推进区域实践育人落地

近年来，甘肃省天水市聚焦落实立德树人根本任务，通过挖掘红色资源精神内涵、探索劳动实践机制、提升研学旅行品质等，开展全员全程全方位的实践育人活动，全面提升学生的实践能力和综合素养，培养德智体美劳全面发展的社会主义建设者和接班人。

一、深入挖掘红色资源精神内涵，厚植爱国情怀

一直以来，天水把红色资源作为传承红色基因的"活"教材，不断挖掘本地红色资源的精神内涵，让广大学生通过浸润式、体验式红色教育实践，厚植爱国情怀。

（一）用活本土红色资源，打牢中国底色

天水现有75个爱国主义教育基地，包括武山县费家山毛泽东长征宿营地、红军长征强渡渭河纪念馆、邓宝珊将军纪念馆等。另外，与相关部门联手创建"大思政课"实践教学基地19个，开发红色研学线路20余条。一些学校创建校史馆、红色记忆馆、天水大革命历史纪念馆铁路分馆等校内场域资源，形成立体多维的红色教育资源库。

天水坚持用好用活红色资源，不断研发红色教育素材，丰富教育内容。各学校依托红色研学基地，每年至少开展1—2次红色研学活动，做到有主题、有方案、有内容、有总结，充分挖掘红色资源的精神内涵，让红色教育基地成为学生听得懂、看得见、摸得着、学得好的"活"教材，在沉浸式、体验式活动中接受红色文化熏陶，传承红色

基因，真正让红色资源以喜闻乐见的方式走进学生内心，厚植爱党、爱国、爱社会主义的情怀。

（二）加强思政课教师队伍建设，开发红色教育课程

一是建强思政课教师队伍。天水有效整合高校思政课教师资源，建立大中小学思政课一体化建设共同体，以特级教师、陇原名师、思政课名师等为主体建立中小学思政课骨干团队，开展教研培训、巡讲送教、教学研究等。建成 25 个市级思政课名师工作室，组织思政课教师线上线下集体备课、思政课教师教学竞赛等，评选表彰一批优秀思政课教师，提升思政课教师队伍的整体水平，为开展红色教育提供有力保障。

二是大力开发红色教育资源课程。各县（区）组织编写《红色教育读本》《革命前辈家教家风故事选编》《武山红色文化》等学生读本，开发红色实践课程。天水市博物馆与中小学校共同开发红色教育实践课程20 多节，为中小学培养 30 多名学生义务讲解员，每年接待上万名中小学生接受爱国主义教育。武山县鼓励学生深入挖掘县域红色基地教育资源的精神内涵，总结提炼出东梁渠精神，学生自主创编红色课间操、课本剧，排练红色戏曲、红色大合唱、红色故事会等，使红色教育更有温度、有力度、有向度。

（三）学校与红色教育基地双向互动

为充分发挥红色教育基地的引领作用，全市积极探索红色资源"请进来"与"走出去"的双向互动模式。请红色教育基地讲解员、老红军、老英雄走进学校，再现天水地区红军长征、抗日战争的历史场景，讲述抗美援朝等英勇悲壮的革命故事，让学生在红色场域中接受精神洗礼，汲取榜样力量，激发学生内心深处的爱国热情。"走出去"是学校根据学生需求确定教育主题和活动内容，设计活动课程。比如，在红色基地举办主题班会队会、成人礼等，指导学生现场搭建红船模型、制作草鞋等，实现红色教育活动互通、资源共享、校内外结合、全学段贯通、多

主体协同发力。

二、完善劳动教育机制，培养学生劳动素养

天水落实《义务教育劳动课程标准（2022年版）》要求，将劳动教育纳入人才培养全过程，印发《关于全面加强新时代中小学劳动实践教育的若干措施》，以完善优化中小学劳动实践机制为抓手，搭建学生实践锻炼平台，有效提升学生的劳动素养，促进学生全面发展和健康成长。

（一）建立劳动场馆，保障劳动时间

一是重视劳动场馆建设。建立以县区为主、政府统筹规划配置中小学劳动教育资源的机制。要求各中小学校建设1间劳动实践室，有条件的学校开发种植养殖区域，种植果蔬、饲养动物，拓展学生课外绿化养护、图书整理、食堂保洁等劳动空间。近三年全市共创建1个省级劳动教育实践基地、18个市级劳动教育实践基地，清水县政府一次性划拨连片土地15亩为10所学校建设劳动实践基地，各学校协调确定统一的劳动时间，形成了学校、班级、学生之间劳动竞赛交流的壮观场面。为了让学生在不同的场所获得不同的体验，麦积区龙园小学把劳动实践基地分为种植园、美术创意园、塑料大棚智慧园三个部分，学生自主试种粮食作物、花卉、蔬菜等，开发农产品创意美术作品，培养学生的劳动技能，形成了作物种植、管理、收获、加工的产业链条。

二是确保劳动时间。在开齐开足劳动课程的基础上，对中小学生每周的课外劳动和家庭生活劳动时间作出明确要求。1—2年级每周不少于2小时，主要开展卫生打扫、校园绿化美化、图书及房间整理等日常生活劳动。3年级以上每周不少于3小时，分别参加生产劳动和服务性劳动，组织学生深入田间地头、工厂车间动手实践，每个学生每年有针对性地掌握1—2项生活技能，学校每年设立以集体劳动内容为主的劳动周，举办一次校园劳动节、一次校园丰收节，培养学生正确的劳动

价值观和良好的劳动品质。

（二）构建与地方产业高度契合的劳动课程体系

天水是一个融现代智慧农业、机械制造业、电子应用为一体的西部城市。为发挥区域产业优势，学校有针对性地开发与地方支柱产业高度契合的"一校一品""劳动+"课程，主干课程分为劳动教育课和劳动实践课，劳动教育课主要包括劳动技能培训、劳动习惯教育等，同时适当传授工业、农业、机械制造等方面的劳动知识，为学生开展校外劳动实践做准备。劳动实践课则让学生走进工厂车间、田间地头进行实践体验，由专业技术人员、劳动模范、乡土人才、陇原工匠等现场指导，让学生在动手实践中体验多样化的劳动形式和劳动业态，培养学生的劳动观念和工匠精神。

（三）多种方式提高劳动实践成效

一是探索劳动实践基地"五自"管理模式。劳动实践基地推行学生自己思、自己种、自己查（资料）、自己管、自己收的"五自"管理模式，实践基地以班级为单元，按照个体兴趣、能力、特长等把学生分成若干劳动互助小组，小组成员分别承担生长记录、观察、标本采集、病虫害防治、成本核算、收获分配等职责。在从播种到收获的过程中，学生根据整理汇总的数据分析、思考问题，结合所学知识研究解决问题的方案，形成班级报告，既总结经验也提出问题和建议，通过全流程参与和实践，把劳动体验转化为学生个体的劳动技能。

二是在劳动实践中提高学生解决现实问题的能力。劳动教育要从实践中来到实践中去，引导学生在劳动实践中运用所学知识解决实际问题。比如，甘谷县是辣椒种植基地，生产成本高、产量低、体力劳动量大等一直是困扰椒农的大问题，为此甘谷县模范初中"周末共享科创社团"学生在开展辣椒产业主题调研的基础上，自主设计制作"辣椒订单式智能种植大棚"智能模型，实现自动浇水、自动降温、温湿度监测、

　　　　　　　　　　　　　　守望教育的灯火

自动补光、棚膜自动收放、语音控制开关门、果实分类、网上销售等功能，不仅有望解放菜农的生产力，增加菜农收入，而且可以保证菜品质量，增加辣椒的产量。

三、中小学生广泛参与高品质研学旅行

2016 年，教育部等十一部门联合印发《关于推进中小学生研学旅行的意见》，天水市教育局等九部门制定《关于开展中小学生研学旅行工作的实施方案》，按照"去哪里、怎么走、学什么"的思路，构建研学示范基地建设、研学精品线路打造、精品研学课程开发"三位一体"的实施路径，逐步形成了市县联动、部门协作、家长参与、学校组织、社会支持的工作格局。

（一）做好中小学生研学旅行的顶层设计

天水坚持把研学旅行作为落实立德树人根本任务、全面提高教育质量的新途径，高度重视研学旅行的顶层设计，把全方位育人的理念贯穿始终，突出理想信念教育、爱国主义教育、革命传统教育、国情教育、劳动教育、科学教育等。

一是研学基地、线路和课程设计"三位一体"。天水是历史文化名城，具有丰富的文化遗产和深厚的历史底蕴。伏羲文化、大地湾文化、先秦文化、石窟文化、三国文化等"五大文化"，在八千年的文化积淀中，如同五颗璀璨的明珠镶嵌在历史的长河中，共同勾画了天水独特的城市气质。紧紧围绕传承弘扬"五大文化"这一主题，全市设立中小学生研学旅行基地 53 个，开发市级示范性研学旅行精品线路 11 条，研学线路设计充分体现"五大文化 + 红色文化 + 科普成果 + 自然生态"等要素，把红色教育、生态、人文、传承、创新的理念贯穿活动全过程。同时，全市开发教育性强、受学生欢迎的研学旅行精品课程 67 门，构建起全学段、全过程、全链条研学课程体系，保证研学地点、时间、课

程、人员的落实，提升研学旅行的效果和质量。

天水市博物馆为学校量身设计寒暑假课程、周末馆内研学课程、进校园课程、传统节日专题课程等，打造"我在天博修文物""竹木春秋""墨拓传情"等32节研学旅行精品课，深受师生喜爱。学校开发的"触摸历史古迹探源华夏脉络""从西秦岭到麦积山自然资源认知与历史文化体验"课程分别被评为第二批黄河流域精品研学课程和优秀研学课程。

二是突出研学重点，确保实现研学目标。学校基于学生可持续发展要求，制定长短期结合、学科融合、城乡各异的研学旅行目标，突出乡村田野调查、产业化调查、城乡建设调查、古民居调查、经济发展调查、非遗调查等，由学生自主设计研学主题、制定研学活动方案和研学目标。比如，逸夫实验中学开展"社区居住环境调查"，190多名学生先后用时35天制作了23个现代化小区沙盘模型，开发设计新社区，提高了学生发现问题、解决问题的能力，增强了学生对社会生活的参与意识。

（二）创新"研学+"模式，激发学生探究的内在动力

研学旅行是行走的课堂，是学、思、游的相互促进和深度融合，在实施过程中要充分调动学生参与的积极性，让其有获得感和成就感。

一是丰富研学旅行内容。为缩小城乡学校、大规模学校和小规模学校之间的差距，天水探索出"研学+思政课""研学+智慧农业""研学+文化""研学+拉练""研学+探究""研学+体验"等灵活多样的研学旅行模式，拓展学生探究、体验、创新的空间，让学生研有所进、学有所用、游有所得。比如，天水市一中探索创新"研学+文化""研学+探究""研学+体验"等模式，先后完成"天水古建筑—南北宅子的研究""天水古巷道实地调查报告""天水市水资源及污染调查报告"等十多个调查报告，培养了学生发现、质疑、探究的精神。

二是注重探究体验。聚焦课程核心素养，高度重视探究意识的培养，让学生在探究中增长见识、培养能力、滋养品格，使研学旅行效益

　　　　　　　　　　　　　　　　守望教育的灯火

最大化。比如，位于秦安县五营镇的大地湾遗址是一处距今8000年—4800年的史前文化遗址，出土了旱作农作物标本、彩陶、文字雏形、宫殿式建筑、混凝土地面和绘画等。秦安组织学生在大地湾遗址开展"研学＋探究"活动，以"彩陶"为重点，学生走进博物馆听、看、摸、思、悟，到河道、田间地头捡拾彩陶碎片，到陶艺馆观摩陶器制作。在此基础上，学校根据学生年龄特点确定探究主题，从陶器的种类、用途、形状、物理原理、花纹绘制、刻画符号、雕塑艺术等，延伸到旱作农作物标本、宫殿式建筑等，生成历史、艺术、科技、文化等知识链条，使研学旅行成为学生中长期研究的课题，学生从文献史料、学科知识、生活实践、传统民俗等方面找依据、寻结果、求答案，追寻古人的足迹持续不断探究先秦文化，从人类文明的起源与发展中领悟历史文化的重要意义。

（《人民教育》2025年第2期）

人物风采

梅花香自苦寒来

——全国优秀教师高秦生写真

普通手脚在骨骼中铸造钢铁 / 在血液中熔炼钢铁 / 在烈日下焊接品质 / 在炉火中添加血液 / 唯有收获记载了劳动者的欢乐与苦痛

——作者题记

高秦生这位地道的农家子弟扎根山区学校，以至真、至情、至善的劳动激情和如父如兄的育人情怀，在封闭、贫困、空寂的环境中刻苦磨砺，甘当人梯，使一个个农家子弟圆了大学梦，走出了一条属于自己的路，他激情如初，把整个生命投放到学校体育工作中，融合在淡泊宁静的校园生活中。

因陋就简刻苦训练

秦安县魏店中学地处该县北部山区，山大沟深，土瘦民穷，苦焦而落后，1988 年高秦生分配到学校任教时，学校仅有一个篮球、两个排球，体育教学因条件和设备限制基本处于瘫痪状态。从此，他便暗下决心，在体育教学上干一番事业。

在学校的大力支持下，他组织人力自制了简易双杠、山羊、标枪、起跳板、篮球架、杠铃等活动器械，垒成了乒乓球台，没沙坑，就垛起麦草；为了帮助学生练习弹跳，高秦生巧借学校后面山上植树的几十个台阶，为了让学生练臂力，他用废旧自行车内胎做成了拉力皮筋，就这样，他带领学生走上了艰苦训练的路。训练高考学生需要加班加点，一直坚持到腊月二十八日，正月初四又接上训练，就这样手把手地教，实打实地练，十年光景，他自愿放弃节假日 126 天，每年训练的学生均在 10 人以上。

体育教师要能吃苦

高秦生除承担高考学生训练的任务外，还教高初中 9 个班的体育课，在体育教学中，他不但精心设计，组织好每一节课，而且因材施教，使每个学生都能听懂学会。除此之外，他一手组建了学校篮球队、排球队、田径队、体操队，把重点训练和普及训练结合起来，坚持在课外活动时间组织学生参加越野跑、中长跑、登山等多形式的健身活动，并且组织校际之间，学校与社会团体之间的体育比赛，如今，学校不仅有校队，而且有班队、年级队，五年来高初中毕业会考体育考查课，他所任课的班级学生人均成绩 80 分以上，优良率在 85% 左右，合格率接近 100%，达标率逐年上升，他训练的代表队在县、乡、校举办的各类比赛中 13 次获奖，在今年举行的全县中学生田径运动会上，他的队员夺得了 25 枚奖牌。

爱在心头情自真

高秦生事业的背后有一个贤惠知礼的妻子。她除对丈夫在生活上关照体贴之外，伉俪相伴，勤俭持家，把热情的双手伸向了贫困学生。1993 年 4 月，学生武引祥母亲因病住院，后又去世，贫困的家庭使这位升学有望的学生不得不含泪离开学校出外打工。高秦生夫妇得知这消息后便立即写信，又寄 200 元钱让他返校学习，并承担了这位同学考试期间的 300 元费用。年复一年，他们夫妇解囊相助的学生已有 10 多人，正是他们的这种朴素感情，架起了师生心灵相通的桥梁。

荣誉永远属于勇于进取的人

从 1989 年到 1998 年这 10 年中，高秦生所教的 41 名学生被大专院校录取，占全县体育专业上线录取人数的 20.2%，1989 年为省体校培养输送了一名皮划艇专业的运动员，在 1992 年上海举行的全国皮划艇比赛中获得了第 7 名的好成绩。在这 41 名学生中，有 47% 的学生是经他教育转变的后进生。青出于蓝而胜于蓝。高秦生的得意门生中不少已成了大器。

得意门生一：焦芳钱，秦安县魏店乡人，中学时受训高秦生门下，西北师大体育系第一位体育硕士研究生，1998 年毕业后分配厦门大学任教。

得意门生二：牛多稳，通渭县牛坡人，现供职省体工大队，除专攻体育外，还与翰墨为缘，书法作品常见诸省内外报端。

得意门生三：杨维强和杨俊娃兄妹二人出身农耕门第，在高秦生亲手培养下先后荣登西安体院大门，杨维强西安体院毕业后到南京航天航空大学出任篮球教练。

10 年磨砺，也使高秦生从活泼走向成熟，从豪爽走向稳健，组织授予他的各种荣誉也更增加了他人生价值的含金量。1992 年获省"园丁奖"，1993 年获市"园丁奖"，1995 年被评为全国"优秀教师"。高秦生说：荣誉来自学校领导的关怀，同事的支持，同学的努力和团结和谐的气氛。能吃苦是成才的本钱，负重拼搏是出路，再创新成绩才是人民教师的追求。

（《甘肃教育报》1998 年 10 月 2 日第 2 版）

情系黄土地

——记省"园丁奖"获得者秦安县魏店中学校校长魏千乙

秦安县魏店中学校长魏千乙寄情于古朴宁静的校园生活，在23年的教书生涯里感悟学校教育的幸福与隐痛、痴爱与挫折、欢乐与苦楚，在三尺讲台追求人生的价值。

领导如是说：他是默默无闻的实干家

魏店中学地处偏僻，信息闭塞，文化教育基础薄弱，特别是十年九旱的自然环境使群众生活十分苦焦，虽说是一所完全中学，但教师分不来，校舍破烂，教学设备短缺。这种陈旧简陋、封闭压抑的环境往往使初来乍到的人心灰意冷。

苦校苦治。魏千乙自1986年担任校长以来，便全身心投入到学校管理去。他家里距学校仅有4里路，骑自行车不到10分钟，但他常年坚持住校，自己做饭，呛人的煤油炉煮洋芋烩菜是他的拿手好戏，有时干脆是一块干馍一杯开水了事。他带领师生打机井，挖水渠，终于解决了师生的饮水困难；平整操场，改建厕所，在校园后的山坡上植树造林14亩；筑造围墙，栽花种菜，不但为学校节约了经费，而且使师生受到了艰苦建校的教育。正是他出于对家乡、对教育的一片炽热的情感，以及对每一项工作的全过程体验和操作，才树立了他在师生中的威信。

从严治校、治教、治学。魏千乙亲自主持制定了德育教育、教学管理、教职工管理等方面的18项规章制度，就连出早操他都要亲自考勤。"三九"寒天，上早操还是晓风残月，昏暗的操场上尘土飞扬，只能听到跑步的节奏和哨音，魏千乙每天都按时来到学生面前，借着教室一角的昏黄灯光在"点兵数将"。

以情感人，以己正人。魏千乙如今已到不惑之年，事业的重担使他华发早生，但他开拓奋进的信心和锐气丝毫未减。1997年，高考前一位学校领导的父亲病重想见儿子一面，这位同志任高三学生的课顾不上看父亲，魏千乙几次动员仍未奏效，直到局领导检查工作时，大家硬将这位同志强行推上了车。"那个场面让我心里暗暗流泪，自负和伤感了好长时间。"魏千乙说90年代初老师办公室里还是用砖垒成的烤火炉。

学生如是说：他是教学改革的领头雁

魏千乙毕业于中文专业，虽身为校长，但在20多年的教育生涯里一直倾注于教学工作，担任高中或初中毕业班的语文课，在语文教学中进行大胆探索和创新。他通过潜心揣摩，刻苦钻研，长期积累，摸索出了学生课前默读、教师课堂范读、各种读法结合、课后巩固朗读的"多读式教学法"。他喜欢和学生一道写作，为学生指导示范，既培养了学生创造兴趣，又提高了写作水平，1994年以来，他担任的语文课考试成绩一直居全县前列，1998年语文课人均成绩高出全县人均成绩6.5分。他本人先后在《飞天》等省级报刊上发表小说、散文16篇，其中散文《扁担小记》在全国散文大赛中获创作奖。

教师如是说：他是教师的贴心人

在12年的领导岗位上，魏千乙都是把自己摆在一名普通教师的位置上，和大家和睦相处，老师的喜怒哀乐、饥寒温饱与他戚戚相关。学校只有一间稍宽敞的校长办公室，他毅然让给了两位体育老师夫妇住。近4年来，他为9名青年教师牵线搭桥，让他们喜结良缘；老师生病住院，他总是亲自关照；谁家遇上红白事和家庭纠纷，他也主动去调解说和。对青年教师培养更显出他的宽阔胸怀，1989年以来，分配到该校的骨干教师不但没有调动，而且已有2人担任了学校领导职务，体育教师高秦生还被评为全国模范教师。

魏千乙不仅把自己的全部奉献给教育事业，而且带好了一班人马，办好了一所学校，魏店中学从1986年到1998年的12年中，为国家培养输送了433名大学生，75名中专生，对这样一个生源、办学条件、师资力量相对较差的山区中学来说，他们所付出的心血和汗水是可以想象的。该校多次受到县委，县政府的表彰奖励，魏千乙本人多次被评为市、县先进，1997年获"省园丁"奖。

在成绩和荣誉面前，魏千乙没有忘记乡亲们的嘱托，没有忘记组织的期望，没有忘记自己肩头的担子，今后的工作将是他新的起跑线。

（《甘肃教育报》1999年1月15日第2版）

走进"大风车"的山里娃

——记秦安县职业技术学校附设小学学生王明

　　秦安县职业技术学校附属小学四年级学生王明，用易拉制作的自行车模型在全国首届少年儿童"雏鹰奖"手工制作大赛中获得了"优秀奖"。1998气9月26日，年仅9岁的王明同学怀着好奇而激动的心情走进了中央电视台"大风车"节目演播现场，参加了手工制作专题节目拍摄，将自己精彩的制作技术奉献给全国的亿万小用友，在当地传为佳话。寻着王明同学走过的足迹，我们不难发现，他是靠刻苦和聪颖，加上平时丰富的积累敲开了智慧的大门。

在大自然怀抱中生长

　　王明的幼年时是在秦安县王甫乡度过的。这是一个边远贫困乡，但有一个得天厚的自然条件——山清水秀，满山遍野的沙棘林和杂树林，成了他生长的乐园。春天去采野花、拧柳笛，夏天攀上小树摘杏子，秋天去采蘑菇，冬天跟着大孩子滑雪，有时还跟着老爷爷去放羊，听老爷爷讲故事。大自然的景观陶冶了王明的性情，也磨炼了他的意志。记得那年油菜花飘香的季节，他家养的蜜蜂正在采花酿蜜，忽然他天真地生出一计，便和一个小伙伴踩着凳子在蜂巢里去掏蜜，结果遭到了群蜂的袭击，蜇得他疼了好几天。

　　　　　　　　　　　　　　　　　　　　守望教育的灯火

用双手创造五彩的生活

说到小手工制作，王明的构思源于他的家乡。靖天公路从王甫乡境内通过，王明时常和小伙伴们坐在路边数着过往的车辆，在他幼小的心灵中，那四个轮子的家伙竟跑得那么神气，那么动人，真是看不完，看不够。他细心观察着每一种车型，想着自己将来长大了也要开汽车，继而就有了制作小汽车的想法。

王明搞手工制作的启蒙老师是他的哥哥，兄弟俩既是好朋友，又是一对不安分的顽童。哥哥教他先用火柴盒和小药瓶的橡皮盖做成小汽车，用作业本纸折成飞机，用粘土捏成飞鸟，用木板做成刀、剑、枪之类的玩具。父亲给他们买来一盒粉笔让练字，而哥哥却用它来雕刻龙。王明也学着哥哥的样子拿小刀去刻龙，谁知不小心割破了手指，但他一声不吭用纸包住继续干。晚上哥哥放学回来，他便把自己的"杰作"拿给哥哥看，兄弟俩高兴地笑了。

王明学会了在玩中动脑筋。爸爸给他买过的玩具不少，光积木就有五、六种，王明套了又拆，拆了再套，可所有的玩具一件也没丢。在电视上看了打保龄球，他便把自己的积木拿出来摆在地上，拿着皮球从不同的角度去打，看怎么打最好。如今王明的玩具已积攒了好几箱。在这几箱玩具中，仅他自己制作的就达四五十种，其中收集的香烟盒就有满满一箱，这是他搞手工制作的材料。

心有灵犀一点通。王明具有较丰富的想象力和细致的观察力，在手工制作上稍经人点拨，就会产生新的构思。县职校工艺美术班的学生上泥塑创作课，他便趴在教室的窗台上看，看那些大哥哥、大姐姐们怎样和泥、造型、雕刻。星期天则跟着爸爸下乡，到山上挖来一袋红土，回来后和小伙伴们捏成一个个坛坛罐罐，制作了跳棋盘和棋子，还捏成了一座美丽的红房子。

难忘的北京之行

王月走进"大风车"也算是缘份。他从电视上看到"雏鹰奖"手工制作大赛的消息后，就在心中盘算构思去做什么。一个夏夜，他端着一罐健力宝饮料喝，不料哥哥的自行车被人偷走了，他心疼地捏着易拉罐为哥哥难过，就在易拉罐发出声响的一瞬间，他的创作灵感突然来了：易拉罐的两个底盖不是很像自行车车轮子吗？易拉罐其它部分比较软，可以剪成各种配件……"对，我就给哥做一漂亮的自行车"。于是，他经过两天的构思就动手成了一自辆行车模型，之后反反复复经过多次修改，定型后便把型寄给了大赛组委会，两个月后就接到了入选通知书。

1998年9月26日，王明在中央电视台"大风车"节目演播现场参加了制作过程的专题节目拍摄，面对四面闪烁的灯光和几台摄像机，他显得很稳健、很从容，只用了半小时一次就完成了节目的制作，给导演、摄像师、工作人员留下了深刻的印象。节目导演倪阿姨在王明笔记本上题词鼓励他："心灵手巧，学习好。"园中央少工委负责这次竞赛活动的张东辉叔叔也在他的签名本上写道："你是我们甘肃小朋友的骄傲。"

北京之行，使王明大开眼界，他还有幸参加了天安门广场的升旗仪式。登上了天安门城楼，游览了长城、颐和园、故宫等名胜古迹，参观了毛主席纪念堂，并应邀在人民大会堂观看了《在党旗下》专题文艺晚会。在北京度过的9天时间里，王明结识了全国各地前来参加节目录制的小朋友。浙江的小朋友用子弹壳做成的飞机，福州年仅五岁的小朋友张铭用鸡毛和冰淇淋筒做成的小花篮，天津的董梁围用花生果做成的小鸡等，都让王明深受启发，这一件件小制作构思精巧，制作细腻，形象美观，充分利用了边角废料，多有意思呀！而使王明体会最深的是：学无止境，创造更无止境。他把自己在北京的所见所闻写了一篇作文——《我的北京行》。

守望教育的灯火

让成功之路在脚下延伸

王明自幼养成了爱学习的好习惯。在学校，他是一位刻苦认真、聪明好学、乐于助人的好学生。在王甫老家的时候，爸爸经常有意无意地教他念唐诗，到五岁上学时他已能背近十言唐诗，每逢爸爸回家他总是缠着让爸爸讲故事。五岁多的时候来到县职校附小上一年级。从一年级到四年级，每次考试双科成绩均在 90 分以上，在班上名列前茅，多次被评为三好学生、优秀学生干部；他凭着自己的刻苦努力和聪明智慧，一步一个脚印地为实现自己的远大志向而努力。他先后在《学生天地》举办的"香港知识测试"有奖征答中获奖，习作《我的小闹钟》一文在《学生天地》1998 年第一期上发表，在县职校举办的各项活动中多次获奖。同时，他还主动帮助后进生，上学期他帮助的王小锋同学也被评为"三好学生"。大家都夸王明是一个诚实勤奋、聪明好学、全面发展的好学生。

在成绩和荣誉面前，王明同学对未来更加充满信心，我们相信，在老师和家长的精心培育下，经过王明同学的不断努力，一定能够取得新的成绩，获得新的荣誉。

（《学生天地》1999 年第 1 期）

温暖乡村孩童的那一群人

在山大沟深、缺水、贫困、信息闭塞的甘肃天水秦安县王铺乡，有一群平凡的教师坚守着教育事业，他们用青春和热血守护着山村孩子的梦想，兢兢业业，谱写了一曲曲感人至深的生命乐章。孩子相继走出大山，他们却年华老去，但仍一如大山般庄严守护着一茬茬的孩子。

"只要有孩子上学，我们就永远在。"这是年轻教师面对大山、面对家长和学生发出的庄严承诺。

酸甜苦辣
诠释教书人生的痛苦与幸福

周岔小学是秦安县王铺乡一所很偏僻的学校，但几位教师的平凡故事让学校的名字铭刻在当地人心中。

他曾是校长，故事应该从他开始。张恩福1996年调任周岔小学校长，当时的周岔小学是有名的烂摊子，教室破烂不堪，四五个学生挤坐一条凳子，共用一张桌子，低年级学生还坐泥土台。为了改善办学条件，张恩福四处奔走，并带头捐款500元，乡亲们纷纷捐款出工，最终修建起三间办公室和两口教室，并购买40套桌椅，解决了当时的实际困难。10年间，由于学校管理措施得力，教学成绩突出，周岔小学由原来的薄弱学校变为全乡的示范校。

但6年后张恩福突然感觉身体不适，据学生回忆，2002年9月13日语文课上，张老师突然昏倒在讲台上。学校马上把他送往兰州，在兰

守望教育的灯火

医一院确诊为胃部肿瘤并做了切除手术。出院不久，他一边吃药一边上课，2006年6月7日，他在给二年级学生上语文课时，豆大的汗珠从额头上滚下来，颤抖的手无法支撑瘦弱的身体，张恩福又一次倒在了讲台上。7岁的儿子跑上讲台，跪在爸爸身边又哭又叫，要拉他起来，可是他再也没有站起来。2006年8月4日，张校长不幸病逝。出殡那天，全乡40多所学校的教师和十里八村的乡亲赶来为他送行。

他虽不是校长，但故事同样感人。王治祥被周岔村人称作"轮椅老师"，他以常人难以想象的毅力与病魔抗争了26个春秋，其中11个春秋坐着轮椅，在三尺讲台上书写着为教育事业奉献的传奇。

王治祥1984年在郭集中学任教时被诊断出类风湿性关节炎，后来发展到类风湿性关节炎、肾衰竭、肺结核、支气管扩张等7种病，当时学校离家5公里，由于下肢无法正常行走，每到周末，他的家人用毛驴接他回家，周一早上再送他去学校上课，就这样，王老师在山梁上往返了15个春秋。他身上平时揣着应急药品，犯病时就服药继续讲课。咳血时，就背着学生偷偷把血吐进塑料袋里，下课后扔进厕所。1997年，王治祥的双腿已彻底丧失活动能力，便主动要求调到周岔小学任教，家离学校不到500米。从此，由妻子和学生推着他往返于学校。2010年，王治祥被评为秦安县首届爱岗敬业道德模范和天水市敬业奉献模范，不久前他走完了生命的历程。

今年57岁的校长王冠成，2006年张恩福校长去世后接任校长，他的故事也很曲折。2009年妻子不幸因病去世，他自己腰椎间盘突出，还有胃病，在家既要照顾80多岁的老叔母，在学校还要上课忙管理，但他从来没有因为自己的事而耽搁学校的事。他说："看到孩子期盼的眼神时觉得自己的努力是有意义、有价值的。"

团结协作

整个团队充满朴素的真爱

这是一个冬日，山梁上寒气凛凛，空气中飘散着浓浓的煤烟味，笔者走进王铺乡学区校长刘长世的办公室。办公室只有12平方米，摆着一桌一椅一床。他似乎看出了笔者的关切，便笑着说："很艰苦，但我的条件比其他老师还好一些。"

据刘长世介绍，王铺乡因人口居住分散，至今还有中小学34所，在校学生4717人，上世纪八九十年代，由于本乡考上师范院校的学生很少，外乡的毕业生又分不来，所以现有教师队伍严重老化，全乡小学教师50岁以上的有66人，占41.5%。但是，全乡教师的团结合作精神很强，大家在地域上是一个圈子，工作上是一个团队，生活上是一个大家庭，感情上是一把子兄弟，工作上一个比一个，一个学一个，一个感染一个，关键时候所表现出的真爱增强了整个团队的凝聚力。

冯贠小学校长杨五娃是一位热心人，有一位教师的孩子得了重病，他就和刘长世倡议大家捐款，最后筹到6000余元。有一位特困生因父母残疾生活特别困难，学校免除一切费用，全校师生每年给这位学生捐面粉200多斤，本班学生每天轮流带干粮，解决了该生的生活困难。杨五娃说，只要大家心齐，没有渡不过的河。

这里的教师大多是"两半户"，家庭经济情况并不好，可如果同事有了困难都表现得很大度。2006年中心小学的段耀国老师因病住院，急需大量治疗费用，而其家中早已负债累累。很快，全乡教师凑齐了2万多元，段老师得到了及时治疗。

平凡的家庭同样涌动着感人的故事，家人对老师工作的理解和支持成为团队的坚强后盾。2007年暑假，一场冰雹砸碎了冯堡小学房屋的瓦片，校长冯志杰想到当时学校正整修院子，雨水可能排不出去，于是立即冒雨赶到学校挖渠引水，从中午一直干到晚上 10 时许，才把院中积水排完。当他拖着疲惫的身体回到家时，发现自家的房顶已是一片稀烂，妻子正独自一人奋力排水，看着灯光下浑身湿透的妻子，冯志杰流下了愧疚的眼泪……

精神样本
年轻一代教师正加速成长

也许是张恩福、王治祥等老教师的言传身教和榜样作用，周岔小学青年教师徐明作为火炬手正在传承老教师默默奉献的精神。他家在川区，离学校 60 多里路，但在这里他已工作了 6 年，雨雪天几周都不回家。谈到工作他回答很爽快："老教师能几十年如一日坚守岗位，作为一名国家培养的大学生，我有什么理由说不呢？"

张建斌刚分到曹湾小学时心中有很多怨言，但融入这个群体后，他终于明白了教师职业的重要和神圣。张建斌冬天一身雪，雨天两腿泥，从不拉下课。在教学中，他善于培养学困生，课堂上多提问，课余多辅导，日常勤关心，帮助孩子树立信心，激发他们的学习兴趣，几年的努力换来了可喜成绩。

杨慧吉、张喜明是县教育局从城区和川区派到王铺乡支教的教师，谈起一年的支教经历，杨慧吉感慨万千："王铺生活条件艰苦，可这里的老师忘我工作、无私奉献的精神深深感染着我，以后无论走到哪里，我都会永远记住这些真诚可敬的老师。"

这些教师的驻守，不仅撑起了大山的希望，也亲眼见证了王铺乡教育的发展历程。近几年，全乡学校基础设施有了很大变化，26 所学校通过实施教育项目，获得 400 万元的投入，6502 平方米危房被改造，同时，实验仪器和图书都按标准配齐了，校容校貌也焕然一新。

(《中国教育报》2012 年 1 月 14 日第 3 版)

我来当父母的"爹妈"

——记甘肃省秦安县魏店乡梨树中学学生刘亮霞

一个农村女孩，12年来，用自己的行动诠释了孝顺和自强自立的真谛。

每天凌晨四点，一阵闹铃声会把熟睡中的她叫醒。她立刻起床、洗漱、做饭，给妈妈敷腿，看着妈妈服药，再把饭盛好放在爸妈的炕头，然后匆匆装上干馍馍，背上书包步行四公里去学校上学，这种程式化的生活，她已坚持了整整12个年头。她就是甘肃省天水市秦安县魏店乡梨树中学九年级（2）班学生刘亮霞。

近日，笔者来到了魏店乡梨树中学，见到了刘亮霞。她看上去很腼腆，上身穿了一件单薄的黑色外套，下身穿一条洗得发白的牛仔裤，可能因为长期营养不良，她个头矮小，虽然19岁了，但看上去像十二三岁的姑娘。

在困苦中度过童年

刘亮霞家中仅有三间土坯房，主屋里黑乎乎的，唯一的电器是一台布满灰尘的老式电视机。炕头上，靠近窗户一侧躺着的是小亮霞的妈妈，另一侧躺着的是她年迈的爸爸刘长胜。这个土炕已有十多年没换过了，满屋子散发着一股西北土炕特有的烟熏味。

由于家中贫困，刘长胜38岁时才娶了本地姑娘杨菊花为妻，婚后一年生下了刘亮霞。为了养家糊口，刘长胜外出打工挣钱。由于长期睡潮湿的地铺，他患上了关节炎，再加上没有及时治疗，3年后就不能下地干活了，甚至连走路都成了问题。更不幸的是，前两年，他又患上了白内障，去年10月，在亲戚的帮助下，才在县医院做了手术。而他的妻子杨菊花也患有脉管炎，两条腿肿得很粗，已经变形。

"中午，我们吃浆水面，晚上是炒洋芋和卷心菜，除了堂哥过年时给点肉，我们从不吃肉。"刘亮霞对这样的生活已经习以为常了。

村组长安国胜说："刘亮霞家是我们张家湾自然村第一家享受农村一类低保的。2004年，他们领上低保后，家里情况虽然有了好转，也只能维持孩子的学费和家里的生活费，要解决两个大人的看病费用，还远远不够。小亮霞这娃听话、懂事、孝顺，不是一般人能做到的。"

柔弱肩膀扛起家庭

刘亮霞小时候是婆婆一手带大的，7岁时，她的婆婆去世了，从此，她挑起生活的重担。她说："刚开始做饭，我还没灶台高，就站在小板凳上，做熟一顿饭要用两个小时。后来，我就跟邻居学，总算学会了！"

12年来，她用稚嫩的肩膀一头挑着家庭，一头挑着学业，做饭、洗衣服、缝缝补补、挑水、烧炕、干农活等都落在她的肩上。除了把家里收拾得停停当当，平时，她还给爸妈洗头、梳头、剪指甲、换洗衣服，带他们去医院看病。每个双休日，她要先干完活，然后挤时间补平时落下的功课。

刘亮霞是一个很细心的孩子，她给妈妈敷腿时，要先拿毛巾在自己身上试好温度，再给妈妈敷。妈妈不能吃辣椒，爸爸牙不好，吃的饼子要软，这些，她都记在心上。

说起女儿，刘长胜潸然泪下："亮霞4岁时，我就得了类风湿性关节炎，她妈又是个残疾人。我和她妈四季不离药罐子。这孩子特别听话，对我们从来没耍过脾气，我们实在对不住孩子啊！"

为了撑起一个家，倔强的刘亮霞从未喊过累。她说："习惯了，天天这样，所以也不觉得累。"今年5月8日，是刘亮霞19岁的生日，但她从没过过生日，没买过新衣服，也没有人为她开过家长会，她只能从母亲细微的面部表情中感受点滴的母爱。

她曾安慰爸爸说："你们是我这么多年坚持下去的动力。"

"我想成为一名医生"

家境的困难和生活的重担，使刘亮霞的上学之路极不平坦。8岁时，她才背起书包去上学。可只上了一年学，由于爸妈病重，没人照顾，刘亮霞被迫休学。之后，她读到三年级，又被迫休学在家帮着干活。每当站在家门口，看着村子里背着书包上学的同龄孩子，她羡慕极了。

她的班主任张永红说："由于亮霞的父母有病，她中途两次休学，所以今年快19岁了，才读到九年级。她的学习基础虽然较差，但很勤奋刻苦，成绩处于中等水平。尽管家里情况特殊，她却很少迟到早退，很有志气。"

刘亮霞的好朋友王文智告诉记者："她特别孝顺，为了给父母治病，每年暑假，她都到邻村摘花椒挣钱。"

刘亮霞心中有个梦想，就是将来考取医学类院校，为和父母一样的病人解除病痛。她说："每当看到爸妈被病痛折磨，我很心疼。我想成为一名医生！"

前不久，西北师范大学校团委及"'爱·尚'微公益"项目组、"秦安吧·贴吧"数位本土及在外秦安籍爱心人士、甘肃省重邦置业有限公司秦安县项目部部分职工、梨树中学师生和秦安县民政局等，为刘亮霞开展爱心捐助活动，帮助她完成学业，实现她的人生梦想。

（《中国教育报》2013年5月10日第7版）

穿行山道三十载

——记甘肃省武山县温泉乡盘坡小学教师何亚兰

每天早上 6：30，何亚兰出门后准时在村头的那个墙角处集结本村的十多名学生，然后带着他们沿着羊肠小道一起去迎接清晨校园的第一缕曙光。

何亚兰是甘肃省武山县温泉乡盘坡小学教师，从 1984 年任教开始，她已在大山深处的学校坚守了近 30 个年头。

盘坡小学坐落在一个偏僻的山沟里，四面丘山环绕，一泓清溪顺流而下，一面鲜艳的国旗在校园上空迎风飘扬，使这个僻静的小山沟充满灵性和希望。走进校园，小花园、阅报栏、垃圾桶、自来水压井等设施构成了一幅和谐的画面，校园里一片纸屑和杂物都没有，所有的墙壁也没有一道划痕，教室里深绿色的桌椅摆放整齐。

一位教师和一种职业、一位校长和一所学校、一个女人和一个家庭，了解她的人，无不被她这 30 年经历的一切打动。

村民指着她说："你敢把学校墙基砌在我家地边，我就撕烂你的脸"

何亚兰 1984 年任民办教师。1998 年，她从天水师范学校毕业后转为公办教师，温泉中心小学的校长让她进中心学校，她婉言谢绝了。她说："现在，盘坡小学的学生一个个转出就学，家长们多心疼。我是本村人，去那里教书更合适。不能再让乡亲们为孩子上学的事发愁了。"

当她走进盘坡小学，见到学校十分恶劣的环境时，落下了泪。当晚，她彻夜未眠。

教师没宿舍，教室无桌椅，有的学生只能站着听课。何亚兰从自家拿来了仅有的两把椅子给学生坐，而自己办公时则以天为屋顶，双膝为桌，石头为凳。从她家到学校的羊肠小道野草丛生，每到雨季，她走到学校时，两条腿都湿漉漉的，而冬季，学校又无取暖设备。因长期坐在石块上，再加上被雨水淋，她得了关节炎。

2001年，温泉学区任命何亚兰为盘坡小学校长。她上任后，首先想到的是改变办学条件，设法为学生购置课桌，她自己拿出2000元，并向其他两名教师各借了500元，为学校接通了照明用电。

2002年，学校要修建围墙，因为没有资金，只能动员学生家长投工，墙基也要砌在农户的地里。她去做几个农户的工作，没想到，一进农户家，迎头就挨了一顿骂，还被对方推出门外。

甚至有一家人跑到学校，手拿木棒威胁她。那农户的妻子指着何亚兰说："你敢把学校墙基砌在我家地边，我就撕烂你的脸。"

回到家，她的泪水夺眶而出。丈夫安慰她说："只能怨咱们村的人受的教育少，文化落后，越是这样，你越应该坚强。"

丈夫的话坚定了她的信心，于是，她继续上门给村民讲道理。不知跑了多少路，磨破了多少次嘴皮子，她终于感动了村民。围墙砌起来了，家长还投工修建了一间教师宿舍。为了修宿舍，她带领教师从20多里外的地方用肩扛木椽，大家一起干活。由于长期劳累，她多次晕倒，有时，她打完吊针又立刻回到学校给学生上课。

一年又一年，看着学生从原来的40多人增加到100多人，她喜在心上，但是，教室也更加紧张，仅有的几间还是危房。为此，她跑学区和县教育局，争取项目新建校舍，终于在2009年10月，师生搬进了宽敞漂亮的新校舍。经过几年努力，盘坡小学发生了翻天覆地的变化。如今来学校的人无不赞叹："没想到偏僻的山区里竟有这么漂亮的学校！"

　　　　　　　　　　　　　　　　　守望教育的灯火

学生毕业时抱着她失声痛哭："老师，我舍不得离开您"

盘坡小学是一所农村完全小学，有 7 个教学班、119 名学生、7 名教师，学校服务方圆 2.5 公里的盘坡、杜沟两个行政村。

如果说爱自己的孩子是一种本能，那么对学生的关爱则成了何亚兰难以割舍的情结。冬天，她早早到教室给学生生火，夏天，她在教室洒水降温。平时，她经常给孩子们缝扣子、洗脸，善待每个学生。

前些年，她所带班级的一名学生因母亲去世而辍学，她跑去学生家里安慰这名学生："虽然你的妈妈离开了你，但我可以像妈妈一样对你。越是困难越要上学，你在学习和生活上需要什么，我帮你。"在她的劝说下，那名学生返校了。几年来，她对那名学生像亲生孩子一般。这个孩子六年级毕业时，抱着何亚兰失声痛哭："老师，我舍不得离开您！"

有一次，学校参加温泉学区组织的统考，考点设在温泉中心校。考试那天下着蒙蒙细雨，何亚兰带着十几名二年级的小学生沿着泥泞的山路去参加考试。当看到一名女生走得很吃力时，何亚兰就赶紧背起她。这时，她的儿子也在身后，哭着喊着让妈妈背。看着自己的孩子哭得那么伤心，她很心疼，但还是鼓励儿子说："你是男子汉，应当勇敢，要照顾女同学才对啊！"当她把那个女生从山下一直背到山顶时，累得汗流浃背，喘不过气。

学区校长说："她很要强，是个追求完美的人"

"盘坡小学从规模和基础上说不具备什么优势，但何亚兰很要强，是个追求完美的人。这些年，是她把盘坡小学打造成了乡里和家长都满意的山村品牌小学。"温泉学区校长林应元说。

盘坡小学的学生毕业后上初中都要去温泉九年制学校。该校校长李新荣说："盘坡小学毕业的孩子懂礼貌，肯吃苦，学习劲头也大。"

几十年来，何亚兰为学校、师生付出了太多太多，而对家庭，她充满愧疚。她的丈夫身患多种疾病。有一次，她陪丈夫去医院治病，医生说需要住院治疗。于是，她匆匆为丈夫办理了住院手续，给亲戚打电话帮她照顾丈夫。

在她离开医院时，大夫用不可理解的眼神看着她。她说："我也很难受，但当时学校还有 100 多个孩子等着我呢，我只能舍小家，顾大家。"

丈夫每次病情发作，多是邻居照料。为此，何亚兰遭到很多人的冷言冷语，公婆也多次抱怨："自家的事再大，你都能过得去，别人家孩子的事再小，你却忘不了。"让她感动的是，丈夫一直很理解她，也很支持她的工作。

何亚兰在儿子的作文中看过这样一句话："妈妈，你给予别人的爱很多，而我和爸爸得到的却很少，我真羡慕你的学生。"每当想起这些，她感到确实对不住丈夫和孩子，给他们的爱太少了。

而说起和学生的感情，何亚兰从抽屉里取出一封学生写给她的信："何老师，今天我能迈入大学的门槛儿，第一个感激的人就是你。从你的身上，我懂得了什么是爱，也明白了拼搏的真谛。"

（《中国教育报》2013 年 6 月 20 日第 6 版）

在平凡中书写感动

——记天水市实验小学教师杨西英

她来自农村，有着勤劳善良的品质，她爱孩子们，孩子们也深深地爱着她。每天早上，孩子们总会在校门口等她，有的抢着拎包，有的拉着她的手，这个时候，她觉得自己是世界上最幸福的人。

她叫杨西英，天水市实验小学教师，26 年的讲台生涯将她从"初生牛犊"历练成一名学生爱戴的优秀教师。

从零开始，"五勤功"助她起飞

1987 年，杨西英从礼县师范毕业后，被分配到清水县西关小学任教。刚刚走上讲台，校长就让她担任一年级（2）班的班主任，一切从零开始。

第一次走进教室时，眼前的景象让杨西英有点晕，84 名学生坐了满满一教室，吵吵嚷嚷，你推我搡，地上到处是纸片、馍渣……一个月下来，真有撑不住的感觉。

校长看出了杨西英的心思，语重心长地说："你千万不要心急，年轻人对自己一定要有信心、有耐心、有爱心、有恒心，只要使上劲，就一定能干好。"听了校长的话，她顿时来了劲头，笑着对校长说："有您的信任，我一定不辜负您的厚望。"

此后，杨西英开始手把手地教学生，就连怎样打扫卫生她也会不厌其烦地教孩子们。

为了让孩子站队做到快静齐，她编了儿歌来矫正："一二三，看谁站得端又端；四五六，抬头挺胸走；七八九，看谁站得直又久。"

每天早上，杨西英都会到校查学生，逐个查阅家庭作业，对那些完成得好的，她就印朵小红花或小红旗。她身上总爱带着一个小笔记本，把自己每天教育教学的所见所闻和工作记下来。经常和学生一起踢毽子、跳绳、做游戏，还会时时与学生交心谈心。

"腿勤，口勤，耳勤，眼勤手勤，这是我干好工作的秘诀。"杨西英说。

她教过一个叫小强的学生，是个单亲家庭的孩子，性格古怪，学习成绩差，曾辍学两年，后又到杨西英的班上复读。有一天放学后，小强被社会上十几个失学青年殴打得口鼻流血，衣服袖子也被撕了下来。杨西英闻讯，骑上摩托车就赶往出事地点，二话没说，扭住其中的一个失学青年死死不放手，并急中生智，拨打了"110"。五分钟不到，那个失学青年被警察带走，随后小强被送到医院救治。事后有人问她："你当时不害怕吗？"杨西英说："那时的情况容不得我害怕。"

那以后，杨西英下功夫帮小强，课堂上有意提问他，批改作业时，不管他做错多少，只要订正对了就给评为"优"。她还经常为小强准备早餐，替他换衣服拉链；小强过生日时，她买香甜的蛋糕送给小强……小强现在上班了，每逢教师节，他都会给杨老师写信；每次探亲回家，都要看望曾经帮助过他的杨老师。

润物无声，用真情书写平凡中的感动

26年来，杨西英对孩子的关爱打动了无数家长。她始终以一颗慈母般的心和崇高的责任感关心爱护学生，无论是班里的好学生还是学困生，无论是干部子女还是普通百姓的孩子，无论是城里的还是乡下的，她都能平等对待。

杨西英曾教过一名学生小俊。他从小患了一种很难治愈的病，一岁时父母就离异了，妈妈一个人把他养到9岁时，他的病情突然恶化，无法再正常上学。妈妈带着他四处求医，生活越来越拮据，小俊对爸爸的怨恨也越来越深。

杨西英知道情况后，除了在物质上帮扶可怜的母子，还用短信、电话、书信调解小俊父母的关系。在她的努力下，远在广西工作的小俊父亲终于在2012年春节回来看望了儿子，还给了五万元钱的治疗费，并答应每月给小俊2000元的生活费。如今，小俊的父亲每周都会打电话和儿子交流，父子间的关系越来越融洽了。

杨西英用爱心和责任心赢得了学生的爱戴、同行的敬佩。在家，她更是任劳任怨，是丈夫眼里的好妻子，公婆心中的好儿媳。

杨西英的公公婆婆瘫痪在床，丈夫是交警，经常上路执勤，照顾老人的重担落在了她的肩上。每天凌晨六点，杨西英要为老人烧水、做早餐，中午放学又得急忙回家做饭，晚上不要洗一大堆衣裤，一切做完，她又开始备写教案。晚上和婆婆同住一个房间照顾起居。婆婆常心疼地拉着她的手说："早点睡吧，孩子，明天你还要上班，我这活死人不知拖累你到什么时候。"而杨西英总是乐观地安慰婆婆："您二老在，我回家不用开大门，有人嘘寒问暖，我幸福着哩。"她被天水市妇联、市公安局分别评为"孝敬公婆的好儿媳""公安干警的贤内助。"

下河试水，在创新中追求卓越

2003年底，杨西英从清水县调入天水市实验小学任教，天水市实验小学是全市名校，社会关注度极高，尤其是家长对教师的要求高、期望值高，与她在县上的工作相比，她感到前所未有的压力，校长王增梅鼓励她："要做学者型研究型的教师，这是优秀教师永葆活力的妙方。"

于是，她静下心来，在属于自己的一片天地里努力拼搏，创造自己的特色，朝着理想的境界奋斗。杨西英对教学创新有自己独到的见解，她说："作为老师，在新课改形势下，绝不能固守以往的经验和成绩，应该'挽裤管下河试水'才会不断进步。"

在班级管理中，她创出了"值周班长轮换制"，每学期开学第一天，她会亲自打扫教室用整洁芳香的教室氛围来迎接学生，第二天，自己先写一封热情洋溢的欢迎信在班会上演讲；在实行座位轮换制的同时特设"爱心专座"，让学困生坐在离讲座最近的第一排；开展"艺体明星"评选，定期发放"学生养成教育卡"，建立德育档案和班级博客，开展读书交流展示活动……一个个绝招，为她所带的班级拓展了一片群星璀璨的天空。

杨西英的家长会总是很特别。家长们纷纷表示，参加杨老师召集的家长会好比一顿美味快餐，色香味俱全。杨西英除了把自己的治班理念、教学策略和注意的事项传递给家长外，还会设法通过推荐阅读书目、布置亲子作业用书信沟通，孩子促家长、家长转化家长，家访感染家长等办法营造家校互动的氛围。

26年里，杨西英不但从事语文教学和班主任工作，还兼任教研组长、教导主任、分管教学的副校长，每学期制订教研计划、组织校本教研活动，曾多次被邀请为清水县、北道区、武山县、天水市培训班骨干教师上示范课、做专题讲座，她还主动请缨担任甘肃省义务教育新课程骨干教师网络研修指导教师，先后多次参与天水师院顶岗支教学生教学理论和技能轮训，受到了培训教师的一致好评。她先后获得"全国优秀教师"、甘肃省"园丁奖"，以及甘肃省"青年教学能手"和"优秀青年"等16个荣誉称号。

（《未来导报》2013年8月2日第3版）

　　　　　　　　　　　　　　　　守望教育的灯火

路遥知"马"力

——记"陇原最美乡村校长"马映谦

曾经，这里的校舍"晴天屋顶见太阳，雨天漏雨成竹筛"；如今，学生搬进新教室，校园里牡丹、月季、芍药争芳斗艳，垂柳、雪松、翠柏苍翠欲滴。35年来，马映谦克服难以想象的困难，硬是撑起一所崭新的山村学校。

甘肃省甘谷县礼辛乡杨湾小学地处甘谷、武山、通渭三县交界的西北部山梁上，距离县城100余里。马映谦是杨湾小学的校长，2013年，他被甘肃省教育厅评为"最美乡村校长"。他从1978年5月任教起，就在这里"安营扎寨"，马不停蹄地"拉"着这个小山村的教育整整跑了35个年头，把最美好的年华献给了这里。

母亲是他从教的一盏灯

在学生眼中他是质朴勤奋的老师，在乡亲们眼中他是"救苦爷"，在家长眼中他是给孩子带来希望的好校长。在他担任校长的18年里，学校年年荣获全乡的先进学校，连续两届荣获县级先进学校，他本人荣获过18次乡级、3次县级先进教师荣誉称号。

杨湾小学地处甘谷县最边远的偏僻山区，和定西最贫穷的通渭县接壤，距离县城100余里。这个覆盖200多户农家、服务半径3千米的小学，现有学生150余人，教师6名。1978年5月，21岁的农村青年马映谦经全县招收教师的考试录用，在杨家湾村开始了教学生涯。

工作之初为胜任教学工作，他把当时每月7元钱的工资全部用来买教学参考书、订阅《小学教学参考资料》，没日没夜地学习。他钻研教学到了痴迷的程度，有一次，他肩挑精肥上地，走过了自家承包地几百米也不知道，手里还拿着书在看。因他刻苦自修，教学能力强，一参加工作，学校就把他当做骨干教师培养。当时学校是附中，他就代初中数学，一代就是五年。附中撤销后，就在小学高年级间轮回教学，他把语文、数学课全包干。从1996年起，他一直教毕业班的数学课至今，1999年以来，他带的班级在全乡学业水平测试中数学成绩一直名列前茅，并且八次名列第一，其获奖次数和档次在全乡教师中是最多最高的。1996年起，他担任了校长职务，工作比以前更繁重了，可是毕业班的把关担子他一直没有卸掉，教学工作没有丝毫懈怠。

马映谦说："我一生奋斗的目标有两个，一是在自己执教一生中，服务区里家家都有大学生；二是把学校办成当地一流全县知名的乡村学校，我的愿望逐步在实现"。恢复高考以来，经过这所小学培养的学生，有近百名考入大学，有一名学生被清华大学录取，这在全乡的小学教育中是独一无二的，在全县也是罕见的。该校在马映谦担任校长的十八年里，连年被评为全乡的先进学校、连续几届荣获县级以上先进集体。他的人生信仰，就是"一切为了家乡教育"。面对种种荣誉，他谦虚地说："作为教师，我深感自己教育责任的重大，我愿争做扶孩子们走上知识台阶的第一人，用教师的爱去点亮孩子们心中那盏对未来期许与希望的明灯。"

爱是一种伟大的教育力量。马映谦班上学生们的衣食住行样样都牵动着他的心，哪个学生生病了，他买药喂药关怀备至；哪个学生因交不起杂费而面临辍学，他总是不声不响地从自己微薄的工资中拿出为孩子们交上；他为了让每一个孩子都能坚持完成自己的学业，想尽了一切办法。

守望教育的灯火

80 年代末，当时的农村虽然包产到户，但部分家庭的温饱尚未解决。五年级有一个名叫马秋里的学生，将近一周没有到校上课，听同学说他生病了，马映谦放学后便去看望，一进门看到秋里在炕上趴着，原来两天未进饭食了。由于家里揭不开锅，他母亲外出讨饭几天未归了，从秋里的面色中发现他极度虚弱。面对如此情形，当天中午，马映谦让妻子多做些饭，而他却顾不得自己吃，就急忙给秋里端了去。这天晚上，马映谦和妻子不但带头捐献，而且挨门逐户筹米要面，寻求援助，最终筹得了面粉、土豆和粮食数百斤，解决了秋里家的燃眉之急，并想方设法打听到了秋里母亲下落，让她回到了家里。三天后秋里重返校园，乡亲们亲切地管马老师称为"救苦爷"。

撑起一所崭新的学校

杨家湾小学始建于 1931 年，到 20 世纪 90 年代末，校舍还是"晴天屋顶见太阳，雨天漏雨成竹筛"，每逢刮风下雨，学生得戴着草帽上课。

面对校舍随时倒塌的危急境况，马映谦一方面积极向上反映，争取项目，另一方面自力更生，挨门逐户发动家长和村里人捐资投劳，艰难地募得现金两万多元，投工 500 个；在资金缺额不足的情况下，马映谦又以个人名义通过农村信用社贷款三万元。从 1997 年开始，到 2002 年经过五年不懈努力，终于修起了三栋 120 平方米的土木结构的教室，初步改善了办学的条件。

马映谦说："2005 年，我外出学习时，看到了城市学校的阶梯式多媒体教室后，为之心动。有了为本村学校建一座多媒体教室的想法，于是借助整村推进的项目，并再次自筹资金，又修起了一座砖木结构的电教室。"他自己动手把学校废弃的圆木锯成木板，用来制作桌面，并自行焊接桌椅支架。在他的努力下，孩子们终于有了类似城市学校的阶梯教室，这是马映谦在乡村学校的一大创举。他还组织群众新修了校门，学校面貌有了很大改变。

在学校整个修建过程中，马映谦既是技工，又是劳工、还是看管人。傍晚，别人都回家吃晚饭了，而他还待在工地上看管学校的财产。

马映谦妻子说："农忙抢收季节到了，学生家长都要下地，最后教室墙壁罩面还未完成，他劝我把农活放缓一步，我一个人还不算，又叫上弟媳妇来帮忙。"

马映谦："最后教室内墙粗泥是我一个人完成的。从早到晚，从头到脚，一身泥巴，出入于工地和教室之间，学生戏称我是泥巴老师"。他丢下自家农活任劳任怨、起早贪黑，用半月时间终于干完了。而小麦却干得抓不到手了，望着掉在地里的麦子，妻子心疼得掉下了眼泪，并怒从心生，埋怨说："不当你的这官，我们也活人，而你却舍不得丢，害得我们好苦！"而马映谦一心想着学生，想着学校，对家人的愧疚之情无以言表，只能以沉默应对。

村党支部书记说："那是 2002 年 5 月，毛校长的老母亲身患绝症住院，而学校的修建工作还在紧锣密鼓地进行。他白天搞修建，晚上陪母亲，由于没时间休息体力严重透支，在教室屋顶上梁时不幸被房檩砸昏，被送到医院输液后才慢慢缓过神来……卧床一周，他便挣扎着坚持上班了。"这一来，他就无力陪伴将要离世的老母亲，不到一月母亲便撒手人寰，给他留下了无尽的遗憾，使他心如刀绞，泪流满面。当时乡政府来吊唁的领导感慨地说："你是我见到的最能把公事当私事来干的人啊！"

校舍建设好了，他又着手绿化、美化校园。他先后从天水、甘谷县城、通渭购买了 1 万余元的花草树木，杨湾小学成为全乡绿化最好的学校。马映谦校长除了平时课余整理花园，还坚持每天扫校门。由于村里无处倒垃圾，每周末马校长还要拉上架子车，走上来回半小时的路程，往 1.5 里外的水畔村沟里倒垃圾。在他的带领下，学校的师生们养成了一有空闲时间就整理校园的好习惯。

2012年教师节，是礼辛学区校长祁自成上任后的第一个教师节，在全乡表彰的5名优秀校长里，有两名从杨湾小学走出来的校长：吕建勇和尉子持。他俩都是马映谦一手培养出来的骨干教师。

如今，马映谦同志已年近六旬，老伴体弱多病，两个孩子大学毕业都不在身边，但他丝毫不为自己着想。一心扑在了家乡的教育上，把家乡教育的提升当作自己最大的抚慰，默默坚守着这片热土，努力燃烧自己，奉献着自己的一生，执着地追逐着山区教育的梦……

（《中国教育报》2013年11月28日第8版）

张耀东：奋力奔跑的阳光少年

张耀东是今年全国 3 名盲人考生中，唯一一名从小在正常学校走读，继而参加普通高考的盲人考生。他始终保持着阳光心态，一路走来虽然艰辛，但从小学到高中，从参加中考到高考，当地教育主管部门、学校、师生的关心呵护和热情帮助始终陪伴着他。

7 月 28 日上午，甘肃省天水市盲人考生张耀东的家里传来喜讯，张耀东被湖北中医药大学中医专业录取了。"这是全家盼望已久的好消息，心中的石头终于落地啦！"张耀东母亲李晓涛高兴地说。

坎坷求学路

18 岁的张耀东，是今年全国 3 名盲人考生中唯一一名从小在正常学校走读，继而参加普通高考的盲人考生，也是我国通过高考考上大学的第一位盲人。

张耀东的成长经历十分坎坷。出生 3 个月时，妈妈意外发现他的眼睛对光的感觉微弱，医生告诉他们这种眼疾叫视神经萎缩，黄斑变性。盲人分全盲和低视力，像张耀东一只眼睛啥也看不见，另一只眼睛视力不过 0.02 的现象属于后者。医生说这种病目前没有特效办法可治，这个消息对年轻的夫妇来说无异于晴天霹雳。

从那以后，夫妻俩就下定决心，一定要让孩子享受到和正常孩子一样的教育和快乐，这也注定了张耀东在求学路上要比别的同学付出更多。

张耀东的母亲是一名中学老师，父亲张鉴下岗后，每天接送儿子上下学。但从高二开始，倔强的他每天晚上都是自己乘坐公交车回家。

为了尽量保护仅存的微弱视力，上小学时，母亲就培养张耀东听收音机的习惯，通过发挥听力的特长来弥补视力的不足，这样一来孩子听课效率很高。2008年，张耀东进入天水市逸夫实验中学，他可以和其他同学一样在教室里听课，但不能像其他同学一样完成作业，参加活动、测试、考试。学校根据他的特殊情况，所有的测试一律采用口试，每一次的期中、期末考试都采用特制试卷。然而，随着课业负担的加重和功课种类的增多，孩子面临的困难也随之而来。虽然，他一直被安排坐在第一排，但还是看不清黑板上的字，上课全凭去听，每天晚上写作业，都是母亲读题，他口述答案，父母代笔。遇到数理化的图形，母亲就用彩笔画在纸上放大，为了学汉字，父母亲就用大白纸把生字抄成碗口大的大楷。

天水市一中高三(14)班班主任景怡对笔者说："学校和老师在张耀东身上的确也付出了很多心血，学校每次阶段性考试都要为他设计大字号的试卷，任课教师都会对他的作业、试卷作精心细致的批改，有时还面批面改，为了读懂他写的不够规范的字，老师们的确花了很大工夫。"

一个人的考场

从上学起，张耀东的学习除了家长的辛勤培育外，更重要的是得到了教育部门和就读学校的高度关注，学校的关注更是细化到每一个环节。

2011年，天水市教育局首次为张耀东参加普通中考单设考场，最终他不负众望以优异成绩考入天水一中。中考不仅增强了张耀东的学习信心，更重要的是为他下一步参加高考提供了动力。2013年10月，市残联给张耀东免费配发了电子助视器，为他自主学习、独立完成作业提供帮助。在中学里，顽强的张耀东自学了汉语盲文和初级英语盲文，掌握了计算机操作，用读屏软件操作电脑，从而能够阅读盲文的课本和杂志。张耀东展现了超乎寻常的学习热情，他不仅学习英语，而且选修了日语，拉得一手二胡，还背诵了不少医书，梦想当一名大夫。

2013年4月，张耀东以《我要参加高考》为题给教育部写信，信中写道："我是一名盲人，今天能坐在当地省级重点中学读书，是我付出几倍于常人的艰辛努力得来的结果……现在，我又一次站在了人生的十字路口。我的梦想就是和许多正常学生一样能上一所普通大学……"

2014年3月，教育部下发通知，要求"各级教育行政部门、招生考试机构等要为盲人考生提供盲文试卷、电子试卷或者由专门的工作人员予以协助。"当得知自己的孩子终于取得高考资格时，张鉴一家人激动万分，为了表达感激之情，4月8日，张耀东的爸爸将写有"盲人高考无障碍，教育平等现通途"的锦旗和感谢信送到教育部。6月7日，天水六中考点的86考场，是天水市专为张耀东单独设的一人考场。

终圆学医梦

张耀东从小的梦想就是做一名中医，治病救人。家人对他的想法全力支持。五六岁时，父母就给他买了《频湖脉学白话解》《药性歌括四百味白话解》，一句一句读给他听。张耀东对《汤头歌诀》情有独钟，能全本熟背。将近十年的积累，张耀东在中医领域已经小有积累，他不仅能出口成章地背诵《黄帝内经》《伤寒论》这些典籍中的篇目，还能给人摸脉诊病。

张耀东的母亲说，孩子参加高考得到了各级组织领导的亲切关怀和重视，为他提供了公正、便利的服务，全家人十分感激，如今，他终于跨进大学门槛，追求做医生的梦想，相信孩子一定会克服各种困难，完成大学学业。

(《中国教育报》2014年8月26日第8版)

守望教育的灯火

李秀：光盘教学的走秀达人

"各位好，我就是本展板的主人公，1998 年 9 月我成为了一名乡村教师，2002 年初接触到了光盘播放（远程教育模式一）的教学……"2015 年 5 月，在全国中小学教学信息化应用展览上，来自甘肃省秦安县的李秀向来宾介绍自己的展板，讲述自己光盘教学应用的真实案例，她的讲解吸引了众多与会代表的眼球。

前不久，笔者在秦安县教体局教研室见到李秀时，她还沉浸在参会的喜悦之中："没想到我也能参加这次国际教育信息化展览，真是大开了眼界，了解到了信息化企业的前沿技术，今后努力的方向更加明确了。"

李秀是一名土生土长的乡村教师，1998 年从师范学校毕业后分配到秦安县西川镇吴川小学任教。

2002 年 3 月，天水市开展给边远山区学校捐赠电教设备的活动，统一规定一套设备为一台电视机和 VCD，另加 72 张教学光盘。对这三样宝贝，李秀如获至宝，从此开始了她的光盘播放教学之旅。

提起光盘教学，李秀眉开眼笑顿时来了精神："光盘教学概括为'整体镶嵌''局部点染''穿插互补''整合资源'四个阶段，而'整体镶嵌''局部点染''穿插互补'可以说是初级阶段。在教学中和学生一起把课文学完，再把光盘从头到尾直接播放一遍，用这种简单直观的形式将音频、视频引进教室。后来，我又在教学中大胆穿插一些其他教学内容。整合资源是在初级阶段的基础上，对教学光盘的固定资源可打破学科、章节以及教学环节的限制，进行增删、创新、设计，制作出属于自己风格的光盘资源，为我所用。"

2002年5月，李秀报名参加了天水市第五次电教优质课评选活动，讲授的是《卖火柴的小女孩》。学校当时没有相配套的光盘，李秀就自己买了一张童话盘，用这种直观播放的形式将童话故事视频化了，这节课获了市级二等奖，这是她在信息化教学上斩获的第一个荣誉。李秀在边远山区学校光盘教学的舞台上扮演着自己的角色，展示着自己的探索成果。先后获得第七届全国多媒体教育软件大奖赛甘肃赛区一等奖，第七届全国多媒体教育软件大奖赛决赛二等奖，还被评为天水市"园丁"、秦安县"十佳教师"、甘肃省第四届中小学青年教学能手。

2004年6月，全国农村中小学现代远程教育现场会在天水召开，吴川小学被确定为观摩学校，李秀和其他三名青年教师开始接触新模式下的新课程配套光盘。为了扩大资源，她和学校其他三位年轻教师自己动手制作教学光盘，从网上查阅资料，自己设计环节，他们白天练习上课，晚上坐着农用三轮车去县城培训，回来后又加班加点制作光盘，这样就大大填补了教学光盘的不足。至今，吴川小学还有他们几个人制作的40多张光盘。

光盘播放教学不仅彻底改变了李秀的传统教学手段，也使她的成长路径更加清晰。2005年4月初，李秀在中欧甘肃基础教育项目秦安县新课程跟踪培训活动中担任县上选派的讲课教师，利用每周六日下乡讲课，为其他学校的老师讲授光盘示范课并进行技术指导。在农村学校光盘教学的探索历程中，留下了李秀一个个清晰的脚印。

2013年秋季开学，天水市两区五县601所教学点项目设备资源全部投入教学使用，标志着该市农村边远山区学校信息化教学向前跨出了一大步。

随着农村学校电化教育条件的极大改观，每个农村小学都有了电

守望教育的灯火

脑、液晶投影、交互式电子白板，有些条件好的学校已经用上了一体机。李秀曾经工作过的吴川小学现在有一套电子白板设备，采用设备不动、学生流动的方法来进行电教课教学。

从光盘播放的探索到电子白板与一体机时代，从农村小学教师到县级教研员，这在李秀心目中是一个深刻的时代印记，光盘播放教学虽然淡出了农村边远山区的教学舞台，或将成为农村学校师生的历史记忆，但这种远程教育模式的推广和使用，使教师教学理念发生了蜕变，从传统教学方法中突围，尤其是广大农村学校教师通过远程教育模式一的推广普及，熟练掌握了使用各种信息化设备的技术，把优质教学资源引进了课堂。

李秀在光盘播放教学中脱颖而出，对全学区的年轻教师产生了很大鼓舞。她还在甘肃基础教育信息化平台与国家基础教育信息平台开通了两个教研空间，上传了自己的20多篇文章，与全国各地的同行们进行交流，探索教研与电教的对接点。

说起将来，李秀仍满脸自信，底气十足，"各级领导的鞭策和鼓励，我的压力更大，肩上的担子更重，但我会竭尽全力走好今后的路。"

（《中国教育报》2015 年 11 月 17 日第 7 版）

大山里的"教授"校长

——记甘谷县金坪初中校长黄发胜

甘谷县六峰镇金坪初级中学坐落在县城东南山上的金坪村，可就是这样一所名不见经传的农村学校教育质量一直名列前茅，成为山区教育的鲜活样本，这样的成绩正是得益于校长黄发胜的治校方略。

黄发胜是金坪本地人，1988 年从师范毕业后分配到家乡蒋坪学校任教，一干就是 10 年；1998 年，从蒋坪学校调到了金坪初中任教，2004 年 8 月担任校长。

他刚上任时，6 个教室 9 间教师宿舍全是 20 世纪 80 年代建的土木结构房子，屋面透光，墙缝进水。每逢下雨，教室就漏雨，学校师生上厕所去附近的农田，条件特别艰苦，三个年级只有在校学生 90 人。

"确保金坪初中三年摆脱落后局面，五年跻身农村一流学校。"黄发胜上任后向全体教师做出郑重承诺。

于是，黄发胜多方奔走，筹集了 6 万多元，给学校修建了厕所，砌起了围墙，师生的学习、生活条件有所改善。2012 年，新教学楼开工，施工期间，他晚上看图纸、查资料，白天就守在工地上，发现工序不合格就督促乙方返工。如今，学校建成了新教学楼、实验楼、食堂，校容校貌焕然一新。

"校长不是用鞭子赶牛的'农夫'，而是马力十足的'火车头'。只有自己敢于担当，教师才会看到希望。"黄发胜说。

在学校，黄发胜是最年长、资历最老的人，老师们习惯地称他为"黄老师"。他每天 6 点站在校门口迎接师生到校，7 点出操，8 点在集体办公室批阅作业……教学之余，他亲手修剪花木，清理垃圾。

在教学上，他一直承担九年级数学、化学教学工作，学生们都称他为"黄教授"。"黄老师的课讲得很细，遇到抽象的知识点就打个比方，既生动，又浅显易懂，同学们都喜欢听他的课，他很像一位慈祥的父亲，牵挂着我们的学习、生活。"九年级学生金亚说。

为了留住教师，黄发胜每周两次开车接送教师上下班，开办了集体食堂，租借原金坪乡政府的办公楼作为教师宿舍，他主动给缺钱买房的老师借钱交首付，还从中牵线搭桥撮合成4对情侣。

黄发胜舍小家，顾大家。学生没钱生活了，他就添补生活费；学生生病了，他总是亲自送到县城医院检查治疗。往往等到他忙完学生的事回到宿舍，自己的孩子已趴在书桌上睡着了，作业本上还空着几道不会的数学题……"我知道这些年亏欠家人很多，但只要把家乡的教育办好了，老百姓就会受益，老百姓受益了，我的家人也会跟着受益。"黄发胜说。

在黄发胜和全体教师的共同努力下，金坪初中的教学质量节节上升，从全县后列一跃名列全县前茅。28年来，他教的学生有607人考上了高中、146人上了各类中专、182人上了大学。2013年农历正月十五日，金坪村的村民敲锣打鼓，为学校送来了"教育界楷模"的锦旗。

如今，黄发胜获得了很多荣誉：1995年获天水市"园丁奖"荣誉，先后三次被评为甘谷县"先进教师"，2007年被评为天水市师德模范教师，2008年、2013年被甘谷县委评为优秀共产党员，2013年被省教育厅评为陇原优秀乡村校长，2016年被评为天水市优秀共产党员。

（《未来导报》2016年9月9日第4版）

电教馆长回乡支教记

"同学们，今天，听老师给你们讲《守株待兔》的故事。"老师边说边熟练地点着电子白板上的菜单，《守株待兔》的动画片立马就播放出来了。

这是甘肃省天水市麦积区五龙乡安家山教学点全校学生的一节音乐课。这节课是教唱《守株待兔的老农夫》第一段，老师用讲故事导入新课。教唱过程中，老师打着节拍给学生试唱，遇到难唱的地方就点停止键，提醒学生把握节拍，只用了不到20分钟的时间，孩子们就会唱了。

教音乐的是55岁的支教教师安首来，他的身份是麦积区电教馆副馆长，已从事电教工作整整30个年头。2015年秋季，他主动申请到自己老家—安家山教学点支教。

安首来回乡支教还真有点说道。他是带着农村小规模学校如何应用电教设备的问题下去的。近年来，随着国家"全面改薄"项目的实施，许多小规模学校也配备了电教设备，但由于受小规模学校教师年龄偏大、音体美专业教师短缺等因素影响，这些先进的电教设备难以发挥更好的作用。究竟如何才能用好这些设备，提升教育质量？安首来想探探路。

安家山小学共有40名学生、5个年级5个教学班，5名教师中50岁以上的就有3人。近几年，学校配备了两个电子白板和教学点数字资源，接上了电信宽带网，但原有的老师实行包班，"一个萝卜一个坑"，每天从早到晚连轴转，有资源不会用也缺少有力的指导，设备利用得并不理想。

安首来来到学校，不仅担任起全校的音体美教学，承担实验仪器、图书的管理工作，平时还手把手地教几个同事学习多媒体和实验仪器的操作技术。从开关机等最简单的操作技术起步，到学打字、下载教学资源、做课件一项一项地教，老师在课堂上不会操作他就主动去帮忙演示。第一个学期下来，5 名教师不仅对电教设备感兴趣，还能用多媒体开展正常的教学了。

59 岁的老教师安本立老师仍然对教学充满激情："首来可是个'生丑净末旦'都能演的多面手，也是个热心人，我们跟着他学了不少新鲜的东西，视野开阔了，好像自己年轻了几岁。昨天我用下载的课件上《老鼠嫁女》一课，先让学生看，再让几个学生分角色表演，没想到孩子们比我们大人说得好。"

安首来的音、体、美课程一般都安排在下午，但他从没闲过，每天坚持早到校，上午没课的时间，他就对实验仪器和图书进行归类整理入柜，帮着给其他几位同事下载课程资源，提前准备实验器材，其他同事没做过的实验他总是带头演示。为了开设学生的手工制作课，他开着私家车在山下挖红胶泥，亲手过滤并做成胶泥棒，发给学生捏各种实物模型，孩子们玩得开心极了。安家山人有习拳练武的传统，安首来就把村里的武术艺人请到学校给孩子们教武术，孩子们表演的武术节目还在全乡庆祝"六一"活动上得了奖。一年半时间，他已经教会学生 20 多首歌曲了，孩子们做起了韵律操。

"安老师的课上得太好了，听他的课很轻松，我最喜欢上美术课，不仅学会了画风景，还会用纸折孔雀了。"四年级学生安金渚高兴地说。

校长安天敏告诉笔者："我们的多媒体设备原来不会用，现在明显不够用，学校只有两个电子白板，用不上白板的老师只好把下载的资源放在电脑上反复看，然后再去给学生讲，效果也比原来好得多了。教学手段和方法的改变，使学校的教学质量有了明显的提高，也留住了学生。"

(《中国教育报》2017 年 3 月 21 日第 7 版)

用爱撑起一所学校

2017 年 11 月 5 日上午 8 点 30 分，甘肃省秦安县安伏学区杨山教学点教师杨银德换上一面崭新的国旗，然后打开录音机，嘹亮的国歌响起，3 名小同学向徐徐升起的国旗敬礼。

此刻，杨银德的眼睛有些湿润，他想起了前两天远在兰州的退休干部杨自忠对他的嘱托："党的十九大已经定了调，农村教育事业会发生天翻地覆的变化，你一定要让鲜艳的国旗飘扬在校园上空，学校可是村子的希望！"如今，杨银德是杨山教学点唯一的老师，已在这个教学点坚守了整整 30 个年头。

"一定要让村里每个孩子都能上学读书"

杨山村是秦安县安伏镇一个仅有 526 人的自然村，1987 年秋季，杨银德成了杨山教学点的一名民办教师。当时杨山教学点三个年级的 6 名学生挤在一间破教室里，没有窗户，没有围墙，没有课桌，孩子们只能趴在泥土砌成的土台子上读书、写字，杨银德也只能在土台子上备课，批作业。学校里没有厕所，学生在校园墙角边上的土坑里大小便。

"一定要让村里每个孩子都能上学读书。"面对这样艰苦的条件，杨银德并没有气馁。没有玻璃他拿来自家的塑料布堵风，教室没有桌椅，妻子做帮手砌起土台子，中间架上木板……

杨银德想着为村子建一所新学校，让孩子们能坐在安全、宽敞、明亮的教室里学习。从 2000 年开始，他挨家挨户做动员，发动村民捐

　　　　　　　　　　　　　　　　　　　　　守望教育的灯火

资办学。为了动员村里的一名在外做生意的人捐款 500 元,杨银德往那户人家里跑了 11 次,他还给在外面工作的村里人挨个写信,最终筹到了 6.5 万元。2007 年暑假学校修建,杨银德整天盯在工地上,当时正是麦收时节,妻子胆结石病复发,眼看着熟了的麦子,因顾不上收而遭了雹灾。

秋季开学后学校还没修好,他和妻子在自家院子里搭起了塑料帐篷作为临时教室,35 名学生就在这里面上课,妻子负责打扫卫生,烧开水,煮土豆给孩子们吃,有时天气冷了,穿得薄的孩子轮流在热炕上暖身子,直到终于搬进了新校园。

"改变贫穷还得靠教育"

"山里人穷,孩子多,改变贫穷还得靠教育。"说起靠学习改变命运的话题,杨银德给记者讲起了村民伏有福家的故事。

伏有福的妻子长年患病,家里有 5 个孩子,都超过了上学的年龄,可因为交不起学费孩子都在家里闲着,杨银德死缠硬磨终于把 5 个孩子动员入学了,最终这 5 个孩子都考上大学。

聊起教学,杨银德满脸认真:"既然家长把孩子交给我,我就要尽十分的力气把孩子教好。"2005 年,杨老师干农活腿扭伤了不能上课,妻子早上挨家挨户地把孩子们叫到自己家里来上课,有时候确实感冒躺下起不来了,就利用双休日给孩子们补上。

起初,杨银德的普通话还不过关,读课文读不准音,他就晚上在家里练,还请两个儿子领着读,第二天再给孩子们教。1998 年,新疆某公司经理到村里访亲,看到杨银德教学条件太艰苦了,当即给他在县城买了一台录音机和几十盘磁带。杨银德如获至宝,除了课堂上给学生教汉语拼音、唱歌外,课外活动给孩子们播放少儿故事,晚上在家里跟着学英语,有些孩子双休日还跑到家里来听故事。"一台小小的录音机真是派上了大用场。"杨银德对那时的情景记忆犹新。

"一定站好杨山教学点的这班岗"

每天上下学，杨银德都要开关校门，这个动作30年里不知重复过多少次，也记不清用坏了多少把锁，但每当打开锁那一瞬间，心里就觉得很敞亮，证明自己的学校还"活"着。

杨银德至今珍藏着3张不同时期的照片。第一张黑白照片拍摄于1989年6月，20多名孩子或蹲或站着围杨银德一圈；第二张拍摄于2000年，有50名学生，第三张是2007年新学校建成后，学生数量猛增到60人。这些照片见证了这所"袖珍学校"曾经的辉煌。

2013年9月，杨银德被省教育厅和天水市教育局分别评为"陇原优秀乡村校长""最美乡村校长"。2016年12月，被秦安县委、县政府授予"百名最美秦安人·最美教师"荣誉称号。

"这些荣誉是对我的肯定，我教过的学生每年的考试成绩都在全乡前列，有25人考上本科，有54人考上专科，看到昔日的学生都有出息，我非常高兴。"说起这些，杨银德脸上露出了欣慰的笑容。教室里，3张课桌，3名学生，后面墙上的专栏里还贴着学生的优秀试卷和作业，本学期期中考试是学区统一命题，一年级的伏江涛和杨景博每门都考了90分以上。

据学区负责人陈跃芳介绍："如果撤掉杨山村教学点，本村的孩子就要到五公里之外去上学，很不方便，但近年来村里越来越多的年轻人出外打工，适龄儿童越来越少，所以今年只有3个孩子入学。"

"每次看到村里有结婚的，我打心眼里高兴，想着再过几年我的学校还会有学生，还能办下去。"杨银德告诉笔者，"有一个学生我就教一个学生，一定站好杨山教学点的这班岗。"

（《中国教育报》2017年12月5日第8版）

"要拔掉穷根，就一定要让娃娃上学"

春节后开学第一天，甘肃省天水市清水县山门镇关山村村支书雷得有处理完村上的事务，马上赶到村里小学查看学生报到和开学情况，看到上学期的 12 名学生都来了，学前班又多了 3 个孩子，他的脸上露出了笑容。

只要有时间就往学校跑是雷得有 40 多年来养成的习惯。

"上高中时，有一次回家取吃的，可家里没粮没面了，母亲跑了几家才借来 5 斤玉米，回家在石磨上磨成面让我带去学校。从那时起，我就下定决心要在村里建一所像样的学校，通过发展教育改变村子贫穷落后的面貌。"雷得有说。

1977 年，雷得有高中毕业报名参军，已经通过体检的他被当时的大队书记硬是留下做了大队文书，1983 年又担任大队党支部书记，一干就是几十年。42 年的村干部路上，教育始终是雷得有心头分量最重的事儿。

71 岁的村民雷永忠是雷得有读小学时的老师，他回忆，上世纪 90 年代初，村小只有一名民办教师，20 多名学生，两间教室是上世纪 70 年代修的土坯房，很多村民不愿意送孩子上学。

怎么办？雷得有一方面挨家挨户上门动员，软磨硬泡让家长送孩子上学；另一方面，村里立下规矩，对送孩子入学积极和孩子学习好、考上大学的农户给予相应奖励。

村小学生多了，但破旧的校舍既狭小又存在严重安全隐患，雷得有产生了新建学校的想法。他自费到清水县城的旅社住下找有关部门跑项目，跑了几天没着落，最后又通过熟人直接找到了县委书记，书记被他的真诚打动，当场答应了村里盖小学的要求，安排教育部门想办法解决建校资金。

"当时建新校舍选中了一大片地，玉米青苗已经高过膝盖，种地的村民一听要建新学校，二话没说自己把青苗铲掉了。修建学校过程中，大家主动义务帮忙，还有村民捐了木料，村里当时到公路还要走近8公里的羊肠小道，砖和水泥都是村民花了半个多月时间用架子车拉以及驴驮进去的。"雷得有说起当初建校的情景有些激动。

2005年，雷得有任村支书的罗垣村和苗山、关山两个村合并为关山行政村，他继续担任村支书，新成立的村子最大的短板还是教育——男孩大多因文化程度低外出打工只能干苦力，女孩长大后家长要一笔彩礼就嫁出去了。对此，雷得有利用自己在村民中的威望和号召力，抓住各种机会对村民讲道理，动员村民送孩子上学。2008年，随着学生越来越多，村小校舍不够用又要重修了。建新校舍需要征用村民的8.7亩土地，有村民不同意，雷得有发动大家反复去做工作，后来又自己掏钱先垫付了补偿金。"村上那时没有钱，为了不耽误建校工期，我把自己过去做生意攒的钱预付了，4年后村上才还给我。"雷得有说。

通过近几年的脱贫攻坚，村里的贫困人口由2013年的95户458人下降到2018年底的36户157人。"村里发生如此大的变化，教育功不可没，要彻底拔掉穷根，就一定要让娃娃上学，让村里更多的孩子走出去，他们学的多了，见得多了，接触的事情多了，眼界就开阔了，即使在外面就不了业，也能回村发挥才干，村里的明天就会更有希望。"雷得有对村子今后的发展充满了信心。

（《中国教育报》2019年3月2日第8版）

一对伉俪画出思政"同心圆"

甘肃省天水市第一中学思政课教师郭栋梁和妻子李旭华,在看完一则关于经济工作的报道后,连夜拟出讲授提纲,次日就在思政课堂向学生做传达解读。

这样的场景,已成为郭栋梁和李旭华夫妻的日常内容。他们是"标配",大学同窗好友,中学高级教师、天水市骨干教师、天水师范学院校外研究生兼职导师,又在学校思政课教研组,两人一路相伴,凭深耕教育的情怀,开启了长达近30年的思政课"马拉松"。

相濡以沫 耕耘思政课的"田"

1992年两人大学毕业后,郭栋梁被分配到长城子弟学校,李旭华去了天水市职业中等专业学校,2005年起两人同在天水市一中任教,经历了高考制度改革、课程改革、高中文理分科改革等,他们在每一个"赛程"不断发力,跑出了自己的优异成绩。

2017年秋季,天水市一中在城外建的麦积分校区开始招生,学校领导找郭栋梁谈话到分校把关,他不仅爽快答应,而且动员妻子李旭华同去了分校。

为了及时了解时事政治,上好思政课,夫妻俩每天放学后必做的一件事就是看《新闻联播》。遇到有重要的知识点,晚饭后马上提炼总结,第二天上课结合教材内容把时事政治穿插进去。

2020年天水市教育局举办思政课优质课大赛,郭栋梁踊跃报名参赛，讲授《我国的分配制度》一节课，他精心设计中国十大名村"永联村"的致富案例，课堂上学生激情高涨，气氛活跃，反响强烈，被评为市级一等奖。

精钻细研　打造鲜活生动的课

"高中学生普遍重理轻文，而且存在男女差别，要解决这个问题，教师就要用科学灵活的教学方法吸引学生。"李旭华直言，他俩在教学中做到每节课都有图有真相、有理有故事，上政治生活课就剪辑播放《辉煌中国》等纪录片里的数据信息，上文化生活课就带家里的书画进课堂师生共同鉴赏。发现时政热词是学生学习思政课的兴奋点后，夫妻俩平时注重收集时政热点材料，列举实例，让学生实现知识迁移。

"郭老师在讲《经济生活》知识点、分析近几年猪肉价格上涨原因时，引入《猪肉变形记》中'二师兄'的故事，我们听起来通俗易懂，生动有趣，他的课'抬头率'高。"2020届毕业生孙雅婷说起郭老师的课赞不绝口。

此外，夫妻俩利用小长假为全年级学生布置"我是家庭理财人""我是经济分析师"等课外扩展作业，让学生去观察体会身边的经济现象，形成调查小报告。2017年还设计了"书记校长进课堂""人大代表进课堂"等活动，让各行各业的专业人士为学生上思政课，使全员育人、全程育人、全方位育人落地有声。

高二（6）班班长韩旭谈起李老师的课兴奋不已："课堂气氛很活跃，她先抛出一个问题，让大家讨论，然后用网络新词、成语故事把知识点串起来，既风趣幽默，又生动鲜活。"

春风化雨　培养知行合一的人

"以前，课堂教学关注自己所教学生的高考成绩和取得的各种名次，如今特别关注学困生的转化、偏科生的补差、家境贫寒学生的帮扶，这些工作比提高学习成绩更重要。"夫妻俩在近30年的教学中更加注重育人。

李旭华曾担任天水市职业技术学校1993级医士班的班主任，前几届医士班难管理，她接手后与学生打成一片，并结下了深厚的感情。汪芳东当年腰部受伤半年，由于来自农村家庭，家里既没钱治疗又没人照顾，在李旭华和班上学生的帮助下，身体恢复如初，从此汪芳东把李旭华当成自己的知心大姐。

李小林是2013年入职的天水一中思政课青年教师，和李旭华结为师徒关系，2015年经李旭华老师介绍入党，2018年获得全市优质课一等奖第一名。李小林说："郭老师讲课思路清晰，逻辑层次严密，他的课有深度；李老师的课贴近生活，她的课如和风细雨。"

郭栋梁夫妻除了教好课之外，时时、处处以长者身份关心青年教师的工作和生活，近几年麦积分校招聘引进的外地青年教师较多，夫妻俩周末或假期经常会把年轻同事请到家里吃饭聊天，其乐融融，同事们打趣地说："特别喜欢在郭老师家上生动的'思政课'。"

"郭老师夫妻俩在教学一线，积极投身思政课教学改革创新，不仅培养了一大批品学兼优的学生，而且带动培养中青年教师尽快成长，充分体现了思政课老教师的初心使命与责任担当。"校长李强感慨地说。

（《中国教育报》2021年2月21日第3版）

让学生飞得更高更远

——记甘肃省"园丁奖"获得者武山一中教师王军强

9月3日上午，在武山县一中校园见到王军强，80后的他已是两鬓微白，好在他年轻乐观的心态，让人感到他充满活力。

"我把自己的翅膀给了自己的学生，在每一次雏鹰展翅的试飞里，我看到了理想在天空升腾的光芒"。现担任武山县一中高一年级主任、高一（1）班班主任的王军强把这句话作为自己的座右铭。

王军强于2005年9月参加工作后一直担任班主任，整整16个年头里，他不仅把满腔的热情奉献给他挚爱的学生，还把勤劳和智慧融入三尺讲台，用自己的人格魅力去打动人、感染人，赢得了社会各界的广泛好评。

父亲的叮嘱成为他努力工作的动力

王军强是武山县山丹乡贾河村人，老父亲在村里的小学当了一辈子老师，教了村上祖孙三代人，工作认真负责，在当地有很好的口碑。

"当老师是良心活，一定要把学生抓紧，耽搁农活是一年，耽搁学生可是一辈子，要对得起国家给你的这份工作。"每次回家，老父亲总是千叮咛万嘱咐要干好工作，老爸的话始终在王军强的脑子里萦绕，既是鞭策又是鼓励。

大学毕业后，王军强被分配到武山县滩歌镇金华九年一贯制学校工作，并在初中部担任班主任，那时，农村学校的条件十分艰苦，他每天用小煤炉烧水做饭，由于学校大部分学生是留守儿童，并且都在校外住宿，所以每到生火取暖的季节，便是他最揪心的时候。除了天天检查租住在外学生的饮食起居安全外，还要像关心兄弟姐妹一样关注每一位孩子的成长。

金华初中的大部分学生在北山村，离学校较远，要爬一面坡，平时的家访基本都集中在星期五放学后，晚上家访结束后还得返回学校。记得在2007年秋季，一次走访结束后，突然下起了大雨，全村一片漆黑，伸手不见五指，家长帮家访的老师打着手电筒，"护送"他们下山，王军强和几个同事总算是连滚带爬下了山，下山之后还要蹚水赶路。"回到学校，浑身沾满了泥巴，那面坡既长又陡，弄不好会掉下山崖。"王军强回忆起那次家访仍惊魂未定。

用心做事，用爱守护

2008年，王军强被调入武山县一中任教，学校安排他带高一两个班的物理课，并担任高一（11）班的班主任，从乡村初中到城区高中，班主任的角色需要转变，由于高中学生学习压力大，时间紧，特别需要教师的关爱，所以他把大量的时间和精力倾注在班级管理上。每天5：30起床，早早来到学校，第一时间查看学生到班情况，落实清洁卫生任务，检查寝室内务整理，课间一起活动，了解班上60多名学生的基本情况，与学生倾心交流，下课后和学生一起在食堂吃饭。每次考完试后，王军强都会认真分析每一位学生的成绩，并和带课教师商量补差方案，从外地出差回来，他总会给学生带一些当地的土特产。

为了减轻高三学生的学习压力，王军强还特意为学生开发了几款别开生面的素质拓展课外游戏活动，通过简单的小游戏，在减轻学生学习压力的同时，激发了学生的学习兴趣，增添了他们面对高考的勇气与信心。由于每天反复上下楼，平均行走两万步，如今他的双膝盖里已有积液，半月板已经严重变形。

2018届学生林玉现就读于西南交通大学。据她回忆，初次与王军强见面是高一报名的时候，王老师坐在前面登记报名信息，突然他从前面走到队列后面，教训了后面几个正在说话谈笑的同学，"王老师好严厉"便成了她的第一印象。在后面相处的过程中，慢慢发现，王老师除了严厉之外更多的是负责任、是慈爱："他关心我们每一个人，每次开班会都强调让我们晚饭要吃好，不能凑合吃泡面，结果他自己忙碌一天后因为没时间吃饭只能在办公室吃泡面。高中三年只要我们在学校，王老师就会在学校，从早上六点到晚上十点。他陪伴我们的时间比陪伴自己孩子的时间都多，能够遇到如此负责的老师是我最大的幸运。记得有次王老师要去成都培训，走之前给我们几个班委安排好了班内的事务。结果，在他培训的第一天晚上就给其他老师打电话，让班长接电话询问班上的情况。培训回来时，他提着一大袋好吃的进了教室，说这是特意给我们买的。当时，真的超级感动，怎么会有这么好的老师！"

"高三临近毕业的时候，王老师为我们每个人准备了一个档案袋，让我们把自己认为具有纪念意义的东西装进里面，由王老师为我们保存，等我们以后成功了，这个档案袋里装的就是最珍贵的回忆了。"林玉对高中三年的学习生活深有感触。

细致入微，破解学生发展难题

学生之间产生小摩擦、早恋、玩手机、心理健康等问题是班级管理的大难题，需要班主任事无巨细，细致入微，王军强既做父母有时也做"黑猫警长"。

高中学生的情绪经常会有波动，和父母、同学之间会产生一些小摩擦，王军强总是能够第一时间就发现，而且一出现这种情况他就把两个人调到一起当同桌，通过平时合作活动，慢慢消除摩擦，重新和好。

在成都双流机场工作的陈夏辉回忆，一次因为和同学闹矛盾，班

　　　　　　　　　　　　　　守望教育的灯火

主任王老师通知他叫家长来学校，他知道肯定是老师要给家长告"黑状"。"没想到老师给老爸在街上买了油饼，煮上罐罐茶，两人聊起了家常，还说了我不少好话。"陈夏辉说正是老师的宽容倒逼自己改正了许多不良习惯。

王军强所带的班里有一位学生每天早上上课就打瞌睡，整天萎靡不振，学习成绩也是持续下降，根据王军强的经验，这个孩子晚上在家肯定玩手机，于是让家长在孩子的卧室找手机，翻来翻去结果在床底下的鞋子里找到了手机，证实了孩子是由于晚上彻夜玩游戏而影响了学习。

平时工作中，王军强经常与科任教师交流各自所掌握的学生的思想情况和学习情况，并向他们征询对班级管理的意见和建议，然后对学生进行教育引导。

"我大部分时间在学校，妻子在洛门镇上的县二中上班，两个儿子在家里顾不上管，中午太忙回不去时，孩子要么在外面买着吃，要么就吃泡面，心里也是愧对孩子。"王军强说起自己孩子的学习生活时热泪夺眶而出。

大胆创新，做学生的知心朋友

9月2日上午，王军强组织高一（1）班的学生观看沈阳桃仙国际机场举行109位志愿军烈士遗骸归国仪式的直播，这是他有意安排的新学期的第一个主题班会，让学生接受了一次缅怀革命烈士的思想教育、弘扬伟大的抗美援朝精神的思想教育。

王军强认为，作为高中班主任，必须通过学生喜闻乐见的方式，激活学生自我管理的能力，学会做人。他在所带的班上身兼学科教师和班主任两重身份，为了整体提升全班学生的学习成绩，王军强成立"一对一"结对子帮扶小组，提倡"兵练兵"。从高一入学开始，王军强就指导学生做三年学习目标规划，针对学生表达能力差、自卑、胆小等问题，每年教师节期间，他便鼓励每一位学生给学科教师制作贺卡，撰写颁奖词，每周星期一下午1小时的阅读结束后，要求学生写一段读后感贴在教室后面的黑板上相互交流。每次主题班会，都会选4名学生作主题演讲，三年坚持下来，每个学生都成了演讲高手，学校每举办大型活动，总是由王军强班上的学生担任主持人工作。

正是在王军强的带领下，班上的学生屡创佳绩。由于工作成绩突出，王军强先后被评为武山县"园丁""先锋引领行动武山先锋岗""优秀共产党员""感动武山·十大道德模范"，获得天水市"优秀班主任""天水好人"等荣誉称号，今年又荣获了甘肃省"园丁奖"荣誉称号。

"有幸成为王老师同一个协作组的成员，每天都能看到王老师为学生忙碌的身影，作为班主任，学生和科任老师需求的、没想到的，他早已第一时间为你安排解决，他是我们青年教师心目中的楷模。"化学老师雷娟说道。

（《甘肃教育》2021年第17期）

农村高中学校的好"掌门"

——记天水市"园丁奖"获得者甘谷县二中校长杨卫东

从甘谷县五中教导主任做起，到县二中教导主任、县三中校长，再到县六中校长，如今担任县二中校长，杨卫东的足迹深深地印在了甘谷县农村高中学校。35个春秋，他辛勤耕耘在农村教育的热土上，用浓浓的热血情怀书写了农村高中学校的奋进之笔。

今年55岁的杨卫东出生于甘谷县偏远山区大庄镇的普通农家，1986年7月参加工作。上学期间，由于家庭贫困，同样饱受了求学的艰辛和生活的不易，参加工作之后，他立志要用自己微薄的力量让更多孩子用知识改变命运，做贫困学生走出大山的"摆渡人"。

攻坚克难，所走的每一步都落地有声

在30多年的教育管理岗位上，杨卫东始终勤勉务实，倾情投入，总是以一个攻坚克难拓荒者的身份，用实际行动诠释着一个教育管理者的追求，不断改善教育管理生态，所走的每一步都落地有声、踏踏实实。

甘谷县三中作为一所地处边远山区的农村中学，办学条件艰苦，生源质量低下，其发展历程充满艰辛。

2011年，杨卫东走马上任甘谷县三中校长。面对现实和困境，他首先确定了"由薄弱学校向合格学校转变、由合格学校向特色学校迈进、由特色学校向品牌学校突破"的发展目标定位，以此来唤醒和激发全体师生奋起的精气神。针对学生实际，他带领全体师生狠抓高效课堂建设和教育教学质量提升，改善师生工作生活条件，促进学生良好行为

习惯养成教育和管理，走内涵发展的路子，不仅拓展了学校的发展空间，而且提升了整体办学水平。2014年5月，该校成功升格为天水市示范性普通高中，成为天水市第一所农村边远山区的市级示范高中。在创建市级示范校的过程中还凝结出了"精准定位、敢想敢干、勇于超越"的甘谷三中精神，成为照耀三中人接续奋斗的精神之魂。

杨卫东所到的几所农村高中学校，所面临的发展问题都大同小异。但他始终认为，创新是农村学校生存和发展的不竭动力。为此，他坚持推进办学理念、机制体制等各方面创新，助推学校全面可持续发展。

精细化管理是他落实创新理念、打造特色优质学校的措施之一。他任三中、六中校长期间，在扎实有效地进行常规教育教学活动的同时，积极开展导学案、周考练、弱科辅导、自习考试化、滚动复习、"面对面"主题班会、集体备课、师徒结对子等精细化教育教学管理工作，全力实施教育管理提升、教师队伍建设、教研教改实践等各项工作，不断开拓学校发展新局面，教学质量稳步提升，打造了一张张全县薄弱校"低进优出"的靓丽名片。

他任职期间，所在学校均获得过"甘肃省教育系统先进集体"及天水市"教育教学质量优胜单位""市级文明单位"等多项荣誉称号。今年，他被市委、市政府评为天水市"优秀校长"。

修己安人，打造教师精神特区

"学校发展的历程，也是校长不断历练和成长的过程。学校的发展变化需要历任管理者薪火相传，接力前行，管理学校的过程就是修己安人的过程，只有管好自己，才能理顺别人。"杨卫东认为，"作为乡村学校的校长，必须追求不知有之的管理境界。"校长和师生之间能够保持一种平和、温暖的关系和生态，不需要外在的捆绑和约束，让师生感觉到校长在与不在一个样，那才是管理的最佳效应。

基于这种人本管理理念，杨卫东坚持凡属学校发展的重大事宜都要充分征求教职工意见，和师生保持一种平和温暖的关系生态，树立"自主自觉效益最大"的价值理念，坚持制度约束的刚性与思想激励的柔性的有机统一，打造教师精神特区，从内心深处唤醒教师的行动自觉，让教师能够主动地把个人追求融入学校发展之中，从而形成了和谐有序的人际关系，培植了奋发向上的精神风貌和充满激情的工作状态，实现了与学校的同心同向发展。

他无论走到哪里，都千方百计为青年教师打造成长与发展的平台。通过举办青年教师成长论坛、师德宣誓仪式、校本培训、以集体备课为主要载体的教研教改等活动，为其提供了广阔的发展平台。他大胆任用年轻教师，让他们勇挑重担，鼓励青年教师积极推进学生思想道德建设工作，以丰富多彩的校园文化和社会主题实践活动为载体，持续促进学生良好行为习惯的养成教育和管理，塑造学生优秀品格。

"杨校长就像一位慈祥和蔼的长者，对每一个学生都特别好，总是不断鼓励，让我们修炼人品，学会做人，增长学识，做一个对社会有贡献的人。"正在浙江大学就读的苏军义对杨校长的教诲仍记忆犹新。

特优发展，做现代学校的设计者

杨卫东在甘谷县三中、县六中任校长期间，也正值学校基础设施建设的关键时期。针对师生运动场所简陋、基础教育设施落后等现况，他八方奔走，筹集建设资金，大力改善办学条件。他任县六中校长伊始，面临校园面积狭小、基础设施陈旧等难题，学校可持续发展严重受阻。于是，他经过半年多的精心规划与论证，主持制定了甘谷县第六中学"三六九"中长期发展规划（即在三年内完成新校搬迁，六年内争创市级示范校，再用三年时间向省级示范校迈进），建设全封闭寄宿制现代化管理体制的县六中新校区。2015 年 2 月，他向县人民代表大会提出了甘谷六中新校区迁建的建议，县委、县政府批准立项筹建，2017 年 10 月征地启动建设，2020 年秋季投入使用，成为全县第一所全封闭寄宿制高中。

"从规划到建设，杨校长真是操碎了心，操白了头，校园里的一花一草，一砖一瓦，一楼一阁都浸透了他的满腔心血。"县六中副校长王仲渊说起建校的事满含激动。

2021 年 3 月，他调任甘谷县二中校长，就提出了"'十四五'期间争创省级示范校，打造陇上名校"的愿景。

减负增效，做幸福教育的践行者

甘谷县二中地处城郊，师资、生源、硬件等方面优于县三中和县六中，在全县高中教育中处于强校和弱校之间，师生压力较大，长时间会造成教师职业倦怠，学生厌学情绪滋生，心理障碍多发，师生身心健康面临巨大挑战。他为了尽可能地减轻学生课业负担，呵护学生身体健康，大力倡导减负增效，不断探索幸福教育模式，提出了"幸福的教师在幸福的环境中才能培养出幸福的学生"这一教育理念，从幸福班子建设、幸福教师培养、幸福班级构建、幸福课堂打造、幸福家庭促进、幸福学生成长等方面，全力打造幸福平安校园。学校克服困难启用学生公寓楼，解决了部分学生住宿难的问题。优化学生运动场所格局，确保学生每天 1 小时以上的锻炼时间，保证学生有充足的睡眠时间，全力推进高效课堂建设，提高学生学习效率，实现德智双全、身心两健的学生培养目标。如今的县二中，正在回归到教育的原生态，在和谐有序的环境中，在自觉自主的状态下，教师倾情打造着幸福教育，学生尽情享受着幸福教育。

（天水在线网 2021 年 9 月 10 日）

守望教育的灯火

一开口就令人惊叹！
视障女孩深情朗诵《黄河颂》

近日，视障女孩张慧玉摸着盲文深情朗诵《黄河颂》的视频，引发网民热赞。

张慧玉，现就读于天水市特殊教育学校视障七年级，担任班上的学习委员。

张慧玉先天失明，三岁时因为爷爷给她讲的一本书而爱上了阅读。她起初在村小随班就读，并和普通学生同台演出，10岁时转入天水市特殊教育学校上学。

"开始学习盲文还是有点难，但是我喜欢阅读，从来不觉得累，就像每天要吃饭一样，每天都要读书。通过网络阅读，我的发音也准确生动了，感觉学习特别开心、特别快乐。"张慧玉说。

有了盲文基础，张慧玉开始大量阅读各类书籍，如今累计读书达到700多本，小学六年级时在省级艺术展演中朗诵了《盲人的太阳》，获得了一等奖。她也多次参加市、校级朗诵比赛。

张慧玉对未来充满希望："希望以后成为一名优秀的人民教师，服务更多需要帮助的孩子。"

（中国教育新闻网 2022 年 5 月 25 日）

肖艳萍：铁了心要把乡村学校办好

车子从甘肃省天水市清水县城出发，翻山爬坡，绕过山路十八弯，近一个小时才到新城乡初级中学。学校坐落于四面青山的闫川村，周边群山环绕，红白相间的教学楼格外耀眼。"别人以为新城是座城，其实只是一个山沟沟里不起眼的小村子，待得时间长了，倒觉得是个教书的好地方。"2022年43岁的肖艳萍担任这所学校的校长已整整5个年头。

"2017年9月，教育局领导送我到这里上任，一进门，当我看到陈旧简陋的教学楼，破旧的桌椅，校园里的各个角落杂草丛生，心中有点凄凉。"肖艳萍对任职第一天的情景仍历历在目，"但我心里想，既然来了就不可能有退路，铁了心要把学校办好。"

为师生干实事

学校的后操场原来没有围墙，扫把和办公用品常常被人拿走，肖艳萍干的第一件事就是修起了100多米长的围墙，并组织教师改装校园里的所有电路，粉刷教学楼，更换教学楼和宿舍楼的门窗。起初由于经费紧张，她把新添的办公桌椅让给新教师，体现学校对年轻教师的关爱。随着住宿学生的逐年增多，肖艳萍又想方设法筹资建起了茶水锅炉，保证孩子们每天能用热水洗漱。

学校原来有食堂，但条件有限，只能为学生提供营养餐，教师的午饭和晚饭都只是一碗面条，早餐没有着落，教师只能周末从家里带点馍馍，但一般周三就发霉变质了，所以每位教师的宿舍里都备有一两箱方便面。

肖艳萍着手改善食堂硬件和厨师待遇，首先保证师生的一日三餐，在此基础上，添加木耳等新鲜食材，让师生吃饱吃好。"营养上去了，学生的身体素质也大大提升，2022年初三年级体育考试总分50分，学生的平均成绩达到了41分，位居全县前列。"肖艳萍脸上是掩饰不住的自豪和喜悦。

学生是她最深的牵挂

学生的事情，肖艳萍最揪心也最牵挂。

离家最远的住宿生距离学校也有十多公里路，每个周末，当肖艳萍看到学生回到家发来的短信，自己才会踏实回家。每个周日，她会照例赶到学校迎接到校的学生，这已经成为她的习惯。

2018年春季，学校3名女生受自己务工朋友的影响，产生了辍学打工的念头。一天，她们以请假买东西为名，被联络的人用车接走了。学校第一时间通知家长并报警，同时组织师生四处寻找。直到晚上8时许，才在县城的一家酒店找到了她们。

"那件事之后，我就和大家分析研究制定了学生思想网格化管理的办法，学校班子成员、班主任、任课老师每人包一间宿舍，具体负责学生的衣食住行，平时做好学生的思想教育和心理辅导，实现全时段无缝隙管理。"肖艳萍说。

肖艳萍被同事形象地称为"暖心小贴士"。她听说学校的很多学生喜欢杭州的美景，前年，她利用到上海参加培训的契机，用周末休息时间跑到杭州买了32幅印有杭州美景的墙面贴画，回来时作为给孩子们的礼物，挂在了学生宿舍里。

新城乡的老百姓多半外出务工，留守儿童居多，这些留守儿童和特殊家庭的学生一直让肖艳萍放心不下。为了保证这些孩子受到良好的教育，肖艳萍以各种方式资助 13 名学生，初三年级的李乐就是其中之一。李乐的父亲 6 年前因病去世，母亲外出打工常年不在家，他和弟弟平时的生活全靠年迈的爷爷奶奶照料。为了保证李乐的学习生活不受影响，肖艳萍每年都要为他垫付生活费等费用，去他家里看望爷爷奶奶，鼓励一家人打起精神往前奔，让弟兄俩将来有个好的出路。

"肖校长经常鼓励我一定要努力学习，在学校，她总是关心我，就好像在妈妈身边，以后我一定要考上大学，好好报答爷爷奶奶和校长。"说起校长的好，李乐不由得掉了眼泪。

花最多的精力抓教学质量

肖艳萍平时喜欢"宅"在学校，并且把最多的精力和时间花在抓教育教学质量上。新城中学现有学生 367 人，有 28 名教师，为了提高教学质量，她多次带上青年教师外出参加业务培训和跟岗学习交流，实行推门听课制度，定期举办过关课、公开课、示范课和引领课比赛，促进青年教师快速成长，同时把班主任工作作为职称晋升、评优选先和提拔使用的重要条件。

通过 5 年的努力，学校教育教学质量跻身全县先进行列，学校连续 4 年被教育局评为教育教学先进单位，有 5 名教师成长为省、市、县级骨干教师和学科带头人。

"肖校长在工作上严格要求大家，但在生活里，她非常体贴关怀教师，不放过任何一个细节，大家相处得就像亲人一样。"学校副校长柳伟告诉记者，"大家的劲往一处使，学校办得越来越有活力，得到了老百姓的认可，教师们感到在新城中学教书育人就是一种荣耀。"

（《中国教育报》2022 年 10 月 19 日第 7 版）

教师李江珍和他的自行车队

每天早上 8 点半，甘肃省天水市麦积区甘泉镇的翠山自行车赛道上，一群身着鲜亮运动衣的青少年骑着自行车，如离弦之箭般穿越林道。教练李江珍左手拿着对讲机、右手拿着秒表，时不时喊着："前面有小飞包，注意车速和重心。"

李江珍是甘泉中学体育教师，多年来扎根农村教育。2016 年以来，他发挥自己的专业优势，带领学校山地自行车队刻苦训练，帮助一大批孩子实现了体育梦想。

山地自行车运动属于高危户外运动项目，对运动员体能与技能要求较高。李江珍面临着队员技术水平参差不齐、营养补给有限、训练设备和参赛经费短缺等种种困难。

李江珍刚工作不久时，手头并不宽裕，一家人在镇子上租房住。即便如此，他和妻子商量，先把买房子的钱拿出一部分，买了一辆训练保障车。队员的营养没有保障，体力跟不上，他就联系爱心人士想方设法改善队员的伙食。

面对零基础的小队员们，李江珍在山地、公路上手把手地教，白天抓训练，晚上检修车辆。有时候，半夜还能瞧见他修车的身影。"绝不能耽误孩子们训练。"在队伍里，他一人兼任教练、机械师、队医和保育员。

甘泉中学自行车队的主训练场是翠山自行车训练基地。李江珍潜心制订训练计划，从操作技术开始讲起，变速、上下坡、转弯……他反复示范讲解，直到队员掌握了技术要领。每次训练结束后，他还会分析复盘训练中出现的问题及安全事故防范要点，让孩子们在每次训练后都能有所收获。

李江珍除了负责训练，还要操心队员在校期间的生活。他对孩子们的生日、伤病恢复进度、情绪状态、食品补给等琐事烂熟于心，甚至连春节都和队员们一起过。

有一次，队员尤凯锋在训练时不慎从车上摔下，膝关节受伤，鲜血直流。受伤后，尤凯锋在家里休养了3个月，中途一度打算放弃训练。李江珍多次开导他，讲述自己的成长经历，鼓励他渡过难关。

在李江珍的鼓励下，尤凯峰重新回到车队训练。"他进步很快，第一次参加全省比赛就拿下了一金、两铜、一个第四名的好成绩，尤其在参加甘肃省第十四届运动会公路大组赛80公里时，在最后32公里成功突围，最终拿下冠军。"李江珍说。

2023年暑假，对甘泉中学来说是一个收获的季节。杨京平、袁子洲、李凯在2023年甘肃省青少年BMX小轮车锦标赛中获得男子BMX竞速赛团体冠军。

甘泉中学自行车队只有李江珍一位教练员，经过7年的艰辛努力，培养出了一批优秀队员：车队先后为国家队输送运动员1人，为省队输送运动员61人；队员在国内大赛中获得全国冠军16人次、亚军33人次、季军18人次；培养80余名优秀体育人才，其中国际运动健将1人、国家运动健将2人、国家一级运动员44人、国家二级运动员20人。

"学生能飞得更高更远，我的付出就是值得的。"李江珍说。

（《光明日报》客户端2023年9月10日）

杨红军：模范初级中学的模范

"小时候父亲是村上的老党员，每到过年的时候，都要随村干部慰问军人家属送年画，看到年画上印的'光荣军属'的字样，内心十分羡慕，想着长大一定要当个先进，给家里争气。"杨红军说他的名字是上学时自己起的。

杨红军是天水市甘谷县模范初级中学教师，2003年7月天水师范学院数学教育专业毕业后分配到甘谷县一所农村初中任教，后调入模范初级中学一直从事初中数学教学及班主任工作，经过二十年的历练，如今他已成为一名响当当的名师。

用心唤醒，点亮孩子心中的灯

"当教师是一份良心活，家长把孩子亲手交给我，就得用心去教，用爱去育，三年后就要给家长一个圆满的交代。"杨红军话语中充满几分淳朴和自信。

甘谷县模范初级中学的片区是城郊农村，八成以上的居民是农民，学生的成绩也参差不齐，尤其是留守儿童、单亲家庭的孩子比较多，但杨红军从不给学生贴标签，像对自己的孩子一样真心对待每一位孩子，在班级管理中坚持"高高举起，轻轻放下"的管理理念，经常用身边事例教育引导学生。

七年级班上刚来的一位男生脾气古怪，上课时常走神，放学后沉迷游戏，杨红军找孩子谈心，觉得他老是把到嘴边的话又收回去，后来才知道孩子的父母离异了，弟弟由妈妈带到兰州上学，他随爸爸由爷爷奶奶带，家庭破碎后给孩子心里留下了阴影。爸妈平时不沟通，杨红军就趁周末专门坐车到兰州，把两口子叫到一块商量关爱孩子的办法，最后夫妻俩答应每月到甘谷陪孩子一次，逐渐化解了孩子与父母之间的矛盾，打通了孩子与父母之间的隔阂，孩子的性格逐渐有了转变，最后考上了兰州一所中专学校。

每年高考期间，杨红军会在考点门口抓拍父母送考的视频，然后把这些视频放给学生看，一次他播放了母亲给孩子买饮料喝而她自己用矿泉水瓶接自来水喝的视频场景，孩子们看后感触很大，提升了感恩教育的效果。

杨红军的家长会是开放式的，家长会上他播放感恩和典型案例方面的视频，安排学生演讲向家长吐露自己的心声。一位学生的父母亲在拉萨打工参加不了家长会，但很想感受一下家长会的氛围，很想给孩子说几句话，听听老师和其他家长的建议，杨红军就专门给他们开通了远程直播，通过短短的几分钟沟通交流，不仅通过视频感受了家长会的氛围，也为学生打开了家庭教育的一扇窗。

由于杨红军的贴心关怀和教育，他所带班级学生整体成绩一直名列前茅，大多数孩子都考进高中，尤其是考入甘谷县一中的学生人数稳居前列，考入大学后考研读博的学生也特别多。他和所带学生相处得亦师亦友，每年春节好多学生就跑到他家来，杨红军和妻子当起了"店小二"，忙前忙后给孩子们做饭炒菜，陪着聊天、玩游戏、讲故事，孩子们玩累了就到床上休息，等孩子们玩尽兴了再一一送回家。

"一个孩子的后面就是一个家庭，特别是一个困难家庭的孩子成功了就能改变一个家庭的命运，分享学生成功成才的幸福，也是对自己最大的回报。"杨红军每每说起学生的成功脸上总会露出开心的笑容。

　　　　　　　　　　　　　　　　　　守望教育的灯火

以智启迪，磨出有生活味的数学课

杨红军一直承担初中数学教学任务，用手机玩转数学课是他的拿手戏。他的手机里不仅装满备好的课件，自如控制课堂节奏，而且对每个学生的作业和笔记随时投屏分享，对学生课堂学习情况进行现场评价。

学生最爱杨老师的翻转课堂，学练结合，善于把现实生活问题引入数学课，以此培养学生思考问题、分析问题、解决问题的能力。"一次去大象山景点游玩时，发现门票有优惠，买的越多折扣就越大，还发现几位老人因门票贵而缓缓离去。于是回来我就设计了买票打折问题，提出了16人买20人票优惠，多余票如何处理的大讨论，追加了新的真实故事情境，若当时看见两位老人因门票贵准备离开，我们又如何处理等问题。学生经过讨论异口同声要把多出的门票送给没钱买票的老年人。"杨红军高兴地说，"送给他人和转让给他人的效果截然不同，看似简单的问题让孩子们解了一道人生方程，解方程是教课程，给老人送票的过程是育人。"

"杨红军的课之所以精彩，其秘诀是课外用功，在课堂发力，这得益于他平时的潜心研究，注重教材开发，结合生活实际引入教学内容，尤其是备课有过人之处。"模范初级中学党支部书记、校长王全录一语道破杨红军的教学之道。

正如王全录所说，杨红军平时注重课堂、课本、课标三结合，坚持备"课堂导入与大单元整合"，备"学生问题与素养渗透"，备"作业设计与评估落实"，备"过程生成与学科育人"，备"板书设计与知识建构"，保证了学生问题和课堂目标的双落实。

数学课上开班会也是杨红军的创新之举。七年级新生往往行为习惯参差不齐，杨红军会把这些点点滴滴的小事进行梳理，然后利用数学课上的空隙设计成情境游戏，见缝插针播放小红书、快手相关视频，用现实问题教育学生，既节约了学生的学习时间，又可调节课堂气氛，给学生减压，收到了事半功倍的效果。

"讲课能照顾到班上每个层次的学生，能把抽象的问题变成有趣的故事，把复杂的问题简单化，讲课语言风趣幽默，他手里的手机像个'魔盒'，装着海量的智慧，让人感觉学数学不累，有股子钻劲。"九年级（4）班学生杨临泉说起杨老师的课感慨颇深。

倾情深耕，当好中心教研组的领头雁

2021年，杨红军被聘为全县初中数学中心教研组组长，他将研究数学教学评价一致化设计问题作为切入点，利用中心教研组公众号转发全国优秀教学资源近千篇。先后在10多所农村初中开展数学教学专题讲座、同课异构教研等活动。

为了提升全县初中数学教学效果，今年暑假，杨红军花了整整20多天时间，根据新课标的要求和全县初中数学教学存在的问题，编成了一本初中数学校本教材，把自己的教学设计、课堂教学策略、课外辅导等方面的理念和方法融入进去，开学后已在本校试行。

语文教师赵燕和杨红军搭档多年，在赵燕眼里，杨红军不仅是一位教学严谨、勤奋工作的老大哥，又是一位爱学习、肯钻研、有办法的师兄。"大凡我们请教的问题，他会手把手地教，不遗余力地帮，工作精力和状态一直很好，课堂氛围和谐，有很强的代入感，他所带的班级成绩逐年提升，学生学得很轻松，综合素质高。"赵燕坦言和杨红军交往多年受益匪浅。

经过二十年的锻炼，杨红军也在自己的工作岗位上做出了显著的成绩，先后多次被评为甘谷县优秀教师，获得市、县优质课奖；被确定为市骨干教师，被天水市教育科学研究所评为"优秀兼职教研员"，2015年获得全国数学竞赛优秀教练员称号。

（《未来导报》2023年10月13日第6版）

追"艺"路上姐妹花

2024 年 1 月 6 日，兰州的天气有点冷，秦安县第五中学高三（8）班学生宋欣雨一大早就来到了西北师范大学考点，准备参加甘肃省普通高校招生音乐类专业统考。经过 3 年的刻苦努力，宋欣雨迎来了她人生的第一次大考，距实现自己的音乐梦想只有一步之遥了。

今年 17 岁的宋欣雨和 15 岁的妹妹宋小露都是秦安县第五中学的学生。宋欣雨学习器乐专业，宋小露学习舞蹈专业，姐妹俩一路携手走来，在追梦路上共同弹奏出一曲人生的精彩乐章。

梦想源于热爱

宋欣雨姐妹俩是秦安县西川镇宋场村人，出身农民家庭，但她母亲张丽斌十分喜欢音乐舞蹈。自幼受到母亲的影响，宋欣雨姐妹俩从小就喜欢唱歌跳舞，小时候遇到村里跳广场舞就会手舞足蹈跟着大人们跳。宋欣雨 8 岁那年，母亲就给她报了古筝培训班，妹妹则进了舞蹈培训班，从此开启了姐妹俩的艺术追梦之路。

宋欣雨学习古筝很刻苦，也很执着，除了周末参加集体培训外，还在放学后跑到琴房反复练习老师教的曲子，直到弹奏得非常熟练。老师会经常以她为榜样鼓励其他学生。

宋欣雨的母亲在县城做点小生意，父亲在外地打工挣钱，家境并不富裕。但看到姐妹俩热爱艺术，父母也舍得在两人的艺术培训上花钱。父母还在家里给姐妹俩腾出房间做琴房和舞蹈室，助力孩子追求艺术梦想。

选择艺术学会坚持

宋欣雨姐妹俩的文化课成绩都很优秀，选择艺术专业也是经过深思熟虑后做出的决定。宋欣雨上初三时患病在家疗养了一段时间，临近中考时，她再三思量后决定报考秦安县第五中学的术科生。在考试现场，她用 3 天时间练就的一首古筝曲博得了专业老师的青睐。

宋欣雨直言，喜欢和专业学习之间是有差距的。刚上高一的时候，她连五线谱都不认识，听音不是太准，乐理知识学习难度很大，这些都是不小的挑战。

"宋欣雨学习很努力，平时她总是第一个到教室和琴房刻苦训练，并且善于思考总结。她作为班长团结同学，每当同学学习和生活上有困难时她都会主动帮助。她是我们班的骄傲。"高三（8）班同学刘怡悦对宋欣雨夸赞不已。

选择艺术就是选择吃苦，就要学会坚持。宋欣雨善于在课堂上认真做笔记，对老师布置的每一道题从不放过，把每次检测中出现的错题整理到笔记本上系统进行复习。她的文具盒里有十几种颜色的笔，对老师讲的核心内容分类进行标注，强化记忆，不懂的问题就反复向老师请教，老师安排的练习曲目都能高质量完成。

在乐理辅导教师李毓眼里，宋欣雨姐妹俩性格活泼开朗，学习踏实，有定力，肯吃苦，上进心强，对其他同学起到了激励引导作用。

"宋欣雨的音乐天赋高，手指力量很好，弹奏乐曲时脸上流露出的喜怒哀乐表情，表达了她丰富的内心世界，以及对音乐的投入和超强的领悟力。如今，她能弹奏 100 余首曲目，具有一定的专业水平。"古筝校外辅导教师吴珊珊说起宋欣雨的进步也很有成就感。

追梦路上演绎精彩人生

近年来，秦安县第五中学积极探索特色化的教学之路，学校高度重视艺体特长生培养工作，全面提升艺体教育的质量，帮助一大批有特长的学生圆了大学梦。目前，学校有艺体专业教师 33 人，设 7 个专业、13 个艺体班，艺体类专业在校学生 567 人。

"专业课教师采用分专业、分层次、小组课或一对一小课的专业教学模式。同时，学校邀请省内外艺体专业名师莅临学校指导。针对艺体生文化课短板，学校采取学科教师"包抓提升"的措施，确保文化课和专业课双上线，为学生搭建成长成才的平台。"该校党总支书记李金洋说。

宋欣雨就是其中的佼佼者。她不仅文化课成绩好，而且多才多艺，古筝、舞蹈、声乐等都很出众，先后考取了中国音乐学院考级委员会（基础知识）一级、社会艺术水平考级中国舞四级、中国音乐学院考级古筝五级等证书。

受姐姐的影响和感染，宋小露也考取了中国舞蹈家协会"小小舞蹈家"十级证书，今年毅然报考了秦安县第五中学高一舞蹈专业班。

姐妹俩近十年付出的心血和汗水，也结出了累累硕果。宋欣雨先后获得"超越梦想，星经世界"2018 优秀特长生暨第三届中泰青少年艺术交流展演活动（甘肃赛区）古筝铜奖、2018 年度"精彩中华"全国青少年艺术素质展演活动甘肃（直属）赛区比赛舞蹈银奖、第十九届青春中国—甘肃省青少年才艺大赛总决赛少年 B 组美声一等奖、"第八届中华民族器乐·民族舞蹈艺术周"甘肃赛区古筝职业青年 B 组金奖等大奖。同时，还获得了天水市第六届青少年科技创新大赛青少年科技实践活动项目一等奖。

"宋欣雨是一个品学兼优、阳光自信的学生，始终把学习放在第一位，文化课学习踏实认真。专业学习刻苦钻研。作为班长对班级的事情很热心，组织管理能力强，在同学中很有威信。"高三（8）班的班主任安美吾如此评价宋欣雨。

"我的父母都是普通的农民，学艺术需要很多的费用。像我们这样普通的家庭，父母用自己的血汗钱来供我和姐姐学习艺术，非常感恩我的父母，他们坚定的信念是我们强大的学习动力。"宋小露说，她们平时学习上互相鼓励，生活上相互照顾，专业课与文化课成绩都名列前茅，"我们有足够的信心在学业上取得好成绩，以回报父母的养育之恩。"

"从以前的感觉乏味枯燥到现在对音乐作品的深入理解和认知，通过琴弦上的复杂技巧感知音乐的美妙意境，领略中华文化的深邃内涵，离古筝演奏家的梦想越来越近，我必须加力提速跑好最后一程。"宋欣雨对自己的梦想满怀憧憬。

（《甘肃学校美育》2024 年 1 月创刊号）

巾帼风采绽放三尺讲台

——记全国三八红旗手、天水市逸夫实验中学校长计卫珍

3月6日上午，天水市逸夫实验中学校长计卫珍在兰州参加完全省纪念"三八"国际妇女节暨表彰大会，就匆忙乘坐高铁返回天水，按时参加学校的教研活动。

从教39年来，计卫珍始终在这种快节奏中来回奔波，在教学一线深耕不辍，努力践行为党育人、为国育才的初心使命，巾帼风采绽放三尺讲台，赢得了学生、家长和社会各界的一致好评。她被评为2023年度全国三八红旗手。

在孩子心中，她是老师也是母亲

追寻计卫珍的职业轨迹，由一名普通老师干起，成长为英语教研组长、年级组长、政教处副主任、教务处主任、分管教学副校长，直至担任学校校长，但她从来没有放弃教学，一心扑在学生身上。

39年的职业生涯中，计卫珍工作上是个巾帼不让须眉的"拼命三郎"，同事们称她为"教学救火队员"。有一年，她担任七年级（2）班的班主任、英语教学，同时任学校教务主任，可是当英语组老师因病因事请假时，她总会替补上去。一位老师因车祸请假一个月，英语组一位女教师的母亲去世，该班的英语课又没人上了，她一上又是一个月。

她爱学生、爱讲台、爱教学，为学生的成长成才倾注了大量的心血和汗水。

积劳成疾，计卫珍患有严重的颈椎病，长期靠服用安眠药物入睡，

但从没有耽误学生一节课，就连眼睛做了手术还没顾上拆线就匆匆从外地赶来上课，因为她知道学生的课耽误不起。就这样，送走的毕业生一轮接着一轮，她成了一届又一届学生心中永远的"计妈"，孩子们也用他们优异的成绩和成才后的建功立业回报她。

"您是一位美丽、沉稳的教师，就像我的妈妈，每天唠叨不停，但总是牵心我的学习生活，各个方面都管得很好，教我学会了做人的道理。"2009 届毕业生闫浩这样评价她。

在同事眼里，她是领导也是大姐

1994 年，计卫珍调入市逸夫实验中学工作，她曾说要让学生接纳自己，必须要有过硬的教学基本功，有完美的人格魅力和娴熟的教学艺术，学会创设宽松舒畅、引人入胜的课堂教学环境。

为了给学生最有趣有效的课堂，她总是在工作八小时以外钻研，包括利用多媒体教学，整合课程资源，编演课本剧，每一个设计都环环紧扣，欢快流畅，让学生似乎钻进了迷人的"魔圈"。所带班级英语中考成绩一直居全市前茅，2015 年所带班级普通高中升学高达 99%，先后有 34 名学生在全国中学生英语大赛中获奖，学科竞赛辅导多次获省级、国家级一等奖。

在新课程改革实施进程中，她始终带领学校教师反思自己的课堂教学，开展关于课程改革有关问题的讨论，列举了关于实施新课程改革后教与学的关系变化的 16 条感受，提出了 20 条突出问题。承担了《在考试形式上力求考试方式多样化》的探索与实践课题研究，在开卷考试、英语听力考试、口试、多卷一考、一科多考、联考等方面做了大胆尝试，对考试时间与次数、成绩处理、课内外作业布置等方面都做了明确规定。

除了自己进步，她还特别关心中青年教师的成长。

守望教育的灯火

"要追求高远，底蕴丰厚，智慧不凡，最根本的方法除了实践、反思，还要多读书、读好书。"这是青年教师周玉玲作《不跪着教书》演讲的一幕。坐在评委席上的计卫珍，看到这位小周老师出色的表现，眼眶有点湿润。记得三年前周老师刚进校时第一次"推门听课"还是那样的稚嫩，课后她给予热情的鼓励鞭策，并主动和周老师结成"师带徒"对子，之后就一直跟踪帮助。三年后的"教师发展性评价"总结大会上，周玉玲一次拿到了两项奖，"青年教师希望之星""教育教学质量奖"。五年后，就跨入了全市骨干教师的行列。

2015年，计卫珍担任学校副校长，为推动全市城乡初中教育优质均衡发展，她和学校领导班子倡导成立推动了全市初中教育联盟，经过几年努力，联盟校覆盖天水市各县区，并延伸到兰州、陇南、定西市，加盟学校已达90所。联盟校形成了"四结合、两路径、三平台"的"423"运行模式，《"同课三构"推动联盟校学科建设的行动研究项目》获得甘肃省基础教育教学成果特等奖。《GZ+W支持下的联盟校学科教学研磨课活动》案例入选国家教育资源公共服务体系联盟"三个课堂"建设与应用入围案例，为推动天水初中教育贡献了名校智慧。

在家长群里，她是师长又是知己

计卫珍在教学改革创新上是一个不断否定自己、挑战自己极限的弄潮儿。近年来，她不仅在校内承担着繁重的教学及管理任务，而且还有很多社会兼职，被聘为天水市人民政府第三届督学、天水市教育科学研究所兼职教研员、天水市妇女联合会女科技工作者协会副会长、天水师范学院教育硕士专业学位研究生行业指导教师、天水市科协兼职副主席，当选天水市七届、八届政协委员、常委。

这些对她来说并不是十分耀眼的光环，而是借力推进新时代教育改革的大平台。她借助政协政治协商、参政议政这个渠道，先后向市政协提交关于教育的提案 14 件，为全市深化基础教育领域改革提供了有力的参考。

然而生活中的计卫珍却是个温柔善良的女性，俯下身子做家长的情绪"沙包"。

记得有一天，办公室突然闯进四五个家长，个个怒气冲天，她详细询问了事情原委，是科任老师因某学生不认真听讲而体罚了他，学生不服让家长来学校理论，她首先与家长进行沟通，耐心地倾听，让家长把自己的怨气都发泄出来，再通过细致的分析和沟通，让家长理解老师，离开办公室时已满脸喜悦，终于化解了矛盾。

经过多年的交往，计卫珍和家长都成了知心朋友，有好多家长除了请教家庭教育的方法，还主动向她倾诉家庭矛盾纠纷，咨询孩子心理健康方面的问题，她成了学生家庭春风化雨的"和事佬"。

一路走来，计卫珍付出了辛勤的心血和汗水，也收获了鲜花和掌声，先后获得全国首届外语教师名师奖、第四届全国中小学外语教师园丁奖、省特级教师、省园丁奖、天水市最美巾帼工匠、天水市最美科技工作者、政协委员优秀履职奖等 38 个项奖，还被确定为省级骨干教师、省级学科带头人，天水市"222"新世纪创新人才工程"市级学术技术带头人"。

"还有几个月就要退休了，我一定要珍惜有限的时光，不负组织的重托，发挥模范带头作用，站好最后一班岗，为自己职业生涯画上圆满的句号。"计卫珍语气坚定地说。

（《甘肃教育报》2024 年 3 月 8 日第 5 版）

精彩聚焦

技能大赛　助中职学生成长

　　每年一届的中职学校学生技能大赛已成为甘肃天水市中职学校展示师生竞技的实战平台，学生参与的兴趣空前高涨，该市选拔的代表队先后在全国、全省技能大赛中取得了良好成绩。今年全市技能大赛所设比赛项目达到 53 个，参赛学生达到 1814 人。

（《中国教育报》2015 年 12 月 22 日第 7 版）

中职学校学生技能大赛现场。

守望教育的灯火

教授村主任靳勒

　　清明小长假期间，甘肃省秦安县叶堡乡石节子村一下子来了百来号客人，人们看雕塑、赏桃花，小学生捏泥人、写生，青年画家闫冰还在村里的露天空地上办起了画展。村主任靳勒说，这是石节子村有史以来人最多、最热闹的一天，小山村和外面对话的窗口已经打开了。

　　52 岁的靳勒是石节子人，正式身份是西北师范大学美术系副教授。他 1986 年考入西安美术学院雕塑系，成为村里走出的第一个大学生。

　　石节子是个新联行政村下辖的一个自然村，属于典型的中国西北偏僻山村标本。全村 13 户人家像鸟巢一样分五台散落在黄土峁上，共

与艺术家交流如今成为石节子村村民的重要生活内容。4 月 4 日，靳勒（右二）和助手一起在村口等待又一批从北京来的艺术家。

清明小长假期间，又有一批游客慕名来到石节子村，靳勒很自然地客串起导游。

64 口人，产业结构单一，自然生态脆弱，80% 以上的耕地种上了花椒，还有少量的苹果树，收成好的时候每户一年能收入几千元。

2008 年年初，靳勒被村民推选为村主任，从此挑起了改变石节子村面貌的重担。他上任的第一个大手笔不是整修房子而是筹建"石节子美术馆"。一年后，"石节子美术馆"成立，同年夏天正式开馆。靳勒的构想是整个石节子村就是一个天然综合艺术馆，以收藏、研究、展示村民生活与艺术作品为核心，每户人家都是分馆，村民不仅是农民，也可以是艺术家。

靳勒前后花了一年多时间在石节子村建起了 13 组大型雕塑，黑色的飞鱼人、将军骑马像、村庄的母亲、汉代将军等雕塑作品构成了村子的一道亮丽风景。他还先后联络国内著名艺术家参与到石节子村的扶贫开发中来，以现代艺术方式改变村庄面貌。艺术家赵半狄带着他的"熊猫团"来到了村子，给村民们办了一场"全世界最小的春节晚会"；从来没有放过电影的石节子村，有了由北京导演主持的石节子第一届电影

　　　　　　　　守望教育的灯火

去年，北京电影学院、西安美术学院师生来石节子村办展览、搞创作。为此，靳勒把这样一幅春联贴在了自家厨房门口。

随着石节子村知名度的不断提高，一些本土艺术家和学生也常到这里来举办展览、体验生活、观光旅游。

青年画家闫冰（右）正在石节子村布置个人画展，画作就挂在土墙、荒坡和树上。

在靳勒带领下，石节子村正在研发红胶泥材料。这种可供手工制作的材料一旦投放市场，乡亲们就能发"红土"财了。

石节子村的小卖部开业了，靳勒在往墙上钉店铺招牌。

节；通过"一起飞"艺术实践计划，25位艺术家与石节子村村民一对一结对子共同完成一件艺术作品。

靳勒带着乡亲们在北京798举办主题为"主人"的作品展，指导村民完成300个《基因棒》泥塑作品参加银川当代美术馆的开馆展览。为此，他先后为村里投入近20万元。

经过8年的努力，石节子村渐渐发生了变化。上山的路面和村子

　　　　　　　　　　　　　　守望教育的灯火

石节子村副村主任李保元指着村里建起的第一座公共澡堂说，太阳能热水器用起来很方便，节能、干净。

里的小路都硬化了，接通了自来水，还安装了13盏路灯、建起了第一座公共澡堂，村民家里的砖瓦、木柴、农具等都摆放得整整齐齐，这些什物也摇身一变成了供人欣赏的艺术品。前不久，媒体人江雪为石节子众筹的小卖部也开业了，村民家里需要的洗洁精、洗衣粉、牙膏等日常用品再不用下山进城去购买了。

"有了美术馆后，交流多了，村民越来越了解外面的世界，也自信起来。"在靳勒眼里，更重要的是村民内心的变化。如今的石节子人不管见到谁，都会热情地打招呼。许多爱心人士和艺术家来村里看望、慰问村民，村里人开始重视孩子上学读书的事了。"靳勒主任花了这么多心血带着大家奔好日子，好得很！我们会支持的！"村民们如是说。

通讯员　闫锁田　闫琦玉　摄影报道

（《中国教育报》2016年4月18日第4版）

今天我来当"大厨"

近日，甘肃省天水市逸夫实验中学举办第三届校园美食节，七年级（10）班学生主厨现场加工烹制食品近 20 种，师生争相品尝，现场火爆。学校通过举办美食节活动，培养了学生的生活实践能力和热爱学习、热爱生活的良好品质。

（《中国教育报》2019 年 11 月 23 日第 2 版）

做留守儿童的爱心妈妈

甘肃省天水市秦安县西川镇中心小学十分重视留守儿童的心理辅导和沟通工作。图为该校少先队大队辅导员孙苗苗（左三）在课余时间和孩子们一起做开心减压游戏，培养学生保持阳光心态。

（《中国教育报》2020年6月2日第3版）

竹筒也能做粽子

6月24日，甘肃省天水市秦州区佳·水岸小镇伟才幼儿园小朋友在学做"竹筒粽子"。当日，该园开展"快乐端午粽飘香"活动，师生通过制香包、挂香包、包粽子、串花绳等趣味游戏活动，营造中国传统节日浓厚氛围。

（《中国教育报》2020 年 6 月 26 日第 1 版）

守望教育的灯火

习武练功度暑假

7月31日，甘肃省天水市伏羲中学初三毕业生毛文辉，带领天水飞将武校的小学员练习武术。当日是天水市中小学放暑假第一天，学生们参加丰富多彩的活动，开启了快乐暑假。

（《中国教育报》2020年8月4日第2版）

职教扶贫促就业

近日，甘肃省天水市职业技术学校多方筹资并结合自身专业优势，在天水市麦积区三岔镇前进村创建的"教育扶贫车间"开始生产服装，为当地 100 余名贫困户妇女提供就业机会。图为该校服装设计专业教师辛存生（右二）对员工进行技术指导。

（《中国教育报》2020 年 10 月 29 日第 3 版）

大课间　舞起来

近年来，甘肃省天水市麦积区道南小学坚持快乐学习幸福生活的理念，不断丰富课间操内容，创编的课间操舞蹈深受师生喜欢。图为师生伴随着《藏族踢踏舞》《健康歌》《你笑起来真好看》的节奏翩翩起舞。

（《中国教育报》2020 年 11 月 24 日第 7 版）

大棚赏"春"

日前，甘肃省秦安县葫芦河畔的油桃大棚桃花盛开。图为秦安县西川镇宋场小学教师带领学生赏桃花，了解油桃栽培技术，开展社会实践。

（《中国教育报》2021年1月30日第1版）

守望教育的灯火

与奥运同步扬国球威武

8月3日，甘肃省天水市一名中学生选手正在进行乒乓球比赛。日前，天水市教育系统举办"与奥运同步，扬国球威武"中学生乒乓球比赛，丰富学生暑假生活，激发青少年学习奥运健儿拼搏精神的热情。

（《中国教育报》2021 年 8 月 6 日第 1 版）

冬天，我们一起动起来！

生命在于运动，即使是冬日的寒风，也吹不散孩子们运动的热情，教育小思为大家带来孩子们的冬季运动，来感受一下他们蓬勃的生机与活力吧！

（中国教育报思想者 2021 年 11 月 29 日）

11月23日，甘肃省秦安县兴国镇第二小学轮滑社团的学生在冬日暖阳下开展轮滑运动，这是孩子们享受停课复学后的第一次轮滑运动带来的快乐，强身健体。

守望教育的灯火

校园生活　幸福体验

2021 年 12 月 21 日，甘肃省天水市秦安县兴国一小的老师给学生讲二十四节气的由来和习俗。

（中国教育报思想者 2021 年 12 月 27 日）

美术课外拓展性作业激发学生创作兴趣

近日，该校美术教研组给学生布置了"关注社区居住环境"的课外拓展性作业，190 多名学生用时 35 天，设计完成小区沙盘 23 个，集中在校园里展示。

（《中国教育报》2022 年 1 月 17 日第 3 版）

甘肃省天水市逸夫实验中学七年级（18）班的学生吴宜瑾向同学们展示自己设计"开发"的"沐光行居"小区沙盘。

守望教育的灯火

甘肃省 2022 年普通高考结束

6 月 8 日下午，甘肃省普通高考最后一科英语考试结束后，考生走出甘肃省天水市第一中学考点。

6 月 8 日下午，甘肃省普通高考最后一科英语考试结束后，考生走出考点。

6月8日下午，甘肃省普通高考最后一科英语考试结束后，一名天水市五中的学生双手抱拳向领队老师表达谢意。

6月8日下午，甘肃省普通高考最后一科英语考试结束后，两名天水市五中考生走出考点后和领队教师交流。

守望教育的灯火

6月8日下午，甘肃省普通高考最后一科英语考试结束后，考生在考点外和家人合影。

6月8日下午，甘肃省普通高考最后一科英语考试结束后，考生在考点外和家人合影，留下人生逐梦的美好记忆。

（中国教育新闻网 2022 年 6 月 8 日）

采摘架豆　体验劳动

近日，甘肃省天水市秦安县中山镇东寨村架豆进入收获期，中山镇中小学生在基地帮合作社采摘架豆，开展暑假劳动体验。

（《中国教育报》2022 年 8 月 11 日第 1 版）

守护育幼底线成就美好童年

——天水市首届幼儿游戏节精彩一览

　　5月23日，天水市2024年学前教育宣传月暨首届幼儿游戏节在天水市幼儿园分园启动。首届幼儿游戏节旨在进一步扩大学前教育宣传月活动的影响，共设置彩绘日、圆滚滚日、泡泡日、探险日四大主题日活动。在当日的游戏节彩绘日里，活动推出孩子们最喜欢的《迷宫涂鸦战》《趣味野战》《邂逅蓝与白》《Cosplay》《孩子们眼中的多巴胺》《夏日里的小美好》和《缤纷世界》七个主题游戏，主题游戏坚持从幼儿视角出发，秉承返璞归真的游戏理念，助力幼儿拓展真游戏、浸润式体验空间，让幼儿在自主游戏中感受到快乐，在快乐中收获成长。

天水市幼儿园的小朋友们合影留念。

启动仪式当天，天水市幼儿园教师表演节目。

启动仪式当天，天水市幼儿园的小朋友表演节目。

守望教育的灯火

活动当天，小朋友们参加"跨马鞍"活动。

小朋友们做手工。

（国际在线 2024 年 5 月 24 日）

李江珍 一个创造"骑"迹的乡村学校教师

大山里"骑"出全国冠军

——记李江珍和他的自行车队

"摇车摇车，提腿拉把，再加把劲儿就到山顶了……"进入初夏，气温明显升高，但甘肃省天水市麦积区甘泉中学自行车队的训练力度丝毫没有减，教练李江珍早上8点照例带着队员们到翠山赛道开启一天的"骑"迹之路。

李江珍是甘泉中学教师，也是学校山地自行车队教练。面对零基础的队员，他耐心在山地、公路上手把手地教。他白天抓训练，晚上检查和维修车辆，有些配件不匹配，就自己动手用锉刀打磨、修补。有一次一下子坏了3辆车子，他一直熬到半夜12点多才全部修好。

天水市麦积区甘泉中学山地自行车队队员在进行小飞包甩尾训练。

队员们在进行公路有氧训练。

队员们在训练基地进行野外训练。

    李江珍手头并不宽裕，妻子开了个小卖部，一家人租住在镇子上。为便于训练，他和妻子商量先把家里买房子的钱拿出来，为学校山地自行车队买了一辆训练保障车。训练刚起步阶段，队员们缺乏营养品，体能跟不上，李江珍积极联系爱心人士想方设法改善大家的伙食。

    训练中，李江珍带领队员们从赛车操作技术开始练起，再到变速、上下坡、转弯等。每次，他都反复示范讲解，让队员们在熟练掌握相关技术要领的同时，养成良好的习惯，努力防范安全事故的发生。"看到他们飞得更高更远的身影，就觉得所有的辛勤付出都是值得的。"李江珍说。

    队员尤凯锋在一次训练中不慎从车上摔下，导致腿部受伤，在家

李江珍在校正自行车轮组，以保证第二天的训练正常开展。

野外训练开始前，李江珍给队员讲解注意事项。

在李江珍指导下，BMX 小轮车队员进行跨越障碍的基本技术训练。

李江珍指导队员在室内进行核心力量基础训练。

守望教育的灯火

队员们在操场上集体进行核心力量训练。

休息了 3 个月，打算放弃训练。李江珍爱才惜才，多次到这名队员家中做思想工作，最终使其重返车队。在参加甘肃省第十四届运动会公路大组赛 80 公里比赛时，尤凯锋一举夺得冠军。

2016 年以来，李江珍带领队员们刻苦训练，从这里先后走出 1 名国家队运动员、76 名省级运动员，先后获得全国冠军 16 人次、亚军 33 人次、季军 18 人次；培养出 100 余名优秀体育人才，其中，国际级运动健将 1 人，国家级运动健将 2 人，国家一级运动员 43 人、二级运动员 15 人。

"经过几年来的积极探索，我们让一批喜欢自行车运动的孩子圆梦赛场，打造了农村学校的特色品牌。今后，我们要进一步加大保障力度，为山里孩子的健康成长创造更好的条件。"甘泉中学校长夏振杰说。

特约通讯员　闫锁田　本报记者　尹晓军　摄影报道

（《中国教育报》2024 年 7 月 8 日第 4 版）

"剪纸旗袍"秀出中国美

　　近日，甘肃省天水市秦安县第二小学学生身穿自己亲手制作的"剪纸旗袍"完成走秀展示。该校近年来积极探索传统技艺与现代时尚表达的跨学科教学实践新路径，将传统剪纸艺术融入校园文化建设，引导学生感受美、创造美、传承美。

（《中国教育报》2025 年 6 月 7 日第 3 版）

图为该校学生穿上"剪纸旗袍"，在当地主题活动上进行现场走秀展示。

教育时评

教育需要扎实的"做功"

笔者长期从事教育行政工作，先后多次参加教育工作会议，聆听过有关教育工作讲话，也参加过工作调研，深感一些基层领导干部身上"唱功好，做功差"的问题由来已久，根深蒂固。这种政府诚信的缺失不仅影响了党的形象，更制约了教育事业的发展。

"唱功好，做功差"总体上说属于"四风"问题，究竟是形式主义还是官僚主义没必要去厘清，但探讨为何会出现"唱功好，做功差"的问题并如何从作风层面解决这一问题倒是很有必要。

各级地方政府承担着发展教育的主体责任。近年来，国家层面的确把教育摆在了优先发展的战略地位，投入了大量的人力、财力、物力予以优先保障。尤其在义务教育的发展上，从校舍建设、教育装备、教师配备培训、城乡学生实行免费教育和营养餐改善计划等方面全方位保障，实现了跨越发展，具有里程碑式的意义。说实在的，国家打造教育的钱还是从财政盘子里挤出来的，兑现了中央对民众的承诺。

"唱功好"源于一些基层领导干部追求政绩观的功利性。我国发展义务教育的管理体制是以县为主，责任很明确。一些基层领导在台上大讲特讲"优先发展""再穷不能穷教育""给力""一把手工程""大开绿灯""责任追究"等正能量要求；有些领导干部一旦心血来潮，就安排教育系统今天出台一个"实施意见"，明天制定一个"发展规划"，后天又策划一个"教育工程"。表面看起来政府推动区域教育事业改革发展的创新之举花样翻新，势头非常强劲，但具体牵涉的教育投入的增长、

　　　　　　　　　　　　　守望教育的灯火

学校建设用地的划拨、项目配套资金的落实、教师编制指标的审批和校长教师队伍的管理使用等等，往往会因为区域、行业、部门的利益纠葛给教育制造了更高的门槛，办事程序的繁冗、政出多门的掣肘以及行业的无奈协调使教育在无奈和尴尬中备受折腾，最后的结局是问题还是那个问题，建议还是那些建议，对策还是那些对策，有点涛声依旧的调侃结局。

从戏文的角度说，一些领导干部"唱功"入戏是一种表演冲动，在做戏的舞台上是为了把戏唱好，唱出特点，唱出韵味，这只能说是为了追求一种表演艺术和舞台效果。但从具体工作看，这唱功就成了作风，成了人品，成了政府的诚信。舞台是党和人民搭建起来的，作为领导干部就应该传递党和政府的声音，其所说所讲就应该掷地有声、立说立行、说到做到，绝不能把承诺变成"空头支票"。

唱功在台上，做功在台下；唱功在嘴上，做功在手脚。作为基层领导干部如果不深入调查研究，不坚持量力而行、尽力而为，没有真情实感，自然就会把决策指导教育工作的舞台变成了讲大话、空话、套话、官话、假话的"秀"场。

唱功强调字正腔圆，做功则追求脚踏实地。教育是国家和民族强盛的基石，关系人民群众的切身利益，是一件功在当代利盖后世的千秋大业。大力发展教育事业，做好唱功和做功就显得尤为重要。

2014年是深化教育体制改革的第一年，教育事业的发展始终离不开地方党政领导的关心和支持。只要基层各级领导干部能够做到唱做结合，言之凿凿，入腔入韵，有板有眼，学会做实功，做有用功，以唱功传递正能量，以做功促快速发展，学会扮好身子，定好位子，出好点子，唱出味子，做出样子，就能让发展地方教育事业的举措落地开花。

（《中国教育报》2014年4月18日第2版）

复式教学要三级发力

　　随着财政投入的加大，近年来，农村小规模学校的办学条件已得到了较大改善，但随着城镇化步伐的不断加快，一些农村小规模学校学生数逐年锐减，导致"麻雀"学校呈现增多趋势。笔者认为，"麻雀"学校补好复式教学这一课仍然很有必要，可以说势在必行。

　　从目前来看，在西部欠发达地区，教师数量不足、结构不合理的问题在短期内很难得到彻底解决。在县域内，优质教师资源配置的基本流向是从村校到乡村，再到县城，这种需求与配置流向的相向而行，使农村"麻雀"学校的教师配置呈现出断茬状态。由于学生人数太少，分属几个年级，而新教师一时分不来，在这种情况下，提高复式班的教学水平成为提高"麻雀"学校教学质量、促进教育均衡发展的必然途径。

　　复式教学也是学校课堂教学的基本组织形式之一，我国复式教学始于清朝末年。新中国成立后，为了普及教育，在人口居住分散、交通不便的山区、牧区和农村采用复式教学。在长期的教育改革发展进程中，许多小规模学校推广的"动静结合""同进动"以及近年来推行的"垂直"互动式教学法等复式教学模式，不仅优化了教学手段，也积累了丰富经验。

　　笔者认为，当前要提高乡村"麻雀"学校的教学质量，让这些教学点发挥出促进教育均衡发展的正能量，就必须在教学方式方法上实行大的转变，构建复式教学的高效课堂。

　　提高"麻雀"学校复式教学的效果，首先是县级教育主管部门要做好顶层设计。县级教研部门应充分发挥业务指导职能，进一步完善"麻雀"学校复式教学的实施方案，把乡村学校复式班教学培训作为提升教师全面素质的重要工作。要高度重视乡村学校复式班教学专题培训，开展交流研讨。特别要给山区新上岗教师补好岗前复式教学培训这一课，让他们学习并掌握复式教学课堂的基本技能。同时，要建立复式教学教研制度，充分调动每位教师参与复式教学的积极性和创造性，不断创新复式教学的新途径，全面提升"麻雀"学校的教学质量。

其次，重点要落在学区。学区是最基层的教学管理机构，不仅可以有效整合教育资源，而且具体负责本学区内教育教学工作的实施。随着农村学区制的推进，学区内教师的岗位流动会更加灵活，从学区角度说，学区校长必须对辖区内教师进行科学配置，实行教师走教、送教下乡、支教和轮流教学的办法，强化校本教研，加强平时教学的指导检查，搭建学校教师之间相互交流的平台，给"麻雀"学校教学注入新的活力。

再其次，关键要靠"麻雀"学校的课堂教学发力。"麻雀"学校的教师必须成为"生丑净旦"都能唱的全才，目前，有关复式教学的资源十分丰富，可利用空间非常大，教师必须做到勤学、勤用、巧用，充分发挥教学资源的有效作用，要使这些资源为我所学，为我所用，还要不断总结提炼自己长期以来积累的教学经验，激活复式教学的思维，以促进教师自身的专业成长。

（《中国教育报》2014 年 9 月 23 日第 8 版）

校服定制切莫跑调

众所周知，校服不仅是记录孩子们儿时成长的感情符号，而且是规范学校管理、培养学生集体荣誉感、提升学校形象的有效手段，同时对遏制校园攀比之风也有重要作用。

提倡统一校服，本身是件好事，但是有些学校具体操作时候却别出心裁，致使此项工作有点跑调变味，如某中学一次性给学生定制校服8套，收费高达1600多元，三年时间让孩子穿完8套校服，除了加重家长和学生经济负担，造成资源浪费之外，学校出此之策着实有点"显摆"，对学生的心灵造成了伤害。

大致说来，校服定制数量太多价格太高的问题相对集中，原因不外乎单纯追求校服外观的统一美观，使用高档面料，也不排除个别人从中牟利的腐败行为，更重要的是校方以行政方式强迫学生及其家长高价购买多套校服，绑架了家长和学生的意愿，违反了平等、自愿、诚信的民事活动原则，无形中会让学生产生攀比和追潮心理，使校服应有的意义大打折扣。

校服定制得有个规矩。教育部专门下发文件，对校服生产、采购和质量提出了明确要求，一些地方也出台了相应的具体规定，这些法规，不仅从法律层面上建立了校服的采购、定价、送检、退赔以及惩处机制，也通过对校服的采购和使用进行全程监控，全面保障了学生的合法权益。

校服的设计定制得有点创意。校服是校园文化的一种显性标志，承载着丰富的文化内涵，学校校服的设计应以简单、得体、大方、整洁为主；定制应注重优选款式，科学合理地确定学生统一着装的品种和数量，最大限度地减轻学生和家长的经济负担，巧妙地融入文化元素，提升学校文化的品位，真正向学生传递诚信、公平等人文价值观念，让学生产生一种平等感和归属感，以此培养学生艰苦朴素、团结合作、相互尊重的优良品质。

校服穿着也得有个讲究。穿好用好才是统一校服的真正意义，从目前情况看，许多学校重视定制而往往忽视了着装管理，学生随意在校服上签名涂鸦，刀割笔戳，使本应如学生心灵般清纯的校服变成了"画布"，遍体"受伤"。因此，学校平时应注重校服管理的教育，要求学生爱护校服，从心底对校服产生一种荣耀感，始终保持校服的干净整洁，让校服这一文化标识焕发青春的光彩。

（《中国教育报》2015 年 4 月 6 日第 2 版）

处理好"越位"与"补位"的关系

家庭和学校要把爱转化成孩子健康快乐成长的动能，还必须处理好"越位"和"补位"的关系。

一是消除家长焦虑，为孩子长大后顺利进入社会铺好路。当前，一些家长误把"包办代替"作为对孩子爱的唯一表达方式，甚至四处奔波为孩子择校、择班、择座位，托关系让孩子当班干部，这些无原则、无底线的做法是家长焦虑导致的越位行为，扼杀了孩子的健康成长。因此，家长必须尊重孩子的社会属性和自然属性，学会放手，全程做孩子成长的陪伴者、引导者和建议者，始终让孩子成为成长的主体。

二是培养孩子的独立生存能力，为孩子可持续发展补好"钙"。家长作为孩子的第一任老师，要在家庭创设培养孩子独立生存能力的情境，通过科学巧妙的设计，让孩子在每一件生活小事中去感受、模仿、思考、创造，通过自我认识、自我体验和自我管理，不断拓展孩子的生存思维，并在实践中形成集体协作、探究创新、克服困难等素养，增强抗挫折能力和自主意识，步入社会后自然就会站稳脚跟。

三是学校严把培养关，为学生成才补好位。因学生家庭情况各异，家庭教育难免会出现缺位。为弥补这种缺位，学校要不断拓展劳动教育、创新教育、军训、运动会、拉练等活动载体，让每个学生在活动中得到锻炼和考验，并对学生进行考核评价。同时学校要与家长同向发力，补齐家庭教育的短板，使学生内在的生命力、生长力、学习力得到全面释放，让爱和教育共同点亮孩子的健康成长路。

（《人民教育》2023 年第 1 期）

西部需要更多免费师范生

免费师范生政策是国家花大力为基础教育量身定制的教师战略，旨在培养一批优秀教师深入乡村，补齐教师队伍最短板，提升区域基础教育质量。

自 2007 年国务院决定在教育部直属的 6 所师范大学实行师范生免费教育以来，已有几万名毕业生走上中小学教师岗位。他们不仅补上了西部贫困地区教师的缺口，而且引领了学校的教育理念、创新了课堂教学模式，成为活跃在基础教育一线最具生机活力的骨干力量。

从西部地区的教育现状和长远发展看，对免费师范生的培养和吸引应该进一步加强。

部属师范大学要充分发挥师范教育的专业优势，在主动服务区域基础教育需求上下功夫。针对边远贫困地区的紧缺薄弱学科，科学设定每年的招生数量和学科专业人数，不断优化专业结构，合理设置课程，在基层开展面向基础教育的合作研究基地，聘请中学优秀教师授课，强化教学实践环节。比如，备课、批改试卷、作业分析等，上课的技能都应成为重要一课。

与此同时，应强化职业道德、职业精神教育，让学生真正爱上讲台。教师是一个良心活，职业认同感是一个好教师的关键素质。师范院校应将培养师范生职业认同感的触角向校外延伸，开展各种形式的教育见习，使师范生进入接地气式的情景体验，了解教师职业，感受作为教师的成就感，传递从教的正能量，为将来走上工作岗位作好准备。

西部贫困地区教育生态环境脆弱，优质教育资源短缺，地方财力不足，加上教育改革正进入转型发展期，免费师范生就业还有很大空间。国家每年应对免费师范毕业生政策做好顶层设计，招生指标再向西部地区倾斜，同时要建立专项补贴措施，鼓励其到西部工作。

西部地区政府也应在坚持双向选择的前提下，采取一系列优惠政策吸引优秀师范生。比如，落实住房、解决夫妻两地分居问题等，营造宽松的就业环境，使免费师范生在精准扶贫战略中发力，培育贫困地区基础教育新的增长点。教育部门也应因地制宜，既鼓励师范生到农村以下学校任教，让其接受锻炼，又要让他们在最需要、最紧迫、最适合的岗位上发挥专业引领作用。

甘肃天水市地处西部欠发达地区。为了提高免费师范生质量，天水市政府与陕西师范大学共建教师教育创新实验区工作协议，实行高校与地方联合共同培养，并选择40多所学校作为免费师范生实习学校，建立实习基地，开展师带徒、青年教师教学技能大赛等活动。这种基于实践的培养，为免费师范生打下了基本功，成为他们日后工作的良好基础。

为了进一步吸引免费师范生来天水任教，天水通过建立陕西师范大学免费师范生实习基地，实施到学校签约、免试接收就业、落实住房和边远山区教师生活补贴、解决夫妻两地分居等措施，先后接收了300多名免费师范生。这些师范生在学校发挥了作用，职业素养得到了师生认可，提升了当地的教育质量，是西部乡村的一场"及时雨"。

免费师范毕业生的专业成长需要提上西部政府的重要议事日程，尤其是教育主管部门要主动作为，帮助新上岗教师做好职业规划，积极实施名师成长战略。既要给他们压担子，又要搭建多种形式的展示平台，加快其成长步伐。

对处于专业成长期阶段的免费师范毕业生，在职务晋升、职称评定、考察学习、研讨交流等方面优先考虑，尤其是对在边远贫困山区学校工作的，要关心他们的生活，充分肯定他们为基层教育作出的贡献。

（《中国教育报》2016年1月20日第3版）

校长办学要有大视角

日前，笔者随参加中国教育报刊社宣传通联会议的同仁到江苏省锡山高级中学考察学习，参观了该校巅峰体育课程基地、"想象·创造"课程基地、匡园书屋、云学习课程基地、学生发展中心、人文课程基地、餐饮中心等，校长唐江澎作了题为《慢慢地，把理想做出来》的专题讲座，很受教育和启发。

锡山高级中学虽地处长三角发达城市，但其生源大多来自乡镇学校，师资和办学环境同样不占优势，面临很大的升学考试竞争压力。但学校坚持以"成全人的性格，促进学生的全面发展"为办学主旨，很好地处理了降低办学成本和盘活教育资源、减轻学生负担和提高教学质量、培养学生特长和促进全面发展等方面的关系。唐江澎论述升学率和素质教育的关系时说："一所学校，没有升学率就没有今天，只有升学率就没有明天；没有升学率就没有地位，只有升学率就没有品位；没有升学率就走不动，只有升学率就走不远；没有升学率就会边缘化，只有升学率就会庸俗化。"正是这种富有哲理的平衡点帮他找到了治校发力的支点，把生源劣势转化成为培养优势，构建起了和谐、有序、高效的学校发展框架体系，使学校步入提速提质发展的快车道。

唐江澎校长是一个设计创意的高手，学校设立的校长特别提名奖包括"发明金奖""校园创客奖""十六岁的微电影奖""最美姐妹花奖""省锡中形象奖"等几十个奖项，半数以上同学都能获得各种表彰。每年开学典礼，他带领全校师生齐声诵读《"诚敏"校训释义》，学生模拟城市市长进行新学期致辞等。笔者在该校课程基地看到，艺术课上，学生可以选择微电影拍摄或排演经典话剧，还可以学跳街舞等。这些规划设计，既是校长大视角下的独特创意，又是学校全体师生群体智慧的结晶。它使创新教育成为看得见、摸得着的生动实践，由此真正落地生根，开花结果。

锡山高中成为江苏乃至全国基础教育的样本，得益于唐江澎校长善于学习钻研，善于换角度思考和大手笔破题。正是他逆向思维的高度智慧，找到了学校发展的兴奋点，激发了办学活力。全校一年甚至都开不了一次全校职工大会，是想把诸如此类耗时耗力的务虚劳动减到最低，让教师有足够的专业成长空间。高三学生高考前一天还坚持上音乐课，以此来稀释学生考前的焦虑情绪和应考压力。该校游泳馆等课程基地资源对外出租经营，并聘请国内外顶尖教授和专家担任教练。在确保学校课程正常开设的前提下，场馆对社会开放，既盘活了教育资源，降低了办学成本，又打造出了高端精品课程，培养了学生的创新精神和动手操作能力。

锡山高级中学开发的20多个学科、100多门精品课程，是唐江澎和他的教师团队总结提炼学校百年办学历程中的文化精髓，从历史传承中产生了灵感所收获的创新成果。学校每一个教学设施的设计，都体现出了人文关怀，也给了师生充分的话语权和创造空间，如校园名人塑像的介绍都出自学生之手。考察中，唐江澎校长只字未提学校每年有多少学生考入名校，哪些名人出自锡山高级中学。他坚持不和高考状元一起合影。2017年即将举办建校110周年庆典，他明确表态，要让所有的校友体体面面都来母校看看，这种生动鲜活的办学细节，体现了这所学校高远的价值追求。

（《中国教育报》2016 年 10 月 26 日第 5 版）

新教师招聘学校应有话语权

时下，基层一些地方在新教师招聘时，由人社部门负责招聘通知发布、试题命制、组织考试等，教育部门和学校最后只是领人，需要的教师有时招不进来，招进来的有些又不适合当教师，如此招考，让教育部门和学校都感到困惑。

其实，除了新教师招聘外，诸如教师职称评聘、评优选先、校长选拔任用等方面，也同样存在权力边界不清、部门越位、错位管理以及教育部门权责不统一的问题，造成了教育部门"人权"与"事权"的分割，导致优秀教师资源分配不均、结构不合理、学非所用、用非所学等问题，成为区域内教师队伍建设的掣肘。

教育主管部门和学校在教师管理使用中缺少话语权的问题长期得不到解决，究其原因，其重要症结是源于有关职能部门公共权力不断扩张，导致行政权力配置失衡，表现在越权管理教育、扩权管理教育、交叉管理教育以及代替教育部门和学校管理教育，从而出现了教师管理的程序繁杂、成本增大、效能低下的问题，教育事业的发展受到制约。

党的十九大报告明确提出，必须把教育事业放在优先位置，加快教育现代化，办好人民满意的教育。中共中央办公厅、国务院办公厅印发的《关于深化教育体制机制改革的意见》明确提出，改进各级各类教师管理机制，要坚持"放管服"相结合，深化简政放权、放管结合、优化服务改革，把该放的权力坚决放下去，把该管的事项切实管住管好。

我国教师队伍有力支撑着世界上最大规模的教育体系，在人民群众对优质教育资源需求日益增加的今天，教师管理涉及人社、财政、编制、发改等多个部门，但管理的最终目标是一致的，作为相关职能部门，其管理职能不仅仅是单纯的"管"，还要在"理"上创新，在优化服务上着力，坚持顶层设计与基层探索相结合。从国家层面来说，教师管理体制机制改革必须要有上位的制度设计，要突破相关职能部门利益格局的束缚，明确部门管理职责，破除各种体制机制障碍。地方政府也要坚持义务教育以县为主的原则，将教师管理权还给教育行政部门，人社、财政、编制、发改等部门在职权范围内实行监督，科学配置教育人事权力，减少部门、行业职能交叉，以推动教师管理权由行政管理职能向服务功能转变，形成充满活力、富有效率、更加开放、有利于科学发展的教育体制机制，让国家一系列教师改革举措释放政策红利，体现教育公平，扩大改革受益面，增强教师的获得感，从而推动教育事业快速发展。

（《中国教育报》2017 年 12 月 5 日第 2 版）

守望教育的灯火

为退休教师开欢送会暖人心

前不久，看到某小学为一名老教师退休举行欢送仪式，校长致欢送辞，学生代表给老教师赠送鲜花，每位教师给退休教师送祝福语，退休教师发表从教感言，热烈幸福的场面不禁令人感动。

教师所从事的工作就是教书育人，从入职的那天起，就以教育事业为重。到年龄退休，是每位教师职业生涯的一个转折点，也是他们人生又一个新的起点。几十年的教学生涯使他们和学生、学校结下深厚的情谊。所以，有很多教师在临退休前一天还坚守在工作岗位，站好最后一班岗，充分表达了自己对教育事业的挚爱。

退休教师是学校宝贵的人力资源，也是学校精神文化的创造者、传承者。为退休老教师举行欢送仪式，不仅是表达对老教师本人的尊敬和安慰，传承和发扬尊老爱幼的传统文化，也是培养学校人文素养、打造学校团队精神的重要载体，通过欢送会的形式，畅谈老教师的辉煌教学成果，展示他们的人生风采，就是为了启迪广大中青年教师忠诚党的教育事业，坚守教育理想，秉承师表风范，做一名合格的"四有"教师。

基层学校校长更应率先垂范，关心退休老教师，把欢送退休教师的优良传统传承下去。通过欢送活动，一方面让退休教师感受到学校的关爱，享受学校大家庭的温暖，退休后能继续发挥余热，为学校发展出谋划策；另一方面教育所有在职中青年教师，珍惜今天的幸福工作环境，不忘初心，加强和退休老教师的交流互动，真正体现教育的温度。

（《中国教育报》2018 年 1 月 5 日第 2 版）

运用信息技术教学应当成共识

近年来，国家通过"全面改薄"等项目，为义务教育阶段学校配备了一大批信息技术设备，给学校教育教学工作提供了基本保障和便利条件。但笔者在基层调研时发现，大部分教师仍采用"一本教案、一支粉笔"的方法讲课，教学形式单调，信息量不大，少有师生互动，现代信息技术设备竟成摆设。

笔者认为，形成此种现状的原因主要有几个：一是年龄偏大的教师缺乏使用信息化设备教学的基本技能，不会用；二是青年教师觉得使用信息技术教学费时费力，加上网速慢，不愿用；三是一部分教师运用信息技术设备整合课程能力不强，不敢用；四是一部分产品故障较多，维护不及时，不能用。

现代信息技术是缩小城乡教育差距、促进教育均衡发展最直接的手段，也是体现教育公平、培养学生信心的优质教育资源。目前，边远山区学校普遍存在英语、音乐、美术、科学等学科教师短缺的问题，而信息化设备具有教学资源丰富、图文并茂、形象生动、使用便捷的特点，深受学生喜爱。作为基层学校，特别是边远山区学校，在当前优质教育还不能满足群众需求的情况下，充分发挥现代信息技术设备的优势，优化课堂结构，丰富教学内容，是最直接、最现实的一条捷径。因此，强化中小学现代信息技术手段的管理和应用，应成为提升山区学校教学质量的当务之急。

强化信息化教学光靠泛泛要求往往难以奏效，必须来"硬"的，靠

守望教育的灯火

刚性制度保证落实。县区教育主管部门应按照教育信息化建设规划的要求，把信息技术应用纳入学校和教师年度考核中，加强教师培训，强化检查和技术指导，破解使用技术难题，促进信息化设备在课堂教学中的广泛使用。学校也要建立信息化设备管理应用实施细则，把教师使用信息化设备作为一项教学基本功，作为评优选先职称晋升的基本硬件，并根据本校实际设计教师运用能力层级目标，通过校本培训、举办信息化手段教学大比武等活动，确保教师人人达标，时时能用。此外，还要根据教学需要制作课件，开展双师课堂教学，推广师生互动、生生互动的课堂组织形式，以此提高学生的学习能力。

（《中国教育报》2018 年 10 月 26 日第 2 版）

教育验收考核还需多"瘦身"

最近，多地下发减少教育验收考核活动的通知，叫停一切无关紧要的验收考核活动，这既是破解制约教育发展顽瘴痼疾的有效举措，也表达了基层学校和师生的共同心声。

客观来看，科学合理的检查验收考核是及时诊断、监测、评价教育事业发展整体水平的有效手段，不仅有必要，而且很需要。从教育承担的社会职能看，教育工作需要配合的行业部门多、涉及面广，很多工作需要教育部门和学校参与，这亦在情理之中。问题是，近年来"四风"问题在基层演化变异，凡大会小会、评估验收，教育系统次次躲不开，事事皆重要，把教育拉进"群"，而且指定教育部门和学校一把手参加。各行各业名目繁多的检查团、验收组、考核组纷至沓来，学校"门庭若市"，校长成了参加会议、接待验收组、汇报工作的"万金油"。加上每次考核标准和内容要求不同，需要基层花费大量精力和时间去完成，好多教师被临时"拉差"，岂不知一番轰轰烈烈的验收考核过后，问题还是问题，困难依旧是困难。如此频繁且流于形式的验收考核，不仅浪费了大量公共教育资源，而且扰乱了基层学校的正常教学秩序，滋长了弄虚作假的歪风邪气。

"上面千条线，下面一根针"，从组合的辩证关系看，"针"和"线"必须实现功能匹配，"针"要锋利，"线"要匀称。就教育系统而言，设计科学有效的验收考核方案，制定考核的硬指标，严格控制验收考核数量，实际上就是逐步改变政出多门、职能交叉的现状，确保基层教育部

　　　　　　　　　　　　　　　　　　　　　守望教育的灯火

门和学校把力量凝聚到发展上，全身心投入到教育教学中。

教育的根本任务是立德树人，学校的中心工作是教育教学，基层教育行政部门和学校不仅要贯彻落实好上级党政组织的各项部署，还要遵循教育发展规律，全力抓好教育各项工作落实落地。

贯彻落实全国教育大会精神，要坚决扭转文山会海、验收考核泛滥的局面。从优化教育发展环境的意义上说，这是为校长松绑、给学校减负的利好消息，也是纠偏治乱的务实之举、精准之策。如果能使这些制度和举措形成长效机制，落地实施，对基层教育来说善莫大焉。基层教育局局长和校长因此能集中更多精力和时间，静下心来思考本地本校教育事业的发展，俯下身子研究教育难题，开动脑子创新学校发展路径，真正让基层学校归于平静，让教育回归本真。

（《中国教育报》2018 年 12 月 7 日第 2 版）

办好思政课家长不能缺位

习近平总书记在学校思想政治理论课教师座谈会上的讲话在教育系统引起强烈反响。办好思政课，最根本的是要全面贯彻党的教育方针，解决好培养什么人、怎样培养人、为谁培养人这个根本问题，给学生心灵埋下真善美的种子，引导学生扣好人生第一粒扣子。

衡量一个孩子的综合发展能力，文化素养固然重要，但更重要的是必须要有家国情怀、社会责任和政治担当。近年来，随着生活水平的不断提高，一些家长受教育功利性思想的影响，以孩子考名校就好业为目标，学校在减负，家长在找校外培训机构补课，一味为提升文化课成绩拼搏，而忽视了孩子家国情怀教育、理想信念教育、良好品德养成教育、劳动教育和心理健康教育，久而久之，使孩子养成了任性、懒惰、自私、偏激等性格，甚至产生了追星赶潮、逐利享乐的价值追求。这种现象不仅削减了学校思政课的教育效果，更重要的是使孩子成人成才的目标导向发生了偏移。

办好思政课，关键在教师，责任在社会，家长作为孩子的第一任老师，更不能缺位。笔者认为，除了发挥学校和老师的教学智慧之外，还要最大限度地挖掘家长办好思政课的潜力，家校教育多向共同发力，才能不断增强思政课的思想性、针对性和亲和力。

思政课不是单纯的知识教育，而是涉及灵魂和价值认同的教育。要发挥家长办好思政课的作用，必须大胆尝试，打好组合拳。首先，学校可开放思政课课堂，给家长留个听课席，思政课教师要结合新时代的特点，采取学生和家长喜闻乐见的形式，打造内容丰富、生动活泼的思政课教学模式，一方面，让家长了解学校的思政课讲什么、怎么讲；另一方面，家长通过听思政课，也可向教师提出学生需要什么样的思政课，思政课怎样上才更有效果和感染力等积极建议，通过教师、学生、家长的互动，不断丰富思政课的内涵，提高教育效果。

其次，家庭办好思想政治教育具有广阔的空间。家长将家庭课堂和学校思政课课堂结合起来，除了学校组织的社会实践活动之外，家庭既要教育孩子从身边小事做起，让"善言、善行"落实到日常生活的每个细节，又可以利用节假日安排研学旅行活动，广泛利用红色资源对孩子进行爱国主义教育、革命传统教育、感恩教育、劳动教育以及心理健康教育，给孩子心灵埋下真善美的种子，从小培养孩子健全的人格，拉长学校思政课的链条。

再其次，要培养纯正清明的家风，为孩子树立道德标杆。街道社区也可以举办道德讲堂、评选文明家庭、文明市民等活动，学校可建立家长思政课群分享教育成果，树立正面典型，通过家长的言传身教、正确的价值导向和良好的家风熏陶感染孩子，形成家校办好思政课的合力，真正把思政课办得接地气、有载体、魅力十足，触动孩子心灵，点亮他们人生理想的灯，照亮前行的路，进而取得春风化雨、润物无声的效果。

（《中国教育报》2019 年 5 月 14 日第 6 版）

全社会都要关心和支持教育事业

"全社会都要关心和支持教育事业"的提出具有鲜明的历史印记。

上世纪末，我国教育事业发展面临不少困难，教育基础比较薄弱。在政府财力有限的情况下，"全社会都要关心和支持教育事业"成为时代的呼声。从教育事业跨越式发展的历史轨迹中，可以看到我国举全社会之力、凝聚全民智慧发展教育的清晰脉络。

1993年发布的《中国教育改革和发展纲要》指出："全社会都要关心和保护青少年的健康成长。"江泽民在第三次全国教育工作会议上的讲话中指出："全社会都要对我们的下一代负责，人才培养和青少年的成长，不仅需要各级各类学校的努力，而且需要良好的社会环境。"2011年2月，胡锦涛在中共中央政治局举行的优先发展教育、建设人力资源强国问题集体学习会上发表讲话指出，要动员全社会关心和支持教育事业改革和发展。

"全社会都要关心和支持教育事业"这一口号也成为一个时代的教育命题，并上升为从全局上重视和解决教育问题的重大课题。很多地方首先在改善办学条件方面发力，依靠人民之力，社会集体智慧，掀起了人民群众自发捐款出力，社会各界筹款捐物的办学热潮，靠聚沙成塔、集腋成裘式的努力，建起了一所又一所新学校，托起了孩子们成才的希望，奏响了一曲感人肺腑的兴教交响乐。

"全社会都要关心和支持教育事业"这一口号对于催生教育理念的转变，也产生了重要影响力。全社会关心和支持教育事业的内涵不断得到延伸和拓展，社会通过监督、参与和献计献策，向教育倾注了巨大能量，给教育发展注入了新的活力，全国各地也创造出了不少大力发展教育的典型经验。

习近平总书记多次强调，教育是人民群众最关心最直接最现实的利益问题之一，努力办好人民满意的教育，关键需要各级党政部门担负起首要责任，需要社会各界的支持和参与。这一系列重要论述和指示，充分体现了党中央对教育事业的高度重视和亲切关怀。

目前我们的办学条件已经发生了天翻地覆的变化，但随着人民群众日益增长的优质教育需求，加快人力资源大国向人力资源强国迈进，仍需要凝聚社会力量，形成教育改革发展的合力，努力办好人民满意的教育，培养一大批合格人才，以促进青少年全面健康成长。

（《中国教育报》2019 年 9 月 27 日第 2 版）

办好小规模学校托起乡村希望

小规模学校地处乡村的"神经末梢"，也是目前乡村教育的短板。"加强乡镇寄宿制学校建设，统筹乡村小规模学校布局，改善办学条件，提高教学质量"，前不久发布的 2020 年中央"一号文件"为乡村教育发展释放出暖暖的春意。

在笔者看来，办好小规模学校，首先要统筹乡村小规模学校布局。客观而言，小规模学校布局很难适应乡村人口流动的不确定性和常住人口出生率的变化频率。尽管如此，乡村学校布局规划仍要把握好三个原则：一是充分考虑当地人口分布、交通状况、服务半径和乡村未来发展等因素，方便学生就近入学，并努力提供公平、有质量的教育，满足学生多样化、个性化的学习需求；二是防止过急过快撤并学校导致出现新的"空心校"，造成教育资源浪费；三是把乡村小规模学校布局和乡村振兴战略紧密结合起来，通过统筹规划、统筹资源、统筹教师、统筹教学等，使小规模学校布局结构在乡村教育中发挥举足轻重的作用。

其次要大力改善办学条件。改善办学条件的重要载体是教育资源的科学配置。就现实情况看，改善小规模学校不宜推行高起点、高标准建设的办法，应按照"缺什么、补什么"的原则，重点进行必要的校园校舍修缮改造及附属设施建设，保障基本教学和生活需要，配备必要的教学设备和图书。为了稳定乡村小规模学校的师资队伍，县区政府最好在乡镇政府所在地建立教育园区，教师由园区调配，教学、教研、住宿由园区统一保障。实行校车接送教师到小规模学校教学，通过改善农村教师的工作和生活条件，最大程度地解决乡村小规模学校孩子上学难的问题，保证山区各校学生享受公平优质的教育。

与此同时，还要盘活教育资源，为教学所用。乡镇学区对于闲置的校舍和教学设备实行动态管理，及时划转调拨或临时借用邻近规模较大学校，由"走教"教师根据课程需要携带使用教具和学具，力争让现有教育资源存量用起来、动起来、活起来，为教育教学服务，发挥教育资源的最大效益。

乡村小规模学校要以小而精、小而美、小而优、小而特为目标，积极推进特色化建设，实施个性化教育，不断激发学校活力。就学校而言，小规模学校客观上会产生复式班，教师可以通过课程整合、师生互动、信息化教学手段的交互使用，优化教学过程和内容，为学生创设宽松、灵活的课堂教学情境。学校也应推行形式多样的作业，放学后可让学生做一些诸如手工制作、画画、劳动实践、课外阅读、读书笔记等作业，激发学生的学习兴趣。教师可组织学生集体阅读、开展团队式家访、举行有较强仪式感的比赛展演等活动，给小规模学校注入新的发展活力。

就乡镇学区而言，应推行"中心校+"的模式，发挥辖区内中青年教师的传帮带作用，帮助小规模学校教师开设外语、艺术、科学等课程，引进名校名师课程，通过同步课堂、公开课、在线答疑辅导等方式，促进小规模学校师生与优质学校师生共同在线上课、教研和交流。县区教育督导室和教研室要对小规模学校教育教学活动加强指导，助力小规模学校提升教育教学质量，从而促进学生的健康成长，托起乡村的希望与未来。

（《中国教育报》2020 年 3 月 10 日第 2 版）

设立健康副校长护佑学生成长

据《中国教育报》报道，甘肃省兰州市西固区聘请 41 名品行优良、业务过硬的卫生工作者担任学校健康副校长，服务 41 所中小学，发挥专业特长，筑牢校园健康安全防线。

在当前较为特殊的教育情境下，西固区的做法不失为促进学生健康成长的"金点子"。近年来，各级各类学校落实法制副校长制度，为维护学校教育教学秩序、打造平安校园做出了积极贡献。

聘任学校健康副校长是新时代学校发展的迫切需要。聘任健康副校长这一做法落点虽小，但充分体现了珍惜生命、健康为本的理念，而且为学校制定发展规划、规范健康管理、开展心理健康教育等提供强有力的专业技术指导，医校联手共同打造良好的健康教育生态。

聘任健康副校长有助于建立医校合作的长效机制。目前，营养早餐计划在农村义务教育阶段学校实现了全覆盖，但由于绝大多数学校没有校医，乡村留守儿童数量较多，食品卫生安全、营养食谱搭配、学生身体和心理健康、阳光体育运动、日常卫生习惯的培养等工作还存在技术短板和不足，学校面临的健康风险点增多，校长压力山大。从根本上破解这些健康难题，仅凭加强学校管理是远远不够的。通过聘任健康副校长，建立教育和卫生部门的长效合作机制，打开医疗机构、学校、家庭之间的教育通道，拉长学校、家庭、社会的健康教育链，让健康副校长从专业指导入手，在管理环节发力，能引导师生和家长树立健康第一的理念，学习掌握健康保健知识，养成良好的健康习惯，增强自我保护意识，从而织牢织密健康教育网。

健康副校长的职责定位既是一名医务工作者，又是一名学校管理者。为了确保健康副校长更好地行使职责，一方面，学校要主动加强和卫生部门的协调沟通，由卫生部门选派政治素质高、业务能力强、热爱教育的医务工作者担任健康副校长，调整安排好本单位的工作，让其有更多的时间和精力参与学校健康管理。另一方面，学校要让健康副校长有为有位，积极创造工作条件，发挥其专业优势，不断拓展健康教育空间，把卫生健康、心理健康、运动健康和劳动教育紧密结合起来，开展多种形式的健康知识科普活动，转变师生健康理念。健康副校长要常进学校门，勤管健康事，使学校健康教育有计划、有载体、有措施、有效果，形成学校、家庭、社会共同关注学生健康的良好氛围，努力当好学校师生健康的"保护神"。

（《中国教育报》2020 年 4 月 23 日第 2 版）

"辣味督导"给基层教育督导探了路

　　督评人员要跳出固化的传统督评框框，树立问题意识和发展意识，积极探索理念新、方法活的督导方式，不断拓展督评的空间，寻找工作的着力点，给政府和学校开方子、出点子、指路子，使教育督导评估形成点面结合、上下互动的工作氛围。

　　前不久，《中国教育报》报道了山东省临沂市教育督导敢于揭短亮丑、开展"辣味督导"的实践探索，读后让人深受启发，该市的这种督评方式无疑给基层教育督导探了路。

　　教育督导的基本职能是督政督学，随着教育改革发展进入深水区，教育督导的地位和作用越来越显得重要，教育督导机构的建立、人员的配备和督导制度的建立已进入了新常态，尤其是挂牌责任督学制度的落实使教育督导已经由面向最基本的点上学校延伸。

　　但在许多地方，教育督导仍走了过场、流于形式，隔靴搔痒的味道还很浓。山东临沂的"辣味督导"敢于动真碰硬、揭短亮丑，使教育督导在向度、维度、力度上有所拓展，真正成为撬动各级政府发力的杠杆，激活了教育的发展。

　　山东临沂经验至少给教育督导探出了三条路。

　　首先，要敢于督评。督评者铁面无私，被评者要"排毒出汗"，各级教育督导机构和督学要立足于全局、立足于长远、立足于事业发展，在督导评估中要有足够的底气、勇气和正气行使自己的督导权，要在督导评估中要消除思想顾虑，讲原则、讲规矩。尤其对于政府部门诸如教

守望教育的灯火

育投入等刚性指标的评估必须做到把脉诊断不隐情，查找问题不碍情，反馈问题不留情，把问题的盖子揭开、病灶找准、利害讲清，为反馈和促其整改奠定坚实基础。

其次，要善于督评。要确保教育督导评估精准发力，必须做到方向正确，方法对路，要不断适应教育改革发展的新形势、新情况，这就需要教育督导评估不断创新方式，从督导形式、督导内容、督导过程、督导结果使用、督导队伍建设等全方位进行改革，既要用全新的眼光、平和的心态理性地去看待教育事业发展，又要学会用新思维、新角度、新要求发现问题，分析问题，解决问题，督评人员要跳出固化的传统督评框框，树立问题意识和发展意识，积极探索理念新、方法活的督导方式，不断拓展督评的空间，寻找工作的着力点，给政府和学校开方子、出点子、指路子，使教育督导评估形成点面结合、上下互动的工作氛围。

再次，要讲求督评效果。教育督导评估的目的就是为了促进教育改革发展，因此，教育督导机构对下一级政府和学校的督评必须严格把握政策，密切结合实际，层层传导压力，对于督评出的问题要强化后期督查，督促政府和学校集中进行整改，按期兑现承诺。必须建立督评动态调整机制，根据国家教育发展主题，对督评指标适时进行调整，增强教育督导评估的可操作性，对于督评中发现的问题实行跟踪问效，督评人员要坚持在解决问题的同时，还要善于发现基层亮点，总结提炼经验，鼓励创新发展、特色发展，为本级政府决策教育工作提供科学依据，不断为教育事业改革发展注入新的活力。

（《中国教育报》2016 年 9 月 6 日第 9 版）

优化县区教育生态亟待加强教育局干部队伍建设

县区教育局是县区政府主管教育工作的职能部门，主要职能是研究把握辖区内教育状况，整体谋划教育改革发展，为县区政府制定教育发展规划政策提供参考意见，并治理辖区内学区和学校的教育生态，提升县域内教育现代化水平。

从管理维度上看，县区教育局是处在基层学校和学区单元之上的管理层级，局机关干部队伍是这个管理层级的核心资源和骨干力量，是推进县区教育教学改革的一支生力军。从人力资源要素优势看，县区教育局是县域教育系统的管理效能中心、改革发展中心、人才集聚中心和政务指挥中心。在管理运行中必须确保每一个岗位上的干部在管理链条上履行好个体职能，才能确保教育局机关的决策和工作任务在基层落地。

进入信息化时代，随着就业制度改革的不断深化，县区教育局干部队伍的结构也在发生新的变化呈现学历层次高、教育理念新、年轻化的特点，运用现代科技手段的能力明显增强，给县区教育局的可持续发展注入了新鲜"血液"。但也存在一些不容忽视的问题，有些年轻干部通过公务员和事业单位招考直接分配到县区教育局，没有基层学校的工作历练，缺乏专业素养、吃苦精神和协作精神，加之下基层调研少，容易导致所编制的发展规划、工作方案与基层教育教学实际脱节，甚至因为缺乏可操作性而中途夭折；还有部分中青年干部没有接受过师范类教育，以碎片化的网络阅读代替专业学习忙于上传下达等事务，存在教育教学专业知识欠缺指导基层工作能力不足、工作效能低下等问题，影响了县区教育局整体管理水平的提升。

配强教育局局长，增强团队凝聚力

县区教育局局长是县区教育的掌门人，必须起到"拔山扛鼎"的作用。如果说"一个好校长，就是一所好学校"，那么一名好局长就能打造一方好的教育生态。《中共中央、国务院关于深化教育教学改革全面提高义务教育质量的意见》提出，各级党委和政府要把办好义务教育作为重中之重，全面加强党的领导，切实履行省级和市级政府统筹实施、县级政府为主管理责任。

第一，要加强县区教育局局长的选拔机制。县区组织部门要严格干部遴选程序，广泛听取各方面的意见和建议，所选拔的教育局局长要熟悉国家教育大政方针，准确把握区域教育发展方向，有一定的影响力，能为教育系统争取必要的资源和政策支持。

第二，由于县区教育局局长集行政管理和专业管理于一身，其素养结构应该包含政治、教育和行政管理等三个维度。教育局局长影响着一个县区的教育品质，必须具备爱学习、有担当、有智慧、有激情的职业素养，能把办好教育作为任期内最主要的追求，具有驾驭全局的能力、处理各种突发事件的能力和可持续发展的岗位能力。要善于利用各种资源推进教育改革发展，引领和推动教育机关干部和校长教师队伍的专业化发展。

第三，县区教育局局长必须具备带干部队伍的能力。要坚持重实干、重实绩的用人导向，优化干部队伍年龄和专业结构，重视培养一支有工作魄力领导能力和发展潜力的中青年干部，以此来重构机关干部队伍的专业发展路径，既让每一位干部有方向感、集体荣誉感，激发其内生动力，又能营造干事创业的环境，从而提升干部的持续发展能力，增强机关团队的凝聚力。

注重"双向"交流，培养干部发展力

县区教育局所承担的工作职能量大面宽，包括研究拟定教育工作的制度、规定、建议和意见，编制各类教育事业的发展规划，负责管理各类教育发展及招生工作，指导和管理各类学校教育教学工作，工作要求高，专业性强。为了建立一支结构合理、专业优化、素质较高的机关干部队伍，县区教育局应建立局机关和基层学校管理干部的双向交流制度，给中青年干部创造历练机会。

一方面，县区教育局应选派中层干部到一线学校挂职锻炼，熟悉基层学校的管理理念、教育教学特色和学校文化建设，把握教育教学规律，进行职业精神重塑；通过自我领悟和自我提升，进一步挖掘自身发展潜力，锻造和提高管理的执行力、决策力、领导力。另一方面，要建立基层学校管理干部到局机关跟岗学习机制，学习掌握教育理论和政策，熟悉管理层的工作流程，摸索教育行政管理的内在规律，找准设计策略与行动方略之间点面结合的对越点，从而提高驾驭全局能力、决策管理能力、应急处置能力和团队协作能力，为县区教育局选拔培养干部做好人才储备。

近年来，甘肃省天水市教育局有力实施干部双向交流制度，各县区教育局根据本地实际制订教育局与学校管理干部双向交流实施方案，双向交流的时间为1—3个月，给交流干部定目标、压担子、给任务、教方法，并在交流结束后进行考核评价，通过双向交流制度的落实，帮助中青年干部补齐知识缺项和能力短板，消除工作经验盲区，打开县区教育局与基层学区、学校之间的管理通道，使教学研究、管理、服务等要素有机融合，最大限度释放中青年干部的工作能量，不断适应新的教育发展形势。

拓展创新空间，激发干部创新力

教育现代化的核心是人的素养现代化，创新仍是教育事业发展的动力。当前，县区促进教育优质均衡发展和质量提升要取得重大突破，教育创新显得尤为重要。《中共中央、国务院关于全面深化新时代教师队伍建设改革的意见》明确提出："支持教师和校长大胆探索，创新教育思想、教育模式、教育方法，形成教学特色和办学风格，营造教育家脱颖而出的制度环境。"

诚然，教育教学改革发展的主阵地在学校，关键发力点主要在一线教师和学校管理者，但设计和深化教育改革发展的重任在教育局机关干部队伍肩上。县区教育局必须因地制宜设计改革发展蓝图做好资源供给和条件创设，通过科学有效的创新设计，保证教育改革发展措施在基层"开花结果"。

县区教育局干部面临的管理改革、教育体制机制改革、教师队伍建设改革、招生考试制度改革等创新点很多，尤其是指导并直接参与基层学校的教育治理实践，县区教育局要紧紧抓住教育改革发展契机，充分尊重干部的创造力，鼓励中青年干部跨领域学习、下基层调研、外出参观考察及研修培训，参与机关治理，广泛开展教育改革发展实践探索；县区教育局也可以设立教育改革发展"创新奖"用制度设计来保护创新人才的良好生态，激发中青年干部的创新热情，扩大创新视野，汇聚创新智慧和力量，鼓励其积极参与科研项目和教育课题创新研究，扩大创新成果，为县区教育局机关可持续发展不断注入新的生机和活力。

搭建成长平台，提升干部领导力

进一步提升教育管理效能是落实党的十九届四中全会精神的重要

内容之一，县区教育局要在依法行政、依法治教上积极作为，进一步规范办学行为，营造良好区域教育生态，回应好广大人民群众的教育关切，关键落点还是要提升机关干部的教育治理能力。从管理效能的角度看，县区教育局机关干部治理能力具体应体现在统筹力、协调力、平衡力、决策力和创新力上。县区教育局应积极创造条件，为机关干部搭建多样化的成长平台，全面提升干部的领导力。

第一，搭建规范服务平台，提升机关干部的服务力。育局的许多工作岗位都是面向社会服务的窗口，应尽量把青年干部安排在服务岗位，把纪律观念、业务能力、创新成果、办事效率等指标纳入干部年度考核，让其熟悉教育政策法规和行政工作规范，倾听人民群众需求，磨炼能力，提升服务质量，保证机关高效运转。

第二，实施机关干部"育苗"工程，提升机关干部的发展力。天水市秦安县教育局注重建立后备干部培养机制，加大后备干部储备，一方面选派6名机关中青年干部担任帮扶驻村第一书记和工作队长，发展新党员6名；另一方面借助建立东西部对口帮扶协作机制的契机，先后选派8名机关青年干部到天津市津南区教育局和学校挂职锻炼，挂职干部在津南区参与全程管理，不仅学到了先进的管理理念和教学经验，而且专业管理水平和决策能力有了明显提升。

第三，坚持重心下沉，拓展机关干部的决策力。培养机关干部的目标就是要为干部赋能。甘谷县是天水市人口大县之一，学校布点和学生人数多，教育管理难度大。县教育局为了强化学校管理，不仅制定了严格的《甘谷县校长队伍管理办法》，而且选派机关优秀干部到基层学校任职，这些下沉基层学校任职的校长职能虽然从机关管理转变为学校管理，但在之前已经具备管理岗位的决策领导能力所以处置日常事务、谋划学校发展、管理教育教学得心应手，保证了学校的可持续发展。该县其中一部分在艰苦环境中历练成长的干部再重新选调入县教育局任股

　　　　　　　　　　　　　　　守望教育的灯火

室长和科级干部，打开了县教育局与学校管理的通道，进一步拓展了优质教育资源，增强了职业认同。这一做法在天水市得到广泛推广。

第四，创设就近发展区，培养干部的向心力。县区教育局领导班子要坚持以上率下、以身作则以自身的领导能力、专业能力和人格魅力影响教育中青年干部，为其树立发展"标杆"；还要结合每一位干部的实际，为其创设就近发展区，量身定制职业发展目标；配备科室人员要充分考虑专业、性格、能力等要求，使机关干部的公文写作能力、逻辑思维能力、团队协作能力、语言表达能力和社会交际能力相匹配，能够互通有无、优势互补，以确保岗位结构的整体优化，让更优秀的中青年干部脱颖而出；让他们始终置身于一种热情饱满的工作状态，在制度、岗位、机遇、空间凝结成的发展路径中汲取营养，不断释放干事创业的活力。

要注重在实践中生成自主发展、主动发展、特长发展、共同发展的能力，努力打造一支有发展定力、有工作活力、有责任担当、高效务实的机关干部队伍，为机关可持续发展提供强有力的干部资源供给，积蓄强有力的人才支持。

（《人民教育》2020 年第 15-16 期）

校舍建设谨防"急性子"症

近年来，国家投入巨额资金实施各类教育项目，基础教育学校特别是农村中小学的办学条件发生了翻天覆地的变化，较好地满足了老百姓让孩子"上好学"的需求。

建设新校舍固然是件大好事，但更重要的是要把好事办好办实。但现实中，有些地方为了加快校舍建设进度，诸如"倒排工期、制定时间表路线图、一票否决、严肃追责"等词汇在一些红头文件和领导讲话中频频出现，这些刚性要求的词汇无疑给基层实施项目紧了一把螺丝，但在一定程度上使教育项目实施患上了"急性子"症。

同一个项目在不同区域和不同学校落地实施，都会遇到新情况、新问题。现实中，制约教育项目实施的因素错综复杂，诸如征地、立项审批、前期准备、配套资金落实、自然灾害干扰等，存在着许多现实的难题甚至不少不可预估的风险。尤其是征地过程中补偿确定和审批等环节往往会耗费大量的时间，导致校舍竣工往往会晚于规划的预定时间。作为决策者，如果不充分考虑教育项目实施的各种因素，对项目实施进度搞"一刀切"，追求校舍建设的所谓"时速"，导致基层在实施过程中抢进度、赶工期，一味算时间的账，自然会砸了质量的牌子。

校舍建设是百年大计，功在当代，利在千秋。校舍建设的关键是使用功能和寿命，其核心目的是建成安全、舒适的校舍，让师生长期受益、让教育长久受益。要达到这样的根本目的，就需要我们怀着百年大计之态度，以科学严谨之心，下力气保证校舍工程的质量，这必然需要

守望教育的灯火

相关部门必须遵循规律，科学实施。

　　诚然，按期完成校舍建设工程也是项目实施的基本要求，更是拓展优质教育资源、保证学生上好学的迫切需要，各级领导强调加快项目进度也在情理之中。但要加快项目进度，首先需要县区政府主动作为，在征地、资金配套等环节加大工作力度，全方位发力，确保每一道工序的顺利实施。与此同时，上级部门也要给力，机关发文促进度要注重科学理性，领导讲话提要求要谨防主观随意，要树立牢固的质量意识，本着对事业负责、对孩子负责、对未来负责的态度，正确处理好项目进度与质量的关系，做到因地因校制宜，精准施策、科学指导。对每一个项目的实施要做好调研论证，严格按照校舍建设工程质量要求，在追求设计质量、建筑原材料的质量和施工质量上下功夫；在简化项目审批程序、提高前期准备工作效率上想办法，做好"简放服"的功课，积极协调解决项目实施面临的困难和问题。从而有效化解教育项目建设的风险，把加快校舍建设进度的要求置于保证质量的框架之下，才能给未来一个更好的交代。

（《中国教育报》2017 年 4 月 18 日第 7 版）

办好思政课关键在教师

日前，教育部、中组部、中宣部等五部门印发了《关于加强新时代中小学思想政治理论课教师队伍建设的意见》（以下简称《意见》），这是新时代加强中小学思想政治理论课教师队伍的一个纲领性文件，对于全面提高基础教育的育人质量具有极其重要的现实意义和深远的历史意义。

青少年是祖国的未来，民族的希望。习近平总书记强调指出："青少年阶段是人生的'拔节孕穗期'，这一时期心智逐渐健全，思维进入最活跃状态，最需要进行指导和栽培。'蒙以养正，圣功也。'就是说青少年教育最重要的是教给他们正确的思想，引导他们走正路。"思政课是落实立德树人根本任务的关键课程，思政课作用不可替代，思政课教师队伍责任重大。

基础教育是立德树人的奠基工程，思政课承担着加强思想政治教育、品德教育，加强社会主义核心价值观教育的重任，思政课教师最根本的任务就是要用马克思主义理论和习近平新时代中国特色社会主义思想铸魂育人，引导学生增强"四个自信"，厚植爱国情怀，把爱国情、强国志、报国行融入教学中，落实到行动中，扣好人生第一粒扣子。

教育大计，教师为本。"浇花浇根，育人育心。"要落实立德树人根本任务，培养德智体美劳全面发展的社会主义建设者和接班人，主阵地在学校，关键是教师。各级教育行政部门和学校要把思政课教师队伍建设摆在重要位置，努力建设一支专职为主、专兼结合、数量充足、素质优良的思政课教师队伍。

守望教育的灯火

守好思政课主阵地，要配齐配强思政课教师。《意见》明确提出，要切实加强中小学思政课教师队伍配备管理，核定或调整中小学编制，严把选聘政治关、师德关、业务关，建立中小学思政课教师退出制度等。各级教育行政部门和学校要严格按照《意见》要求，不断壮大思政课教师队伍，拓宽培训渠道，切实提高思政课教师的综合能力。同时要加强思政课教师队伍后备力量的培养，确保思政课教师队伍后继有人。

守好思政课主阵地，要不断提升思政课教师的创新能力。思政课教师的素质能力包括思想政治能力、专业能力、实践能力、创新能力和教育管理能力等。思政课教师要善于运用创新思维、辩证思维，不断开阔眼界，关注我国日新月异的发展变化，在立德树人的伟大实践中学会抓关键、抓重点、找规律、重实践、求创新，在创新中不断提高，学会用思想感化人，用理念引导人，用人格影响人，用情怀感染人，不断更新教学内容，丰富教学手段，改进教学方法，坚持循序渐进、螺旋式上升的教育规律，充分挖掘中华优秀传统文化中的价值基因，开发和利用地域文化资源，注重地方文化的培植和熏陶，大力加强地方史、校史教育，激发学生对家乡的热爱之情，增强文化自信，厚植家国情怀。思政课教师要在教学实践中学会触类旁通，举一反三，把思政课讲得生动活泼，有声有色，让思政课成为一门有温度的课，让学生通过上思政课得到深刻的学习体验，从而立鸿鹄志，做奋斗者。

守好思政课主阵地，必须建立思政课教师评价激励机制。各级各类学校必须按照《意见》要求，突出课堂教学质量和育人实效的导向，建立思政课教师教育教学评价机制，制定与思政课教师岗位特点相匹配的评价标准，为思政课教师开展时事教育和组织社会实践活动创造条件。各级人社、教育部门要根据新时代中小学思政课的要求，进一步完善思政课教师教学改革激励机制，坚持将考评结果作为中小学思政课教师职称评聘、绩效分配、评奖评优的依据，不断完善中小学思政课教师职称评聘标准和办法，并向一线教师倾斜，进一步激发广大思政课教师的工作积极性。

守好思政课主阵地，必须培养思政课教师的教研能力。教研活动是办好思政课的重要支撑，各级各类学校要紧紧围绕"不断增强思政的思想性、理论性和亲和力、针对性"目标，利用现代信息技术手段搭建思政课网上教研平台，加大和兄弟学校的交流研讨，拓展教研工作思路和方法。要按照基础教育课程改革的要求，改变传统的教学方式，采取灵活多样的教学方法，激发学生思考，倡导学生探究，调动学生的情感与体验，营造民主、合作、和谐的教学氛围，建立教师和学生之间以及学生和学生之间平等、包容、互助、鼓励和帮助的"伙伴"关系，吸引学生参与到教学活动中来。积极搭建学生自我展示、交流互动的平台，培养学生的主体意识和参与意识。要充分发挥现代信息技术的优势，促进信息技术和思政课教学的有效融合，将传统思政课教学优势与信息技术快捷、海量、互动的优势结合起来，让思政课教学立体鲜活、可感可亲。真正让学生做到真学、真懂、真信、真用，实现自尊、自信、自立、自强，让社会主义核心价值观的种子在学生心中生根发芽。

（《甘肃教育》2019 年第 21 期卷首语）

学校安全治理要在薄弱点发力

近年来，学校安全工作得到了各级党政部门和学校的高度重视，通过多方综合治理，有力保障了师生的生命财产安全，维护了教育系统的大局稳定。但诸如校园欺凌、交通、溺水等安全事故仍有发生，事后虽然对相关责任人进行了处理，事故本身造成的损失则无法弥补，教训十分惨痛。

痛定思痛，反思学校发生的许多安全事故，原因除了部分偶发事件的不可预测性之外，很多安全事故皆事出有因，是矛盾长期积累或问题拖而未决导致的结果。加强学校安全治理，不应仅停留在背书式的正面说教上，也并非学校单打独斗，要强化组织保证和建设刚性制度，更要把工作重心落实到薄弱点、盲点和短板的治理上，需要学校、家庭、社会等各方面配合，多部门联动，多点发力，这样才能取得实实在在的效果。

学校虽然是治理的主阵地，但所有安全治理问题不能由学校照单全收。就当下看，各地都建立了联席会议制度，相关部门也都有学校安全治理的创新措施。在这一工作基础上，要下决心解决好由谁牵头、谁督查、谁落实、谁考核的问题，着力解决好部门各自为政的问题，使各部门在学校安全治理链条上的每一个关键点共识共动，在每一个细节同向同时持续发力，织密织牢学校安全网络。

由于学校安全治理包含的要件较多，情况也错综复杂，因此治理措施和方法决不能搞"一刀切"，必须坚持问题导向和预防为主的原则，实行工作重点和关口前移。针对不同地域和学校、家长、学生及辖区居民全面排查摸底，全面掌握学生之间、师生之间、家长和孩子之间的矛盾纠纷，深入分析问题产生的根源和走向，抓好每一个关键环节和重点部位的研判。各级各类学校要坚持开展防触电、防溺水、防食物中毒、防拥挤踩踏、防交通事故、防欺凌和防不法侵害等安全教育，定期组织安全应急演练，提高快速反应和应急处置能力，及时发现解决各类隐性问题，做到早发现、早预防、早干预，及时进行疏导化解，补齐短板，力争把矛盾和问题解决在萌芽状态。

在学校安全治理中，重点区域、重点部位、重点学段、重点人群的管控成为治理工作的关键点和难啃的"硬骨头"。相关部门不仅要整治社会关注、群众关心的重点难点问题，更要把着力点放在相关人群的管控和教育疏导上。从宏观上说，要加快社会治理体系和治理能力现代化建设，广泛开展关爱帮扶和心理疏导工作，学校坚持把心理疏导的重点放在家庭贫困学生、学习困难学生、情感困惑学生、言行异常学生等群体上，帮助他们消除心理压力，克服心理障碍。各级政府还应积极创造条件，建立管好青少年工读学校等教育机构等。

与此同时，学校要强化体育美育教学，提升体育、音乐、美术等课程的开设质量，举办内容丰富的课外校外活动，让学生在活动中锤炼意志，增强纪律观念、团队意识和集体荣誉感，学会感恩，提高审美情趣和人文素养，达到以美育人、以文化人的效果。另外，要充分发挥社区的育人功能，学校和社区联手，组织开展家教家风教育，开办家庭教育讲堂，推广交流家庭教育经验，以先进文化、时代精神和价值追求进行正面引导，建设各具特色的校风、教风、学风和良好的家风。通过这些组合拳，降低校园安全风险，推动学校安全治理不断迈上新的台阶。

（《中国教育报》2019 年 11 月 23 日第 2 版）

新年"议教会"值得借鉴

《中国教育报》报道，新年后首个工作日，大连甘井子区召开了第32个新年议教会，会议主题是"深化教育体制机制改革，推动教育高质量发展"。区委、区政府、区人大、区政协和各委办局、街道党政主要负责人齐聚一堂，共同确定了落实方案。据悉，从1989年开始，大连甘井子区委、区政府新年议教会已坚持32年之久。

甘井子区的这一做法给人诸多启示，有借鉴推广的价值。首先，地方党委、政府要有发展教育的定力。甘井子区历届区委、区政府把新年后上班第一天的首个会议定为议教会，谋划发展之策，尤其是连续32年从未间断，用强有力的党政推力为教育发展保驾护航，充分体现了优先发展教育战略的落地落实。教育事业是百年大计，就一个地方的教育事业发展而言，党委、政府关怀重视是发展教育事业的风向标、晴雨表，是教育事业提质提速的组织保证。通过党委、政府的科学决策和坚强引领，以坚持不懈、久久为功的精神，举全局之力，才能有效统筹发展资源，凝聚发展力量，激活发展要素，优化发展生态，形成区域抓教育的体制机制，从而促进区域教育提质提速发展。

其次，发展教育事业要形成合力。甘井子区新年议教会的主要形式和精髓在于"议"。"议"就是商议、广议、众议、决议，与会者各抒己见，分析问题，提出对策。教育事业不仅仅是教育部门单打独斗的工作，需要举全社会之力，需要各方面的配合支持。目前，教育改革发展进入关键转型期，不断会出现新情况、新问题、新挑战，破解教育发展难题自然需要各个部门和行业的支持配合。所以，为教育排忧解难绝不能靠简单的行政命令，不能采取一刀切式的强行"摊派"，更不能顾此失彼，盲目冒进。新年议教会的形式不失为一条很好的思路，由区委、区政府出面协调，大家就困扰教育发展的难题进行充分商议，提出解决方案，贡献群体智慧，不仅是尊重理解各部门的工作困难，促进行业、部门之间的交流沟通，而且有助于形成全社会关心支持教育的合力，体现全局发展观念，促进区域经济社会的协调可持续发展。

再次，发展教育要强化执行力。甘井子区新年议教会的可贵之处还在于形成了完善的工作落实机制，议教会定了的事情各个部门都要保质保量交卷。教育是一项实实在在的事业，每一步都要走实走稳，每一件事都要落地落实，决不能只写在纸上，喊在口上，必须落实到行动上。近年来，各地政府每年都向社会承诺为民办的教育实事倒是不少，但办好这些民生教育实事的关键是要有好的抓手，要善于抓实、抓细、抓小，确保党委、政府的决策不走过场、不落俗套、不半途夭折，真正做到件件有着落、事事有实效、处处有变化，让广大人民群众看到希望，增强信心，收获满满的幸福感。

（《中国教育报》2020 年 1 月 10 日第 2 版）

守望教育的灯火

阅读点亮乡村孩子未来

曾几何时，乡村学校因缺少图书而使老师发愁，而今广大学校生均图书不仅达标，且图书品种和阅读空间都得到拓展，从硬件上补齐了短板，为乡村学生阅读提供了有力保障。但现实情况是，大部分乡村学校的阅读活动受观念、方法等各方面影响，面临有了书不愿读、不会读、不爱读、读不好的困境。

当前，适逢国家实施乡村振兴战略的良好机遇，重拾强化乡村学校阅读的话题恰逢其时。中小学阶段是学生精神成长的关键时期，重视和加强乡村学校的阅读，有利于缩小其和城市学校的差距。而让乡村学校摆脱当前的阅读困境，必须下大力气解决几个问题。

一是要解决好书从哪里来的问题。乡村学校图书的来源渠道不外乎项目配置和社会捐助两大类。配置和捐赠必须坚持从学校和学生实际出发，科学遴选与学生阅读习惯和阅读水平相匹配的书目，改变原来有什么书就配什么书的做法，推行"学校需要什么书就配什么书"的点餐模式，避免图书配置成人化、生僻化。通过科学配置，以满足不同学校、不同阅读群体、不同年龄段学生的阅读需求。

二是要解决好读什么的问题。县区教育行政部门要发挥统筹协调作用，把强化乡村学校阅读作为深化农村教育教学改革的一项内容，倡导和鼓励乡村学校创新阅读载体，积极培训乡村教师，创建书香校园，引领阅读活动走深走实。与此同时，县区教育行政部门和乡镇学区要整合县域内学校的图书资源，根据生源变化及时调度图书，或者邻近学校之间定期进行图书交流制度，变固定资源为移动资源，提升乡村学校图书的使用效率。学校要制订科学的阅读计划，根据本校学生实际编制推荐书目，建立和完善购、管、读、评的长效机制，把阅读纳入课程管理，拓展学生的阅读空间和时间。

三是要解决怎样读的问题。目前，乡村教师读书兴趣不高、阅读量不足、阅读能力偏弱，是影响乡村学生阅读的原因之一。对此，县区教育部门要结合建立乡村教师首席制，树立乡村学校教师的阅读标杆，建立乡村教师阅读交流群，及时推广和分享乡村教师阅读经验。还要积极组织开展阅读活动，学校教师要全员参与，共同发力，特别在乡村学校培养全科教师的新形势下，乡村教师要以身示范，做学生阅读的引领者、示范者、参与者，在强化自身阅读能力的同时，不断创新阅读活动模式，师生一起养成阅读好习惯。

推动乡村学生阅读并非一日之功，要严格遵循教育规律和乡村学生成长规律，需要政府、学校、家庭、社会共同发力，坚持不懈努力，久久为功，春风化雨，通过快乐有效的阅读活动，滋养学生精神、浸润心灵、启迪智慧，传承文明，点亮乡村孩子心中的梦。

（《中国教育报》2021 年 5 月 6 日第 2 版）

守望教育的灯火

暑假安全教育要打好"组合拳"

暑假是中小学生安全事故的高发期。有数据显示，一年中很多儿童溺水、高坠事故发生在 6 至 8 月，此外还有割伤、烫伤、触电、药物中毒、宠物咬伤、交通事故等各种安全隐患潜伏在孩子们身边。

把暑期作为学生安全集中教育期，需要家庭、学校和社会多方发力，强化安全教育措施，营造安全、有序的安全环境，共同筑起学生暑期安全教育的防线，做到暑假来了，学生安全教育不"打烊"。

暑假模式开启，学生的学习生活主阵地由学校向家庭转场，学生面临的安全环境由固定转向不固定，活动方式由单纯转向多元，安全监管由可控转向不可控，加上暴雨雷电等极端天气等因素，学生安全的风险点增大，这就给家庭和学校的安全管理增加了难度。在此时段内，家长安全监管的主体责任必须厘清，但学校和家庭携起手来开展集中安全教育，也很有必要。

学校安全教育要演"连续剧"。暑假期间，很多学校都结合本地本校实际，给学生家长提出了安全教育要求，班主任也给学生列出详尽的注意事项，但问题是许多未成年孩子选择暑假活动大多是从自身的兴趣出发，选择出外旅游、河坝玩水和刺激的娱乐项目，缺乏对参与活动风险点隐患的认知，缺乏自我保护措施，一旦发生危险就束手无策，往往会发生意外事故。暑期，学生处于比较分散的状态，加上环境、天气等不确定因素的变化，给安全教育带来了挑战，因此安全教育的内容和形式也要应时而动，结合天气、地域和设备设施等随时变化的外部环境，随时向家长和学生做温馨提示，通过一句简单的温馨提示引起家长和学生的重视，防患于未然。

作为孩子暑期的监管责任人，家长必须全方位全时段为孩子的安全负责，不仅要对孩子暑期活动日程做好设计，在尊重孩子意愿的基础上帮助孩子选择喜欢的娱乐及运动项目，更要加强引导，加强细节管理，随时掌控孩子的结伴群体、活动轨迹和活动规律。

暑期安全教育学校和家庭不能唱独角戏，而要打好"组合拳"。另外，强化暑期对孩子的心理健康教育也是一门必修课，教师可结合孩子的心理需求，及时向家长推送普及家庭心理健康教育的内容，建议家长带孩子参与健康有趣的亲子活动，让孩子在活动中调整心态，释放压力，科学规划学习、生活、娱乐运动等，从而度过一个平安快乐的暑假。

（《中国教育报》2021 年 7 月 15 日第 2 版）

守望教育的灯火

守住儿童道路安全底线

不久前，黑龙江省哈尔滨市双城区发生一起学生驾驶电动三轮车与货车相撞事故，造成4名学生当场死亡。对此，教育部再次提醒广大学生家长（监护人）增强交通安全意识，履行好监护责任，加强对孩子的看管和教育，不要让不满12岁的儿童骑车上路，不得让未成年人私自驾驶各种车辆，严防交通安全事故发生。

电动车具有行动自如、经济实惠、节能环保、充电方便、骑行安全等特点，被誉为"绿色交通工具"，越来越受到人们的青睐，成为人们上下班、接送孩子的代步交通工具。但电动车同样是车，车上安装有操作按钮和刹车等系统，具有机动车的操作属性，相对于自行车速度快、力量大，不好控制。

未满12岁的儿童不能骑车上路，16岁以下未成年人不能驾驶电动三轮车，未成年人驾驶电动车不能载人，这些都是交通法规划出的硬杠杠。对此，学生家长（监护人）必须增强交通安全意识，带头遵守公共交通秩序，规范驾驶行为，通过言传身教，让孩子从小养成良好的文明出行习惯。家长不在家或休息时间要严格加强对家庭交通运输工具的管理，切勿留下安全隐患。更重要的是，家长要明白，孩子驾车或骑车出行，不仅仅是个人的安全问题，而是牵涉公共安全秩序问题，一旦发生车祸，往往会给他人和社会造成损失。因此，孩子在家期间，家长一定要妥善安排好孩子的活动时间，根据孩子的性格特点和爱好设计活动内容，切实履行好监护责任，教给孩子安全出行和娱乐的最佳方法，随时加强看管和教育，切实遵守交通规则，培养孩子良好的行为习惯。

随着城镇化步伐的加快和人民生活水平的提高，人流车流物流剧增，既给城乡交通出行造成了新的压力，也对学校和交警部门提出新的挑战。未满12岁这一年龄段的孩子大多在小学，16岁以下未成年人大多是义务教育阶段的学生，要解决好未成年人骑车或驾车上路的问题，义务教育阶段学校同样需要担负起社会责任，把遵守公共交通规则作为学生教育的一门"必修课"，通过主题班会、少先队会、家长会、法治讲座等活动，紧紧抓住节假日等关键节点，向学生和家长普及安全出行教育常识，让学生在紧急情况下学会安全自救，夯实家庭、学校、社会相关部门的责任，建立未成年人安全教育管理的长效机制，推进平安校园建设。

公安交警和交通运输作为职能部门，应结合公共交通安全面临的新情况、新问题，深入学校向师生宣传普及交通安全知识。坚持以"案"说"法"，让师生从交通安全事故中吸取教训，认识遵守公共交通规则的重要性，还可借创建"交通安全文明学校"的契机，树立标杆学校，营造交通安全的良好社会环境，提升交通安全管理水平，为未成年人健康快乐成长系上"安全带"。

（《中国教育报》2021年10月12日第2版）

中小学网课要提质增效

相对于传统教学组织方式，网课以其新颖的手段、方式和情境给人一种全新的时空体验，教育发展进入新常态，通过上网课来保证学生完成学习任务恐怕是需要打的"持久战"。通过打造高质量的网课不断满足中小学生学习的多样化需要，也倒逼教师不断提升运用现代化手段的能力和水平，保证教育教学质量不缩水、不减力、不降质。

教师要练好上网课的基本功。中小学网课提质增效的主阵地在学校，关键在教师。网课作为课堂教学新的呈现形式，和传统的课堂教学形式有很多不同。中小学教师必须在备课、上课、课后督查评价等多个环节练好基本功，改变传统的线下教学思维，尤其要在板书、场景切换、信号传输、师生互动、情感交流等方面进行精心设计。

上好网课要善用教学资源。目前，中小学网课的资源十分丰富，中小学教师要结合本校本班学生学习实际，精心挑选整合与教学进度合拍的同步课堂教学资源；坚持自己上网课和看名师网课资源交叉共享，同时精心设计开发一些文娱体育类和心理辅导类课程；坚持学生文化课和体育艺术课相结合，网上学习和防近视、强身健体相结合；提升课堂教学质量和落实"双减"相结合，做到劳逸结合，张弛有度；建立完整的知识体系，保证有序、高效的教学秩序。

上好网课要坚持问题导向。课堂教学就是要培养学生分析问题、解决问题的能力。中小学教师上网课仍要坚持问题导向，始终把研究解决网课教学问题作为提升教学质量的突破口；始终研究学生、研究课程、研究方法和途径，要通过网课关注全体学生，尤其是关注学困生、关注学习自控能力差的学生，关注各个教学环节，关注每一个教学细节。通过作业检查、家长调查等手段了解教师上课存在的问题、学生学习面临的困难、家长对网课的需求等，及时调整教学方案，优化教学方法，解决好上课、听课"两张皮"的问题，力争上好对路、对口、对味的网课。

上好网课要强化督查。这不仅仅是教师的事情，教育行政部门和学校同样要履好职、尽好责。学校除了不断优化搭建网课教学平台外，管理人员也要随时入"群"听网课、评网课。一方面督促教师规范上课行为，了解学生听课情况；另一方面要全面了解掌握网课存在的困难和问题，及时指导教师完善方案。特殊时期，家长更要及时督促孩子养成居家学习生活的良好习惯，管控好手机，认真按时上网课，保证完成正常的学习任务，及时向老师反馈孩子学习情况，提出积极的意见和建议。县区教育督导、教研部门的专业人员更应随机上网听课，开展网上下基层调研，组织录制本地教师的优质课，丰富本县区网课资源库，指导基层学校教师上好示范课，磨好优质课，打造精品课，为提高教育教学质量助一臂之力。

（《中国教育报》2021 年 10 月 12 日第 2 版）

守望教育的灯火

推进乡村教育振兴点亮美丽乡村梦

　　教育部 2022 年工作要点提出，统筹推进乡村教育振兴和教育振兴乡村工作。这是教育部从教育层面推进乡村振兴战略实施的一项重大举措，也是对振兴乡村教育的长远谋划，通过乡村教育振兴和教育振兴乡村工作的统筹推进，双轮驱动，从而增强教育发展的内动力、拉动力和对乡村建设的融合力，以教育的高质量发展为乡村振兴贡献教育智慧。

　　教育在实施乡村振兴战略中起着基础性、先导性的作用，统筹推进乡村教育振兴和教育振兴乡村具有十分密切的辩证关系，推进乡村振兴战略，必先振兴乡村教育，乡村教育的水平提升了，理所当然应"反哺"乡村，服务乡村经济社会可持续发展，从而提高广大农民的生活质量和幸福指数。

　　为乡村教育赋能，增强内在发展动力。目前，乡村学校相对于城镇学校，仍然存在教师学科结构不合理、管理粗放、学生留不住等诸多短板和弱项，但同时又具有工作量小、面向全体学生等优势，统筹推进乡村教育振兴，首先要破解乡村教育布局、教师学科结构的机制体制问题，在不断提高乡村教师待遇的同时，加强乡村教师的师德师风教育。要通过联片教研、师带徒、跟班培训等活动解决好青年教师教学方法单一、教学能力不足、教学效果不好等问题，加快乡村学校教师评价考核机制改革，最大限度调动全体教师的工作积极性和主动性，促进乡村教育高质量发展，增强乡村教育的内生动力。

　　促进育人方式的转变，推进乡村教育高质量发展。立德树人是教育的根本任务，推进乡村教育振兴就是要推进教育高质量发展，当下，乡村学校的体量小、规模小，乡村学校的学生中留守儿童和困难家庭的子女居多，因此，要在一如既往地抓好"控辍保学"，巩固脱贫攻坚成果的基础上，把乡村学校布局、建设和乡村各项建设统筹规划好，最大限度发挥优质教育资源的效益。县区教育主管部门一方面要把办好县中和职业教育作为重中之重，不断挖掘办学潜力，配强师资，鼓励特色化办学和学校内涵发展，促进育人方式转变，为未来乡村发展培养各类实用型建设人才。另一方面，要针对边远山区学校自然生源萎缩的实际，把办好小规模学校作为推进乡村教育振兴的重要抓手，做好教师资源的优化配置，不断满足乡村学校教育教学需求，办小而精、小而优、小而美的小规模学校，让边远乡村的学生在家门口留得住、上好学、学得好，让广大农民"幼有善育，学有优教"的良好教育愿望变成现实。

倡导以文化人，提升乡村学校传播文化的能力。乡村学校不仅是立德树人的主阵地、主战场，而且是乡村文化的传播传承中心，广大师生是乡村文化的生力军。在乡村振兴战略中，农村中小学要主动出击，树立大教育观，把乡村教育融入乡村建设行动，充分发挥学校的教育中心、文化中心作用，在完成传授知识和技能的任务的基础上，进一步拓展教育视野。要结合"双减"政策落实，把学校教育和乡村振兴结合起来，既立足当前，又放眼未来，把未来乡村需要什么样的人才、怎样发展、怎样高质量发展等需求紧密结合起来，主动承担起弘扬乡村文化的历史责任，鼓励广大师生争做现代乡村文化的传播者、参与者、建设者。要拓展乡村文化的载体和路径，组织师生开展丰富多彩的乡村文化实践活动，引领乡村新风尚，不断满足广大农民的文化需求，增强发展乡村文化的内在动力，以优秀先进的文化润泽村民心田，涵养乡村文明品质，从而提升农民的幸福指数，点亮美丽乡村梦。

（《中国教育报》2022年2月23日第2版）

乡村教育引进优秀人才要拿出决心和诚意

近日,《中国教育报》报道了江西省上饶市乡村教师队伍发展的经验。上饶市的做法不仅为乡村教师队伍建设提供了鲜活样本,更让人看到了乡村教育振兴的前景和希望。

近年来,各地都出台了一些引进优秀人才的优惠政策,如住房保障、提高待遇、职称晋升、解决子女就学等,也吸引了一大批有志于乡村教育的优秀毕业生签约就业,为乡村教育提供了有力的支撑。但个别地方由于种种原因,出现了工资、住房、户口和所承诺的优惠政策没有及时兑现的情况,影响了优秀人才的引进。教育是乡村发展的灵魂和根基,优秀人才是乡村教育振兴的关键。

和同类地区相比,上饶市同样地处中部欠发达地区,农村教育占比大,同样面临教师结构性短缺的矛盾。但当地政府在财力有限的情况下,仍拿出真金白银来吸引人才,而且通过创新引进模式优化乡村教师队伍结构,挖掘教师发展潜力,增强教师发展后劲,为乡村教育写下了提神提气之笔。

在乡村义务教育实行"以县为主"的管理体制之下,优先为乡村教育引进优秀人才,需要地方政府凝聚智慧,拿出满满的诚意和明确的姿态。从长远角度看,为乡村教育引进优秀人才不仅仅是做好一件事,而是下活一盘棋。为破解乡村教育引进人才难的困局,地方政府一定要从长计议,不仅要自己挤资金,还要通过协调先进地区帮扶、吸引社会有识之士捐资助学等措施,拓宽筹资渠道,开源引流。更重要的是,政府要兑现承诺不打折扣，做好服务不留空白，保持优惠政策的相对稳定，建立优秀人才"下得去、留得住、教得好"的长效机制，形成尊师重教的良好风尚。

引才一时，用才一生。教师也是普通人，同样有对幸福生活的向往。地方政府、教育行政部门和学校要认真做好引前、引中、引后的服务，紧盯教师工作生活中的关键小事，树立"筑巢引凤"的意识，下决心解决好教师两地分居、子女上学难等急难愁盼问题，像教师爱学生一样爱才、惜才、用才，解除他们的后顾之忧，让他们扎根乡村、安心从教吃下"定心丸"。

引进好苗子，还要念好培养经。大部分乡村教师由于长期在资源相对短缺的教学点工作，师生陪伴人数少，交流形式单一，环境相对封闭，容易产生职业发展的亚健康状态。教育行政部门和学区要设身处地为他们的专业成长创造条件和机会，生活上常关心、工作上多指导、感情上常沟通。通过举办座谈会、节假日联谊和心理辅导等活动，为其搭建学习交流平台，及时跟进他们的成长轨迹，帮助他们做好职业生涯规划，加强职后培训培养，提升教育教学能力，努力做到关心和赋能相统一、严管和厚爱相结合，让他们在乡村教育历练中有干头、有盼头、有奔头、能出头。

为乡村教育引进优秀人才要打好组合拳。这不光是教育部门的事情，人社、财政、编制等部门要协同发力、持续用劲。通过建立乡村教师队伍建设联席会议等制度，联合出台优惠政策，专题研究解决引进乡村教育优秀人才的困难和问题，打通引进人才的"最后一公里"。通过探索乡村中青年优秀教师的选拔任用机制、顺向流动机制和激励机制，出台待遇留人、感情留人、事业留人、环境留人等硬核措施，增强教师的幸福感和获得感，从而激发优秀人才投身乡村教育的内生动力，重构县域教育发展生态，助力基础教育提质增效。

（《中国教育报》2022 年 4 月 15 日第 2 版）

守望教育的灯火

不要小觑"让孩子挤挤"的安全隐患

近日，江苏南通高速民警查获多起家长带着孩子"挤一挤"的超员行为。民警对驾乘人员严肃批评教育，依法对驾驶人处以罚款100元、记3分，并监督驾驶员对超出人员进行驳载。让小孩"挤一挤"的超员行为并非个案，各地因超员发生的安全事故也不少，留下血的教训，给广大家长敲响警钟，必须引起高度重视。

中小学生出行安全是安全工作的重要一环。由于学生的出行路线、出行方式和出行时间存在不可控性，给学校安全管理增加了难度，其中乘车安全管理最棘手。长期以来，人们把保障学生出行安全的主要职责放在学校。但由于一些家长交通安全意识不足，使得学生的安全出行出现"一头热"的现象。家长接送孩子骑电动车不戴头盔、私家车接送孩子后排不安装安全座椅、开三轮车同时代接多名孩子，甚至有的家长还逆行闯红灯等，着实令人担忧。个别家长的不良出行习惯，给孩子传导了错误信号，带偏了安全教育的节奏。

之所以出现这些问题，主要是一些家长图省事，存在侥幸心理。让小孩"挤一挤"的做法看似省事、方便，但挤走的其实是安全，丢掉的是安全出行习惯和遵守规则的良好品质。家庭是孩子的第一课堂，家长是孩子的第一任老师。随着生活水平的不断提高，家家有车已成为家庭幸福生活指数提升的一个标志。孩子因为年龄较小可能不懂交通规则，乘车随家长出行时，安全责任自然落在家长肩上。做守法的司机，既是每一位公民应具备的基本素质，也是对孩子生命的尊重。学校和家庭要在安全出行方面厘清责任，共同培养孩子的安全出行意识，才能真正为孩子系好"安全带"。

暑期将至，家长驾车带孩子外出旅行也将出现一个小高峰。为了安全起见，带孩子乘车出游，一定要把安全放在首位，除了提前做好车辆安全检测和保养外，还要使用儿童安全座椅，严禁疲劳驾驶。另外，从家庭教育的角度看，这是一个开展交通安全教育的良好机会。家长在车内要正确使用安全带，不吸烟、不接打电话、不超员、不超速，严格遵守交通规则，同时教育孩子不往车外乱扔杂物等。通过言传身教，向让孩子"挤一挤"的行为坚决说"不"，让孩子接受交通安全文明教育，确保家人和孩子出行平安。

（《中国教育报》2022 年 7 月 6 日第 2 版）

守望教育的灯火

同伴激励助力"小胖墩"成功瘦身

据澎湃新闻报道，从今年2月起，江苏省常州市华润小学组建了由18个"小胖墩"组成的"减肥小虎队"，对他们进行饮食和运动的专业干预。在暑期专项体检中，"小虎队"成员交出了一份骄人的"成绩单"，已完成体检的大部分孩子健康减脂10斤以上，异常指标明显好转。华润小学的这种做法值得称赞。

让"小胖墩"减肥瘦身需要制度保障和措施落地。华润小学除了学校专门给"减肥小虎队"制定管理制度外，还邀请医院专家进行科学的专业指导和干预。通过调整饮食结构，学校检查"减肥作业"，家长监督孩子运动，"减肥小虎队"成员的身体素质明显提升。

目前，中小学大多停留在重视学生体能监测这一层面。华润小学的做法给了我们一个很好的启示：中小学要根据体能监测中学生体质出现的普遍性问题，建立常态化的干预机制，采取一系列有针对性的措施，使学生的减肥活动既能在科学的管理指导体系下高效运行，又不失老师、家长和专家关爱的温馨氛围。

同伴激励无疑也是学生减肥瘦身的好方式。华润小学可贵的是抓住了学生的兴趣点，最大限度地发挥队员协作、同伴助力的作用，从而推动了减肥目标的顺利实现。

同伴激励助力学生健康成长重在活动设计。中小学在活动设计方面要做好"提前量"，根据不同学生的体重指标、个性特长和喜欢的运动项目，制定科学有效的干预方案。在拓展活动空间、丰富活动内容的基础上，充分发挥每一名学生的智慧，不断探索适合学生的减肥方法和路径。增强学生减肥运动的互动性和趣味性，在帮助学生实现增强体能体质目标的同时，也加深了孩子们之间的深厚情谊，可谓一举两得。

营造同伴激励助力学生健康成长的氛围非常重要。减肥并不只是学生自身的事，需要学校、家庭、社会形成合力。学校要把预防"小胖墩""小眼镜"作为一项长期的工作来抓，特别要结合本地、本校实际情况，着眼于活动设计、方法指导、指标检测分析和监督的全过程，把学生减肥和"双减"、阳光体育运动等结合起来，有效整合学校体育和卫生资源。与此同时，还要加强对肥胖学生的心理辅导，让其在内心深处树立减肥信心，"轻装"上阵。

（《中国教育报》2022年9月7日第2版）

让乡村教师收获尊严感、幸福感和获得感

近年来国家出台了一系列发展农村教育的利好政策，不仅改善了乡村教师工作生活环境，提高了教师福利待遇，更重要的是乡村教师队伍数量短缺、学科结构失衡、年龄老化等问题得到一定程度解决，为乡村振兴战略的实施奠定了坚实基础。笔者认为，振兴乡村教育，应做好提升教师队伍立德树人能力和素质的"三套题"，以激发乡村教师的工作积极性。

一要命好"目标题"。目前，基层新招聘教师大多先分到边远山区学校任教，县级教育行政部门和基层学区一定要帮助新入职教师制定职业生涯规划和专业成长计划，让新教师有明确的职业方向和价值目标，消除新教师个体发展目标的盲区。在规划实施过程中要强化考核评价，跟踪问效，让青年教师始终朝着更高的目标不断进取，努力奋斗。

二要答好"真题"。建设一支素质优良、甘于奉献、扎根乡村的教师队伍，首先要从满足教师的物质需求、精神需求、心理需求入手，相关部门要同向发力，真做真干，综合施策，切实为教师创造良好的工作环境、生活环境和发展环境，想方设法为教师搭建自主、公平、公正的发展平台，让乡村教师收获尊严感、幸福感和获得感。

三要做好"冲刺题"。在生活保障和福利待遇落实之后，乡村教师自身要有热爱乡村教育的情感和精神投入，要通过实践、反思、充电等不断产生"赛道"冲刺的内驱动力和激情，通过个体发展、凝聚集体智慧形成强大团队力量，释放教师队伍活力，助力乡村教育高质量发展。

（《人民教育》2021 年第 24 期第 8 页）

遏制校园欺凌事件要消除盲点

近年来，校园欺凌事件时有发生，且呈现出群体性、多发性、暴力性等特点，这不仅给教育主管部门和学校敲响了警钟，也令社会揪心，家长担心，成为校园安全的隐患。

如何遏制校园欺凌事件发生，各地都在探索正面教育引导、建立长效化管理机制等办法。除此之外，要坚持问题导向，预警管理关口前移，在学校管理的薄弱环节和关键点采取一系列强有力的措施，家庭、社会通力协作，下决心消除校园欺凌事件的防控盲点，方能起到防患于未然的作用。

首先，要消除教师、学生、家长认识观念上的盲点。时下，部分家长给孩子灌输不要惹事、不管闲事的观念，导致孩子道德观发生偏移。有些学生在遇到校园欺凌事件后，往往碍于情面、怕伤感情，采取视而不见甚至包庇隐瞒的态度，或者害怕事后被报复不向学校和老师报告，从而导致校园欺凌事件短时间内难以被学校、教师、家长发觉，为校园欺凌事件提供了隐匿生长的土壤。校园欺凌事件绝不是学生个体之间的肢体冲突和相互伤害，遏制校园欺凌事件关系到学生的生命安全，关系到学校的和谐发展，没有平安稳定的校园环境，每个人都面临被伤害的风险和隐患，因此，必须教育引导教师和家长在遏制校园欺凌事件上转变观念，不仅要当好宣传员、侦查员、监督员，还要增强法律意识，及时了解掌握学生的思想动态，积极向学校和公安部门提供问题线索，及时排查消除隐患点。

守望教育的灯火

其次，要消除学校和家庭管理时空的盲点。分析校园欺凌事件发生的地点和时间，包含有时空盲点交集的元素，比如地点多在校园内宿舍、厕所，校园外僻静巷道、闲置住宅、河滩等，时间多在课后、放学后和节假日，学校和家庭要对这些时空盲点和风险点科学研判，建立严格的管理管控机制，进一步划清学校和家长的监管责任。学生离校后，班主任要及时通知家长对孩子的行程和活动进行监管，特别是单亲家庭孩子和留守儿童，家长更要及时了解孩子的心理健康动态，增加感情陪伴时间，让孩子保持阳光自信的心态。公安、司法、妇联、团委和社区等部门协同发力，织密织牢学生安全网，通过对学生活动时空的监测和干预，有效化解学生之间的矛盾纠纷，阻断校园欺凌事件发生的导火索。

最后，要消除网络平台监管的盲点。在信息化时代，一些校园欺凌事件往往由路人或好事者拍摄上传到网络平台，引来"围观"，从一些校园暴力事件传播方式上看，有大量的视频传播是成人所为，拍摄者或许出于好心，但结果往往事与愿违，恶意围观蹭流量者也不乏其人，导致有些人不分是非曲直，一味归责于学校和教师，此举会给学校、教师、学生造成更大伤害。校园欺凌事件虽然发生在校园或周边，但其发生却与家庭教育、社会环境分不开，要遏制校园欺凌事件发生，每个部门和每一位公民都有责任，必须建立靶向思维，加强各行业、部门的协同联动，精准施策，除了严厉打击恶意炒作的网络犯罪行为外，要矫正社会围观心态，营造关心青少年健康快乐成长的良好社会环境。社会人士要增强信息意识，不传播有关校园欺凌事件的视频，注意保护未成年人的隐私，在第一时间向教育、公安、网信等相关部门报告，把校园欺凌事件的危害降到最低，理性提出遏制校园欺凌事件的建议，而不是恶意转发、谩骂，营造一个充满和谐、友爱、尊重、平等的青少年学生成长环境。

（《甘肃教育》2022 年第 8 期卷首语）

办好"关键小事"提升师生幸福指数

据《中国教育报》报道，甘肃省教育系统通过建宿舍、扩食堂、增学位、改厕所等举措，全力推进教育民生实事项目落地见效，有效解决了急难愁盼问题，温暖了广大师生。

近年来，随着生育政策调整和城镇化进程推进，城镇优质教育资源短缺、学位不足、厕位紧张以及农村学校教师住宿紧张、学生食堂供餐服务能力弱等问题也随之凸显。吃喝拉撒、起居出行与人的日常生活息息相关。说其"小"，是因为听起来普通平常；说其"关键"，是因为就现代学校的服务功能而言，这些事的妥善解决不仅不能缺位，而且备受社会关注、家长关切、师生关心。解决好这些"关键小事"，能够切实提升师生的幸福指数，应该作为办好民生实事的重要内容来抓。

办好"关键小事"要饱含感情抓落实。情之所系，民之所需。办好"关键小事"要带着浓厚的教育情怀，设身处地为师生着想，从学校发展的前景全盘谋划。因受自然、地理、经济等条件制约，一些农村学校办学条件相对薄弱，尤其是一些经济困难家庭、留守儿童等特殊群体对"关键小事"的解决需求更迫切。这就需要每一位参与者深怀对师生的真挚感情，俯下身子了解师生和家长的需求，把好事办好、实事办实，体现人文关怀和服务理念。这样，党和政府的惠民政策才能真正惠及广大师生，走进寻常百姓家。

办好"关键小事"要持续发力破难点。民生实事项目是民心工程，是各级政府向全社会作出的承诺。但现实中，很多小事是一些存在已久的老大难问题，需要人、财、物等资源的统筹协调。这就需要政府聚焦当前义务教育最薄弱的环节，想方设法筹资金、拓资源，建立相关部门协同包抓机制，压实工作责任，强化监督措施。

办好"关键小事"要查漏补缺重效果。民生实事办得好不好，关键要看学校和师生的满意度，老百姓是不是有获得感。各级政府都明确了办好民生实事的时间表和路线图，并将完成情况纳入年度目标任务考核内容。为了确保民生实事项目扎实落地，各级政府和教育主管部门应对投入使用情况加强跟踪调查。例如，对设施设备的使用效率、资金和专业人员配置进行督查，督促相关建设单位和学校进一步查漏补缺，帮助学校破解运转过程中的难点和堵点。"关键小事"办好了、有效果，意味着每个孩子"上好学"得到更坚实的保障，师生的幸福指数也会大大提高。

（《中国教育报》2022 年 10 月 11 日第 2 版）

发展"草根足球"基层中小学大有可为

近日，在 2022 中国足协杯第二轮一场比赛中，来自甘肃平凉的泾川文汇队爆冷淘汰了中超北京国安队，跻身足协杯 16 强，上了网络热搜。

每一场体育比赛都存在不确定性，不能以一场比赛成绩论英雄。但足球队员们发扬不畏强手、敢于挑战的体育精神，在场上勇于坚持、敢拼敢打、发挥出色，创造了以弱胜强的奇迹，的确令人赞叹。这场比赛不仅彰显了"草根足球"的民间力量，也为教育工作者提供了很好的启示：发展"草根足球"基层中小学大有可为。

如今，足球已成为青少年喜爱的运动项目，基层校园足球的氛围也逐步形成，尤其是乡村学校的学生大多身体条件好、性格开朗、意志坚强、做事认真，是未来足球发展一支不可小觑的后备军。这就需要中小学主动作为，坚持足球从娃娃抓起。

加强足球基础设施建设，为发展校园足球奠基。目前，西部欠发达地区城镇大规模学校在坚持开展各类足球活动的基础上，基本先后建起塑胶足球场，购置了足够的足球设备。但仍有个别学校的操场只做了硬化或依然是土操场，校园足球课和足球比赛在一定程度上受到限制，还不能满足学生的活动需求。推动乡村中小学校园足球发展，还需进一步依托项目实施强化学校足球基础设施建设，保证足球设备能满足教学活动需求。暂时无法建设塑胶球场的可以通过种植天然草坪的办法来解决，为广大中小学生创造必需的足球运动条件。

守望教育的灯火

通过普及活动推动校园足球提档升级。幼儿园和中小学是孩子足球基本素养形成的"黄金期"。普及校园足球最好的载体就是开展丰富多彩的足球活动，通过创设喜闻乐见的游戏激发兴趣，坚持把足球元素渗透到体育课、课后延时服务和社团活动中，逐步引导学生掌握基本的足球基本技巧和方法，在玩中学、学中玩、玩中提升。各级政府和学校要适时举办足球比赛活动，各学校也可经常性地开展校际比赛，加强相互学习交流，增强学生的足球比赛意识。通过这些活动，一方面激发学校普及足球运动的热情，另一方面检验校园足球的水平，带动足球运动向纵深发展，发现一批足球苗子。

建立"草根足球"苗子培养机制势在必行。青少年时期正是磨炼意志、强身健体的关键期。就基层中小学目前发展校园足球的方向而言，普及性、全民性、覆盖面广等特点比较明显。但同时也应看到，还有一批足球天赋好、理念新、热情高、成长快的"草根足球"人才，需要得到重视和重点培养。基层政府财力有限、学校活动场地较小、专业教师相对短缺、学生家庭经济实力受限、学校和社会协同培养机制不完善，成为"草根足球"人才专业成长的瓶颈。

破解这些难题，需要各级政府不断建立和完善"草根足球"人才培养机制，通过引进急需人才充实学校足球专业教师队伍，加强足球专业教练和裁判员的培训交流。中小学要保证足球课程的活动场地、教师、时间、内容"四落实"，加快校园足球的普及步伐。还要加强与体育局、民政局、团委、妇联等部门的协调配合，与足球俱乐部等校外机构同向发力，适时举办足球比赛、专业研讨以及培训提升活动。对于家庭确实困难的乡村留守儿童、单亲家庭儿童，可通过建立国家专项基金支持、社会爱心人士赞助、适当减免费用等方式帮助其接受专业培养，为专业球队储备更多的后备人才。

（《中国教育报》2022 年 11 月 29 日第 2 版）

办好人人受益的教育民生实事

据《钱江晚报》报道，1月12日上午，浙江省省长在浙江省第十四届人民代表大会第一次会议所作的政府工作报告中提出，为300万名义务教育阶段学生开展正脊筛查。把学生的正脊筛查列入民生实事、写进政府工作报告，让人拍手叫好。这项民生实事的可贵之处，一是覆盖面广，目标具体量化，实现300万名义务教育阶段学生全覆盖，校校普惠、人人受益；二是关注点细，政府把学生健康之事想得细、做得早、抓得实，把民生实事办到了群众的心坎上，其长远意义超出了筛查本身。

办好教育民生实事，找准抓手是基础。教育无小事，老百姓关心的不仅仅是孩子学得好，更重要的是希望孩子健康成长。浙江之所以要在这方面破题，是因为之前一些地区已经做了基础调研，发现了问题苗头。通过早干预、早矫正，保证孩子健康成长，充分体现了政府在办民生实事上发现问题、研究问题、解决问题的清晰思路，也彰显了地方政府关爱青少年健康成长的大智慧。教育改革发展不断面临新情况、新问题、新挑战。因此，各级地方政府在规划设计民生项目时一定要应时而动，坚持以人为本，努力寻找政府所想和师生所需、家长所盼、社会所关切的契合点，确保民生举措落小、落细、落实，破解教育改革发展中的难点、痛点和堵点，营造教育高质量发展的良好环境。

拓展关注视野，提升孩子成长质量是关键。尽管现阶段各级各类学校的办学条件得到大力改善，教育供给水平明显提升，但随着生活水

守望教育的灯火

平的不断提高，学生在成长过程中仍面临一些烦心事、揪心事，诸如近视、肥胖、心理疾病等。因此，抓好这些关键小事就显得很重要。地方政府要把提升学生的成长质量摆在民生实事的重要位置，根据教育发展的阶段性目标，不断转变关注学生成长的角度，加大支持教育的力度。从大处着眼、小处着手，既体现推进教育工作的力度，又突出政府关心青少年健康快乐成长的温度。

办好民生实事，打出部门组合拳是保障。教育民生关乎群众利益和幸福，始终是政府工作的重中之重。关注青少年儿童健康成长只有新的起点，没有终点，需要关注的内容很多，需要解决的问题很复杂。各级政府必须切实践行以人民为中心的发展思想，高位谋划、同向发力、精准施策、分类指导。通过教育、财政、卫健、团委、妇联等部门和组织的积极配合支持，从人民群众关心的事情做起，从让师生满意的事情抓起，解决好人民群众急难愁盼问题，深怀感情为民服务，加大力度为教育办实事。学校、社会、家庭也要共同肩负起办好民生实事的职责，落实各项措施有定力、有恒心、有耐力、有信心，形成促进青少年儿童健康成长的协同机制，凝聚群体智慧交一份办好教育民生实事的优秀答卷。

（《中国教育报》2023 年 1 月 19 日第 2 版）

让城乡一体化促进义务教育优质均衡发展

党的二十大报告强调要"加快义务教育优质均衡发展和城乡一体化,优化区域教育资源配置,强化学前教育、特殊教育普惠发展,坚持高中阶段学校多样化发展,完善覆盖全学段学生资助体系。"今年的政府工作报告也要求"推进义务教育优质均衡发展和城乡一体化。"

2021年底,我国义务教育实现了县域基本均衡发展,目前已经开启了义务教育优质均衡发展的新征程。推进义务教育优质均衡发展和城乡一体化,既是着眼于推进基本教育公共服务均等化的需要,强调了从"学有所教"转向"学有优教"的公平,又充分体现了义务教育普惠政策的覆盖面、受众面和公平性。

科学做好义务教育优质均衡发展规划,夯实发展基础。义务教育是基础教育的关键阶段和重要构架,公平和质量是教育发展的两大主题,目前,我国教育改革步入深水区,机遇和挑战叠加,推进义务教育优质均衡发展和城乡一体化是当务之急、时代之需。义务教育阶段是学生一生成长的黄金期,对培养学生良好的行为习惯和心智发育具有关键作用,推进义务教育优质均衡发展和城乡一体化,夯实发展基础是基本保障,科学做好义务教育发展规划就是为实现教育发展目标绘制美好的宏伟蓝图,制订明晰的路线图和时间表,做好义务教育发展规划既要体现发展的前瞻性、可行性和实效性,充分体现以人民为中心的发展及服务理念,又要结合区域经济社会协调发展的实际,按照盘活存量、扩大增量的思路正确处理好供给与需求、当前和今后、城镇和乡村、局部和整体等方面的关系，按照新时代学校建设的标准规划设计，制定综合性教育整体空间布局规划，使规划、设计、实施真正落地实施，惠及百姓。按照人口的增长变化趋势，乡村教育，口的负增长将会延续一段时间，因此乡村学校发展规划要科学预测人口变化情况，坚持和乡振兴战略相结合，适度精准安排好教育项目，学校基础设施达标，创设学生健康快乐成长的环境、谨防盲目扩大建设规模，造成教育资源的浪费。

抬升谷底，加快义务教育城乡一体化步伐。推进义务教育优质均衡发展和城乡一体化是一个有机的整体，优质均衡发展是目标，城乡一体化则是有效路径，就优质均衡的受益面而言，城镇和乡村没有主次，乡村学校受教育人口所占的份额也不小，但相对于城镇学校而言，实现优质均衡目标的难度更大、任务更为艰巨。因此，要把推进乡村义务教育优质均衡发展作为抓手，把扶持乡村薄弱校发展作为突破点，在资金投入、资源分配、教师培训和待遇提升等方面向薄弱校倾斜，重点补齐薄弱学校教育短板，通过城镇优质学校帮扶、教师轮岗交流、学生互动、远程课堂等有效形式，让单亲家庭子女、留守儿童等弱势群体得到关爱和关注，接受适合他们的良好教育，真正办好百姓家门口的学校，抬升谷底，整体提升乡村学校的办学质量，为区域内教育优质均衡发展贡献乡村智慧。

倡导特色化办学，不断塑造教育发展新动能新优势。优质教育机会公平是促进教育公平的核心追求，优质均衡既强调优质基础上的均衡，又要体现公平原则下的优质，推进城乡一体化不是强求千校一面、千篇一律，而是鼓励学校特色化办学、多样化发展，满足人民群众多元化的教育需求，城乡学校要充分发挥各自的优势，激活每一位教师的内生动力，挖掘每一位学生的发展潜能，创新学校发展模式，推进集团化办学、名校办分校，涵养和谐发展的教育生态，全面释放优质学校的办学活力，教育行政部门也要主动作为，建立学校之间的交流互动机制，实现优质教育资源共建共享，进一步扩大优质学校的高端引领和示范辐射作用，通过典型引路，榜样示范，提升区域内学校高质量发展的水平，更好地满足人民群众"上好学"的美好期盼。

（《甘肃教育》2023 第 5 期卷首语）

守望教育的灯火

家长"护学岗"执勤不宜硬性要求

据封面新闻报道，近日，一则四川乐山井研县"某学校要求家长轮流站岗执勤"的投诉信息在网络上传播，引发热议。井研县教育局回应，全县各中小学、幼儿园从 2019 年开始设立"护学岗"，学校要求家长轮流站岗执勤的情况属实。如果家长确实有事情耽搁，可以及时跟学校进行沟通调整。

四川乐山井研县中小学为加强"护学岗"引入家长力量，既是对《四川省加快推动中小学幼儿园安全防范建设三年行动计划实施方案》等制度的落实，也有助于破解警力不足等难题。但需要厘清的问题是，"护学岗"的责任主体是公安部门和学校，家长参与"护学岗"只是辅助其开展工作，必须要坚持志愿优先的原则，不宜作硬性规定。为了提高"护学岗"的管理水平和效益，公安、学校和家庭各方要携手共进、同向发力。

前移"护学岗"管理关口是基础。设在学校门口的"护学岗"可以排除特殊时段、特殊地域的安全隐患，但一些极端涉校案件仍有发生。因此，公安、社区、学校等相关部门要将管理关口前移，推行社会治安网格化管理机制，及时排查重点人群，化解社会矛盾，开展校园周边环境治理。特别是边远山区和一些偏僻区域要加强治安巡逻，从源头上降低各种安全风险。公安部门要选派政治素养高、业务能力强、工作认真负责的民警和交警担任"护学岗"执勤任务，并强化日常督查。城建、交通部门也要把学校交通安全问题纳入城市规划和治理，保障学生出行安全。

学校强化措施落实是保障。学校是师生学习生活的主阵地，要在"护学岗"运行的过程中聚焦关键环节，加强对教职员工的培训管理。通过开展突发事件处置演练及技能业务培训，让"护学岗"人员掌握预防和处置暴力犯罪的技巧，落实人防、物防、技防措施，不断提升校园安全的综合治理能力。学生数量多、校园周边交通压力较大的学校，可视情况灵活实行错时错峰上下学，疏解校园周边交通压力。对于"护学岗"力量不足的情况，有条件的学校可以购买社会服务，补齐"护学岗"力量薄弱的短板。

社会各方支持是必要补充。发挥"护学岗"的社会效益，离不开各方的支持配合。家长是学生的监护人，也是家校合作的一支主要力量。如果家长有参与"护学岗"的意愿，可以在学校、家委会的组织协调下，采取自愿报名的方式，指导参与临时性校园门口护卫，为师生安全出行助一臂之力。与此同时，教育行政部门要引导社会力量积极参加维护校园安全工作，推动建立由民警牵头，保安、社会志愿者等参与的平安守护小组，不断壮大落实群防群治力量，创造"安全、有序、畅通、文明"的校园周边环境。

（《中国教育报》2023 年 5 月 16 日第 2 版）

把好校园食堂安全入口关

据辽宁卫视报道，近日，一段江西九江某幼儿园在小便池中冲洗餐具的视频在网络上热传。经查实后，该市联合调查组已责令该园停业整顿，对其负责人及涉事人员进行调查。下一步，联合调查组将依法依规严肃处理该事件。

学校饮食安全事关学生健康和校园安全。近年来，各级政府虽然不断完善校园食堂设施，配备了明厨亮灶的现代化设备，并采取了一系列的监督管理措施，但食堂安全问题依然时有发生。究其原因，可能包括以下几点：一是学校招聘食堂从业人员时没有把好职业道德关，让一些道德水准和职业素养较低的人员混入其中；二是学校食堂管理制度和措施存在漏洞；三是食堂运营者为了节省成本，在食材采购、加工、贮存等环节弄虚作假。舌尖上的安全是建设平安校园的重要环节，学校食堂运营必须坚持全过程监管、全方位用力，查找并堵住漏洞。

强化学校食堂管理制度是基础。目前，各级各类学校基本建立了食堂管理制度，卫健、质监、教育部门也都履行各自职责，基本保证了学校食堂的正常运转。但在管理过程中，新问题、新情况可能随时发生，管理制度也应随之调整。政府各部门要加强沟通协调，同步调整管理标准，优化管理制度，使各项制度的核心量化指标和要求始终保持一致，以增强管理制度的可操作性，确保各项管理制度落到实处。

严把审核门槛，把好餐饮企业和从业人员的入口关。办好学校食堂，关键因素是人。学校食堂要坚持关口前移，严格从业人员招聘条件，用好教职员工从业禁止制度。同时，如果学校食堂确需对外承包，必须严把企业资质关、诚信关、经营关，加强从业人员的职业道德和技能培训，定期加强对从业人员的健康体检，实行持证上岗。

加强日常监管，提升服务质量。学校食堂一日三餐，用餐学生多，工作量大，对从事监管的人员来说容易产生懈怠麻痹情绪。因此，各级各类学校要警钟长鸣，坚持问题导向。通过邀请家长不定期观摩等方式，增强学校食堂运转的透明度。相关职能部门要建立联席会议、考核评价、专项督查等机制，对管理不规范的学校食堂责令停业整顿，加大处罚力度，对存在安全隐患且整改不力的，要吊销其营业执照。

坚持校长陪餐制度，保证食堂供餐质量。校长陪餐，不仅能在第一现场发现供餐问题、掌握实情，听取学生对食堂供餐的意见和建议，而且可以增进和学生的感情，营造温馨的用餐氛围。在做好陪餐的同时，校长要对食材采购、加工、存储、食品留样和资料登记等工作常牵挂、常过问、勤抽查，督促食堂不断改进学生菜谱，优化营养方案，提高服务质量。

（《中国教育报》2023 年 6 月 15 日第 2 版）

守望教育的灯火

带孩子拍搞笑短视频也要考虑教育立场

近来，越来越多的家长带着孩子拍短视频记录生活。许多小孩子和家庭成员幽默风趣的搞笑短视频在网上浏览量很高。

毋庸置疑，休闲娱乐已成为现代家庭生活必不可少的重要组成部分。短小精悍的家庭搞笑段子不仅拉满了家庭生活的和谐度，联络了家庭成员的感情，也大大提升了家庭成员的幸福感。拍搞笑段子可以释放快节奏工作生活带来的心理压力，也可以在日常生活中培养孩子的表演才艺。

一些家长拍摄的孩子假期突击作业、脑筋急转弯、磕头领红包、家长和孩子互怼等之类的短视频获得较多关注。还有个别家长抓住网民喜欢孩子表演的心理，拍摄短视频直播带货、博取流量。不难发现，这些家庭搞笑段子，都是让一些蒙童通过背书式的台词参与演绎。这种方式明显带有家长刻意导演的成分。把家长的观点和看法强加给孩子，可能并非孩子的真实表达，违背了孩子情感世界的初衷。久而久之，不仅可能会限制孩子思考问题、明辨是非的能力，而且会在一定程度上误导网民，带偏节奏，消解学校和社会的正向教育效果。

家庭搞笑短视频创作热的兴起，值得我们思考。少年儿童的内心世界纯净得如一张白纸，家长作为孩子的第一任老师，在这样一个观点多元的时代，更应该想明白给孩子教什么、示范什么。

家庭拍短视频要树立正确的价值取向。短视频一旦在网络传播，会影响到更多的家庭和孩子。家长要坚持正确的价值取向，尊重孩子的情感需求、兴趣需要、年龄特点和认知规律。策划的短视频想表达什么主题、内容是否健康、形式是否妥当、题材是否符合教育规律、是否有利于孩子良好品德的培养以及可能产生的社会影响等问题都要有预判，绝不能心血来潮，不假思索地一发了之。

家庭搞笑短视频出彩的秘诀在于精选题材。进入新媒体时代，人人都是创作者，个个都是段子手。家庭搞笑短视频的选题素材自然也是丰富多彩的。家长可以根据孩子的兴趣需求选择中华优秀传统文化、校园生活、经典诵读、家务劳动、研学旅行等学习生动场景，调节孩子在家生活，减轻其学习负担和心理压力，也可以通过短视频弘扬尊老爱幼、热爱生活、诚信友善的价值观，从而提升家庭生活的幸福指数。

学校和社会加强家庭搞笑短视频的正面引导也至关重要。由于家长的文化素养、对教育内涵的认知程度不一，有很多家长发布家庭搞笑短视频只注重其娱乐属性，而忽视了教育属性和社会属性。因此，学校教师要从教育的内在属性、孩子的认知规律和情感世界等诸多方面对家长加以引导。要指导家长把握好家庭搞笑短视频的尺度，不宜过度娱乐。还要防范家庭搞笑短视频可能面临的网暴风险，避免让孩子幼小的心灵受到无辜伤害。学校也可以开展优秀家庭搞笑短视频的评选推介活动，提升家庭网络文化素养，让家长学会尊重孩子的自我成长需求，尊重孩子的选择，并真实表达自己的内心世界。与此同时，各网络平台也要加大正向推介引流力度，坚决摒弃低俗、不健康的家庭搞笑短视频内容，相关部门要加强监管，不断净化网络环境，让家庭搞笑短视频真正起到教育孩子、传递正能量、弘扬社会文明风气的良好作用。

（《中国教育报》2024 年 3 月 14 日第 2 版）

安全教育抓在平时用在急处

据媒体报道，云南省香格里拉市一条商贸街夜间因电气线路故障引起火灾，居住在附近的四年级小学生发现火情后，向奶奶要来电话，沉着冷静地拨打了"119"，电话报警最终挽救了一条街。这名小学生在重大公共灾害中的出色表现着实让人称赞。其实类似的正面典型事例并不少见。他们虽然年龄小，但在危急关键时刻处事不惊。这充分说明学校安全教育抓在平时用在急处的重要价值。

安全教育无小事这一道理不言自明，但关键是如何抓、抓什么、谁去抓。尽管各地教育行政部门和学校都在安全教育方面做了大量的工作，但仍然存在一些短板，学生的安全素养有待提升。

安全教育抓在平时是关键。安全教育是学校需要持续发力的日常教育，目的是让学生学会尊重生命、爱护生命、关心生命。安全教育抓好了，不仅对学生自身，还对家庭乃至社会都大有益处。这就需要学校从校情出发，精准把握学生的思想动态和年龄特点，设计好安全教育的路径、方法和措施。同时，坚持问题导向，针对每一个阶段出现的新情况，不断调整教育策略，以中小学生喜闻乐见的教育形式，让安全教育真正入心入脑，收到实实在在的效果。

抓好各类应急演练是重要保障。应急演练是安全教育的浸润式体验，学校要定期开展防灾、防诈、防校园欺凌等方面的应急演练，让学生全面系统地掌握查找安全隐患、应急避险、自救等方面的技巧和能力，培养其沉着冷静、处事不惊的心理素质，从而提升自我保护能力。

以案说法是增强学生安全法治意识的好教材。学校安全教育除了开展好思想品德课、安全主题班会、模拟法庭等活动之外，还要积极整合校外资源。比如，加强和司法系统的联系，邀请公检法的专业人员和法治副校长到学校讲法治课；参观校外法治教育基地，采取以案说法的情境式教育，使一些抽象的法律条款变得通俗易懂。

家校协同是有力支撑。学校可经常组织开展"安全教育进万家""小手拉大手"等活动，和家庭共同担负起抓好安全教育的责任，全方位地掌握学生的思想动态，把一些安全方面的隐患消除在萌芽状态。

拓展安全教育视野是必要补充。学校开展安全教育必须把视野置于社会的大环境下去思考、谋划、设计，坚持从维护社会和谐稳定的大局出发，引导学生把尊重生命、关心社会、关爱他人紧密结合起来。这样才有可能在公共安全突发事件中迅速反应、冷静应对，为消除公共安全隐患助上一臂之力。

（《中国教育报》2024 年 5 月 7 日第 2 版）

守望教育的灯火

竞选班干部的仪式感应适度

近日，一条上海小学生竞选学校大队委员的视频走红网络，引发网民大量讨论。此事引发舆论关注，说明社会各界尤其是家长、学生群体对班干部竞选有着较高的关注度。各学校教师尤其是班主任们应当从这一个案中得到有益启示，审慎科学地组织班干部竞选工作，避免引发不必要的争论。

选拔配备好班干部，既要坚持科学的选拔程序，讲究仪式感，更重要的是要注重育人成效。

竞选班干部，学校要做好选拔设计。选拔班干部对学生而言，不仅是一种信任，更是一种激励。各班班主任要在全面掌握学生情况的基础上，广泛征求班上学生的意见和建议，选拔之前可利用参加集体活动、小组合作学习、平时表现等机会细致观察，根据学生的特长、能力、品行提出推荐人选，然后通过演讲、投票、举手表决等办法，形式要严谨简约，方法要灵活多样，过程要公正透明，充分体现全体学生的意愿，选出有热情、有能力、有担当、有爱心的班干部，力求选拔形式和内容的统一，从而提升管理团队的协作精神。

竞选班干部，要给更多学生创造机会。每一名学生在校期间的表现，都会随着时间和环境的变化而变化，所以班干部的任职也并非一成不变，班主任可根据学生的个体变化和班级工作需要，对班委会成员的表现进行阶段性评价，并在一定周期内对班干部进行适当调整。班主任不妨给更多学生搭建历练的舞台，让他们通过参与班级管理，发挥模范带头作用，学会交流合作，学会关爱尊重，不断增强班集体的责任感和凝聚力，整体提升学生的综合素养，促进学生共同进步、健康快乐成长。

选好班干部也是家校协同育人的一项重要内容，家长要理性看待孩子的特长和能力，多一分理解，少一些干涉。

（《中国教育报》2024 年 10 月 16 日第 2 版）

守望教育的灯火

做好提前准备有条不紊迎开学

春节已过,开学在即。为确保新学期平稳有序开学,各地教育行政部门和学校早安排、早部署、早落实,紧锣密鼓扎实做好开学前各项准备工作,为师生营造安全、有序的开学氛围。

一年之计在于春。好年头、好兆头还需有个好开头,所以春季开学很重要。从做好开学前准备工作的角度讲,用心、用力、用情做好开学准备,也是学校和家庭的一场"双向"奔赴,需要协同发力,同频共振。

首先,要做好"假期模式"向"开学模式"切换。教育行政部门和学校要通过班级群、微信公众号等发布开学指南,温馨提醒家长和学生做好心理准备,给师生、家长提供"收心"的"小妙招",做好寒假期间游玩模式的转变,打好返校预热的"提前量"。学校教师要提前做好学期规划。新学期不仅是学生学习的新起点,也是教师工作的新节点,教育行政部门和学校要有针对性地做好教师的业务培训,引导教师优化新学期教学方案,确定新学期教学目标,明确各项工作目标的实施路径和办法,使开学各项工作目标得以实现,为新学期奠定基础。

其次,要全力做好卫生、食品、消防、交通等方面的安全排查整治,要重点排查学校门口道路减速带、交通路口警示标志是否完好,教室、食堂、卫生间水电设施是否正常,消防设备和楼道扶手是否完好,尤其要结合春季易发的流行病,提前做好预防措施,教育行政部门要协调相关部门重点整治校园周边环境,排查校园周边社区人员流动等情况,为学生安全入学做好全方位保障。

第三，扎实备好"开学第一课"。"开学第一课"不仅要突出爱国主义、安全教育、科普教育等重大主题，而且可结合今年火爆的电影《哪吒之魔童闹海》和生肖"蛇"，契合学生兴趣点，进一步挖掘阅读、科技实验、劳动教育和社会实践活动的有机教育元素，设计青少年喜闻乐见的小创意，创新情感度拉满的游戏活动模式，让"开学第一课"的内容更丰富、形式更多样、情趣更饱满，激发学生的学习动力，以期达到快快乐乐入学的目的。

第四，家长要做好入学引导，除了科学安排学生睡眠时间，合理调整饮食结构外，还要提醒孩子自己整理开学使用的书籍和学习用品，加强户外综合锻炼，尽快回归正常的学习生活状态，按下开学"快进键"。学校教师还应结合学生实际和家长需求，适当做好开学前家访活动，加强和家长、学生的交流，全面了解学生假期在家表现，介绍自己在新学期的计划，广泛听取并梳理学生家长的教学建议，通过双向互动，进一步完善学期教学计划，并配合做好个别学生的心理辅导，确保学校开学工作有条不紊。

（《中国教育报》客户端 2025 年 2 月 20 日）

守望教育的灯火

SHOUWANG
JIAOYU
DE
DENGHUO

教育叙事

金城散记

金秋时节，有幸到金城参加全省教育报刊通联会议，在下榻宾馆见到那些报刊编辑，攀谈之中，深感他们是一班子实实在在而又朝气蓬勃的人，从而加深了对《甘肃教育》报刊的认识。

《甘肃教育》报刊不失为文人所办，虽是一份小报，一本专业杂志，但由十几个金人编办的报刊并不显得小气和空寂，每期必读，方显出教育文明和经济建设血肉相连的特色，飘散油墨香的报刊里既站立着粉笔献身的神圣，又孕育着"谷子地"的丰收，尤其给教育这方沃土带来了活力和希望，也隐含着编辑们汗水之外的痛苦与快乐，都是一种高度，任何沧桑和艰辛，都含有一个美丽的故事。

会议的见面之礼是两张新出版的报纸和一期刊物，这些编辑们用心血灌注的铅字，如同石头一般真实，皆来自生活实践。有位诗人说：来自石头的教育，往往比石头本身带给我们的知识丰富。由此使人想到，教育报刊带给我们的益处已远远超过她本身。

三天小聚，大家的话题始终在教育的空间穿梭，建造嫩绿的精神家园在物欲横流的现时尤为重要，甘肃不但需要自己的教育报刊，而且应该有质量较高的教育报刊，办好教育报刊不但要有阵容庞大的读者和作者群，而且更应从自我封闭的办报意识中尽快走出来，正是基于这一点，《甘肃教育》报刊经历步履艰难的跋涉和拼搏之后，已跻身于甘肃优秀报刊之列，占据了"有利地形"，且日益变得沉稳与大方，无疑是全省教育系统的一大喜事。

在经济大潮澎湃起浪的时代，教育报刊要立足经济建设，集甘肃教育之大成，贴近生活，把握时代脉在经济大潮澎湃起浪的时代，教育报刊要立足经济建设，集甘肃教育之大成，贴近生活，把握时代脉搏，探索教改途径，关注教育信息并非一件易事，但金城之行让人信心十足，广大教师和教育工作者应该手头有一份自己的报刊，为了走好今后的路，教育社的同仁们急教育之所急，想读者之所想，将以更新、更活、更丰满的版面奉献给大家一份真诚，一份温馨，一份希望和一份充实。他们并不单纯为一张报纸和一本刊物而生存，而是试图从深层次、高起点、新领域中挖掘我省教育的更大潜力，用最具时代特点的永恒建造甘肃教育的跨世纪桥梁，我的希望是透明的。

（《甘肃教育报》1996 年 10 月 15 日第 4 版）

激情无限

——写在《未来导报》二十周年报庆之际

在一个多雨的季节，我和《未来导报》相识。从此，我走出大山的心愿在《未来导报》上定格，仿佛搭上一艘远航的巨轮，到知识的大海遨游。正是这份温馨和亲情，打造了我跋涉的姿势，也正是《未来导报》的真诚和厚道，调动了我写作的激情，二十年的执着追求和相知相伴，让我和《未来导报》共同走过了二十个充满诗意的年华。

《未来导报》，这朵陇原大地校园盛开的幽兰，这棵甘肃教育界盘根错节的大榕树，这块一大批新人奇秀茁壮成长的热土，这道蕴藉着秋天成熟的亮丽风景，二十年来，她始终承载着促进教育事业发展的历史重任，闪烁着校园耀眼的美丽，传达着陇原师生最真切的声音，收获着秋天的成熟。正是这种理性的诠释和亭亭玉立的姿态，托起了我们美好的明天和希望。尽管报纸三易其名，但编者与读者的桥梁是一道靓丽的风景。因为报纸伴着陇原大地改革的旋律，一步一步、脚踏实地走过了长长一段路，从一份小报发展到蜚声省内外教育界的一份专业性报纸，这是我们大家值得庆幸的一件事。

生命中的日子总是伴着一些人和事度过，认识《未来导报》和编采同仁是一种缘分。那时，我在乡村的一所中学教书，我从报纸的每一个铅字去解读教育内涵，竭尽全力在灯下跋涉，使一些发自内心的文字变成一份希望，然后投进《未来导报》的怀抱，再就是真诚地等待，每有一篇稿子在《未来导报》分娩，我就会焕发一种丰收后的喜悦。所以，我写作历程中的每一个故事，都是报纸编辑们编织的绚丽多彩的情节，

守望教育的灯火

他们辛勤的汗水铺满了关于我的故事的每一个细节，这种默契和耕耘，这种心灵的照应和回归，使我在温暖的抚慰中完成了相约的叙述，扮靓了我的人生旅程。

比天空还高的是翅膀，《未来导报》是一只不安分的雄鹰，二十年来，她一直在飞翔，虽然她已飞出了一定高度，占领了教育时代的制高点，但她仍感到自己在起跑线上，因为那一批镂月裁云的编辑，他们在教育的沃土上不辍耕耘，他们用晶莹剔透的乐章把路照亮，他们正沿着黄土地的边缘收割充满诗意的语言，亲切和温暖的明天正在来到，大地的微笑真的展开了自己。这是《未来导报》所追求的，也是大家所期待的。

在《未来导报》二十岁生日之际，我心存感激，为她点上智慧的蜡烛，并送上深深的祝福。她很年轻，今后的日子是一片蓝天，她成长的歌谣肯定能打动许多朋友。

（《未来导报》2005 年 9 月 2 日）

香山之约

初夏的香山虽然没有耀眼的红叶，但繁茂的绿树、清新的空气以及往来如织的游人仍很宜人。

说起来，我对新闻的爱好与追求已有25年之久，当初对新闻职业充满幻想，浮想联翩，25个春秋所经历的一切更相近于一曲如泣如诉的生活小调，弥足珍贵的意象构成了一个又一个小故事，故事从春天开始，也在春天里结束。多少年来，我一直没有放弃，专心地用心描绘校园中最美的风景，并沿着教育改革发展的路标，品尝着成长的辛酸，扬帆远航。当我的灵感走进油墨飘香的日子，在生命的日记里注定又是一次完美的飞翔。

香山之约让人赏心悦目。香山是一处皇家园林，自然风光堪为北京佳景，有幸到这里参加中国教育报社举办的区域教育新闻宣传工作会议，并见到了中国教育报社的编辑、记者和其他省市的同行，报社同行们的讲座选题开门见山，阐释入情入理，谈吐优雅风趣，待人厚道热情，让与会的每一个人找到了家的感觉。听了他们的讲座，既看到了中国教育报发展的辉煌前景，看到了报纸自身的内涵，也深深领略到了中国教育报整体水平和阅读品味后面所彰显出的人气指数。其实，人与人之间的交流互动是基于彼此的共鸣，报社的每一位编辑、记者在和大家相处的短短几天里，没有什么花拳绣腿，没有客套官腔，全是经验之谈和对教育宣传基本走向的客观判断，是报纸设置栏目的稿件需求与选题角度，一招一式，胸有成竹，如同香山的内在品质一样，没有喧嚣，没

　　　　　　　　　　　　　　守望教育的灯火

有污染，只有空气的清新和回归自然的感觉。

香山之约沁人心脾。香山把自然和谐的几天时光送给我们与会代表，在这里相聚，大家的激情很高，没有累的感觉。学习交流，中国教育报的编辑、记者们始终沉在"水"底，研究教育新闻宣传的规律，关注教育事业的发展，是为教育做事，做力所能及的事，做帮难解困的事，他们谈起全国各地教育发展的情况如数家珍，妙语连珠，他们始终和与会代表在相互交流，不是居高临下，而是和谐相处、平等交流，大家都感到充满温馨的感觉，心灵的火花在激烈地碰撞，在写稿思路上和编辑们实现了初步对接。

香山分别之后的日子我常和教育报社的朋友联系，经过岁月打磨，大家很自然地成为一个庞大的朋友群，成为生命中需要相互支撑且不可或缺的一部分，无论到北京还是到兰州，始终会有熟悉的声音与我一起分享生命的快乐，仿佛觉得自己在新闻职业向度的指引下打开了感情的另一扇窗户，让职业、爱好、感情的真诚浓缩在彼此相通的文字中，定格为郁郁葱葱的别样风景，把相聚的时光拍成照片就是美好的记忆。

看着渐渐淡去的那一串串脚印，领悟尽管平淡中还未失真的人生，一头扎进一眼望不到头中的繁忙工作，回过头来，自己猛然会感到正在慢慢走出灵感冲动的年龄，以及对新闻理解的乏力肤浅，的确羡慕同行中年轻一代，这么多年，在和编辑、记者的密切接触中，我始终感到自己一直在新闻潮水的岸边不停地奔跑，但这只是惯性的激情。看到五光十色的新闻呈现形式和独特的内容，从心底感谢那些常给我不吝赐教的教育报刊社的朋友。

（《未来导报》2011 年 7 月 8 日第 8 版）

弹指十年　化茧成蝶

十年前的初夏时节，作为中国教育报首批特约通讯员从北京正式"启航"，弹指十年，在红叶烂漫的深秋季节又一次在北京相聚。自己作为一名特约通讯员，十年来坚持向中国教育报刊社各位领导和老师学习请教，在各方面有了新的进步和提升，也亲眼见证了中国教育报刊社的发展变化。也正是因为借助中国教育报刊社这个平台，化茧成蝶，华丽转身，走出了一条体现自身人生价值的发展之路。

一是实现了从看内容到看技巧的转变——看出"门道"。以前看新闻只是浏览一下报道的大体结构和新闻事件，谈不上看其他方面的写稿技巧，经过多次参加培训，对新闻报道的认知逐步上升到了选题、选材、选景、选故事、选人物，目前，看新闻已经能够深入到标题制作、导语、人物语言和标点符号等，这一转变让我看出了"门道"。

二是实现了从写不好到写好稿的转变——写出"味道"。十年来，我在《中国教育报》《人民教育》刊发的稿件已经接近100篇，大胆尝试了消息、通讯、图片新闻、观点文章和新闻评论等多种体裁，而且在深度版和新闻视觉做过整版的报道。在这些成绩背后，都倾注了中国教育报编辑记者大量的心血和汗水，他们不吝赐教的态度和真诚给了我足够的写作动力和满满的自信心，这一转变让我写出了"味道"。

三是实现了从"我要报道"到"请我报道"的转变——做出"名气"。《中国教育报》《人民教育》在基层教育者的心目中是一个神圣且响亮的名字。正是由于特约通讯员制度的建立，打开了双方的联系通道，尤其是通过对甘肃天水教育宣传力度的加大，大家对《中国教育报》《人民教育》关注度明显提升，近几年，在《中国教育报》刊发的经验报道让我们天水教育的工作亮点得到了体现和展示。对我个人来说，以前老为写稿找不到好的选题发愁，现在是从诸多选题中精选选题，由"我要报道"转变为"请我报道"，如今，县区教育局、基层学校和驻市高校主动邀请我作采访报道。近几年，我投给《中国教育报》的稿件采用率达到95%以上。这个转变让我做出了"名气"。

四是实现了从做报道到站在全局看教育的转变——学出"境界"。基层通讯员也需要成为一个杂家，宣传选题的确定、报道角度的选取、新闻事件背景的介绍和整个新闻事件中教育内在规律的把握，通过听中国教育报刊社各位编辑记者的讲座和指点，我深感自己不仅能够正确把握报道稿件的风险，而且学会了站在客观公正的高度去认识新闻事件，研究教育政策，把握教育的内在规律。这一转变可以说是学出了"境界"。

十年来，我和其他通讯员一样得到了中国教育报刊社的精心栽培，今后会一如既往地以真诚学习的态度、执着不懈的追求、积极进取的精神以及更加优异的成绩感恩报社，感恩各位编辑记者老师的付出。

（《中国教育报》2019 年 11 月 12 日第 6 版）

充满教育激情的行走

——写在《甘肃教育》创刊 40 周年之际

　　《甘肃教育》创刊之际，我还是学生。师范学校毕业后，我被分配到家乡秦安县的一所中学任教。那时候我青春年少，还有激扬文字的爱好。可由于地处偏僻，加上纸质媒体并不发达，平时在学校几乎没有阅读报刊的机会，教育类的专业报刊见到的更是寥寥无几。记得第一次接触《甘肃教育》是去乡教委开会，在教委主任的办公室第一次见到了"她"。主任是一位很细心的人，杂志存得很全，整整齐齐摆在案头。我抽空浏览了其中几篇文章，颇觉新颖，此后便格外留意《甘肃教育》。每逢乡教委召开教师会，主任就会从《人民教育》《甘肃教育》杂志上挑选几篇文章让大家学习。我总会边听边做笔记，有时候从主任那里借上几本，读完后再托熟人还回去。因为当时教学资源有限，借读杂志非常不容易，所以我建议校长给学校订了一份《甘肃教育》，从此每期必读。起初主要偏爱新闻报道类的文章，后来爱浏览教育教学方面的知识，渐渐与这本杂志结下了深厚情谊。

　　20 世纪 90 年代，我从家乡的学校调到秦安县教育局工作。惊喜的是教育局机关订了好几份《甘肃教育》，于是有了更多机会阅读刊登在上面的文章，而且阅读的重点又转移到教育管理方面。平时常看领导讲话和探讨教育管理的文章，在阅读的过程中发现，这本杂志无论是对自己起草行政材料，还是对钻研教育教学都有很大帮助。时任县教育局局长是一位学习型领导，多才多艺，文字功底扎实。他不仅经常坚持阅读《甘肃教育》，而且平时喜欢写东西。时任《甘肃教育》的编辑李峰来秦安下乡，和局长聊起《甘肃教育》的栏目设置和稿件要求。局长从基层教育工作者的角度对《甘肃教育》提了一些中肯的看法和建议，从此我们和《甘肃教育》编辑部建立了通联关系，常有书信往来，而我们也开始尝试为《甘肃教育》写稿。当我的第一篇论文在《甘肃教育》发表后，我第一时间拿着杂志给局长看。老先生立即放下手头的文件，戴上老花镜细细看了一遍，然后面带笑容夸我写得好，并提出了一些建议，一篇小小的论文激发了我的写作热情。

2001年底，我又调到天水市教育局，除了写大量的行政材料外，还忙里偷闲坚持给《甘肃教育》写稿，同时负责《甘肃教育》的通联发行工作。这样一来，和甘肃教育社的同仁们接触交流的机会就更多了。渠道通畅了，写作的视角也比以前开阔多了，尤其在深度报道方面有了很大突破。二十多年来，我撰写的40多篇通讯报道、教育教学论文、散文、教育史话、教育随笔及拍摄的多张封面图片在《甘肃教育》发表，其中《甘肃教育》刊发的甘谷县礼辛乡杨家湾小学马映谦校长的通讯报道还在教育系统引起了强烈反响。去年以来，我还应主编陈富祥之约撰写了几期卷首语。《甘肃教育》犹如一品醇酿，有醍醐灌顶之功效，让我的从教之路无比坦途。

弹指间，四十年光景一晃即逝，回眸过往，《甘肃教育》从小刻本到大刻本，从月刊到半月刊，从普通杂志到核心期刊，从专兼职编审到专业编审团队，从传承到创新，四十年间，几代办刊人呕心沥血、千锤百炼，在接棒式的奔跑中，不仅记录了甘肃教育的改革发展印迹，而且见证了陇原大地的沧桑巨变，一本杂志所产生的强大气场、所凝结的教育情怀，成为推动甘肃教育事业发展的内生动力，《甘肃教育》已然成了广大教师和教育工作者的良师益友。

我与《甘肃教育》杂志的结缘，是一程充满教育激情的行走，也是一场淋漓尽致的人生大戏，尽管自己始终行走在教育的边上，只是一名普通的教育工作者，但几十年时间，教育社编辑、记者团队那股执着追求的劲头，那种和谐相伴的节奏，那缕油墨飘香的味道以及那种编读互动的情结，始终萦绕在我的心头。《甘肃教育》作为甘肃省创刊较早的省级教育专业杂志，充分发挥教育思想和专业引领的优势，及时传达党的声音，深度解读教育政策，宣传陇原大地的先进典型，聚焦教育改革发展经验，从一棵幼苗长成参天大树，其感染力、影响力、传播力、发展力不断提升，开启了甘肃教育媒体的先河，发出了时代最强音。

十年磨一剑，《甘肃教育》是一份荣誉等身的教育杂志，在四十年的成长年轮里，镌刻着创业的艰辛，也饱含着耕耘的辛酸，有过彷徨，也不乏批判，当然更令人欣喜的是满满的收获感和成就感。面对纸质媒体的生存困境和新闻宣传方式的不断翻新，《甘肃教育》同样在不断突围，不断创新，不断发展壮大。

一本书足以成就一个人。我很庆幸和《甘肃教育》结缘，并从一位忠实的读者到作者，再到"读者、作者、宣传者"三重身份，不仅亲眼见证了《甘肃教育》的发展壮大，而且在频繁的编读互动中产生了深厚的个人感情，因此始终怀着一颗感恩的心去看待这本杂志，感恩站在这本杂志后面的每一个人，怀念发生在这本杂志里的每一件事。

甘肃教育社原社长马光荣是我很敬重一位媒体人，他为《甘肃教育》的发展付出了辛勤的汗水和心血，从办刊定位、刊物栏目策划到版式设计等等，他都亲自督办，在《甘肃教育》品牌栏目卷首语上还留下了很多宝贵的笔墨。他新颖且颇具前沿力度的教育观点，对引领教育风尚、指导全省教育实践起到了积极的作用。在和他长期的交往中，我的一些办刊建议和想法均得到了采纳。一次在和马社长交流时，我提出了做《甘肃教育》精装合订本的建议，马社长欣然答应，此后每年给市、县通联站寄一套精装合订本。没想到，这精致的收藏版还真起了大作用，有些基层教师忘记发论文的时间就会找我帮忙查找，这为基层教师提供了很大方便。除此之外，几任主编和编辑也常向我约稿，相互交流一些选题策划，我撰写的稿件也不断接近编辑的想法，对此备感荣幸，也收获了满满的成就感。

回眸与守望，分享与收获，在梦想与现实的轮回中，对《甘肃教育》的挚爱，源于以下四个方面的印象。

一是思想的引领性。《甘肃教育》作为甘肃省教育厅主管的专业刊物，始终坚持正确的政治方向，牢牢把握宣传的舆论导向，以传达党的声音、服务教育改革发展为己任，及时解读党中央的教育方针政策，全面落实省委、省政府的重大决策部署，紧紧围绕全省教育重点工作任务，策划重大宣传主题，刊发引领教育风尚的观点文章，在更新教育理念、明确办学方向、全面提升教育教学质量方面发挥了重要作用，生动呈现了甘肃教育改革发展的丰硕成果。行稳致远和开拓创新的有机结合，使这本杂志成为有思想深度、有理论厚度、有教育温度的教育专业杂志，传递了教育事业发展的正能量。

二是阅读的大众化。《甘肃教育》紧贴陇原大地的脉络，行走于三寸粉笔和三尺讲台之间，倾听基层教师和教育工作者的心声，在办刊定位、栏目设置以及版式设计方面，始终把握了面向基层，面向学校、面向师生的原则，设计接地气、有特色、适合大众化口味，推出的文章深受广大教师和教育工作者喜欢，给基层教师搭建起了交流发声的平台。

三是观点的碰撞。教育理念是教育实践的先导，《甘肃教育》自始至终坚持刊物的专业性方向，把刊发教育教学论文作为指导工作的切入点，以刊发教师教育教学的实践案例和切身体验文章见长，倡导"百家争鸣"的学术之风，让广大教师的思想和专业观点反复碰撞。通过这一平台的构建，广大读者共同探寻教育规律，凝聚发展共识，增强创新动力，贡献发展智慧。与此同时，《甘肃教育》也为全省教育系统培养了一大批优秀作者、学科骨干，形成了具有甘肃特色的教育教学经验，为推进教育科研奠定了坚实基础。

四是品质的厚重感。一本杂志的生命力在于刊物的品质，刊物的品质取决于思想的前沿性、专业的科学性、栏目的创新性、内容的丰富性、文章的可读性和信息的海量性。《甘肃教育》几十年至今已刊发660多期，编辑部始终把追求质量作为立身之本，把服务教育作为专业内核，把发现、培育、提升、推广等教育元素融入办刊的全过程，把思想内涵和文化素养紧密结合起来，闻时而动，顺势而为，每一位编辑记者从打磨一个词语、一个段落、一篇文章做起，一步一个脚印，不负时光，负重前行，给读者送上了一道道韵味无穷的"精神大餐"。时代不负有心人，经过数年笔耕不辍，《甘肃教育》被列为"全国中文核心期刊""甘肃省社科一级期刊"和"编校质量达标期刊"，其中饱含着每一位编辑记者辛勤耕耘的汗水和心血，也为甘肃教育媒体树起了一个标杆。

岁月如歌，洗尽铅华，一路走来，《甘肃教育》所守护的时光，来源于甘肃教育热土赐予她生命源头的清澈之水，是陇原大地教育改革的春风赐予她飞翔的翅膀。相伴而行，我倍加珍惜与她走过的岁月，还经常追忆那些已逝去的时光，甘教人挺立、挺拔的身影镌刻于《甘肃教育》杂志的记忆中，于文字深处激发的智慧火花，依然闪烁着耀眼的光芒，也激励着我们后来人接力前行。

放眼未来，《甘肃教育》前景可期，在新媒体时代将会以新的姿态绽放出璀璨的花朵，似一缕春风，滋润甘肃教育焕发新的生机。

（《甘肃教育》创刊 40 周年纪念文集 2020 年 10 月）

读多了，方知其中韵味

《中国教育报》的基层新闻版是基层教育的一道亮光，提振了基层通讯员努力前行的信心。

其一，有温度。基层新闻版关注的是教育底部，大到老百姓对优质教育的需求，小到乡村一人校的"香火"延续，总是投之以真情，报之以温暖。这里的每一个教育故事有温度，每一个栏目设计接地气，每一位人物鲜活生动，稿件读来生动鲜活、情真意切，饱含自然天成的韵味。

其二，特精致。近年来，基层新闻版不断拓展和培育版面新的生长点，每期的组版追求内容主题的统一，突出相同主题下每一篇报道的不同视角，以及特色化的本土经验。更为可观的是编辑反复打磨的标题，总让人耳目一新，可见编辑精打细磨的专业功底。

其三，有深度。"每月关注·谋教师关键小事"栏目连续推出的重磅报道，紧盯教师关键小事，力争把问题说透、把经验写足、把故事讲精彩、把建议说周全。这类深度报道不仅引起了基层广大教师和教育工作者的共鸣，同时也为国家和各地决策教育工作提供了科学参考。

其四，宽视角。今年以来，基层新闻版的聚焦点，从课堂教学向课外延伸服务、从学校教育向社会大教育观拓展，从关注学校的发展向乡村振兴转移。通过视角的拓展，给基层教育找到了更多的支撑点。

我与《中国教育报》结缘已有 13 个年头，一直坚持读、学、写。读多了，方知其中韵味；学通了，乃可领悟写稿秘诀；写多了，便收获满满的成就感和幸福感。

（《中国教育报》2022 年 12 月 26 日第 3 版）

向美之"星"耀陇原

——写在《甘肃学校美育》首发之际

1月22日，《甘肃学校美育》在兰州首发，有幸亲眼见证这份新杂志面世，深感荣幸。

《甘肃学校美育》发端于1957年，三易其名，成为目前我省学校美育的专业杂志。手捧饱含清新、雅致、厚重之气的杂志感慨万分，这既是甘肃教育社在融媒转型时代更新发展理念、拓展办刊思路的重大举措，又是在岁末年初送给全省教育系统师生的一份龙年贺礼，一抹余香沁人心脾。《甘肃学校美育》的创刊，也标志着甘肃教育社报刊品种的链条不断拉长，覆盖面和受众面不断扩大，也对提升甘肃教育社的整体品牌形象大有益处。

从《甘肃学校美育》的定位看，立足全省、面向全国广大师生，将围绕服务学生、教师、校园三个层面，以品牌栏目、精品文章助力提升学生文化理解、审美感知、艺术表现、创意实践等核心素养，发挥教师职业的美育功能，打造昂扬向上、文明高雅、充满活力的美育育人环境。这一定位既以显性的物化呈现方式关注师生的视觉快感和阅读需求，又从人性化的角度去诠释什么是美，如何欣赏美、发现美、创造美、传承美的文化传媒使命。

甘肃地域辽阔，隽秀奇美，名胜古迹星罗棋布，馆藏文物积之甚丰，特色鲜明的传统文化、民俗风物、地域风光和历史人物故事不仅成为学校美育的地域资源，而且会给《甘肃学校美育》提供营养丰富的"乳汁"涵养，这也将是《甘肃学校美育》得以发展壮大的资源禀赋，也是融媒和学校美育结缘相伴、行稳致远的完美结合。

一份杂志的成长是爱心、耐心和关心的结合体。作为一名教育新闻工作者，非常期待《甘肃学校美育》苗壮成长，从她呱呱坠地的那一刻起，希望她从一株幼苗成长为一棵枝繁叶茂的大树，并能结出丰硕的果实。希望编辑部坚持贴近基层、贴近学校、贴近师生的原则，保持"春江水暖鸭先知"的敏锐，把握时代脉搏，精准寻找学校美育和社会美育资源的对接点、契合面、融合度，把普及知识、鉴赏文物和推进学校美育实践紧密结合起来，和师生的发展轨迹同频共振，开发、挖掘、利用、盘活历史文物的美育资源，通过鲜活生动的故事解读中国文化的基因密码，呈现中华优秀传统文化的大美至简。要充分发挥甘肃教育社的专业特长和群体智慧，倾听基层学校和师生的建设性意见和建议，逐步校准刊物的角度、力度、深度和广度，力争将其办成师生能看、耐看、爱看的专业杂志，提升师生的美育素养。

一份刊物的成长需要必要的土壤和空间，离不开社会的培育和扶植。《甘肃学校美育》立足全省，面向全国，根植校园，自然也是学校师生的良师益友。融媒赋能学校美育，通过一本杂志触动学校艺术的韵律键盘，开阔学校美育的视野，丰富学校美育的资源，搭建学校师生交流的平台，建构起传统文化、现代生活、教育需求相匹配的美育体系，通过师生阅读精品文章，鉴赏馆藏文物，阅览祖国大好河山，开展丰富多彩的美育实践活动体验，从而赓续传统文化，塑造师生向善向美的品质，增强文化自信，净化学生清澈、宁静、充满爱与美的心，培养阳光快乐的心态，不失为一件好事。

学校美育是一场漫长的文化之旅，愿《甘肃学校美育》是这场旅途中一颗最闪亮的"星"。

（《甘肃教育报》2024 年 1 月 26 日第 2 版）

新希望又在这个春天绽放

——参加《甘肃教育报》更名揭牌仪式有感

2024 年立春，春至阳生，万物复苏。当日，应邀赴兰州参加了《甘肃教育报》更名揭牌仪式，这个具有崭新里程碑意义的仪式对于甘肃教育界的同仁来说，是一个值得庆贺和拥抱的日子，不由心生几分感动。

一份报纸，几多感慨。《甘肃教育报》根植陇原，放眼全国，不仅感染了甘肃教育人，也有力助推了陇原大地教育事业的发展。

报纸更新迭代，一路弦歌不辍。甘肃教育社作为省教育厅直属的教育新闻宣传单位，旗下的《甘肃教育报》前身为最早创办于 1985 年的《今日教育报》，《甘肃教育报》作为全省教育系统唯一的一份专业报纸，历经近四十年的沧桑历程，为甘肃教育改革发展贡献的媒体智慧是有目共睹的，也值得点赞。

春晖律动，万物渐长。《甘肃教育报》在漫长的发展历程中，紧贴教育、紧贴基层、紧贴师生，始终凸显教育专业特点，强化服务理念，反映基层师生心声，用饱含教育情怀的文字记录了甘肃教育在改革开放大潮中留下的每个脚印，全方位反映陇原大地教育事业发生的巨大变化，成为教育系统意识形态的坚强阵地和教育新闻舆论宣传的重要窗口，也创造了一个又一个媒体业态的新辉煌。就是在这样一个改革开放大背景下不断集聚的新智慧、释放的新动能、激发的新活力，充分证明了《甘肃教育报》自身所具备的超强生命力和生存力。

凡是过往，皆为序章。我和《甘肃教育报》也是自创办时结缘，最初见报的也不过是零零星星的"豆腐块"，从"豆腐块"到大体量深度报道的转变，都渗透了编辑记者的心血和汗水，和教育社同仁们之间深厚的友谊自然沉淀在美好的时光中。忆及峥嵘岁月中和同仁们的过往，倍加珍惜那些如火如荼的激情岁月。粗略算来，甘肃教育社已有几代人深耕于这份报纸，他们求真溯源的执着以及镂月裁云的严谨所表现出的专业素养，不仅见证了甘肃教育的发展变化，而且为这份报纸发展壮大贡献了集体智慧。透过报纸的成绩单，我们应该感谢每一位为报纸发展付出辛勤汗水的编辑记者，正是他们的接续奋斗，才让一份报纸在媒体变革时代站稳了脚跟，赢得了读者，也沉淀出了厚重的品质。

涓涓溪流汇聚成河，勇毅前行微光成炬。《甘肃教育报》更名不是回到原点，而是在教育本真中开辟出一个新的起点，我们打开报纸发展壮大的"时光机"，会清晰地看到报纸始终能把握历史发展机遇，坚守教育初心，以开放、包容、创新的时代视角探索教育专业报刊发展的新方法、新途径、新内涵，从小版式到大版式、从每周四版到八版、从纸媒到新媒体、从日常到特刊、从碎片化消息到专题系列报道，读者从这些"脸书"般的直观变化上，不仅可感受到报纸在策划、排版、栏目设置等方面的跨越式发展，而且体现了办报理念、发展思路、前沿信息的超前思考和高度智慧。近几年，甘肃教育社在致力打造新媒体矩阵的过程中，更加重视专业团队的建设，加大专业人才引进力度，推行报纸、刊物等编辑岗位人员的轮岗交流，旨在培养一批"全科"型的专业编采团队，为报刊发展注入了新鲜血液。

一份报纸也是一段成长史。《甘肃教育报》经过几十年的磨炼，不仅按下了自身成长的"快进键"，而且为全省教育系统教育宣传队伍安装了"加速器"，体现了"成人之美"的社会责任担当。几十年来，一大批基层通讯员凭借《甘肃教育报》搭建的平台，通过锤炼写作技巧，夯实专业基础，一跃成为教育社通讯员队伍中熠熠闪光的星，也迅速成长为各级教育行政部门和学校的中坚力量，实现了各自美好的人生梦想。

近年来，甘肃教育社还在每个市、县区建立了通联站，在部分市州建立了记者站，构建起了通讯员队伍网络，形成了教育宣传的新格局，《甘肃教育报》在传播文化教育信息的同时，也成就了一大批教育的追梦人。

希望在这个春天绽放，创新永远在路上。《甘肃教育报》选择春天再出发，仍面临新的困难和挑战，这就需要甘肃教育社的全体同仁展现出超人的勇气和决心，努力去思考、去行动、去迎接、去探索，力争采编更鲜活、更生动、更感人、更接地气的稿件，把《甘肃教育报》打造成更耐看、更好看、更爱看的精品，基层教育行政部门和学校要一如既往地关心和支持《甘肃教育报》，真诚表达对教育的美好寄语和期许，通过建立编采、编读之间的紧密关系，不断增强报纸和教育专业的融合度、报社和基层的对接度、编辑记者和通讯员的感情度，不断加大报纸改革力度，整合报刊资源，激活发展动能，提升办报的软实力，助力甘肃教育高质量发展。

（《甘肃教育报》2024 年 3 月 1 日第 2 版）

守望教育的灯火

后　记

20 世纪 80 年代上天水师范专科学校时，我就对新闻报道产生了兴趣，觉得能把别人不知道的大事、要事、趣事、突发事件在第一时间传递开来的职业是记者，于是想着将来能有机会做一名记者，也算作职业梦想愿景，为此追梦四十载有余，虽未正式持有记者证，但也踏进了记者行当门槛，勉强算作梦想成真，有此书为证。

毕业后分配到家乡的学校任教，在那个相对封闭的环境中，当时浏览新闻的途径只有看报纸、听广播。为了听新闻，我还专门买了一台收音机，闲暇之余就收听广播上的新闻节目，同时也开始照猫画虎地给县广播站写新闻稿，一来是练笔，二来是权作业余爱好，充实乡村生活，起初报道的都是家乡一些零零碎碎的趣闻逸事，但能把自己手写的文稿变成报纸的铅字或广播站播音员的声音，之后还零零星星地收到稿费通知单时，更觉得这是人生的一份光鲜和荣耀，在乡村学校的教学生活过得也饶有兴致。等我有了一定写作基础后，逐渐跳出给县广播站投稿的小圈子，开始向天水人民广播电台、甘肃人民广播电台以及《天水报》《甘肃农民报》《甘肃日报》冲刺，不仅发表消息、通讯、新闻言论和新闻特写等体裁的作品，篇幅也从"豆腐块"逐步变成了"大块头"。凡有稿件发表，总会在第一时间分享给我的学生，也算是一件乐事。

后来有幸调到秦安县教育局工作，除了撰写行政材料外，出于对新闻的敏感，我平时总会从纷繁的材料中发现很多有价值的新闻线索，第一时间写成新闻稿发出去，且很快会被采用，从此开始专注于采写教育新闻，时间长了，稿件见报多了，领导看中我还是块做新闻报道的料，隔三岔五下乡检查工作就叫我随行，一方面听听领导工作上的想法和思路，为起草材料打个基础；另一方面，也能到基层一线接触到很多令人感动的人和事，趁机抓到"活鱼"，采写出较为鲜活的新闻报道，局领导的器重让我深受感动，所以写新闻报道的激情就像打了"鸡血"，一发不可收拾。

通过近十年的历练，让我渐渐明白一个道理，新闻的传播力不仅仅是新闻本身，还包括与新闻稿件紧密相关的好多信息链条。后来天水市教委（后更名天水市教育局）领导看到《天水报》和《甘肃教育报》等媒体常刊发我的报道，出于工作需要，调我到市教育局工作，主要任务还是写材料做报道，但在全市教育系统接触到的面更加宽泛，新闻报道素材更加丰富充裕，报道内容的选择性也更大，为能采写出闪光的新闻报道创造了机会，这一阶段的深度报道也开始见诸报端。

但真正意义上的转机始于和中国教育报刊社结缘。2009 年 6 月，在北京香山首次参加中国教育报刊社举办的特约通讯员会议，其间通过听报刊社编辑记者的专题讲座，教育报道的选题、选材、选景、选故事、选人物等新理念让我突然茅塞顿开，对新闻报道产生了新的认知，明白了看新闻标题、导语、细节描写、人物语言和标点符号等要素的道理。也正是这次会议，让我的新闻报道插上了飞翔的翅膀。那次会议之后，我就尝试给《中国教育报》写稿，同样经历了写"豆腐块"的起跑点，之后以"滚雪球"的节奏不断奋力前行，其间得到张圣华、蔡继乐、王友文、鲍效农、苏令、刘宁、钱丽欣、禹跃昆、张贵勇等编辑的指导帮助，他们倾囊相授的真诚和出于职业操守的严谨，尤其是那些"真传"的写作技巧犹如"魔法神杖"，给了我足够的写作动力和满满的自信心，不仅让我学会了站在客观公正的角度去研究教育政策，认识新闻事件，把握教育的内在规律，还让我的报道增添了鲜活的生命力。之后，我写过的消息、通讯、评论等不同体裁的新闻作品被《中国教育报》和《人民教育》杂志采用，快的在发稿次日就见报，同一天报纸刊发两篇稿件的机会也有好几次，《中国教育报》视觉版还先后两次整版刊发我的图片新闻。多次参加过中国教育报刊社的特约通讯员会议，报刊社的领导曾给予我"准记者"的评价。

正是由于特约通讯员制度的建立，我和中国教育报刊社进行了一场愉快的"双向"奔赴，打开了编采的沟通交流通道。十多年来，《中国教育报》和《人民教育》通过对天水教育典型经验和做法的大力推介，对扩大天水教育的知名度、推动教育改革发展起到了很好的传播作用，我本人先后几次在通讯员培训会上做交流发言，多次被中国教育报刊社评为教育宣传先进个人，在2019年中国教育报刊社通讯员十周年庆祝会上荣获重大贡献奖。本书以《中国教育报》为主干，以国家和省级媒体为辅助，遴选了个人独立完成的171篇新闻作品成书。作为一名基层通讯员，能在教育系统天花板级的报刊上有一席之地，真是感慨万分。

教育是新闻产品的富矿，具有相当高的含金量。教育也是一棵枝繁叶茂的大树，孕育着一片蓬勃绿意，也能结出累累硕果。我作为处在教育新闻富矿一线的工作者，始终做到俯下身子，投入感情，把根深深扎进教育的泥土之中，开启新闻的第三只眼睛，用心用情打造高质量的教育报道，坚守新闻工作者的职业操守，所以每次到基层学校采访，感觉教育的新鲜和情感会扑面而来，产生一种放眼皆是风景、倾听都是感动、俯拾即为新闻的职业冲动，从而在校园听到鸟鸣，闻到花香，看到希望。在每一篇稿件的完成过程中，我始终以教育生态观察者、发现者、思考者、建言者的身份，凭专业眼光和新闻视觉，去挖掘新闻背后的故事，探究经验形成的肌理，塑造有血有肉的人物，力争把每一篇报道打造成精品。

视角低一点，世界就会变得很大。进入自媒体时代，新闻报道呈井喷式发展，一个瞬间被定格、一个事件被记录、一则新闻被传播可以说是轻而易举的事情。但教育的每一天都是新的，校园里每天会发生感人至深的故事，要在不同的角度和场域发现生活之美、教育之美、人性之美，就需要从尊重教育规律的角度去审视、挖掘、筛选，去伪存真，做到自洽。更重要的是要降低视角，在纷繁复杂的教育现象中去观察校园与师生之间的交织叙事，关照特色办学的"百花齐放"，细品教书育人的浓郁情怀，设法用心灵的灯塔去点亮、激发、感染、塑造一种精神榜样，向前奔跑。

纵观四十年的新闻报道生涯，从最初的一名新闻爱好者到具有一定专业水准的基层新闻工作者，虽经历过坎坷和艰辛，体验过苦难和痛苦，但在漫长的执着追求中，我始终在做着自己喜欢的事情，一直在坚守、挖掘、探索、完善的轨道上负重前行，在不断的蜕变中实现了以下四个方面的明显转变：即从看报道内容到看采访技巧的转变、从写不好到写好稿的转变、从"我要报道"到"请我报道"的转变、从做报道到站在全局看教育的转变。

一路走来，我始终把抢占新闻报道的制高点作为人生的奋斗目标，把做好新闻报道看作一场人生的修行，所以历练本领一直都在路上。作为履历并无波澜、仕途平平的一介书生，为人耿直坦诚，心境清澈如水，内心充盈，不喜欢职场上的争名逐利，唯有新闻报道和文学创作是牵引我人生奋力前行的灯塔，既是人生的补白，也是阅历的拓展，简简单单活出了自己的芬芳和惬意。从写教案到写材料再到写新闻，从一所乡村学校到县教育局再到市教育局，无论是职能的转变还是新闻报道空间的拓展，都是怀着对教师和新闻职业的双重敬畏，走属于自己的路，其中酸甜苦辣冷暖自知，好在还有一丁点新闻天赋，加上勤奋吃苦，脚力勤快，喜欢钻研，就这样一步一个脚印走过来，所以对新闻事件的观察力、思考力、撰稿力、生产力、推广力都在逐步提升，在新闻激情涌动中也凝练出对教育的热爱、耐力和灵性，让新闻作品沉淀在职业生涯的时间刻度里，为文实和为人真的理想境界融入平凡岁月的年轮。

滴水之恩当涌泉相报。行文至此，首先应该感谢关心帮助我的中国教育报刊社、甘肃教育社、天水日报社的领导和同仁，经他们之手锤炼的每一颗铅字和每一缕油墨芳香给我勇气、给我智慧、给我前进的动力，因为有他们的一路陪伴才让我走了这么远，走了这么久，也走得格外开心快乐。其次要感谢教育战线的领导和同仁，是他们给我搭建了很多便利的采访报道平台，也经常关注我的报道，于是我有了出彩的机会。再次要感谢我所报道的学校和人物，正是他们的先进经验和感人事迹，给我的报道提供可能，也正是他们的榜样引领和示范，才让我们的教育有温度、有情怀、有生命力，更具幸福感和成就感。

最后，衷心感谢《中国教育报》常务副总编辑张圣华、甘肃教育社社长李晓冬两位先生为本书作序，读者出版社社长王先孟先生为本书起名，甘肃省书法家协会副主席、西泠印社社员薛虎峻先生不吝赐墨题写书名，中国艺术研究院访问学者、青年书法篆刻家郭忠之篆刻书名。

无论是过去、现在还是将来，我们都是在教育跑道上相伴而行的好友，情谊永存。

由于本书遴选的稿件时间跨度较大，各个发展阶段的教育政策背景、要求也不断变化，本书仍有纰漏，敬请读者朋友批评指正。

闫锁田

2025 年 5 月